Angelina Conti

GENTLEMAN LESSONS

What you need

(Highland Devotion 1)

Roman

Der Roman

Die schottischen Highlands sind der Spiegel meiner Seele.
Rau, düster und abweisend, doch von einer wilden und urtümlichen Romantik.

Du hast Angst. Aber ich weiß, was du brauchst.
Du brauchst jemanden,
der dich durch Dunkelheit und Schmerz führt
und dir mit sanfter Härte zeigt,
was Liebe und Vertrauen sind.

Edda needs Kyle. And Kyle needs Edda.
A DARK HIGHLAND LOVESTORY…

Auftakt der Reihe „Highland Devotion".

Band 1: KYLE und EDDA

DARK ROMANCE by ANGELINA CONTI

GENTLEMAN LESSONS

What you need

(Highland Devotion 1)

Angelina Conti

Roman

Originalausgabe Mai 2020

ISBN: 9798644708819

Angelina Conti
c/o Autoren.Services
Zerrespfad 9
53332 Bornheim

Inhalt

Land of my high endeavour,
Land of the shining rivers,
Land of my heart for ever,
Scotland the brave.

Für alle Mädchen mit Substanz.

Prolog

Kyle

Fahl dämmert der Morgen über New York herauf. Schon beim Aufwachen habe ich Kopfschmerzen. Aus den großen Panoramafenstern der Suite sehe ich im Dunst die Skyline von Manhattan und das ewig gleiche Gefühl von Heimweh ergreift mich, wie es immer der Fall ist, wenn es nicht die Highlands sind, auf die mein Auge fällt.

Was ist das alles schon wert?, denke ich, während mein Blick über den Luxus und die Schönheit wandert, die mich umgeben. Ich habe in der Kulisse für eine Hochzeitsnacht geschlafen und doch sind es nur billige, von Oberflächlichkeit geprägte Abenteuer, die ich in diesem Bett erlebe. *Nichts von alledem hat die Reinheit, Tiefe und Unberührtheit, nach der ich mich eigentlich sehne.*

Ohne eine besondere Gefühlsregung betrachte ich die Frau, die schlafend neben mir liegt. Auch sie ist genau das: Luxus, Schönheit, Oberflächlichkeit. Natürlich kenne ich ihren Namen, doch ich könnte ihn genauso gut vergessen, weil er keine Rolle für mich spielt, so austauschbar und unbedeutend ist er für mich.

Die Handschellen am Kopfende des Bettes verhöhnen mich geradezu, weil sie als Accessoires in einem Liebesspiel herhalten mussten, das auch nicht ansatzweise die Intensität erreicht, die für mich die Worte „Liebe“ oder „Spiel“ eigentlich einmal hatten.

„Alles ist zu Eitelkeit verkommen“, murmele ich und stehe auf, um duschen zu gehen. „Wird mein Leben jetzt ewig so weitergehen?“

Kapitel 1: Rückkehr

Edda

Es ist ein klarer, kühler Frühlingsmorgen, als ich aus London abfahre. Gigantische Wolkenberge türmen sich über der Stadt auf. Ein kräftiger Wind fegt über den Bahnsteig und zerzaust mir das Haar, während ich mich von meiner besten Freundin verabschiede.

„Ich hoffe wirklich sehr, dass du dir diese Schnapsidee schnell aus dem Kopf schlägst und bald zurückkommst“, sagt sie und ihr schmales Gesicht mit den vielen Sommersprossen sieht besorgt aus. „Mach dir keine Gedanken wegen des Zimmers! Du kannst immer bei uns unterkommen, das weißt du ja!“

Ich nicke nur, weil ich einen Kloß im Hals habe. Auch wenn die meisten Leute mich für abweisend und gefühlskalt halten, fallen mir Abschiede schwer. Und Alice ist schließlich der einzige Mensch auf der Welt, der mir wirklich etwas bedeutet, weshalb nun auch ich ganz bedrückt bin.

„Melde dich, sobald du das mysteriöse Herrenhaus betreten hast“, verlangt sie noch, dann kommt schon die Ansage, dass der Zug in wenigen Momenten abfährt. Hastig hieve ich meine diversen Taschen und Koffer in den Zug und umarme Alice ein letztes Mal.

„Mach dir keine Sorgen“, lächle ich und kämpfe gegen die Tränen an. „Es ist das Beste für mich, da bin ich mir sicher!“

Als der Zug kurz darauf aus der Euston Station rollt, winke ich noch, aber ich verliere Alice schon nach wenigen Sekunden aus den Augen. Also verstaue ich mein Gepäck und gehe meinen Platz suchen. Als ich ihn gefunden habe, setze ich mir meine Kopfhörer auf, lehne mich zurück und atme einmal tief durch. Die Anspannung der letzten Tage, in denen ich Hals über Kopf alles für meine Abreise vorbereiten musste, hat mich noch fest im Griff. Auch wenn ich es vor Alice nicht zugeben wollte, habe auch ich mich natürlich immer wieder gefragt, ob ich nicht vielleicht einen furchtbaren Fehler mache. Alles aufzugeben und ganz neu anzufangen, ist ein großer Schritt. Auch ich hatte unzählige Zweifel, schließlich bin ich von Natur aus skeptisch. Und das Jobangebot, das ich da so kurzentschlossen angenommen habe, war wirklich etwas sonderbar.

Ich wurde als Dogsitterin für fünf schottische Wolfshunde engagiert, die auf einem Anwesen irgendwo mitten in den Highlands leben. Das alte Herrenhaus befindet sich in Privatbesitz, allerdings sind die Eigentümer wohl nur sehr selten dort. Bisher habe ich keinen Schimmer, wer eigentlich mein neuer Arbeitgeber ist. Ich wurde über eine Immobilienverwaltungsfirma eingestellt, die auch das Vorstellungsgespräch mit mir geführt hat. Es gab wohl nicht allzu viele Bewerber für die Stelle, denn ich wurde genommen, obwohl ich weder Hundetrainerin noch Veterinärin oder ähnliches bin.

„Es reicht, wenn Sie tierlieb und zuverlässig sind“, hat man mir versichert. „Und wenn Sie sich zutrauen, dort in völliger Abgeschiedenheit leben zu können. Das Wichtigste aber ist, dass Sie absolut diskret und verschwiegen sind.“

Diskretion und Verschwiegenheit sind für mich kein Problem. Dass die Besitzer des Herrenhauses irgendwelche reichen Geschäftsleute, Politiker oder Adlige sind, habe ich mir ohnehin schon gedacht. Wer sonst sollte sich einen Dogsitter leisten können? Als unbefristete Festanstellung und mit allen möglichen Extras! Aber wer diese Leute auch sein mögen, es interessiert mich ohnehin nicht. Klatschsucht und Tratsch sind mir völlig fremd und ich stecke meine Nase nie in fremde Angelegenheiten. Je weniger ich von anderen Menschen mitbekomme, desto besser. Und die Abgeschiedenheit meines neuen Arbeitsplatzes, die für andere wahrscheinlich ein großes Hindernis darstellt, war für mich der Hauptanreiz an der Stelle.

Wie lange habe ich davon geträumt, nach Schottland zurückkehren zu können? Wie oft habe ich mir gewünscht, in Ruhe gelassen zu werden und nichts als Natur um mich zu haben? Wie verzweifelt war ich immer wieder, weil ich das Gefühl hatte, dass nichts an meinem Leben richtig zu mir passte?

„Was auch kommen mag“, flüstere ich und schaue auf die vorbeiziehenden Häuser und Lagerhallen der Vorstädte hinaus, während der Schnellzug langsam Fahrt aufnimmt und London hinter sich lässt. „Was auch kommen mag, es wird auf jeden Fall besser sein als alles, was vorher war!“

Die Fahrt nach Glasgow dauert etwa fünf Stunden. Der Zug ist voll und alle Plätze um mich herum sind besetzt. Um dem Gespräch mit meinen Mitreisenden zu entgehen, vertiefe ich mich in mein Buch und hebe den Blick nur, wenn der Schaffner vorbeikommt, um die Fahrkarten zu kontrollieren. Irgendwann schlafe ich ein und wache erst wieder auf, als um mich herum das allgemeine Zusammenpacken der Zeitschriften, Snacks, Getränke und Mobiltelefone beginnt, weil der Zug bereits in Glasgow einfährt.

„You'll take the high road and I'll take the low road... and I'll be in Scotland afore you”, summe ich leise den Text des Songs mit, den ich nun schon seit der Abfahrt in Dauerschleife höre. Mein Herz schlägt schneller. Nach all den Jahren betrete ich nun also zum ersten Mal wieder schottischen Boden! Seit dem Tod meiner Eltern war ich nicht mehr hier, auch wenn ich jeden Tag an das Land meiner Kindheit gedacht habe.

Eigentlich hatte ich mir fest vorgenommen, am Tag meiner Volljährigkeit hierher zurückzukehren. Aber dann habe ich es doch immer wieder verschoben, weil es niemanden mehr gab, zu dem ich hätte gehen können. Für eine Ferienreise fehlte mir das Geld und eine Arbeitsstelle war in London natürlich leichter zu finden. Nun aber führt das Schicksal mich endlich zurück!

Ich war sieben, als man mich von hier fortgebracht hat. Jetzt bin ich dreiundzwanzig. Sechzehn lange Jahre habe ich von diesem Moment geträumt.

Auf meinen Anschlusszug nach Fort William muss ich eine Dreiviertelstunde warten. Schon auf dem Bahnsteig und während ich mir eine Kleinigkeit zu essen kaufe, könnte ich heulen, so sehr berührt es mich, überall um mich herum den vertrauten Klang des schottischen Akzents zu hören. Seit langer Zeit sehe ich die Gesichter meiner verstorbenen Eltern wieder lebhaft vor mir, die ich schon seit langem in meiner Erinnerung verloren geglaubt hatte. Ich war noch so klein damals und so viel ist seitdem geschehen.

Aber als ich im Zug sitze und auf der West Highland Line weiter gen Norden fahre, merke ich, dass alles noch in mir lebendig ist. Als eine Frau mich fragt, ob der Platz neben mir noch frei ist, antworte ich automatisch mit „*aye*", wie es jeder Schotte tut, wenn er „ja" sagt. Ich bin so verwirrt davon, dass ich mir eilig wieder meine Kopfhörer aufsetze, um mich abzuschirmen.

Nichts jedoch kann mich von der Landschaft abschirmen, die vor dem Fenster an mir vorbeizieht und mich so verzaubert, wie es kein Film der Welt tun könnte. Der Zug fährt die Westküste hinauf, lässt die Lowlands hinter sich und rauscht an Bergen und Lochs vorbei, deren wilde Schönheit von den kräftigen Farben des Frühlings auf malerische Weise unterstrichen wird.

Die Natur hier ist jetzt im März noch nicht erwacht, karg, erdig und feucht liegt alles da, während ein rauer Wind Wolkenfetzen über einen strahlend blauen Himmel treibt.

Ich bin zu Hause, denke ich immer wieder, viel zu aufgewühlt, um mich noch auf mein Buch konzentrieren zu können. *Ich komme endlich nach Hause!*

Kapitel 2: Kein Engländer

Kyle

„Sag schon, Kyle“, verlangt sie schnippisch. „Läuft da was mit dieser Tussi?“

Ich schließe die Augen und atme tief durch. Wieso nur passiert mir das immer wieder? Es beginnt so unverfänglich: ein süßes Mädchen, ein Flirt, ein Essen, Sex, ein bisschen Spielen. Man nennt das für gewöhnlich „eine gute Zeit miteinander haben“ und beide wissen, dass es niemals mehr als das sein wird. Und dann, auf einmal und ehe man sich versieht, steckt man in einer Beziehungskrise, obwohl man nicht einmal eine Beziehung hat!

„Nicky“, erwidere ich ruhig und lasse meine Zeitung sinken. „Nicht in diesem Ton!“

Sie lacht kampfeslustig auf und knallt ihre Tasse auf den Tisch, so dass der Milchschaum ihres Cappuccinos überschwappt.

„Oh, natürlich! Das kann der große, dominante Mann nicht haben!“, höhnt sie und ihre dunkel geschminkten Katzenaugen funkeln böse. „Raus mit der Sprache! Ich will es jetzt wissen!“

Langsam werde auch ich wütend. Sie geht mir mit ihrem Gehabe schon seit längerem auf die Nerven, zumal es für Besitzansprüche keinerlei Anlass gibt. Wir haben uns keine Exklusivität versprochen und dass ich nicht in sie verliebt bin, weiß sie. Vielleicht hätte sie es gern, aber dafür muss bei mir schon sehr viel mehr passieren als alles, was mit Nicky jemals möglich wäre.

Wir haben uns bei einem Shooting für eine große Kampagne kennengelernt. Normalerweise betreue ich selbst keine einzelnen Projekte mehr, aber weil die Bankgruppe ein neuer und sehr wichtiger Kunde war, habe ich persönlich ein Auge darauf gehabt, dass alles glatt läuft. Und so waren also Nickys schönes Gesicht und ihr perfekter Körper in den letzten Wochen nicht nur auf sämtlichen Plakatwänden der USA, sondern auch in meinem Bett zu finden. Eigentlich war sie mir von Anfang an eine Spur zu gewöhnlich. Makellosigkeit hat mich noch nie gereizt. Ihre Andersartigkeit und Wildheit, mit der sie sich in der Öffentlichkeit gern schmückt, ist vor allem Show. Wir hatten sie für die Kampagne ausgewählt, weil sie als bekanntes Burlesque-Model einem breiten Publikum bekannt ist und sozusagen das Bizarre auf einen konventionellen Nenner bringt. Mit Widersprüchen zu jonglieren und sie als Verkaufsmagnet zu nutzen, war seit jeher das Markenzeichen von *Big Bad Wolf Advertising*. Aber Henry hat schon recht, dass man Berufliches und Privates nicht vermischen darf.

„Brauchst du nur den Arsch voll, oder willst du mich loswerden, Nicky?“, knurre ich, obwohl ich eigentlich recht wenig Lust habe, sie zu verhauen. Aber vielleicht lässt sich der Morgen so noch retten, auch wenn das Feuer zwischen uns schon längst verflogen ist. Ich habe wie immer keine Lust auf Stress, sonst hätte ich diese

Affäre wohl schon längst beendet. Denn auch im Bett harmonieren wir nicht wirklich. Meine Vorlieben gehen sehr viel tiefer, als dass Nicky sie befriedigen könnte. Sie berührt mich nicht, auch wenn sie nichts gegen ein bisschen Spanking und ein paar Handschellen einzuwenden hat. Aber was ist das schon? Nur Spielerei.

Auf meine Frage tut Nicky etwas, das sie lieber nicht getan hätte: Sie nimmt ein Croissant aus dem silbernen Körbchen, das auf dem vom Zimmerservice reich gedeckten Tisch steht, und schleudert es mir mit voller Wucht ins Gesicht.

„Du bist ein perverser Macho, Kyle“, zetert sie dabei. „Erst spielst du dich als Gentleman auf, aber dein wahres Gesicht kannst du nicht lange verbergen! Du kommst mit einer echten Frau doch gar nicht klar! Deswegen treibst du es mit dieser Mia, gib es wenigstens zu! Sie ist von dir abhängig und muss zu allem Ja und Amen sagen!“

Mit einem wütenden Schnauben entferne ich mir die Krümel ihres Wurfgeschosses aus dem Bart und stehe auf. Von Anfang an hat Nicky die Geschäftsführerin unserer New Yorker Agentur misstrauisch beäugt. Ich habe noch niemals etwas mit ihr gehabt, obwohl es mit ihr möglicherweise besser passen würde als mit Nicky. Aber Mia ist wie eine Schwester für mich und Inzestspielchen waren noch nie nach meinem Geschmack.

„Kein Wort mehr über Mia“, entgegne ich barsch. „Sie ist tausendmal mehr eine echte Frau, als du es jemals sein wirst, du verwöhnte Göre!“

Ohne ein weiteres Wort verlasse ich den großen Balkon unserer Suite, in der wir die letzten Wochen miteinander verbracht haben. Als sie merkt, dass ich meine Sachen packe, kommt Nicky wie eine Furie vom Balkon herein und schleudert die Kaschmirdecke, in die sie sich beim Frühstück eingewickelt hatte, auf den Boden. Es herrscht zwar strahlender Sonnenschein, aber das Wetter in New York ist noch kühl.

Wie es wohl in den Highlands heute ist?, denke ich und eine so heftige Sehnsucht nach Zuhause erfasst mich, dass ich kein Wort von den Schimpftiraden mitbekomme, die Nicky jetzt vom Stapel lässt. Während ich Klamotten und Geschäftsunterlagen einsammele, die überall herumliegen, schaue ich auf die Kulisse Manhattans hinaus. Aber anstelle der eindrucksvollen Skyline sehe ich meine Berge und den weiten Himmel über dem Moor.

„Du kranker Engländer“, nehme ich Nicky wieder wahr, als sie plötzlich neben mir auftaucht und anfängt, mich mit ihren kleinen Fäusten zu bearbeiten. „Wenn du es wagst, mich zu verlassen, dann mache ich dich fix und fertig!“

Langsam aber sicher wird mir ihr Theater zu bunt und ich stoße sie unsanft auf das luxuriöse Bett, in dem ich nie wieder schlafen werde.

„Mach dich nicht lächerlich“, brumme ich, werfe noch einen Knebel und ein Paddle in den Koffer und verschließe ihn dann. Den Rest meiner Sachen werde ich nachher abholen lassen, falls Nicky nicht alles in Brand setzt, was sie noch von mir findet. Nun fängt sie an zu heulen und verbirgt ihr Gesicht verzweifelt in den Kissen. Bevor sie mich anflehen kann zu bleiben, gehe ich lieber. An der Tür drehe ich mich noch einmal um.

„Zwei Dinge noch, Nicky“, sage ich. „Wenn ich kein Gentleman wäre, wie du sagst, dann würde ich dich jetzt auf der Hotelrechnung sitzen lassen. Aber keine Sorge, so etwas wird nie passieren. Und zweitens, merk dir eins: Ich bin kein Engländer, ich bin Schotte!“

Kapitel 3: Ankunft

Edda

Ganz erfüllt von einer wunderschönen Zugfahrt komme ich am späten Nachmittag in Fort William an. Immer noch steht mir die wilde Schönheit von Loch Lomond vor Augen, dessen tiefes Dunkelblau der Spiegel meiner Seele zu sein schien. Der Anblick der endlosen Weiten vom Rannoch Moor klingt noch in mir nach, dessen vom Winter ausgedörrtes Gras von unzähligen Wasserflächen durchbrochen wurde, in denen sich ein spektakulärer Himmel spiegelte. Ringsum erhoben sich die Berge in ihrem kahlen Braun und Dunkelgrün, die Gipfel noch von Schnee bedeckt, so mächtig und schweigend, wie ich sie oft in meiner Erinnerung gesehen habe. Der Zug hat an winzig kleinen Stationen mitten im Nirgendwo gehalten, die Überbleibsel einer längst vergangenen Zeit zu sein schienen und mir nun endgültig das Gefühl gegeben haben, alles hinter mir gelassen zu haben.

Um meinen neuen Arbeitsplatz zu erreichen, hätte ich auch ein paar Stationen weiter bis nach Glenfinnan fahren können, wo das durch die Harry-Potter-Filme weltberühmte Viadukt steht, aber da mein Zug in Fort William endet, hat man mir zugesichert, dass der Gärtner des Herrenhauses mich vom Bahnhof abholen würde. Mit meinen Taschen und Koffern beladen stehe ich an einer der Türen und spähe hinaus, während der Zug langsam einfährt und zum Halten kommt.

Auch dieser Bahnhof ist recht klein und es stehen kaum Leute auf dem Bahnsteig. Aber selbst wenn er völlig überfüllt gewesen wäre, hätte ich den Hünen in Army Parka und Schottenrock wohl kaum übersehen können. Nicht nur wegen des traditionellen Kleidungsstücks, das meines Wissens eigentlich kaum jemand im Alltag trägt, ist der Kerl eine beeindruckende Gestalt. Allein schon wegen seiner enormen Größe und Masse fällt er auf. Zudem hat er einen fast kahlrasierten Schädel und so weit getunnelte Ohrläppchen, dass ein Baby möglicherweise seine ganze Hand hindurch stecken könnte.

„Ob das ein Gärtner ist?“, frage ich mich und bin selbst ganz hin- und hergerissen, ob ich es mir wohl wünschen würde. Einerseits ziehen mich ungewöhnliche Menschen meist auf unerklärliche Weise an, obwohl ich eigentlich sehr kontaktscheu bin. Aber andererseits schüchtert mich dieser Riese auch ziemlich ein.

Mein Problem erledigt sich von selbst, als er mich dabei erblickt, wie ich mein Gepäck aus dem Waggon hieve und mich identifiziert. Vermutlich ist das auch nicht besonders schwierig, weil ich von den wenigen Ankömmlingen die einzige bin, die offensichtlich ortsfremd ist.

„Du musst Edda sein“, brummt er und greift mit seinen riesigen Pranken mit Leichtigkeit all meine

Taschen und Koffer, so dass mir nur noch mein Rucksack bleibt. „Komm mit!“

Mit großen Schritten schreitet er dann ohne ein weiteres Wort in Richtung Parkplatz davon. Einige Sekunden starre ich ihm irritiert hinterher, dann beeile ich mich, ihn einzuholen.

„Sind Sie der Gärtner?“, erkundige ich mich schüchtern und ernte einen grimmigen Blick.

„Ich heiße Angus“, lässt er mich wissen und wirft mein Gepäck auf die Ladefläche eines alten, völlig mit Schlamm bespritzten Geländewagens. „Los, steig ein!“

Plötzlich bin ich mir nicht mehr sicher, ob ich wirklich zu diesem Menschen ins Auto steigen sollte. Er kennt zwar meinen Namen, aber vielleicht hat er ihn von dem Gärtner gehört, bevor er ihn aufgefressen hat.

„Angus, der Gärtner?“, frage ich deshalb zaghaft nach.

Mit dem Autoschlüssel in der Hand legt der mindestens zwei Meter große Riese völlig unerwartet einen formvollendeten Kniefall hin, neigt seinen enormen Schädel, so dass ich einen tätowierten Stiernacken erkenne und sagt: „Ich bin Angus, König der Schotten!“

Ich bin so überrascht, dass ich mich nicht dagegen wehre, als er mir zur Krönung seiner ausgefallenen Begrüßung auch noch einen Handkuss gibt. Dann erhebt er sich wieder und grinst: „Na los jetzt! Ab in den Wagen, Missy! Sonst wird der König ungemütlich!“

Ziemlich perplex öffne ich die Beifahrertür und klettere auf den Sitz.

„Von einem König wurde ich noch nie abgeholt", bemerke ich, während ich mich anschnalle und Angus lacht leise, wobei kleine Falten in der wettergegerbten Haut um seine Augen entstehen. Ich betrachte ihn verstohlen, während er routiniert ausparkt und gleichzeitig Musik anstellt. Vermutlich ist er um die fünfzig und ein echter Patriot, denn auf dem einen Handrücken trägt er als Tattoo die schottische Distel, auf dem anderen den roten Löwen von der alten Königsflagge des Landes. Er ist mir sofort sympathisch und auch wenn er nicht der Gärtner wäre, würde es mich vielleicht gar nicht stören. Es fühlt sich richtig an, neben ihm in diesem heruntergekommenen Geländewagen zu sitzen und bei dröhnender Metal-Musik vom Parkplatz zu rollen.

Besonders gesprächig scheint König Angus jedoch nicht zu sein, denn die ersten zwanzig Minuten der Fahrt, die uns von Fort William nach Westen und am Ufer des nahe gelegenen Lochs Eil entlangführt, sagt er kein Wort. Mir macht das nicht aus, im Gegenteil. Ich schweige gern, schließlich bin ich selbst nicht gesprächig und ohnehin eine Niete in Smalltalk. Doch als wir gerade Loch Shiel erreicht haben, an dem das Anwesen liegt, dreht er dann doch die Musik leiser und fragt: „Schon mal in Schottland gewesen?"

Als ich nicht ohne Stolz antworte, dass ich Schottin bin und in Inverness geboren wurde, wirft er mir einen erstaunten Blick zu und meint: „Tatsächlich? Hört man gar nicht.“

Etwas enttäuscht darüber, dass ich auch hier sofort wieder nicht dazugehöre, murmele ich, dass ich die meiste Zeit meines Lebens bisher in London verbracht habe. Wieder ernte ich einen kurzen Seitenblick von Angus, dem ich aber ausweiche, um stattdessen aus dem Wagenfenster hinaus auf das Wasser des Lochs zu starren. Die Dämmerung kriecht schon über die hohen Bergketten an den Ufern und Schatten legt sich auf die Täler. Dunkel und unheimlich sieht der Loch jetzt aus und plötzlich komme ich mir so fremd vor, wie ich es ja auch eigentlich hier bin. Hier und überall.

Doch da lacht Angus wieder und erwidert unbekümmert: „Nach einer Woche bei uns wirst du fluchen können wie eine echte Highlanderin, da bin ich mir sicher! Das richtige Erbmaterial bringst du ja schließlich mit!“

Dankbar lächle ich ihn an und als er mir verschwörerisch zuzwinkert, wird mir so warm ums Herz, dass ich den kurzen Anflug von Traurigkeit gleich wieder vergesse und fast versucht bin, Angus etwas anzuvertrauen, das ich nicht einmal Alice verraten habe: Dass ich nämlich hoffe, hier in Schottland endlich all meine Probleme hinter mir lassen zu können und der Mensch zu werden, der wirklich in mir steckt. Doch dazu kommt es nicht, denn plötzlich setzt Angus unerwartet den Blinker und biegt in eine Art kleine

Nebenstraße ein, die wohl auch als Feldweg durchgehen würde.

„Festhalten, Missy! Jetzt wird es holprig“, kündigt er an. Und er hat recht. Ich werde ordentlich durchgeschüttelt und als jede Menge schlammiges Wasser an die Scheiben spritzt, weiß ich auch, warum der Wagen so verschmutzt ist.

„Wir fahren jetzt ein paar Kilometer den Hang hinauf“, teilt Angus mit. „Das Grundstück geht bis hinunter ans Wasser, aber das Haus und die Auffahrt erreicht man von oben.“

Die Fahrt geht durch einen dichten Kiefernwald, in dem es schon fast dunkel ist. Dichte Farne wachsen auf dem Waldboden und einmal glaube ich, etwas entfernt ein Reh vorbeihuschen zu sehen. Dann biegen wir wieder ab, dieses Mal in einen noch engeren Weg, an dessen Kreuzung ein Schild steht: „Private Straße! Zufahrt nur für Anwohner!“

Mein Herz klopft aufgeregt, als im Licht der Scheinwerfer ein großes Tor vor uns auftaucht. Da ich bisher weder den Namen des Anwesens noch seinen genauen Standort kannte, konnte ich keine Bilder im Internet suchen und habe mir in meiner Fantasie schon die schönsten Märchenschlösser ausgemalt. Der Park des Herrenhauses scheint von einer hohen Mauer umgeben zu sein, auf der ich aus den Augenwinkeln Überwachungskameras erkenne. Mit einer Fernbedienung lässt Angus das Tor zur Seite gleiten und wir fahren auf einen breiten Kiesweg. Da der Wald außerhalb der Mauern zurückbleibt, ist es nun auf einmal wieder sehr viel heller.

„Oh, was für ein wunderschöner Park“, sage ich angesichts der gepflegten Rasenflächen, auf der vereinzelt große, jahrhundertealte Bäume stehen. Angus schmunzelt.

„Warte ab, bis du den *Walled Garden* und mein Gewächshaus siehst, Missy“, brummt er, scheint sich jedoch trotzdem über mein Kompliment zu freuen. Langsam fahren wir über den breiten Weg, der sich sanft bergauf windet.

„Gleich siehst du sie“, kündigt Angus an, als wir den höchsten Punkt erreichen. „Unsere *Bonnie Bride*!“

Der Ausblick verschlägt mir den Atem. Ganz plötzlich und unerwartet öffnet sich der Blick in die Weite der Landschaft. Unter uns liegt Loch Shiel, dessen Wasser sich wie ein dunkles Band zwischen den Schatten der Berge entlang zieht. Und vor uns erhebt sich in einiger Entfernung das Herrenhaus. Ich starre es einige Momente fassungslos an, weil ich es kaum glauben kann, in Zukunft an einem solchen Ort leben zu dürfen. Es ist ein langgezogener, symmetrischer Bau aus gräulich-beigen Steinen, der mittig von einer großen Freitreppe mit einem prächtigen Eingangsportal mit Säulen geschmückt wird. Die vielen hohen Fenster in der klar gegliederten Fassade glitzern in den letzten Strahlen der Abendsonne. Es ist wunderschön. Wie ein kleines Schloss, das über den dunklen Wassern des Lochs thront.

„*Bonnie Bride*“, wiederhole ich andächtig den Namen, den Angus gerade genannt hat. *Bonnie* bedeutet hübsch oder schön in der schottischen Mundart und mir fällt ein, dass unsere alte Nachbarin in Inverness mich früher als Kind immer so genannt hat. Ein seltsames Gefühl der Sehnsucht überkommt mich bei dieser Erinnerung und ich frage gerührt: „Heißt das Anwesen so?“

Angus steuert langsam auf den Platz vor dem Portal zu.

„Sir Kyle hat den Namen eingeführt. Er sagt, jedes Mal, wenn er hierher zurückkehrt, liegt das Haus wieder wie eine unberührte, schöne Braut da.“

Ich lächle gerührt, so hübsch finde ich, was ich da höre.

„Sir Kyle“, spreche ich andächtig zum ersten Mal den Namen des vermeintlichen Hausherrn vor. „Ein Mann mit einer poetischen Ader, wie es scheint.“

Angus lacht nur, während er den Wagen parkt und aussteigt. Wir sind angekommen.

Kapitel 4: Braut, Hure, Mutter

Kyle

„Wo zum Teufel steckst du, Junge?“, meldet sich Henry ungehalten, als ich ihn nach der Landung zurückrufe. Während ich über dem Atlantik zwischen New York und London in der Business Class geschlafen habe, hat er ganze fünfzehn Mal versucht, mich zu erreichen.

„Auf dem Weg nach Hause“, antworte ich, während der Fahrer mein Gepäck verstaut und ich hinten in der großen Limousine Platz nehme, die mich heute Nacht noch von London hinauf in die Highlands bringen wird. Die Fahrt ist weit. Man ist knappe neun Stunden unterwegs, wenn man keine Pausen macht. Aber es gab heute keinen Flug mehr nach Glasgow und ich hatte keine Lust auf eine weitere Nacht im Hotel. Die Sehnsucht, die mich ganz plötzlich überwältigt und Hals über Kopf abreisen lassen hat, war so stark, wie ich es lange nicht mehr erlebt habe. Aber an und für sich ist es nichts Neues, dass einen von uns von Zeit zu Zeit das Heimweh packt. Dafür haben wir sie ja, unser *Bonnie Bride*: Damit wir uns jederzeit in ihren Armen ausruhen und wieder zu uns finden können. Damit wir ein Zuhause haben, das auf uns wartet, wie es eine liebende Braut in alten Sagen tut.

„Auf dem Weg nach Hause?!“, wiederholt Henry. „Willst du damit sagen…“

Der Fahrer steigt nun ebenfalls ein und startet den Motor.

„Ich fahre jetzt in London los“, teile ich Henry mit. „Im Morgengrauen bin ich da.“

Einen Moment herrscht Schweigen in der Leitung.

„Du dreckiger Wichser“, brummt Henry dann. „Und ich Idiot mache mir Sorgen! Kannst du nicht wenigstens Bescheid geben, wenn du den Kontinent wechselst?“

Gähnend frage ich, ob Christian ihm nichts gesagt hat.

„Christian hat Liebeskummer“, braust Henry auf. „Und wenn Christian Liebeskummer hat, ist er nicht aufnahmefähig, wie du ja weißt! Leider hat die Bitch 365 Tage im Jahr Liebeskummer.“

Ich lache amüsiert. Seitdem ich britischen Boden betreten habe, hat sich meine Laune deutlich gesteigert. Henry hat nicht ganz unrecht. Er selbst war vorhin in einem Meeting, weshalb ich unserem Assistenten mitgeteilt habe, dass ich abreise. Aber besonders empfänglich für meine Neuigkeit kam Chris mir nun in der Tat nicht unbedingt vor.

„Was willst du jetzt in Schottland, Kyle?“, fragt Henry verärgert. „Ich dachte, wir fahren in ein paar Wochen alle zusammen! Und was ist mit dem Ringerman-Deal? Wegen der Kampagne warst du doch überhaupt erst nach New York gekommen!“

Als ich ihm mitteile, dass ich die Verträge heute Mittag noch unterzeichnet habe und Mia sich um alles weitere allein kümmern kann, beruhigt er sich etwas. Aber besonders begeistert ist er trotzdem nicht.

„Mit Nicky ist Schluss“, sage ich also. „Irgendwie brauchte ich ein bisschen Abstand.“

Henry lacht höhnisch auf.

„Wegen eines Betthäschens verlässt du das verdammte Land und fliehst nach Europa? Das kann unmöglich dein Ernst sein“, schnaubt er. Nachdenklich schaue ich durch die getönten Scheiben auf die nächtlichen Straßen Londons hinaus.

„Es geht nicht um sie“, erwidere ich. „Es ist… Ich weiß auch nicht. Kennst du das Gefühl, wenn man sich wochenlang nur von Fastfood ernährt? Ich bin ausgebrannt, Henry, leer. Seit Monaten habe ich nur gearbeitet und irgendwelche Dummchen gefickt. Ich muss meinen Geist entgiften. Weißt du, was ich meine?“

Nun lacht Henry, auch wenn es etwas angestrengt klingt: „*Aye*… Du brauchst ein gutes Galloway-Steak, Baby“, meint er und ich kann mir sein Gesicht in diesem Moment ganz genau vorstellen. „Und eine Frau mit Substanz.“

Was Henry unter Frauen mit Substanz verstehen mag, will ich lieber gar nicht wissen, denn seine Liebschaften sind meistes noch deutlich katastrophaler als meine. Anders als sich wie ich mit oberflächlichen Starletts und Models herumzuschlagen, sucht er sich immer die wirklich kaputten Mädels, die ihn am Ende der Nacht mit einem Rasiermesser bedrohen oder sich selbst die Pulsadern aufschlitzen.

„Das Steak nehme ich“, gähne ich also, während der Wagen nun auf die Autobahn fährt. „Aber bleib mir mit Frauen vom Hals! Ob mit oder ohne Substanz, im Moment brauche ich die Einsamkeit! Meine Hunde reichen mir als Gesellschaft.“

Ich höre, wie Henry sich eine Zigarette ansteckt und den Rauch ausbläst, bevor er antwortet: „Bevor du die armen Viecher vergewaltigst, sag mir aber Bescheid, damit ich dir eine Alternative organisieren kann!“

Lachend verabschieden wir uns und ich verspreche, ihn morgen wieder anzurufen.

„Grüß Will, wenn du ihn sprichst“, sage ich noch, denn unser dritter Mann ist im Moment in unserer Agentur in Tokyo und wegen der Zeitverschiebung haben wir wenig Kontakt.

„Und du grüß unsere Braut, die alte Hure“, brummt Henry. „Sie fehlt mir, als wäre sie meine verdammte *Mutter*!“

Dann legen wir auf und ich schließe die Augen, während der Wagen mich gen Norden und in die Nacht hineinfährt. Und in meinem Inneren sehe ich den Ort vor mir, der all dies für uns verkörpert: Braut, Hure, Mutter.

Wer braucht da schon eine Frau?, denke ich, während ich langsam wieder eindöse.

Kapitel 5: Der Traum

Edda

An meinem ersten Abend in der *Bonnie Bride* schlafe ich schnell ein, wache dann jedoch mitten in der Nacht auf und liege wach. Es ist so still und dunkel hier, wie ich es noch nie erlebt habe. Bisher habe ich immer in der Stadt gewohnt, wo selbst nachts ein kaum wahrnehmbarer Geräuschpegel herrschte. Nun merke ich zum ersten Mal den Unterschied und obwohl ich die absolute Ruhe eigentlich wohltuend finde, beunruhigt sie mich auch. Nur mein Herz klopft in der Stille, kein anderes Geräusch scheint auf der Welt mehr zu existieren.

Um mich von der langsam in mir aufkommenden Angst abzulenken, lasse ich die Ankunft noch einmal vor meinem inneren Auge Revue passieren: Zuerst habe ich meine zukünftigen Schützlinge kennengelernt. Aber eher als von Hunden könnte man wohl von Kälbern sprechen, denn sie sind riesengroß! „Das sind *Scottish Deerhounds*“, hat Angus mir erklärt, als ich im ersten Moment erschrocken vor den hochgewachsenen Tieren mit dem etwas struppigen, grauen Fell zurückgewichen bin. „Eine alte keltische Rasse. Früher hat der Adel sie zur Hirschhatz eingesetzt. Keine Angst, sie sind ganz sanftmütig.“

Die vier Rüden und das Weibchen gehören Sir Kyle und tragen alle Namen, die einen regionalen Bezug zu

Schottland haben: Lomond, Ness, Mull, Rannoch und Alba. Es fiel mir nicht schwer, mich mit den ruhigen und würdevollen Tieren anzufreunden und fast wünschte ich mir jetzt, eins von ihnen wäre hier, um mir in meiner Einsamkeit beizustehen. Aber sie schlafen draußen in Hundehütten und dürfen normalerweise nur im Winter in die große Steinhalle des Herrenhauses.

Das Haus ist wunderschön, aber ich habe erst wenig davon gesehen. Angus hat mir zuerst mein Zimmer gezeigt. Es liegt in einem der beiden Nebengebäude, die wie zwei etwas niedrigere Flügel zu beiden Seiten an das Hauptgebäude anschließen. Die Angestellten wohnen hier und es gibt noch weitere Gästezimmer. Das Zimmer ist sehr hübsch und hat sogar ein eigenes Bad, das so neu aussieht, als wäre es noch nie benutzt worden.

„Wir haben so viele leer stehende Zimmer hier", hat Angus gesagt. „Vielleicht hat seit der Renovierung vor ein paar Jahren wirklich noch nie jemand hier geschlafen. Wenn es dir nicht gefällt, kannst du auch ein anderes bekommen. Aber Molly hat anscheinend dieses für dich ausgesucht."

So habe ich erfahren, dass es neben Angus noch weitere Festangestellte auf dem Anwesen gibt: Molly ist die Haushälterin und Köchin, die noch ein paar Dienstmädchen unter sich hat. Allerdings war von ihnen heute niemand da, weil sie ihren freien Tag hatten und nach Glasgow gefahren waren.

„Du wirst sie morgen kennenlernen“, hat Angus angekündigt und mir geraten: „Stell dich gut mit Molly, dann ist sie ein echter Engel und wird dich verhätscheln wie ihr eigenes Junges!“

Da es mir nicht besonders liegt, verhätschelt zu werden, habe ich gefragt: „Und wenn nicht?“

Da hat Angus gelacht und gemeint: „Dann brauchst du ein dickeres Fell als unsere *Deerhounds*, Missy! Und du siehst ja, wie struppig die Biester sind.“

Die Vorstellung, dass ich hier doch einige Kollegen haben werde, missfällt mir. Eigentlich würde Angus mir vollkommen reichen, der mir jetzt nach den wenigen gemeinsamen Stunden schon wie ein vertrauter Freund vorkommt. Er ist wortkarg, aber freundlich und unkompliziert. Er hat mir die riesige Küche gezeigt, wo etwas zu essen für mich bereitstand und hat sich dann verabschiedet: „Wir sehen uns sicher morgen, wenn du mit den Hunden die Umgebung erkundest“, hat er gesagt und sich dann zurückgezogen.

Er bewohnt ein eigenes kleines Haus im Park, wohin er mich in den nächsten Tagen auf einen Tee eingeladen hat. Mit Angus allein könnte ich sicher gut auskommen, aber wer weiß, wie es mit den anderen sein wird. Es fällt mir meistens schwer, mich irgendwo einzufügen, weil es mir vorkommt, als würde eine unsichtbare Wand mich von meinen Mitmenschen trennen.

„Wenn die Herrschaften da sind, haben wir meistens auch mehr Personal“, hat Angus mich noch wissen lassen. „Manchmal geht es hier recht wild zu, aber die meiste Zeit herrscht eigentlich Ruhe."

Beunruhigt über diese bevorstehenden „wilden Zeiten" werfe ich mich in meinem großen Bett hin und her, bis ich endlich wieder einschlafe. Im Traum sehe ich wieder die Berge vor mir, die ich auf der Zugfahrt aus dem Fenster bewundert habe. Doch nun sind sie von dichtem Nebel umgeben und ich taumele orientierungslos durch ein enges Tal, ohne zu wissen, wohin ich gehe oder woher ich komme. Langsam wird es immer dunkler um mich herum und die Nebelschwaden greifen wie Gespenster nach mir. Angst steigt langsam wie eine feuchte Kälte in mir auf, kriecht durch meinen Körper und lähmt meine Bewegungen. Obwohl ich wegrennen möchte, komme ich immer langsamer von der Stelle. Plötzlich stoßen meine Hände, die ich vor mir ausgestreckt habe, um mich vorwärts zu tasten, gegen eine Wand.

„Nein, bitte nicht", flüstere ich, als meine Finger das dicke, unnachgiebige Holz erkennen, das ich mehr fürchte als alles andere auf der Welt. Englische Eiche. Qualitätsarbeit aus alten Zeiten. Panik durchflutet mich und das alte Gefühl, ersticken zu müssen, ergreift Besitz von mir. Ich will schreien, aber kein Laut kommt aus meiner Kehle.

„Man darf dich nicht hören! Beweg dich nicht!", hallt es durch meinen Kopf, in dem nichts mehr existiert als die nackte, bewegungslose Furcht, die mich so fest gepackt hält, dass ich völlig erstarre.

Irgendwo in meinem Unterbewusstsein weiß ich, dass es nur ein Traum ist und dass ich nicht wirklich gefangen bin. Aber dieses Wissen ist jetzt zu weit weg, als dass ich darauf zugreifen könnte. Wieder trennt mich die Wand von meiner Umgebung, vom Leben und von mir selbst. Hinter der Wand gibt es nur die Dunkelheit, die Enge und meine Angst.

Ich weiß nicht, wie lange der Schrecken gedauert hat, ob es nur fünf Minuten oder lange Stunden waren. So war es schon immer. Jedes Zeitgefühl geht mir verloren und wenn ich endlich aufwache, schmerzt das plötzliche Licht mir in den Augen, als käme es aus einer anderen Welt.

Als ich endlich schweißgebadet und schwer atmend hochschrecke, bricht die Dämmerung gerade fahl herein. Erschrocken über die unerwartete Helligkeit, die eigentlich nicht mehr als ein schwacher Lichthauch ist, halte ich mir die Hände vor das Gesicht. Es dauert lange Momente, bis ich begreife, wo ich bin.

Ungläubig wandert mein Blick über die schlichten, antiken Bauernmöbel, den Steinboden mit dem hübschen, gewebten Teppich und über die weißgetünchten Wände mit der hohen Decke. Gegenüber meinem Bett hängen ein Trockenstrauß und darunter ein kleines Gemälde, auf dem ein Deerhound in Jagdstellung zu sehen ist. Mühsam lächele ich.

Deshalb hat Molly das Zimmer also für mich ausgesucht, schießt es mir durch den Kopf und ich bin gerührt über dieses kleine, liebevolle Detail. Vielleicht muss ich die Haushälterin ja doch nicht fürchten. *Und vielleicht hätte ich besser geschlafen, wenn ich den kleinen Wächter dort auf dem Bild schon vorher bemerkt hätte*, denke ich und lasse mich erschöpft wieder in die Kissen sinken.

Kapitel 6: Wie eine schöne Braut

Kyle

Während der Fahrt habe ich die meiste Zeit vor mich hin gedöst. Erst als wir schon die Ufer von Loch Linnhe erreicht haben, an dessen Nordende Fort William liegt, wache ich verspannt und mit Kopfschmerzen auf. Fahl dämmert der Morgen herauf und ein leichter Nebeldunst hängt über dem Wasser. Die Wolken hängen tief in den Tälern und hüllen die Gipfel der Berge ein. Das Gefühl, endlich wieder in Schottland zu sein, entschädigt mich für die unbequeme Lage, in der ich geschlafen habe, und mein Herz füllt sich mit dem Anblick der Landschaft, die ich jedem anderen Ort auf der Welt vorziehen würde.

Die Highlands sind der Spiegel meiner Seele, denke ich. *Rau, düster und abweisend, doch von einer wilden und urtümlichen Romantik.*

Bei einem Blick auf mein Telefon stelle ich fest, dass Nicky mich mehrmals angerufen und Nachrichten auf der Mailbox hinterlassen hat. Da ich in dieser Umgebung aber nicht einmal gewillt bin, mir ihre Stimme anzuhören, verzichte ich darauf, mir ihr Gezeter oder Geheule anzuhören und schicke ihr nur eine kurze Nachricht: „Es ist vorbei, Nicky. Wenn noch etwas sein sollte, wende dich an Christian."

Dann blockiere ich ihre Nummer, lehne mich zurück und genieße den Blick aus dem Wagenfenster. Etwa eineinhalb Stunden später passieren wir das Tor unseres

Anwesens und rollen die Auffahrt hinauf. Inzwischen ist es hell geworden und der Nebel ist einem leichten Nieselregen gewichen, der meine Seele mehr streichelt, als es die Sonne in diesem Moment tun könnte. Komischerweise ist es genau dieses Wetter, das mir am meisten fehlt, wenn ich geschäftlich irgendwo in der Welt herumreise. Die *Bonnie Bride* taucht vor uns auf und wie immer lächle ich, als ich sie so schön wie eh und je dort liegen sehe.

Wie eine schöne Braut, so unberührt und verheißungsvoll, denke ich, wie ich es immer tue. Wir haben alle drei unseren Standardsatz für diesen Moment. „Wie eine schöne Braut, ganz gierig darauf, endlich rangenommen zu werden“, sagt Henry für gewöhnlich, wobei er sich nicht immer so gewählt ausdrückt. William wiederum sieht es natürlich wie ein böser Daddy: „Wie eine schöne Braut, die ängstlich und voller Demut auf den ersten Schmerz wartet“, lautet sein erster Eindruck meistens.

Die Hunde kommen dem Wagen bellend entgegen gerannt und ihr Anblick lässt mein Herz freudig höher schlagen. Wenn man Tiere hat, die einen wiedererkennen, dann hat man wirklich ein Zuhause. Sie springen so wild und aufgeregt um den Wagen herum, dass der Fahrer das Tempo reduzieren muss, um nicht einen von ihnen zu gefährden.

Kurz darauf halten wir vor dem Portal und Angus eilt herbei, um die Hunde zu bändigen und dem Fahrer zu helfen, das Gepäck auszuladen. Ich gebe dem Mann ein großzügiges Trinkgeld und während der Wagen wieder wegfährt, liebkose ich meine *Deerhounds*, die mich außer sich vor Freude anspringen und begrüßen. Angus wartet bescheiden im Hintergrund, bis die Tiere sich beruhigen.

Als ich mich meinem treuen Freund und Diener dann endlich zuwende, tritt er zu mir heran. Es ist ein Moment, den wir beide immer gleichermaßen genießen.

„Willkommen zurück, Sir Kyle", sagt Angus und ich kann seiner Stimme neben der echten Ehrerbietung auch seine ehrliche Freude anhören. „Wir haben Euch vermisst!"

Und dann beugt der große Kerl in seinem Kilt, den er bei Wind und Wetter das ganze Jahr über trägt, wie ein Ritter aus einem Historienfilm das Knie vor mir und senkt sein Haupt, das kahl rasiert wie immer ist.

Es ist ein Spiel, das die *Bonnie Bride* zu dem macht, was sie für uns alle ist. Doch obwohl es nur ein Spiel ist, so ist es gleichzeitig auch Ernst, denn Angus' Unterwerfung ist ebenso echt wie seine Treue. Und dass ich ihm nun meine Hand reiche, mit der ich eben das struppige Fell meiner Hunde liebkost habe und an der sie geleckt und ihre nassen Schnauzen gerieben haben, und dass er sie glücklich küsst, ist auch echt und eine von uns beiden tief empfundene Geste.

„Ich danke dir, mein treuer Angus", lächle ich danach. „Ich habe die *Bonnie Bride* auch vermisst, sie und alle, die hier leben."

Dann gehe ich die große Treppe hinauf und Angus trägt meine Koffer hinter mir her und wenn ich das Weinen nicht schon vor Jahrzehnten verlernt hätte, dann wäre dies mal wieder so ein Moment, in dem ich vor Glück und zugleich vor Erschöpfung heulen könnte.

Kapitel 7: Molly

Edda

Nach dem Aufstehen gehe ich als erstes nach draußen, um nach meinen neuen Schützlingen zu sehen, muss jedoch feststellen, dass von den Hunden jede Spur fehlt. Auch auf mein Pfeifen und Rufen reagieren sie nicht. Laut Angus können die Tiere sich im ganzen Park frei bewegen und wie es aussieht, hat das kleine Rudel seinen Morgenspaziergang wohl ohne mich unternommen. Verstimmt und etwas ratlos gehe ich also zurück zum Haus. Nach dem Frühstück werde ich mich aufmachen, um die Hunde zu suchen, nehme ich mir vor.

Das Sockelgeschoss des Herrenhauses, wo die Küche und die anderen Wirtschaftsräume untergebracht sind, betritt man über einen Seiteneingang, der früher wohl für das Gesinde gedacht war. Die Herrschaften wiederum gelangten über die große Freitreppe zum Haupteingang und von dort in die eleganten Wohnräume im ersten und zweiten Stock. Auch heute leben dort wohl die Eigentümer, wenn sie denn da sind. Es würde mich zwar schon interessieren, wie es dort oben aussieht, aber andererseits bin ich auch froh darüber, im schön ausgebauten und komfortabel renovierten Nebentrakt untergebracht zu sein. Denn eigentlich bin ich heilfroh, wenn ich mit meinen feinen Arbeitgebern so wenig Kontakt wie möglich habe und man mich in Ruhe lässt.

„Ah, du musst Edda sein“, schreckt mich eine kräftige Frauenstimme mit breitem amerikanischem Akzent auf, als ich gerade in die Küche gehen will. Ich drehe mich um und sehe zu meiner Überraschung eine korpulente Schwarze auf mich zukommen, die zu einem langen, dunklen Kleid eine weiße Haube und eine weiße Schürze trägt. Ohne Zweifel, das ist Molly. Mit ihrer dunklen Haut und dem altmodischen Aufzug sieht sie eher aus wie aus einem Südstaatenfilm und nicht wie die Angestellte eines schottischen Haushalts.

„Äh, ja“, antworte ich und starre sie verwundert an, weil ich niemals erwartet hätte, dass irgendjemand heutzutage noch so herumlaufen würde.

„Ich bin Molly, die Hausdame“, bestätigt sie nun meine Vermutung und schiebt mich kurzerhand vor sich her in die große Küche. Es ist ein sehr schöner, behaglicher Raum, in dem ein perfektes Gleichgewicht zwischen Alt und Neu hergestellt wurde. Es gibt hier alles, was eine hochmoderne Profiküche braucht, seien es die luxuriöse Kochinsel oder die neuesten Küchengeräte. Gleichzeitig ist jedoch zum Beispiel der beeindruckende alte Eisenherd mit dem großen Ofenrohr erhalten geblieben, ebenso wie eine offene Feuerstelle unter einem gemauerten Abzug, unter dem ein gigantischer, runder Eisentopf hängt. Dunkle, alte Holzbalken zieren die Decke. Die Wände werden von antiken Kupferpfannen und anderen alten

Küchengeräten geschmückt. Auch die handbemalten Kacheln müssen sehr alt sein und sehen zwischen den hohen Sprossenfenstern wunderhübsch aus. Besonders gefällt mir der lange einfache Holztisch mit der massiven Platte und den Bänken im gleichen Stil, an dem ich gestern mein Abendessen eingenommen und dabei den Blick hinunter auf Loch Shiel genossen habe. Ein paar frische Blumen stehen in einer schlichten Vase darauf und verraten mir, dass in dieser Küche jemand herrscht, der Liebe zum Detail besitzt.

„Ich mache dir gleich ein paar Eier, Bohnen und Speck“, kündigt Molly an, drückt mich auf eine der Bänke und fängt sofort an, auf dem großen Gasherd am anderen Ende des Raumes mit Töpfen und Pfannen zu hantieren. Trotz ihrer beachtlichen Körpermaße bewegt sie sich ausgesprochen flink und wendig.

„Aber nur weil ich für dich koche, brauchst du dir nichts einzubilden, Fräulein“, ruft sie mir zu und stellt kurz darauf ein kleines Tablett mit einem großen Becher *Breakfast Tea*, Zucker und einem Kännchen Milch vor mir auf den Tisch. „In der Hierarchie stehst du natürlich unter mir! Ihr alle steht unter mir! So lange die Herrschaft keinen Butler einstellt, habe ich hier das Sagen! Die ganze Belegschaft kuscht vor mir, selbst Angus, auch wenn er hin und wieder die Zähne fletscht!“

Ziemlich irritiert starre ich sie an. Träume ich etwa noch? Was Molly da gerade von sich gegeben hat, kommt mir ungefähr so unzeitgemäß vor wie ihr merkwürdiges Kleid! Überall, wo ich bisher gearbeitet habe, ging es um Teamwork, offene Strukturen und Win-Win-Situationen. In der Londoner Arbeitswelt sind Worte wie „Hierarchie“, „das Sagen haben“ und „kuschen“ wahrscheinlich schon seit Margaret Thatchers Zeiten aus der Mode! Aber anscheinend ist das hier noch nicht angekommen.

„Okay“, sage ich also nur und schütte reichlich Zucker in meinen Tee.

„Du nennst mich Ma’am“, bestimmt Molly daraufhin und setzt mir flugs einen wirklich ausgesprochen vollgehäuften Teller vor. „Und wenn du nicht aufisst, gibt es Haue!“

Haue?! Ich lache höflich und bin mir nun doch ziemlich sicher, dass Molly einfach nur einen etwas schrägen Humor hat. Während ich das wirklich köstliche Frühstück vertilge, erzählt mir die Hausdame, dass Sir Kyle vor ein paar Stunden überraschend eingetroffen sei. Sie und die Mädchen seien deshalb extra früher aus Glasgow zurückgekommen, um seine Räumlichkeiten herrichten zu können.

„Als ich dich eben gesehen habe, dachte ich kurz, du seist eine Sub, die Sir Kyle mitgebracht hat“, lässt sie mich nun in vertraulichem Ton wissen.

„Eine Sub, Ma’am?“, frage ich erstaunt und kann das Wort nicht so recht zuordnen. Ich habe es schon einmal gehört, aber erinnere mich nicht, in welchem Zusammenhang. Wahrscheinlich ist es irgendeine Berufsbezeichnung. Molly lacht.

„Ja, aber nur für einen Augenblick. Dann habe ich mich erinnert, dass Angus meinte, der Herr kommt allein“, fährt sie fort. „Und außerdem bist du eh nicht so ganz sein Typ, denke ich.“

Sie taxiert mich so eindringlich, dass ich vor Scham das merkwürdige Wort sofort wieder vergesse. „Wobei…“, meint sie dann. „Er hat schon manchmal ein Händchen für etwas ausgefallene Schönheiten. Da merkt man dann doch noch sein Fotografenauge.“

Ich verstehe natürlich wieder nur Bahnhof, erröte aber, weil die beeindruckende Lady mich immerhin gerade als „Schönheit“ bezeichnet hat, was vor ihr wohl noch niemandem eingefallen ist.

„Schmeckt’s dir, Schätzchen?“, fragt sie nun lauernd und ich beeile mich, schnell weiter zu essen. Ich nicke mit vollem Mund. Inzwischen bin ich so satt, dass ich glaube, jeden Moment platzen zu müssen.

„Es ist wirklich köstlich, Ma’am, und der Speck ist so knusprig“, sage ich angestrengt. „Aber eigentlich bin ich inzwischen wirklich…“

Bevor ich das Wort „satt“ aussprechen kann, herrscht Molly mich so streng mit einem barschen „Iss auf!“ an, dass ich das Rührei vor Schreck noch schneller in mich hinein schaufele. Am Ende muss ich bei jedem Bissen fast würgen, aber ich schaffe es.

„Du bist ein braves Kind“, stellt Molly zufrieden fest und räumt den Teller ab. „Morgen gibt es vielleicht doch noch ein Ei mehr!“

Recht verstört und überzeugt davon, dass die Hausdame psychisch wohl nicht ganz richtig sein kann, mache ich mich nach dem Frühstück also auf den Weg, um die Hunde zu suchen. Es ist recht kalt und ich setze mir die Kapuze meiner Jacke auf, weil es ein wenig regnet. Als ich mich etwas vom Haus entfernt habe, schaue ich mich unauffällig um und stelle dann den Taillengurt meines Jeanskleids weiter, weil ich mich nach dem üppigen Mahl kaum noch bewegen kann.

„Ein Spaziergang wird mir gut tun“, murmele ich, während ich immer wieder pfeife, um meine Schützlinge anzulocken. „Ob nun mit oder ohne Hunde.“

Kapitel 8: Die Augen einer Hündin

Kyle

Weil ich nach meiner Ankunft nicht mehr einschlafen konnte, bin ich irgendwann aufgestanden und habe das getan, was ich immer als erstes tue, wenn ich in die *Bonnie Bride* zurückkomme. Wenn ich nicht gerade eine besonders harte Nacht hatte oder ein besonders entzückendes Wesen neben mir liegt, beginnt auch sonst jeder Morgen hier für mich so: Ich gehe im Park joggen.

Während ich mit den Hunden im Schlepptau lange Runden über die mir so vertrauten Wege ziehe, fällt langsam die ganze Anspannung der letzten Wochen von mir ab. Im Vergleich zu New York ist es hier draußen noch fast winterlich kalt. Mein Atem steht wie eine Wolke vor mir und mischt sich mit dem Nebel, der nach dem leichten Regen wieder aufgekommen ist. Zwischen den noch laublosen alten Eichen und hohen Rhododendren hindurch öffnet sich mir immer wieder der Blick über den Loch, der sich dort unten lang und schmal wie ein jahrtausendealtes Geheimnis zwischen den steil an seinen Ufern aufragenden Bergen entlang zieht. Meine Bewegungen sind regelmäßig und mein Atem ist das einzige, worauf ich mich konzentriere. Ich nehme nichts mehr wahr außer meinen Körper und die Umgebung, in der ich endlich wieder angekommen bin. Mein Kopf wird leer.

Doch plötzlich kläffen die *Deerhounds*, die mir die ganze Zeit wie fünf große, graue Schatten gefolgt sind, und rennen los. Verwundert biege ich um das große Gebüsch, hinter dem sie verschwunden sind und pralle fast gegen eine kleine Gestalt, die von den Hunden schwanzwedelnd begrüßt wird. Normalerweise sind sie Fremden gegenüber zurückhaltend, aber darum kümmere ich mich in diesem Moment nicht, sondern fahre den Eindringling stattdessen ungehalten an: „Wer sind Sie und wie kommen Sie hier herein? Das ist ein Privatgrundstück!"

Die Person ist eine junge Frau, wie ich nun sehe, als sie ihr Gesicht hebt und mich ansieht. Sie ist eine typische Schottin, eins von diesen dunkelhaarigen, urtümlichen Nordlichtern mit heller Haut und strahlend blauen Augen, die mich für einen Moment so gefangen nehmen, dass ich sie länger anstarre, als es normalerweise meine Art ist.

„Sie hat die Augen einer Hündin", schießt es mir durch den Kopf. „So scheu und wild zugleich… Oder die einer Königin! Verunsichert, doch voller Stolz."

Als ich meiner unfreundlichen Begrüßung gerade noch hinzufügen will, dass der Sicherheitsdienst bald hier auftauchen dürfte, falls sie irgendwo über unsere Mauer geklettert sein sollte, hat die kleine Keltin sich wohl von dem Schrecken unseres Zusammenpralls erholt und erwidert ziemlich patzig: „Ich bin kein Eindringling! Ich arbeite hier! Ich bin die neue Dogsitterin!"

Ich lege meine Hand auf Albas Kopf, die sich daraufhin auf den Weg setzt und mit offenem Maul hechelnd zu mir aufschaut, und wische mir mit der andern Hand den Schweiß von der Stirn. Dogsitterin?!

„Wer hat dich eingestellt?“, frage ich barsch. „Und wieso weiß ich nichts davon?!“

Die letzte Frage kann das arme Mädchen mir natürlich auch nicht beantworten, ich hatte sie eigentlich vor allem an mich selbst gerichtet. Trotzdem erwidert die Kleine nun grantig: „Dass Sie nichts davon wissen, liegt sicher daran, dass sie nicht so oft hier sind. Sie sind doch wohl Sir Kyle, wenn ich mich nicht irre?“

Erstaunt über den frechen Tonfall verschränke ich die Arme vor der Brust und sehe sie scharf an, woraufhin sie erschrocken über die eigene Courage sofort den Blick senkt und am Reißverschluss ihres etwas kindlichen, dunkelblauen Anoraks herum nestelt.

„Wer hat dich eingestellt, habe ich gefragt“, wiederhole ich streng. Dass ich zu einem eindeutig autoritären Tonfall wechsele, liegt in der Natur unseres Spiels. Jeder unserer Angestellten steht in der Hierarchie automatisch weit unter uns und ist uns untergeben. Unser Verhältnis wird von einer Art Leibeigenschaft geprägt, die natürlich freiwillig ist und jederzeit beendet werden kann. Wir Herren haben die völlige Verfügungsgewalt über das Gesinde, was von beiden Seiten einvernehmlich und so gewollt ist. Es ist genau das, was unsere *Bonnie Bride* so besonders macht: Ein starkes Machtgefälle, in dem jeder seinen Platz hat und das niemals durchbrochen wird, es sei denn, es tritt irgendein Notfall ein. Die Erfüllung, die jedem Einzelnen von uns diese ungewöhnliche Form des Zusammenlebens schenkt, lässt sich mit nichts vergleichen oder aufwiegen.

Umso mehr überrascht mich nun die Antwort unserer Neuen. Mehr noch, sie schockiert mich regelrecht, weil sie nämlich unsere private Weltordnung völlig durcheinander bringt: „Ich wurde von der *Stewart Estate* angestellt, Sir Kyle“, entgegnet sie schnippisch. „Mein Arbeitsvertrag ist unbefristet!“

Ich starre sie entgeistert an. Die *Stewart Estate* ist eine auf William laufende Immobilienverwaltung, die sich um die Gebäude und Grundstücke kümmert, die sich in unserem Privatbesitz oder im Besitz unserer Firmen befinden. Von unserem Spiel hat dort aber natürlich niemand eine Ahnung. Und dass Will sich aus Japan um die Einstellung einer Dogsitterin bemüht hat, glaube ich kaum.

„Wer?“, schnaube ich. „Wer zum Henker hat das zu verantworten?“

Sie ist nun eindeutig verängstigt und fürchtet sicher um ihre neue Stelle, doch sie versteckt ihre Furcht hinter einer Fassade aus schnippischer Kampfeslust.

„Ich kann Ihnen gern meinen Arbeitsvertrag zeigen, Sir Kyle“, kommt es wie aus der Pistole geschossen. „Mr. Wilson persönlich hat mich eingestellt!“

Von einem Mr. Wilson habe ich noch nie etwas gehört. Ganz sicher hat der Mann aber keinen Schimmer davon, worauf bei einer Neuanstellung für die *Bonnie Bride* geachtet werden muss. Denn auch wenn die fachliche Eignung natürlich nicht ganz unwichtig ist, spielen Persönlichkeit, Offenheit und sexuelle Neigung eine weitaus größere Rolle. Unser Herrenhaus ist eine Art privater BDSM-Club, in dem 24/7 ein Rollenspiel stattfindet.

„Verdammt, das kann doch nicht wahr sein", murmele ich nur und lasse die Dogsitterin einfach stehen, um so schnell wie möglich zurück zum Haus zu joggen. Ich weiß schon, wen ich mir in dieser Sache vorknöpfen muss und es ist mir völlig egal, ob das Prinzlein gerade Liebeskummer hat!

Ich nehme die Freitreppe zur Haustür mit großen Schritten und trete ungehalten in die große Steinhalle ein. Kaum dass ich mein Telefon in der Hand habe, das ich zum Joggen nicht mitgenommen hatte, wähle ich auch schon Christians Nummer. In San Francisco, wo unser Assistent Henry zur Zeit unterstützt, ist es jetzt mitten in der Nacht, aber das kümmert mich in diesem Moment herzlich wenig. Er ist entsprechend verschlafen, als er nach endlosem Klingeln endlich abnimmt.

„Kyle, was ist denn…", beginnt er gähnend, aber ich lasse ihn nicht zu Wort kommen.

„Christian, du unglückseliger Narr", knurre ich. „Ich hoffe, du weißt, was dir blüht, wenn ich dich in die Finger kriege?"

Auch verschlafen ist er noch schlagfertig, denn Christian kichert und erwidert geziert: „Huch, na sowas! Ein erotischer Traum wird endlich Wirklichkeit!“

Aber mir ist nicht nach Späßen zumute.

„Ich sage dir drei Dinge, Christian: *Stewart Estate*, Dogsitterin und Mr. Wilson! Was fällt dir dazu ein, du Vollidiot?!“

Nun fällt der Groschen bei unserem Assistenten anscheinend, denn er seufzt theatralisch und gähnt erst noch einmal ausgiebig, bevor er antwortet. „Oh, ach so“, macht er dann gelangweilt. „Ich dachte, du freust dich, Darling! Die Situation mit deinen Hunden konnte doch so nicht weitergehen! Angus und Molly haben keine Zeit und die Viecher verwildern, wenn sich niemand um sie kümmert…“

Weil ich hinten in der Halle eins der Hausmädchen beim Staubwischen gesehen habe, trete ich wieder hinaus auf die Treppe und knalle die Tür hinter mir zu.

„Wie konntest du nur eine Außenstehende in die *Bonnie Bride* bringen, du Schwachkopf?!“, schimpfe ich wütend. „Sie hat doch keine Ahnung, was hier abgeht! Willst du, dass uns ab jetzt die Regenbogenpresse hier auf Schritt und Tritt verfolgt?“

Christian lacht nervös.

„Ach, Kyle, das ist doch nur ein harmloses Mädchen“, meint er ausweichend. „Wie hätte ich mich denn hier aus den Staaten darum kümmern sollen? Sie haben mir versichert, dass sie absolut diskret und zuverlässig ist!“

Eigentlich will ich mit meinen Verwünschungen fortfahren, doch da höre ich ein leises Geräusch und verstumme misstrauisch. Auch die Hunde, die unten vor der Treppe liegen, spitzen die Ohren. Doch als ich mich suchend umschaue, kann ich niemanden entdecken.

Kapitel 9: Hinter dem Buchsbaum

Edda

Wie kann jemand, der so gut aussieht, bloß so ein Ekelpaket sein? Auch wenn Molly mir nichts von der Ankunft des Eigentümers gesagt hätte, wäre es mir nicht schwer gefallen, den Jogger, der mich fast über den Haufen gerannt hätte, als Sir Kyle zu erkennen. Man sieht dem Kerl mit den rötlich braunen Haaren und dem ordentlich gestutzten Vollbart sein blaues Blut förmlich an, selbst wenn er bei unserer ersten Begegnung eben mit Laufschuhen, Trainingshose und Hoodie eigentlich ausgesprochen leger gekleidet war. Aber nicht nur sein Gesicht ist so charismatisch, stolz und irgendwie edel, wie man es von einem Adligen erwarten würde, auch seine ganze Haltung strahlt Autorität und Würde aus. Und ebenso arrogant, wie man es von einem Adligen erwarten würde, ist er auch!

Wutschnaubend starre ich dem aufgeblasenen Schnösel hinterher, der in Richtung des Herrenhauses davonrennt, als hätte er Hummeln in seinem durchaus wohlgeformten Hintern. Dass Sir Kyle so jung sein würde, hätte ich niemals erwartet. Eigentlich hatte ich mir einen dicken, alten Lord vorgestellt, der Pfeife raucht und über Traditionen schwafelt. Wie es aussieht, ist mein Arbeitgeber aber höchstens Mitte dreißig und rauchen tut er sicher nicht, so schnell wie er laufen kann.

Je weiter er sich nun aber entfernt, desto mehr gerate ich in Panik.

Dass ich aggressiv reagiere, wenn ich mich angegriffen fühle, bedeutet nicht, dass ich keine Angst habe. Wenn jemand unfreundlich zu mir ist oder mich bedroht, bin ich zutiefst verunsichert und brauche oft Tage, um eine solche Situation einigermaßen zu verwinden. Nun aber kommt noch eine ganz andere Sorge hinzu: Was soll ich tun, wenn dieser adlige Spinner mir kündigt? Es stimmt, was ich gesagt habe: Mein Vertrag ist unbefristet. Allerdings gibt es eine sechswöchige Probezeit! Und da heute ja mein erster Tag ist, dauert es noch genau sechs Wochen, bis sie vorbei ist.

„Wie konntest du nur so unglaublich bescheuert reagieren, Edda?“, schimpfe ich mit mir selbst. „Jeder Besen hat mehr Charme als du!“

Eins steht jedenfalls fest: Wenn ich nicht irgendetwas tue, kann ich meinen neuen Traumjob knicken! Und dann muss ich zurück nach London und Alice und Brad um Unterschlupf in ihrer winzigen Zweizimmerwohnung anbetteln, anstatt in meinem schönen Zimmer in dieser fantastischen Umgebung zu residieren! Kaum bin ich am Ziel meiner Träume angekommen, droht alles zu zerbrechen!

„Lauf, Edda“, sage ich also und renne los, so schnell es meine Beine erlauben. Leider bin ich sehr viel schlechter in Form als der adlige Sportsmann und zudem liegt mir Mollys üppiges Frühstück immer noch bleischwer im Magen, so dass Sir Kyle natürlich längst verschwunden ist, als ich atemlos am Herrenhaus ankomme. Die Hunde liegen vor der Treppe auf dem hellen Kies und kümmern sich nicht darum, als ich nach Luft japsend auf eine Bank an der Hauswand niedersinke, neben der in einem Terrakotta-Topf ein großer, rund zurechtgestutzter Buchsbaum wächst.

Als ich gerade vor Verzweiflung in Tränen ausbrechen will, höre ich ein Geräusch, das oben vom Eingang kommt. Erschrocken halte ich die Luft an und spähe um den Buchsbaum herum. Es ist Sir Kyle, der dort oben aus der zweiflügeligen, schwarz lackierten Tür tritt und sie hinter sich zuknallt. Wie es scheint, telefoniert er, denn ich höre ihn wütend schimpfen: „Wie konntest du nur eine Außenstehende in die *Bonnie Bride* bringen, du Schwachkopf?! Sie hat doch keine Ahnung, was hier abgeht! Willst du, dass uns ab jetzt die Regenbogenpresse hier auf Schritt und Tritt verfolgt?“

Mit klopfendem Herzen presse ich mich an die Mauer, weil mein Arbeitgeber sicher wenig Wert darauf legt, bei diesem Gespräch von mir belauscht zu werden. Besser ist es, wenn ich danach versuche, ihn abzupassen und ihn irgendwie zu beschwichtigen. Anscheinend macht er sich Sorgen wegen der Diskretion. Dabei hat Mr. Wilson mich doch mehrmals darauf hingewiesen!

Als ich meine Füße unter die Bank ziehe, damit Sir Kyle sie von dort oben nicht zu allem Überfluss hinter dem Buchsbaum hervorragen sieht, stoße ich mit den Hacken gegen irgendetwas. Wahrscheinlich ist es ein leerer Blumentopf oder eine Gießkanne, jedenfalls verursacht es ein leises, scheppperndes Geräusch, bei dem die Hunde die Köpfe heben und Sir Kyle kurz verstummt. Für einige schreckliche Sekunden fürchte ich, jeden Augenblick entdeckt zu werden, womit mein Schicksal wohl endgültig besiegelt wäre. Doch dann höre ich ihn zum Glück weitersprechen und atme vorerst auf.

„Auch wenn ich Schotte bin, eins sage ich dir, mein Junge", fährt er nun nämlich so ungehalten und drohend fort, dass ich selbst in meinem Versteck ängstlich zusammenzucke. „Wenn ich dich in die Finger kriege, wirst du sehen, dass ich auch allerhand von *englischer* Erziehung verstehe!"

Dann scheint das Gespräch zu Ende zu sein, denn ich höre Sir Kyle nur noch kurz fluchen, dann knallt die Tür erneut zu und es herrscht Stille. Verwirrt und aufgeregt bleibe ich auf der Bank sitzen. Besorgt denke ich an den armen Mr. Wilson, einen sehr korrekten und höflichen Mann, der mit den wirren Beschimpfungen dieses Exzentrikers sicher ebenso heillos überfordert war wie ich. Dass Adlige sich mitunter völlig daneben benehmen, ist ja allseits bekannt, aber hautnah erleben zu müssen, wie ein armer Mensch so völlig grundlos und unangebracht niedergemacht wird, hat mich zutiefst erschüttert. Und was der ungehobelte Kerl für merkwürdige Ausdrücke benutzt hat!

„Englische Erziehung?“, murmele ich. „Was soll das heißen, wieso Erziehung? Mit einem erwachsenen Mann zu sprechen, als wäre er ein kleines Kind!“

Auch den Rest seiner Anschuldigungen habe ich nicht verstanden. „Eine Außenstehende, die keine Ahnung hat, was in der *Bonnie Bride* abgeht“, hat er mich genannt.

„Was geht denn hier ab, wovon ich keine Ahnung habe?“, frage ich Alba, die ganz in meiner Nähe liegt und mich mit ihrem schmalen Hundegesicht anschaut. Die Hündin ist die einzige, die ich bisher identifizieren kann, weil sie etwas kleiner und zierlicher als die vier Rüden ist. Aber sie antwortet mir nicht. Verzweifelt überlege ich, ob ich die Treppe hochlaufen, an die herrschaftliche Eingangstür klopfen und Sir Kyle um ein Gespräch bitten soll. Doch in diesem Moment sehe ich jemanden den Weg herunterkommen, dessen Anblick mich zum Glück von dieser wahrscheinlich ziemlich dummen Idee abbringt.

„Angus“, rufe ich erleichtert, springe auf und laufe meinem Freund mit dem abgewetzten Kilt entgegen, um ihm mein Leid zu klagen.

Kapitel 10: Kamingespräch

Kyle

Am späten Nachmittag sitze ich in meiner Bibliothek am Kamin, trinke Tee und esse *Scones*, die Molly frisch für mich gebacken hat. Inzwischen habe ich geduscht, noch ein paar Stunden geschlafen und mich einigermaßen beruhigt. Ich habe mit William telefoniert, der die Sache weniger dramatisch fand als ich, auch wenn er mit mir einer Meinung war, dass Christian wohl mal wieder überfällig ist.

„Jeder Vertrag sieht eine Probezeit vor“, hat er in Bezug auf die Dogsitterin ganz richtig gesagt, was ich in meiner Wut gar nicht bedacht hatte. „Wir werden sie nicht übernehmen, so einfach ist das. In der Zeit, in der du jetzt allein da bist, dürftest du sie kaum zu Gesicht kriegen und wenn wir in ein paar Wochen alle kommen, dann ist sie längst verschwunden.“

Beruhigt, aber immer noch etwas verstimmt über den ärgerlichen Zwischenfall starre ich in die Flammen. Draußen ist es grau und regnerisch und bald dürfte es dunkel werden. Als ich mich gerade dazu durchringen will, meine Mails und sonstigen Nachrichten zu checken, klopft es dezent an die nur angelehnte schwere Holztür. Es ist Angus, der sich erkundigt, ob das Feuer auch richtig brennt. Ich nicke nur und gebe ihm mit einem Handzeichen zu verstehen, dass er sich zurückziehen kann.

„Sir Kyle“, beginnt er jetzt jedoch und schaut bescheiden auf den Boden vor sich, als ich den Blick hebe. „Dürfte ich vielleicht auf ein Wort... nur kurz und nur, wenn Ihr gestattet…“

Erstaunt bitte ich ihn herein und fordere ihn auf, sich zu setzen. Natürlich nimmt er nicht in dem anderen großen Ohrensessel Platz, der neben meinem am Kamin steht, sondern zieht sich den kleinen Hocker herbei, der zum Feuermachen neben dem schmiedeeisernen Kamingeschirr steht. Ich betrachte den riesigen Kerl auf dem gegen seinen massigen Körper wie ein Puppenstühlchen wirkenden Hocker und freue mich im Stillen über dieses sonderbare, aber wunderschöne Bild. So etwas bekommt man nur in der *Bonnie Bride* zu sehen.

Angus knetet seine groben Pranken und ist augenscheinlich etwas nervös, weshalb ich ihm helfe, indem ich ihn ungeduldig zurechtweise: „Nun sag schon, was du sagen willst! Meine Geduld ist rasch am Ende!“

Natürlich entschuldigt er sich eilig und rückt dann damit heraus, was ihn beschäftigt: „Es geht um das Mädchen, Sir Kyle“, beginnt er und ich winke ab. Ich hätte mir denken können, dass er aus diesem Grund gekommen ist. Natürlich hat die Belegschaft ebenso wenig Lust auf eine Außenstehende wie ich.

„Mach dir keine Sorgen um sie, Angus“, unterbreche ich ihn unwirsch. „Sie wird bald verschwunden sein! Ich wusste nichts von ihrer Einstellung und werde sie rückgängig machen, sobald es möglich ist.“

Mein treuer Gärtner räuspert sich. „Verzeihung, Sir Kyle, wenn ich es wage, einen Einwand zu äußern", setzt er erneut an und nun bin ich tatsächlich so überrascht, dass ich mein mit *Clotted Cream* und Marmelade bestrichenes Gebäckstück in den Tee fallen lasse. Während ich es nicht besonders geschickt mit meinem Teelöffel wieder herausfische, was Angus dezent übersieht, fährt er fort: „Als sie ankam, ahnte ich nicht, dass sie keine Bewerberin ist, wie wir sie sonst einstellen. Es wurde mir erst klar, als sie mir vorhin erzählte, was vorgefallen ist. Sie war ganz verzweifelt deswegen."

Angewidert lege ich den durchweichten *Scone* auf meinen Teller und stelle auch den Tee weg, der nun natürlich voller Krümel ist.

„Du hast ihr hoffentlich nichts gesagt?", frage ich scharf und Angus schüttelt den Kopf.

„Nein, Sir Kyle", beeilt er sich zu versichern. „Aber wenn ich mir erlauben darf, ich denke nicht, dass es ein Problem wäre."

Als ich ihn misstrauisch mustere, erklärt er mir, war er meint: „Ich denke nicht, dass Edda viel mit BDSM am Hut hat. Wahrscheinlich hat sie keine Ahnung davon und selbst wenn sie durch Zufall etwas daran fände, wäre es wohl mehr als unwahrscheinlich, dass sie es in einer so exzentrischen Form leben wollen würde, wie wir es hier in der *Bonnie Bride* tun. Aber dennoch… Nun ja, wie soll ich sagen… Ihr kennt mich, Sir Kyle, und wisst, dass ich normalerweise lange brauche, um mit neuen Menschen warm zu werden…“

Ich nicke schweigend. In der Tat bewundere ich Angus für seine Menschenkenntnis und vertraue seinem Urteil oft mehr als dem von Henry oder gar Christian.

„Sie war mir sofort sympathisch, Sir Kyle“, fährt Angus nun fort. „Sie ist verschlossen und verletzt, doch in ihr glüht es. Keine Ahnung, was es ist. Ein Feuer, eine Leidenschaft, ein Traum, irgendwie so etwas. Was ich sagen will, Sir Kyle: Sie muss ja nicht mitspielen. Es würde doch reichen, wenn sie es akzeptiert. Edda ist ganz zurückhaltend und würde sicher niemanden stören. Sie liebt es hier bei uns und ist begeistert von der *Bonnie Bride*. Ist das nicht eigentlich die Hauptsache?“

Nachdenklich streiche ich mir über den Bart. Natürlich hat er recht. Jemand, der sich einfügen könnte, ohne selbst aktiv mitzuspielen, wäre eigentlich kein Problem. Trotzdem zweifle ich daran, dass der Dogsitterin die *Bonnie Bride* auch dann noch so gut gefällt, wenn sie mitkriegt, dass Besitzer und Personal Neigungen haben, die etwas mit Lust an Dominanz und Unterwerfung zu tun haben. *Aber vielleicht ist es einen Versuch wert*, denke ich. *Loswerden kann man sie immer noch. Die Probezeit ist ja lang genug. Falls es mit ihr geht, wäre es für die Hunde in der Tat nicht übel.*

Das Risiko, sie sofort einzuweihen, werde ich aber sicher nicht eingehen Im Moment ist es hier ja ohnehin ruhig, so dass sie kaum etwas mitbekommen wird. Ich kann sie also erst einmal etwas näher kennenlernen, um sie besser einschätzen zu können. Dann werde ich die Angelegenheit mit Henry und William besprechen und wir werden gemeinsam entscheiden.

„Schön und klug gesprochen, alter Freund“, lächle ich nach einer kurzen Pause. „Edda heißt sie also?“

Wieder sehe ich diese blauen Augen vor mir, die unter schmalen, dunklen Brauen so ausdruckstark gefunkelt haben, und erinnere mich an meinen ersten Gedanken, als ich sie vorhin gesehen habe.

„Edda heißt sie, Sir Kyle“, bestätigt Angus.

„Edda“, wiederhole ich und frage dann: „Ist Edda eine Hündin oder eine Königin?“

Mein Gärtner lacht leise.

„Gute Frage, Sir Kyle“, sagt er. „Ich würde mich nicht festlegen wollen. Vielleicht ist sie beides.“

Weil das Gespräch für mein Empfinden lang genug gedauert hat, mache ich eine unwirsche Handbewegung und brumme: „Na schön, dann schick sie zu mir! Ich werde mit ihr sprechen und dann sehen wir weiter. Und sag Molly, sie soll mir eine neue Tasse bringen. In der hier habe ich einen *Scone* ersäuft.“

Kapitel 11: Nur Kyle

Edda

„Muss ich irgendetwas beachten?", frage ich Angus aufgeregt, nachdem er mir gesagt hat, dass Sir Kyle mich erwartet. Mein Freund lächelt mich an und klopft mir mit seiner gigantischen Pranke auf die Schulter. Das Funkeln in seinen Augen kann ich nicht so recht deuten, als er sagt: „Ach was! Sei einfach du selbst, Missy! Sir Kyle kann hart und aufbrausend sein, aber eigentlich ist er ein kluger Mann und hat ein gutes Herz."

Dann öffnet er die Eingangstür zu den herrschaftlichen Räumen der *Bonnie Bride* und geht mir voraus. Wir durchqueren eine hohe und nur spärlich beleuchtete Halle, deren Boden und Wände aus Marmor zu bestehen scheinen. Im Hintergrund erkenne ich einen gigantischen Kamin. An jeder Seite der Halle führt eine geschwungene Treppe ins obere Geschoss. Wir nehmen die linke und biegen dann in einen breiten Flur ab, dessen edle rauchgraue Seidentapete bis unter die Decke mit alten Gemälden, Porträts und gerahmten Stichen vollgehängt ist. Ehrfürchtig wandert mein Blick über die kostbaren Bilder, auf denen vor allem alte Ansichten des Anwesens und der Landschaft zu sehen sind, während ich Angus an vielen Türen vorbei den Gang hinunter folge. Vor Aufregung ist mir ganz flau im Magen. Möglicherweise wird das bevorstehende Gespräch darüber entscheiden, ob ich in Schottland bleiben darf.

Vor einer Tür am Ende des Flurs bleibt Angus stehen und klopft an. Als von drinnen eine Stimme erklingt, öffnet er die Tür, kündigt mich an und schiebt mich in den Raum. Während ich mit klopfendem Herzen an ihm vorbeigehe, zwinkert er mir noch einmal zu. Dann schließt er die Tür und ich bin mit Sir Kyle allein.

Mein Arbeitgeber sitzt bequem zurückgelehnt in einem großen Ledersessel, der an einem weiteren Kamin steht. Im Gegensatz zu dem in der Halle brennt in diesem jedoch ein Feuer, das den Raum mit einer märchenhaften, urtümlichen Atmosphäre erfüllt. Für einen kurzen Augenblick bin ich ganz verzaubert davon, denn ich habe offenes Feuer in Wohnräumen bisher nur in Filmen gesehen. Auch der Rest des nicht allzu großen Raumes ist wunderhübsch. Ringsum befinden sich hohe Bücherregale an den Wänden und ein weicher, edler Perserteppich in Blau- und Rottönen bedeckt den Boden. Am hohen Fenster, das von bodenlangen, königsblauen Samtvorhängen eingerahmt wird, steht ein kleiner Schreibtisch.

Obwohl die Möbel antik sind und alles würdevoll und kostbar aussieht, komme ich mir keinesfalls wie in einem Museum vor. Nicht nur das Feuer im Kamin belebt das Ambiente, auch sonst entdecke ich überall Zeichen dafür, dass der Raum tatsächlich bewohnt wird. Auf dem Schreibtisch steht ein Notebook und ein Stapel Unterlagen und Briefe zeugen davon, dass Sir Kyle hier wohl arbeitet. Neben alten Nachschlagewerken stehen auch zahlreiche aktuelle Romanausgaben in den Regalen und eine moderne Anlage spielt leise Jazzmusik.

„Setz dich, Edda“, fordert Sir Kyle mich auf, als ich schüchtern an der Tür stehenbleibe. Der Blick seiner grauen Augen scheint mich förmlich zu durchbohren, als ich langsam näherkomme und unschlüssig vor dem zweiten Ohrensessel, der mit einem dunkelblauen Karostoff bezogen ist, stehenbleibe. Sir Kyles Gesicht ist undurchdringlich und streng und für einen Moment bin ich versucht, einen Knicks zu machen. Zum Glück gebe ich dem Impuls nicht nach, denn es wäre wahrscheinlich ein unglaublicher Fauxpas. Kein Mensch knickst heutzutage mehr! Oder? Vielleicht wäre es doch angebracht? Mein Kopf scheint unter dem bohrenden Blick dieser ausdrucksstarken Augen immer leerer zu werden und ich spüre, wie meine Handflächen zu schwitzen anfangen.

„Ich sagte, setz dich“, lacht mein Arbeitgeber nun jedoch und wirkt gleich weniger furchteinflößend. „Brauchst du immer eine zweite Aufforderung?“

Mit einem verlegenen Lachen setze ich mich auf die Kante des Sessels und verfluche mich im Stillen für mein trotteliges Benehmen. Anstatt auf meinen Job und die Probleme mit Mr. Wilson zu sprechen zu kommen, befiehlt Sir Kyle knapp: „Schenk uns Tee ein, Edda!“

Als ich früher noch bei meinem Onkel gewohnt habe, musste ich mich auch immer um den Tee kümmern. Besonders auf den *High Tea*, der am frühen Abend eingenommen wird, legte er sehr viel Wert und konnte sehr böse werden, wenn seine Sandwiches nicht im richtigen Winkel geschnitten waren. Auf dem elegant hergerichteten Beistelltisch, in dessen Mitte eine Etagere mit köstlich aussehenden *Scones* thront, stehen zwei unberührte, dünnwandige Porzellantassen. Die kleinen, lauwarm servierten Brötchen, die mit cremigem Rahm und Erdbeermarmelade bestrichen werden, mag ich selbst furchtbar gern und bei ihrem Anblick läuft mir das Wasser im Mund zusammen. Seit dem Frühstück habe ich nichts mehr gegessen und erst jetzt fällt mir auf, wie hungrig ich bin. Aber natürlich würde es mir nicht im Traum einfallen, mir einfach etwas zu nehmen. Vor Sir Kyle essen zu müssen, wäre mir ohnehin sehr unangenehm. Dass ich nun mit ihm Tee trinken muss, wie es scheint, reicht als Herausforderung völlig aus! Mit leicht zitternden Fingern schenke ich also ein und bin froh, dass es mir gelingt, ohne zu kleckern. Sir Kyle verfolgt jede meiner Bewegungen, was mich furchtbar nervös macht.

„Milch, Sir Kyle?“, frage ich, weil ich meinem Onkel auch immer die Milch in den Tee gießen musste. Und wehe, wenn es nicht genau die richtige Menge war!

„Morgens Milch, danach Zitrone, keinen Zucker“, lässt er mich wissen, als wäre ich nicht als Dogsitterin, sondern als Serviererin eingestellt worden. Mit der kleinen, silbernen Zange tue ich also ein Stück Zitrone in den Tee, dessen kräftige, goldene Farbe in der eleganten Tasse sehr hübsch zur Geltung kommt. Anstatt sich zu bedanken, verfolgt Sir Kyle aufmerksam, wie ich mir selbst einschenke und mir verschämt Milch und Zucker nehme. Ich weiß selbst nicht, aus welchem Grund mir das alles so unangenehm ist, aber die Anwesenheit dieses Mannes bringt mich völlig aus dem Konzept. All die Sätze, die ich mir vorher zurechtgelegt habe, sind aus meinem Gedächtnis verschwunden.

„Ich möchte mich bei dir entschuldigen", sagt Sir Kyle schlicht, als ich fertig bin. „Vorhin war ich sehr unhöflich zu dir. Das ist normalerweise nicht mein Stil."

Um etwas zu tun zu haben, das mich von meiner peinlichen Beklemmung ablenkt, bin ich gerade dabei, mir meine Tasse an die Lippen zu führen. Vor Schreck über diese unerwartete Entschuldigung verschütte ich etwas Tee, der nicht nur auf die Untertasse, sondern auch auf den weiten Rock des knielangen, schlichten Kleides schwappt, das ich mir für das Gespräch angezogen habe. Sir Kyle registriert mein Missgeschick, übergeht es jedoch ohne eine Reaktion. Stattdessen nimmt er seine eigene Tasse und trinkt einen Schluck, während ich so etwas stammele wie: „Oh, das macht doch nichts! Sie wussten ja nichts von meiner Anstellung…Wenn Mr. Wilson Ihnen nicht Bescheid gesagt hat… Und überhaupt… Das war wirklich kein Problem!"

Sir Kyle streicht sich über seinen Vollbart, dessen rötlicher Glanz vom Feuerschein noch unterstrichen wird. „Du verstehst den Grund für meine Reaktion nicht, Edda", sagt er nun. „Aber dich trifft keine Schuld daran.

Weißt du, aus bestimmten Gründen suchen wir unsere Hausangestellten für gewöhnlich gern selbst aus."

Ich nicke betroffen und schiele auf Sir Kyles Hände, ob ich einen Ehering daran entdecke. Er hat „wir" gesagt und meinte damit sicher seine Frau und sich. Aber ich kann keinen Ring entdecken. *Vielleicht ist er verlobt*, denke ich. *Oder er spricht von seinen Eltern. Ganz allein kann er ja kaum hier leben.*

„Ich möchte dich in der Zeit meines Aufenthalts etwas besser kennenlernen, um festzustellen, ob du in die *Bonnie Bride* passt", fährt er mit kühler Bestimmtheit fort und es schaudert mich, weil ich daran denken muss, wie er mit dem armen Mr. Wilson umgesprungen ist. *Ob er mir auch englische Erziehung angedeihen lässt, wenn ich seinen Erwartungen nicht entspreche?*, schießt es mir durch den Kopf, ohne dass ich die Bedeutung dieser rätselhaften „Erziehungsmethode" kennen würde.

„Einverstanden, Edda?", fragt Sir Kyle nun, weil ich die ganze Zeit nichts gesagt habe.

„Ja, Sir", antworte ich eilig. „Natürlich, Sir!"

Was sollte ich auch anderes sagen? Immerhin habe ich so die Chance, ihm zu beweisen, dass ich mich gut um seine Hunde kümmern werde. Andere Eignungen werden ja wohl kaum vonnöten sein. Oder? Verunsichert sehe ich Sir Kyle an. Er lächelt mich an und sieht dabei so verdammt gut aus, dass ich sofort wieder den Blick senke und verlegen in meinen Tee starre. Was ist bloß los mit mir?! Dass Vorgesetzte mich einschüchtern, ist nichts Neues, aber bisher hatte ich nie solches Herzrasen und dieses brennende Gefühl in den Wangen!

„Nenn mich nicht ‚Sir', Edda", sagt er nun und trinkt noch einen Schluck Tee. „So nennen mich nur… nun ja, bestimmte Leute eben. Für dich bin nur Kyle, in Ordnung?"

Erschrocken verschlucke ich mich an meinem Tee und muss peinlicherweise husten.

„Kyle, Sir?", frage ich und er lacht.

„Nein! Nur Kyle, ohne Sir", korrigiert er mich. „Meine Familie führt zwar einen Titel, aber ich lege keinen Wert auf solche Formalitäten. Der ‚Sir', den du von Angus und Molly wahrscheinlich gehört hast, ist eine etwas andere Anrede, als du denkst."

Ich nicke beklommen, obwohl ich keine Ahnung habe, was er meint. Tatsächlich war ich natürlich davon ausgegangen, dass er als Mitglied des Landadels so angesprochen wird.

„Also nur Kyle?", wiederhole ich etwas ungläubig, weil ich kaum glauben kann, dass es hier mit rechten Dingen zugeht. Auch wenn er nur ein paar Jahre älter als ich sein dürfte, kann ich doch meinen Boss nicht einfach mit seinem Vornamen ansprechen!

„Oder Mr. MacLean", grinst er. „Wenn du es partout nicht fertig bringst, mich zu duzen, kleines Mädchen."

Nun erröte ich endgültig, weil sein letzter Satz mich so aus der Fassung bringt, als hätte mein Arbeitgeber gerade versucht, mit mir zu flirten. Hat er das wirklich? Oder bin ich einfach nur ein gestörter Nerd, der gerade einmal wieder beweist, dass ihm jedes Talent für das menschliche Miteinander vollkommen abgeht?

Ich schweige verlegen und starre in den Kamin. Das Feuer knistert und die Wärme, die von den züngelnden Flammen ausgeht, ist ein angenehmer Kontrast zu dem inzwischen stärker gewordenen Regen, der draußen von einem kräftigen Wind gegen die Scheibe geweht wird. Kyle MacLean heißt er also. Irgendwie sagt mir dieser Name etwas, aber im Moment komme ich natürlich nicht darauf, wo ich ihn schon einmal gehört haben könnte.

Kapitel 12: Licht und Schatten

Kyle

Anders als bei unserer ersten Begegnung ist Edda heute Abend nicht mehr frech und kratzbürstig, sondern schüchtern und verlegen. Es bestätigt sich, was Angus gesagt hat: Sie fürchtet um ihren neuen Job, den sie wohl gern behalten würde. Natürlich werden ihre Reaktionen hauptsächlich davon und von der Tatsache beeinflusst, dass ich ihr Arbeitgeber bin, der ihre Zukunft in der Hand hat. Deswegen bilde ich mir auch nicht allzu viel darauf ein, wenn sie errötet oder den Blick senkt, wenn ich sie ansehe. Nicht allzu viel, aber dennoch streichelt es meine dominante Ader, denn es ist wirklich entzückend, wie sich darum bemüht, alles richtig zu machen. Sie ist verwirrt und verunsichert von dem, was ich gesagt habe.

Es ist Schweigen eingekehrt und ich beobachte Edda beim Teetrinken. Sie sitzt auf der Kante des Sessels, als würde sie jeden Moment aufspringen und fliehen wollen, und hält die Tasse vorsichtig wie ein rohes Ei. Ihr volles, schweres Haar hat sie auf dem Kopf hochgebunden, was einen zarten Hals und einen zierlichen Nacken entblößt, den ich gar nicht erwartet hatte. Denn ansonsten ist sie eher rundlich, fast ein wenig dick, wenn auch alles andere als unförmig, wie das dunkelblaue Kleid verrät, das ihr viel besser steht als die weite Jacke, in der sie mir vorhin über den Weg gelaufen ist.

„Das sind wirklich wunderschöne Fotos“, sagt Edda nun schüchtern und deutet auf die Bilder meiner Hunde, die mit Passepartouts in schwarzen Rahmen über dem Kamin hängen. Sie sind auf einer Wanderung auf dem Ben Nevis entstanden und zeigen die *Deerhounds* wie stolze, graue Kriegerhunde, die über der nackten, weiten Landschaft thronen.

„Vielen Dank. Die sind von mir“, lächle ich und sie macht ein erstauntes Gesicht. Sie hat wohl keinen Schimmer, wer ich bin. Oder sie weiß nicht, dass Kyle MacLean nicht nur aufsehenerregende Werbekampagnen entwirft. Anscheinend will Edda noch etwas erwidern, doch dann knurrt ihr Magen so laut und deutlich, dass es ihr vor Schreck die Sprache verschlägt und sie hastig einen großen Schluck Tee trinkt, um den peinlichen Moment zu überspielen. Peinlich ist er natürlich nur für sie, denn für mich ist Magenknurren nichts weiter als ein Zeichen dafür, dass man etwas essen sollte. Und in diesem speziellen Fall finde ich es sogar recht niedlich.

„Iss etwas“, sage ich und deute auf die *Scones*. Edda wird noch röter, wirft einen kurzen Blick auf die goldbraunen Brötchen und schüttelt den Kopf.

„Nein, danke! Ich habe wirklich keinen Hunger“, murmelt sie und würde offensichtlich gern im Erdboden versinken. Doch dieser Wunsch bleibt ihr versagt, denn auch wenn die *Bonnie Bride* viele auf den ersten Blick nicht erahnbare Funktionen hat, gehört eine Bodenklappe in meiner Bibliothek nicht dazu. Ohne eine Miene zu verziehen, beuge ich mich vor, nehme ein Brötchen und schneide es auf, um dann beide Hälften zuerst mit *Clotted Cream* und danach mit Marmelade zu bestreichen.

„Iss etwas“, wiederhole ich mit gerunzelter Stirn und halte ihr den kleinen Teller mit dem Goldrand hin. „Oder willst du mir vielleicht widersprechen?“

Dieses Mal war mein Tonfall deutlich strenger und Edda nimmt das Brötchen erschrocken entgegen. Ohne ein weiteres Wort fängt sie an zu essen. Ich sehe ihr zu und genieße die natürliche Anmut, die ihr die Verlegenheit verleiht. Sie ist verunsichert und dadurch etwas tollpatschig, aber das macht sie nur noch hübscher. Obwohl ich schon vorher gemerkt habe, dass Edda etwas in mir anspricht, hat der kleine *Scone*-Zwischenfall nun endgültig den Dom in mir geweckt. Dass sie gehorcht hat, will natürlich nichts heißen. Ich bin ihr Boss und sie will mich nicht verärgern. Es ist nun auch nicht so, dass sie mich besonders reizt, aber immerhin dieses Gespräch ist sehr viel angenehmer, als ich erwartet hatte. Es herrschen zugleich Einklang und eine gewisse Spannung. Eine solche Atmosphäre ist eigentlich sehr selten zu finden. Normalerweise erlebe ich etwas in der Art nur mit Subs, mit denen ich wirklich gut harmoniere. *Möglicherweise hat Angus recht*, denke ich. *Und sie passt wirklich in die Bonnie Bride. Auf welche Art auch immer.*

Während Edda schweigend ihren *Scone* verzehrt, denke ich darüber nach, wann ich zuletzt einer Frau ein Brot geschmiert habe. Es muss lange her sein, denn ich kann mich nicht daran erinnern. Überhaupt ist es lange her, dass es eine Frau in meinem Leben gab, an die ich mich erinnern kann. Es gab zwar in den letzten Jahren kaum eine Zeit, in der ich allein war, aber keine von all diesen Affären und Liebschaften hat etwas in mir zurückgelassen. Ganz im Gegenteil haben sie mich aufgezehrt, so dass ich mich leer und kraftlos fühle. Erschöpft starre ich ins Feuer und spüre, wie die Dunkelheit nach mir greift, die inzwischen draußen hereingebrochen ist. Ich konnte noch nie gut allein sein, aber auf eine „Frau mit Substanz", wie Henry es gestern am Telefon gesagt hat, konnte ich mich auch nie wirklich einlassen.

„Der ewig Suchende", nennt William mich manchmal. „Du taumelst zwischen Licht und Schatten umher, ohne zu erkennen, auf welche Seite du gehörst und was du eigentlich willst."

Als Edda sich räuspert, fällt mir ein, dass sie ja auch noch da ist. Sie hat aufgegessen, stellt das Tellerchen auf den Beistelltisch und bedankt sich artig. Anscheinend will sie jetzt gehen, traut sich aber nicht so recht, sich einfach zu verabschieden.

„Licht und Schatten, Edda, was fällt dir dazu ein?", frage ich sie spontan. Eigentlich rechne ich nicht mit einer Antwort, sondern erwarte eher, dass sie herumdruckst oder bestenfalls irgendeine

Standardphrase von sich gibt. Aber sie überrascht mich, denn ihre Augen leuchten auf und sie antwortet ganz ohne nachzudenken: „Die Wolken über den Highlands! Wenn die Sonne scheint, aber einzelne Wolken große Schatten auf die Landschaft werfen. Das habe ich so oft in meinen Träumen gesehen“, fügt sie leise hinzu und der weiche Klang ihrer Stimme berührt mich.

„Ein schönes Bild“, sage ich nachdenklich. „Wirklich schön.“

Als ich frage, ob sie noch Tee möchte, lehnt sie höflich ab.

„Du kannst jetzt gehen, Edda“, sage ich also und muss innerlich schmunzeln, als sie sofort aufsteht. Sie scheint es eilig zu haben, von mir wegzukommen. So etwas erlebe ich selten bei einer Frau. „In den nächsten Wochen werden wir ja sehen, ob die *Bonnie Bride* wirklich der richtige Ort für dich ist.“

Sie nickt und nestelt an dem Stoffband herum, mit dem ihr Kleid um die Taille gebunden ist.

„Einen schönen Abend noch, Sir Kyle“, sagt sie, errötet dann und korrigiert sich rasch: „Ich meine Kyle! Und vielen Dank für alles!“

Leise lachend beobachte ich sie, wie sie eilig zur Tür geht. Dabei fällt mir ihr Po auf, der ebenso hübsch zu sein scheint wie ihr Gesicht, aber natürlich von dem weit schwingenden Stoff ihres Rocks verdeckt wird. Kurz bedaure ich, dass sie nicht als Sub eingestellt wurde, denn dann hätte ich jetzt noch ein nachträgliches Einstellungsgespräch mit ihr führen können, zu dem natürlich auch eine Leibesvisitation gehört hätte. Aber ich verwerfe den Gedanken rasch wieder. Denn zum einen ist Edda nichts für mich und zum anderen wird es mir gut tun, einmal eine Zeit lang ganz ohne irgendwelche Frauengeschichten zu verbringen und wieder zu mir selbst zu finden. Trotzdem rufe ich die kleine Dogsitterin noch einmal zurück, als sie schon in der Tür ist.

„Du willst dich doch um meine Hunde kümmern, richtig?“, frage ich und sie nickt eifrig.

„Dann wirst du mich in den nächsten Tagen begleiten müssen, denn wenn ich hier bin, folgen sie mir auf Schritt und Tritt. Außerdem will ich sehen, wie du mit ihnen zurechtkommst.“

Wieder errötet sie leicht und macht nicht unbedingt den Eindruck, als wäre sie besonders begeistert davon, dass das Kennenlernen, von dem ich vorher sprach, so zeitaufwendig sein wird. Trotzdem nickt sie natürlich brav.

„Morgen um zehn wartest du unten an der Treppe auf mich“, bestimme ich. „Und zieh dir feste Schuhe an!“

Kapitel 13: Der verbotene Raum

Edda

Als ich die Tür hinter mir zuziehe, ist niemand zu sehen. Ich atme einmal tief durch, um mich wieder zu sammeln, dann gehe ich eilig den breiten, von indirektem Licht dezent beleuchteten Flur hinunter, um so schnell wie möglich wieder in die große Eingangshalle und von dort aus hinunter in die Küche zu gelangen, wo ich mich trotz der merkwürdigen Hausdame sehr viel heimischer fühle als hier in dem eleganten, herrschaftlichen Bereich des Hauses. Allerdings komme ich nicht weit, denn ein Türschild zieht meine Aufmerksamkeit auf sich, so dass ich wie angewurzelt stehenbleibe. Auf dem Hinweg habe ich nur auf die vielen schönen Bilder an den Wänden geachtet, so dass ich die Beschriftungen gar nicht bemerkt habe. An allen Türen befinden sich jedoch dezente Messingschilder, die Aufschluss darüber geben, was für ein Raum sich hinter ihnen befindet. Eben zum Beispiel war ich in der *Library*, was wohl jedem verständlich sein dürfte, der die Unmengen von Büchern dort gesehen hat.

„Was aber mag ein *Punishment Room* sein?“, murmele ich mit klopfendem Herzen.

Ich schaue mich verstohlen um, ob auch wirklich niemand zu sehen ist. Plötzlich ist mir furchtbar warm und ich bin noch aufgeregter als eben, als Angus mir sagte, dass Sir Kyle mich sprechen will. Der Flur ist leer und keine Menschenseele ist zu sehen. Also riskiere ich mit angehaltenem Atem einen zweiten Blick. Vielleicht habe ich mich ja nur verlesen. Aber dort steht es klar und deutlich und in der gleichen eleganten Schreibschrift graviert, die auch für die anderen Schilder verwendet wurde: *Punishment Room.*

Eine Bibliothek ist ein Raum zum Lesen, denke ich. *Ein Strafzimmer ist dann ja wohl ein Raum... für Strafen?!*

Allein die Vorstellung wühlt mich so sehr auf, dass ich anfange zu zittern. Das Gefühl, etwas Verbotenes zu tun, und sei es nur in Gedanken, ergreift mich. Aber anstatt schnellstmöglich das Weite zu suchen, wie ich es normalerweise in solchen Fällen tue, kann ich mich nicht dagegen wehren, dass mich eine Art Sog ergreift. Das so harmlos aussehende kleine Schild setzt eine wahre Lawine in mir in Gang.

„Wer oder was wird in diesem Raum bestraft?“, flüstere ich und merke, dass meine Stimme ganz heiser klingt. „Und wofür? Und vor allem *wie*?!“

Eigentlich sollte ich weitergehen und mich nicht weiter um diese Entdeckung kümmern. Was geht es mich schon an, was die Eigentümer sich für Räume in ihrem Haus einrichten? Wahrscheinlich ist es ohnehin etwas völlig anderes, als ich denke, und hat mit Strafen überhaupt nichts zu tun. Wahrscheinlich ist es nur eine Bezeichnung für etwas aus der Welt des Landadels, die mir unbekannt ist. Oder es handelt sich um irgendetwas aus vergangenen Zeiten, das als eine Art Museum erhalten wurde.

Das wird es sein, denke ich, um mich selbst zu beruhigen, und denke dabei an die Ausstellung alter Folterinstrumente im Londoner Tower. *Wahrscheinlich gab es früher solche Zimmer, um ungehorsame Kinder oder Mägde zu bestrafen!*

Bei diesem Gedanken bekomme ich eine Gänsehaut und augenblicklich spüre ich, wie die dunklen Wände mich wieder zu umschließen beginnen. *Wenn du unartig bist, wirst du bestraft!*, hallt mir die Stimme meines Onkels durch den Kopf. Gleichzeitig ist es jedoch nicht nur die altbekannte Beklemmung, die mich erfasst, sondern auch eine Aufregung, die mir ganz neu ist. Wieder schaue ich mich hastig um, weil ich das Gefühl habe, der Blick von Kyles kühlen, strengen Augen würde auf mir ruhen. Doch ich bin immer noch allein.

„Ich muss es wissen", flüstere ich. „Ich muss wissen, was sich hinter dieser Tür verbirgt!"

Kurzentschlossen, wie ich sonst eigentlich nie handele, strecke ich meine Hand nach der antiken Messingklinke aus. Eigentlich rechne ich damit, dass der Raum verschlossen ist, aber die Tür öffnet sich lautlos, als wäre sie einfach nur irgendeine Tür zu irgendeinem beliebigen Raum in diesem Haus. Drinnen ist es dunkel. Mit zitternden Fingern taste ich nach dem Lichtschalter, der sich als Dimmer erweist. Langsam wird der Raum in ein warmes, angenehmes Licht getaucht. Ich halte den Atem an. Was hier vor mir liegt, sieht nicht aus wie ein

Museum. Oder doch? Manches erinnert an die Kerkerverliese des Towers, wie zum Beispiel die Ketten, die an manchen Stellen von den dicken, alten Deckenbalken bis auf den Boden herunterhängen, oder auch das an einer der Wände befestigte große Andreaskreuz, an dessen Enden sich dicke Lederriemen befinden, um eine Person mit gespreizten Armen und Beinen daran zu fesseln.

Im ersten Moment schien mein Herz stillzustehen, nun aber schlägt es wie verrückt, als ich den Strafraum langsam betrete und mich umsehe. Neben dem Kreuz gibt es noch weitere schwere Holzmöbel, die dazu dienen, jemanden in einer bestimmten Position zu fixieren: Es gibt einen echten Pranger, wie sie im Mittelalter auf Marktplätzen standen, um Verurteilte öffentlich demütigen zu können. Auch verschiedene Böcke und Balken sehe ich, über die man sich stehend oder kniend beugen muss, um dann festgebunden zu werden.

Zunächst einmal ist mein Kopf völlig leer. Nur meine Aufregung wird mir mit jedem Herzschlag durch den Körper gepumpt. An den Wänden hängen säuberlich aufgereiht die verschiedensten Peitschen, manche dick und geflochten, andere mit vielen einzelnen Lederstreifen. Als ich vorsichtig meine Finger darüber gleiten lasse, schaudert es mich. Sie wurden schon benutzt, das steht fest. Alles hier sieht weder eingestaubt noch fabrikneu aus. Es ist kein Museum, sondern ein Raum, der in Gebrauch ist.

„Sir Kyle bestraft hier manchmal jemanden“, flüstere ich und obwohl ich merke, dass ich wieder die falsche Anrede benutze, kommt es mir in diesem Moment so vor, als wäre es trotzdem die richtige.

Neben den Peitschen gibt es noch viele weitere Werkzeuge: einen ganzen Schirmständer voller Rohrstöcke in verschiedener Dicke und Länge zum Beispiel, ebenso wie die verschiedensten Paddle, aus Leder und aus dickem Holz mit Löchern, wie sie in amerikanischen Schulen früher benutzt wurden. An einem weiteren Bord entdecke ich Halsbänder in den verschiedensten Ausführungen.

Wie für die Hunde, schießt es mir durch den Kopf, obwohl ich genau weiß, dass sie für Menschen gedacht sind. Woher diese Gewissheit kommt, kann ich nicht sagen, ebenso wenig wie ich mir dieses leise Pochen in meinem Körper erklären kann. Es fühlt sich an wie Angst, aber hat eine zusätzliche Komponente, die ich noch nie verspürt habe.

„Es fühlt sich an wie *gute* Angst“, murmele ich und lasse meine Hand über den Lederbezug eines der Strafböcke gleiten. Das Leder ist dick, steif und kühl und ich stelle mir vor, wie es sich wohl anfühlt, sich darüber beugen zu müssen. Nackt. Blut schießt mir ins Gesicht. Es ist mir so peinlich, dass ich kaum atmen kann, aber gleichzeitig zieht mich die Vorstellung so in ihren Bann, dass ich kaum widerstehen kann, es auszuprobieren.

Doch dann sehe ich eine merkwürdige Mütze, die neben diversen anderen Gegenständen auf einem Tischchen neben einem großen Bodenspiegel liegt. Ich nehme sie in die Hand und ein leises Klingeln ertönt. Jetzt sehe ich, dass an den seitlichen Zipfeln der aus rosa Stoff geschneiderten Kopfbedeckung kleine Glöckchen befestigt sind und ich erkenne, um was es sich handelt: „Eine Schandkappe", stoße ich hervor und schwanke zwischen Faszination und Schrecken. Früher, als es in Schulen noch Körperstrafen gab, mussten ungehorsame Schüler zur Demütigung solche Mützen aufsetzen.

„I've been a bad girl, Sir!", lese ich die über der Stirn in schwarzer Schreibschrift eingestickte Schrift. Mein Gefühlschaos ist kaum in Worte zu fassen. Einerseits finde ich dieses rosa Ding ganz furchtbar. Ein Inbegriff der Erniedrigung! Aber gleichzeitig sehe ich Sir Kyles strenges Gesicht vor mir und ich höre wieder seine Stimme, als er mich „kleines Mädchen" genannt hat.

Mein Herz klopft und ich bin innerlich ganz aufgelöst, als ich nun einmal tief durchatme und dann vor den Spiegel trete, um mir die Mütze aufzusetzen. Aber als ich in mein Gesicht sehe, erstarre ich vor Schreck. Meine Wangen sind gerötet und meine Augen so aufgewühlt, wie ich sie selbst nie gesehen habe. Ich sehe völlig anders aus, als ich mich kenne! Meine Lippen sind leicht geöffnet und wirken irgendwie etwas geschwollen. Hinter mir sehe ich die Prügelböcke, Ketten und Kreuze im Spiegel. Als ich dann auch noch feststellen muss, dass sich unter dem Stoff meines Kleides meine Brustwarzen hart und aufgerichtet abzeichnen, kann ich die Scham nicht mehr ertragen.

Ich schleudere die grässliche Kappe zurück auf das Tischchen und eile aus dem Raum, wobei ich starr auf den Boden schaue. Zitternd lösche ich in aller Eile das Licht und ziehe die Tür wieder hinter mir zu. Auf dem Flur ist immer noch niemand zu sehen, aber es kommt mir so vor, als sei ich durch diese unaussprechliche Entdeckung ein anderer Mensch geworden. So schnell mich meine Beine tragen, fliehe ich mit heißem Gesicht zurück in die Halle und atme erst wieder auf, als sich die schwere Eingangstür des Herrenhauses hinter mir schließt.

Kapitel 14: Allein

Kyle

Vor dem Schlafengehen trete ich an eins der Fenster und öffne es ein wenig. Der Regen hat wieder nachgelassen und kalte, nach Erde und Wald riechende Luft dringt in den Raum. Die Wegbeleuchtung im Park ist ausgeschaltet, weil in dieser Jahreszeit ohnehin niemand nachts spazieren geht. Ich starre in die dunkle Nacht hinaus, in der irgendwo dort unten Loch Shiel liegt. Die Gegend hier ist sehr spärlich besiedelt und die wenigen Dörfer, die es hier am Loch gibt, befinden sich nicht in Sichtweite der *Bonnie Bride*, so dass kein noch so entferntes Licht die vor mir liegende Finsternis erleuchtet.

In der Dunkelheit ist die Schönheit der Welt nichts als eine müde Erinnerung, denke ich und mache das Fenster wieder zu, weil mir in Boxershorts und T-Shirt kalt wird. Seufzend drehe ich mich um und lasse meinen Blick stattdessen durch mein Schlafzimmer wandern. Schlicht und stilvoll liegt es da. Molly hat einen hübschen Strauß auf die Kommode gestellt, in dem sie Orchideen und rosa Hortensien aus dem Gewächshaus zusammen mit großen Blättern und Gräsern arrangiert hat. Ich lächele müde, weil ihre Liebe zum Detail mich immer wieder rührt. Ich weiß aber, dass sie die Blumen auch deshalb hinstellt, weil sie mir damit unter die Nase reiben will, dass die Frau an meiner Seite fehlt, die einen solchen Strauß wirklich zu schätzen wissen würde.

„Ihr seid wieder allein gekommen, Sir Kyle“, hat sie mich nämlich zur Begrüßung liebevoll getadelt. „Wann hattet Ihr zuletzt eine echte Herzens-Sub, hm? Ich warte schon so lange darauf, Euch einmal wieder so richtig glücklich zu erleben!“

Langsam gehe ich zum Bett und lasse mich darauf fallen.

„Eine Herzens-Sub“, wiederhole ich dieses typische Molly-Wort etwas abfällig. „Ich weiß ja nicht einmal mehr, wann ich zuletzt eine richtige Sub hatte!“

Mein Blick streift den lederbezogenen Strafbock aus dunklem Holz, auf den ich beim Ausziehen meine Klamotten geworfen habe. Er war schon seit Ewigkeiten nicht mehr in Gebrauch, obwohl er ein Gerät ist, das ich bei einer Züchtigung, die über ein einfaches Spanking hinausgeht, sehr schätze. Aber in den letzten Jahren habe ich kaum hier im Schlafzimmer gespielt, eben weil ich keine echte Sub hatte. Keine eigene. Keine, die es mir wert gewesen wäre, die Beziehung so intensiv zu gestalten, dass ich sie in meinen Privaträumen weitergeführt hätte.

Natürlich habe ich mit Subs gespielt, mit vielen sogar und viele von ihnen standen mir auch nahe. Im Sommer haben wir in der *Bonnie Bride* immer viele Freunde und Freundinnen zu Gast und dass bei den allabendlichen Partys oder bei anderen Gelegenheiten viel passieren kann, ist allgemein bekannt. Aber es war eben immer nur Freundschaft, niemals Liebe, und auch wenn die ein oder andere dieser Frauen möglicherweise sogar einmal hier in meinem Bett geschlafen hat, ist keine Erinnerung davon in mir zurückgeblieben.

„Was ist eine Herzens-Sub, Molly?“, habe ich Molly vorhin gefragt, obwohl ich natürlich genau verstanden habe, was sie meint.

„Eine Herzens-Sub, Sir Kyle, ist eine Frau, die Euer Herz berührt“, hat sie streng geantwortet und ich im Stillen über ihren Tonfall geschmunzelt. Molly hat bei jedem von uns eine spezielle Art, mit der sie uns begegnet, wie es im Übrigen bei den meisten unserer Angestellten hier ist. Jeder hat zu jedem ein ganz eigenes Verhältnis. Obwohl ich unzweifelhaft über ihr stehe, ist Molly fürsorglich und vertraut zu mir, als wäre ich ein Junges, das sie als Löwenmutter aufgezogen hat. Zu William, der sie bei dem kleinsten Fehler hart bestrafen lässt, ist sie sehr viel unterwürfiger und scheuer, wohingegen das Verhältnis zu Henry, der oft und gerne mit ihr schläft, kokett und sexuell aufgeladen ist.

„Nicht irgendein belangloses Liebchen, wie wir sie in der Zeitung oft genug an Eurer Seite sehen“, hat sie hinzugefügt. „Aber eben auch keine Freundin, wie wir sie im Sommer hier zu Gast haben. Eine Frau, die ganz allein Euch gehört, Sir Kyle!“

Seufzend decke ich mich zu und lösche das Licht. Das Bett ist kalt und die Vorstellung eines warmen, weichen Körpers, den ich jetzt in meine Arme ziehen kann, weckt in der Tat eine traurige Sehnsucht in mir. Kurz denke ich an Nicky, an deren Gesicht ich mich schon kaum noch erinnern kann. Aber das Gefühl, das ich für sie habe, fühlt sich an diesem Ort ebenso falsch an, wie die Gefühle, die mich mit meinen anderen Liebschaften in der letzten Zeit verbunden haben: Sie alle waren zu oberflächlich und zu belanglos für die *Bonnie Bride*. Keine dieser Frauen war eine Sub für mich, auch wenn ich mit allen von ihnen mehr oder weniger intensiv gespielt habe.

Natürlich hat jeder Dom seine ganz persönliche Vorstellung davon, wie oder was eine Sub für ihn sein muss. Auch wenn keine Liebe im Spiel ist, sind Vertrauen und eine von beiden Seiten tief empfundene Intensität für mich die Grundvoraussetzung. Man muss sich spüren und aufeinander einlassen können, nur so sind echte Dominanz und echte Unterwerfung möglich. Was ich mit Nicky hatte, war weit davon entfernt.

„Nichts als Getue", murmele ich und schließe die Augen. „Nichts, was mich in meine Träume begleitet, oder mich von meiner Einsamkeit befreit."

Und während ich einschlafe, sehe ich die Highlands vor mir. Die Highlands, wenn die Sonne scheint, aber einzelne Wolken große Schatten auf die Landschaft werfen.

Kapitel 15: *Der* Kyle MacLean

Edda

„Kyle MacLean?! Machst du Witze?“, keucht Alice, als ich sie endlich spät am Abend erreiche. „*Der* Kyle MacLean, der gerade zum bestgekleideten Mann Großbritanniens gewählt wurde? *Der* Kyle MacLean, der die Welt der Werbung mit seinen ungewöhnlichen Bildern revolutioniert hat? *Der* Kyle MacLean, der bereits mit Mitte zwanzig Multimillionär war?“

Langsam beginnt es in meinem Kopf zu arbeiten. Ich hatte ja vorhin schon vermutet, dass ich den Namen schon einmal gehört habe, aber da die Welt der Reichen und Schönen mich noch nie interessiert hat, macht es auch jetzt nicht wirklich klick.

„Hm, ja, kann sein“, antworte ich. „Jedenfalls fotografiert er und dass er unglaublich reich sein muss, steht außer Frage.“

Ich überlege kurz, was Kyle bei unserem Gespräch anhatte. Nach der Entdeckung des Strafzimmers scheint mir alles, was vorher passiert ist, nun hinter einem dichten Nebel zu liegen, so sehr hat mich das Erlebnis aufgewühlt. Dann erinnere ich mich jedoch, dass er eine schlichte Hose, einen dunkelblauen Rollkragenpullover und karierte Pantoffeln getragen hat.

„Gut gekleidet, naja“, füge ich hinzu. „Eher normal, würde ich sagen.“

Alice lacht hysterisch.

„Meine Güte, das ist einfach unglaublich!“, sagt sie. „Wie kannst du nur so ruhig bleiben?! Der Mann ist nicht nur unglaublich heiß, sondern auch ein echt cooler Typ! Mit den von seiner Agentur entworfenen Kampagnen wurde unglaublich viel gegen Diskriminierung und Bodyshaming und solche Dinge getan! Die Jungs haben echt was drauf!“

Als ich verwirrt nachfrage, was für Jungs sie meint, erfahre ich, dass Kyle zwei Partner hat, mit denen er mittlerweile ein internationales Netzwerk bedeutender Werbefirmen leitet. Wie es aussieht, ist *Big Bad Wolf Advertising* ein Konzern, der weltweit für die größten Firmen, Designer und Institutionen tätig ist und immer wieder mit spektakulären Ansätzen für Furore sorgt.

„Sie brechen mit Tabus und zwingen den Menschen neue Sichtweisen auf, was oft Kontroversen auslöst, aber immer wieder Aufsehen erregt und zum Umdenken anregt“, erzählt Alice, die anscheinend ein echter Fan meines neuen Arbeitgebers ist. „Erinnerst du dich nicht an die Plakate dieser großen Modehauskette, wo Männer Frauenkleider getragen und Frauen Männersachen präsentiert haben. Oder die von diesem italienischen Luxuslabel, bei der sie Behinderte als Models genommen haben? Sie brechen immer wieder mit Geschlechterrollen und Schönheitsidealen und zeigen, dass das Andersartige genau den gleichen Wert hat.“

Natürlich erinnere ich mich an die Kampagnen, ebenso wie an die ungeheure Resonanz, die sie wochenlang in den Medien ausgelöst haben. Ich habe mich damals nicht weiter damit auseinandergesetzt, aber die Plakate haben mir sehr gut gefallen, das weiß ich noch. Normalerweise habe ich bei Werbung immer mein altbekanntes Gefühl, dass die dort dargestellten Menschen durch eine Wand von mir getrennt sind und ich nichts mit ihnen gemeinsam habe, niemals so sein kann wie sie. Aber das war in diesen Fällen ganz anders. Zum ersten Mal überhaupt konnte ich mich mit einem Werbeplakat identifizieren und wenn ich mehr Geld gehabt hätte, dann hätte ich mir vielleicht sogar etwas von dieser Luxusmarke gekauft.

„Wahnsinn, Edda! Ich beneide dich maßlos“, lacht Alice nun. „Dass du ausgerechnet bei Kyle MacLean gelandet bist!“

Ich bin selbst so verdutzt, dass ich den eigentlichen Grund für meinen Anruf zunächst ganz vergesse. Denn eigentlich hatte ich Alice vom *Punishment Room* berichten wollen. Es liegt nun schon mehrere Stunden zurück, dass ich den verbotenen Raum, wie ich ihn im Stillen selber nenne, entdeckt habe, aber immer noch bin ich deswegen völlig durcheinander. Als ich nun aber merke, wie sehr die Neuigkeit über meinen neuen Arbeitgeber Alice in Aufregung versetzt, zögere ich. Natürlich bin ich mir sicher, dass meine beste Freundin nichts weitererzählen würde, aber angesichts der Berühmtheit von *Big Bad Wolf* verstehe ich nun, warum man bei meiner Einstellung so viel Wert auf Diskretion gelegt hat. Als Alice mich jetzt löchert, wie es denn im Herrenhaus sei, antworte ich deshalb nun doch lieber ausweichend: „Ach, so viel habe ich noch nicht mitbekommen. Heute war ja mein erster Tag. Frag mich in ein, zwei Wochen nochmal."

Um das Thema zu wechseln, erkundige ich mich stattdessen, was bei ihr so los sei und warum ihr Telefon den ganzen Abend über ausgestellt war. Sie seufzt und sagt schon sehr viel weniger enthusiastisch: „Ich hatte Sex mit Brad. Er hat einen romantischen Abend organisiert, um unsere Beziehung zu beleben. Du weißt schon, mit Kerzen und Sekt und so."

Ich schlucke peinlich berührt. Alice erzählt mir leider seit jeher sehr offenherzig alles über ihr Sexleben, obwohl ich eigentlich am liebsten gar nichts darüber wissen würde.

„Oh, wie nett", räuspere ich mich, woraufhin Alice bedrückt erwidert, dass es leider absolut schrecklich war. „Langsam halte ich es wirklich kaum noch aus", murmelt sie. „Ich bin froh, wenn wir keinen Sex haben, kannst du dir das vorstellen? Es macht mich mittlerweile so aggressiv…"

Natürlich kann ich es mir nicht vorstellen, denn die einzigen sexuellen Erfahrungen meines Lebens habe ich schließlich mit mir selbst gemacht. Das war zwar auch nicht wirklich toll, aber wütend bin ich dabei noch nie geworden.

„Was ist denn das Problem?", frage ich vorsichtig, obwohl ich unangenehme Details fürchte.

„Ach, dieses ganze Streicheln und Abschlabbern, weißt du? Ich fand das noch nie toll, aber mittlerweile kann ich es kaum noch ertragen, wenn er mich anfasst“, seufzt sie. „Es ist echt zum Heulen, denn ich liebe ihn wirklich! Warum bin ich nur so?! Alle anderen Mädels stehen doch auf diese endlose Petting-Nummer!“

In Gedanken sehe ich wieder die Böcke, Pranger und Peitschen des Strafzimmers vor mir. Bisher habe ich mir nicht direkt eingestanden, dass dieser Raum eine erotische Bedeutung haben muss, obwohl ich es unterschwellig gespürt habe. Genau das war es wohl, was mich so aus der Fassung gebracht hat. Durch Alices Worte wird es mir nun aber bewusst und ich erwidere zögerlich: „Na ja, es gibt sicher noch andere Möglichkeiten, denke ich. Was würdest du dir denn wünschen?“

Alice schweigt, dann antwortet sie zögernd: „Naja, also… dass er etwas gröber zu mir ist. Härter, verstehst du?“

Normalerweise hätte ich es wohl kaum verstanden, aber durch den Besuch im *Punishment Room* ist mir in diesem Moment erstaunlich klar, was Alice möglicherweise meint.

„Du meinst sowas mit schlagen und fesseln, oder?“, frage ich.

Alice lacht peinlich berührt. Ich habe sie selten verlegen erlebt, fällt mir dabei auf, aber in diesem Moment ist sie es zweifellos. Vielleicht hat sie noch nie mit jemandem über diese Dinge gesprochen. Wenn sie sonst über Sex redet, spuckt sie gern große Töne, aber über ihre eigenen Wünsche verliert sie normalerweise kein Wort.

„Oh Gott“, flüstert sie jetzt. „Ja, könnte schon sein.“

Erfreut darüber, ins Schwarze getroffen zu haben, überlege ich, was in einem solchen Fall wohl zu tun ist. Zur Expertin geworden, bin ich durch meine Beobachtung natürlich leider nicht.

„Das Beste wäre sicher“, meine ich schließlich zögernd. „Das Beste wäre sicher, wenn du mit Brad sprichst und es ihm sagst. Wie soll er sonst wissen, was du dir wünschst?“

Alice schweigt lange, dann seufzt sie.

„Darüber habe ich schon so oft nachgedacht“, gesteht sie. „Aber es ist so schwer, weißt du? Trotzdem, wahrscheinlich hast du recht. Eigentlich ist es ja das, was uns die Kampagnen von *Big Bad Wolf* immer wieder vor Augen führen: Es ist völlig normal, anders zu sein.“

Kapitel 16: Fünf Minuten

Kyle

Nach dem Frühstück sitze ich oben auf der Treppe in der Sonne und warte auf Edda. Meine *Deerhounds* liegen unten auf dem Vorplatz und heben erfreut die Köpfe, als sie schließlich angehetzt kommt. Ich schaue auf die Uhr. Es ist fünf nach zehn. Ich hatte zehn gesagt.

Wenn sie meine Sub wäre, dann müsste sie sich jetzt fünf Schläge dafür merken, schießt es mir durch den Kopf, was mich selbst wundert, weil ich so etwas lange nicht gedacht habe. Es liegt wohl an der *Bonnie Bride*, dass meine Dom-Instinkte erwachen.

Anstatt aufzustehen und zu Edda hinunterzugehen, bleibe ich sitzen, so dass sie sich gezwungen sieht, zu mir heraufzukommen. Ein paar Stufen unter mir bleibt sie stehen und stößt abgehetzt hervor: „Tut mir wirklich leid, ich bin etwas zu spät! Ich habe…"

Sie verstummt, als ich sie mit scharfem Tonfall unterbreche: „Lektion eins: Lass Kyle MacLean niemals warten!"

Es bereitet mir eine unerwartete Genugtuung, dass sie mich kurz erschrocken anstarrt, dann leicht errötet und verschämt meinem Blick ausweicht.

„Verzeihung", murmelt sie. „Ich hatte nur…"

Wieder unterbreche ich sie: „Ich will den Grund nicht wissen, Edda. Zehn Uhr hatte ich gesagt. Du bist zu spät.

Es gibt keine Entschuldigung. Ausflüchte kann ich nicht leiden."

Nun wirkt sie so betroffen, dass sie mir fast schon wieder leid tut. Sicher hatte sie nicht damit gerechnet, dass eine kleine Verspätung so schlimm sein würde. Natürlich ist sie das eigentlich auch nicht. Ich weiß selber nicht, warum ich nicht einfach darüber hinwegsehe. Schließlich ist Edda nicht als Sub hier, sondern als normale Angestellte.

„Lektion zwei: Stehe zu deinen Fehlern", sage ich dennoch streng und genieße ihre Unsicherheit, die sie mit den Augen ziellos umherschauen und nach irgendetwas suchen lässt, das ihr in ihrer peinlichen Lage Halt geben könnte. Allerdings gibt es da nur eins. Oder besser gesagt einen: nämlich mich.

„Sieh mich an, Edda", lächle ich und als sie es tut und vor Angst intuitiv die Luft anhält, frage ich: „Bist du bereit, um mit mir spazieren zu gehen?"

Einen kurzen Moment verwirrt sie mein veränderter Tonfall, dann atmet sie erleichtert auf und antwortet: „Ja, Mr. MacLean!"

Ich runzele die Stirn und mustere sie. Edda sieht noch genauso aus wie gestern, sie trägt sogar das gleiche Kleid und dazu die hässliche Jacke. Aber offensichtlich habe ich mich in ihren Augen seit unserem letzten Zusammentreffen verändert.

„Hast du nicht gestern noch Kyle zu mir gesagt?", frage ich und sie räuspert sich unangenehm berührt. „Ja, schon“, druckst sie herum. „Aber irgendwie kam mir Mr. MacLean nun doch angebrachter vor!“

Ich stehe auf und gehe die Treppe hinunter.

„Lektion drei“, sage ich dabei. „Immer die richtige Anrede verwenden!“

Edda macht ein verwirrtes Gesicht.

„Aber gestern…“, beginnt sie. „Gestern sagten Sie, ich könnte auch Mr. MacLean sagen…“

Ich lache amüsiert.

„*Aye…* wenn du Kyle partout nicht über die Lippen bringst“, grinse ich. „Aber so ein schlimmes Schimpfwort ist mein Name doch nun auch nicht, oder?“

Edda errötet wieder und mir fällt ein, dass ich sie gestern „kleines Mädchen“ genannt habe, als ich das mit dem Namen zu ihr sagte. *Es passt zu ihr*, denke ich. *Sie ist auf eine reizende Weise unbeholfen.*

Nun räuspert sie sich und während wir den Vorplatz überqueren und die Hunde uns folgen, sagt sie: „Okay, also Kyle… Es tut mir wirklich leid, dass ich zu spät war, Kyle! Das ist normalerweise gar nicht meine Art. Das soll jetzt keine Entschuldigung sein. Ich stehe dazu, wirklich. Aber es tut mir leid, das wollte ich nur sagen.“

Es ist niedlich, wie ernst sie alles nimmt, was ich sage. Ich kenne jede Menge Frauen, die sich in einem solchen Fall lustig über mich gemacht oder mich angezickt hätten. Im Gehen streiche ich mir über den Bart und erwidere, ohne sie anzusehen: „Es ist in Ordnung, Edda. Es wird nicht wieder vorkommen, da bin ich mir sicher.“

Kapitel 17: Der Wunsch

Edda

Wieso muss ich mich nur immer wie ein absoluter Trampel benehmen? Als wenn es nicht genug damit wäre, dass ich zu spät gekommen bin, bringe ich auch kein vernünftiges Wort heraus! Mit einem Kloß im Hals stapfe ich neben Kyle her, der schnellen Schrittes durch den Park in Richtung Loch geht.

Ich wäre natürlich pünktlich gewesen, sogar zehn Minuten zu früh, wenn ich nicht noch einmal in der Küche vorbeigeschaut hätte, um ein Glas Wasser zu trinken. Dabei geriet ich Molly in die Fänge, die mir unbedingt ihre beiden Dienstmädchen vorstellen wollte. Die dummen Hühner haben so viel geredet, dass ich gar nicht zu Wort kam und als ich endlich sagen konnte, dass der Hausherr mich erwartet, war es schon kurz nach zehn.

„Und, Edda, hast du deinen neuen Arbeitsplatz schon etwas besser kennenlernen können?", ist Kyles erste Frage, die er auf unserem Spaziergang an mich richtet. Verstohlen linse ich zu ihm hinauf, ob er möglicherweise weiß, dass ich heimlich in dem verbotenen Zimmer war. Bestimmt gibt es hier überall Überwachungskameras. Aber Kyle schaut ganz unbeteiligt drein und lässt Mull, den jüngsten Hund im Rudel, an der Seite neben sich nach einem Stock hochspringen, den er vom Weg aufgehoben hat.

Wie gern würde ich Kyle nach dem *Punishment Room* fragen! Ich bin mir sogar fast sicher, dass er es nicht als Indiskretion empfinden und es mir erklären würde. Obwohl ich meinen Arbeitgeber kaum kenne und er ja sogar schon recht unfreundlich zu mir war und mich mit seiner Autorität einschüchtert, vertraue ich ihm. So etwas passiert mir eigentlich sehr selten, wenn nicht sogar nie. Normalerweise brauche ich sehr lange, um mit Fremden warm zu werden, weshalb ich wohl außer Alice auch keine Freunde habe. Mit Kyle ist es anders. Zwar verunsichert er mich, aber gleichzeitig fühle ich mich in seiner Gegenwart auch sicher. Ein merkwürdiger Widerspruch!

Doch natürlich übersteigt es meine ohnehin eher spärlich ausgeprägten Kommunikationsfähigkeiten, etwas über das Strafzimmer zu sagen. Mit Alice hätte ich eventuell unter Aufwendung all meines Mutes darüber sprechen können, aber doch nicht mit meinem Boss, der noch dazu nicht nur der am besten gekleidete, sondern vor allem auch der am besten aussehende Mann ist, der mir jemals leibhaftig über den Weg gelaufen ist!

Mit einiger Verzögerung antworte ich deshalb: „Das Anwesen ist traumhaft schön und mein Zimmer wirklich sehr komfortabel. Von den Räumen im Hauptgebäude kenne ich bisher kaum etwas.“

Kyle lacht leise und schmunzelt: „Nun ja, unsere Wohnräume brauchen dich auch nicht zu kümmern. Du bist ja für die Hunde zuständig, nicht wahr?“

Dann schnalzt er mit der Zunge und wirft den Stock in hohem Bogen den abschüssigen Weg vor uns hinunter. Alle fünf Hunde rennen begeistert los. Wir folgen ihnen und gehen dabei den Hang zum Loch hinunter. Der Park ist wirklich riesig und in einem erstklassigen Zustand. Beklommen starre ich auf die ordentlich zurechtgestutzten Hecken und Büsche, zwischen denen auf den gepflegten Rasenflächen immer wieder riesige, jahrhundertealte Bäume stehen. Zwar haben sie um diese Jahreszeit noch keine Blätter, aber heute scheint die Sonne und die Temperatur ist sogar recht mild. Ein ganz leichter Wind streichelt mein Gesicht und am Himmel sind hübsche Schäfchenwolken zu sehen. Doch seitdem ich den *Punishment Room* mit den Strafböcken, Peitschen und mit der schauderhaften Schandkappe gesehen habe, wirkt die Idylle um mich herum wie eine Fassade, die etwas verdeckt, das ich nicht begreife. Dieser Ort ist völlig anders, als ich vermutet hatte! Und weil ich nicht begreife, worin diese Andersartigkeit besteht, wächst meine eigene Fremdheit.

Ich gehöre nicht hierher, denke ich. *Genau das hat Kyle ja schon vorausgesehen! Ich passe nicht in die Bonnie Bride! Ich gehöre einfach nirgendwo hin.*

Das Durcheinander in meinem Kopf wird noch dadurch verstärkt, dass die Entdeckung des verbotenen Zimmers mich tiefer berührt hat, als ich es mir vielleicht eingestehen möchte. Und auch Kyle spricht etwas in mir an, das ich vorher noch nicht kannte.

Als er mich vorhin so streng zurechtgewiesen hat, hätte ich zwar einerseits vor Scham im Boden versinken können, aber gleichzeitig habe ich noch etwas anderes verspürt. Einen Wunsch, der mich noch viel mehr verwirrt als alles andere hier. Es war der Wunsch, dass er mich für meine Verspätung *bestraft*.

Kapitel 18: Wie damals

Kyle

Unser Spaziergang führt uns an den Loch hinunter, dessen Ufer von einem dichten Fichtenwald gesäumt wird. Erst kurz vor dem Wasser lichtet er sich und weicht einem schmalen, in der Sonne golden glimmenden Sandstrand, an dem wir im Sommer oft sitzen, Whisky trinken und Feuer machen. Es gibt hier auch einen Steg und wenn man hartgesotten genug ist, kann man in der warmen Jahreszeit schwimmen. Allerdings ist das Wasser des Lochs wirklich ziemlich eisig, so dass man „schon drauf stehen muss, wenn einem die Eier zurück in den Körper kriechen", wie Henry das einmal treffend gesagt hat. Ich finde es allerdings trotz der zeitweise wegschrumpfenden Männlichkeit eigentlich sehr erfrischend.

Edda ist alles andere als gesprächig und obwohl ich ein paar wirklich bemühte Smalltalk-Versuche starte, antwortet sie immer nur einsilbig und noch dazu so leise, dass ich sie meistens kaum verstehe. Außerdem traut sie sich nicht, mich anzusehen und scheint meine Gesellschaft als so unangenehm zu empfinden, dass ich zunehmend genervt bin.

Irgendwann gebe ich es auf und überlasse den Hunden das Feld, mit denen sie tatsächlich recht gut zurechtkommt. Sie spielt und rennt mit ihnen und ist dabei flinker, als ich vermutet hatte. Eine Zeitlang gehen wir schweigend am Ufer entlang, dessen Wasser vom Wind leicht gekräuselt wird. Die einzigen, mit denen Edda spricht, sind dabei die Hunde, deren Namen sie zwar noch nicht wirklich beherrscht, die aber trotzdem schon recht gut auf sie hören.

Ich ärgere mich über dieses Mädchen, das so verschlossen und verstockt zu sein scheint, dass sie das doch recht einseitige Gespräch mit den *Deerhounds* einer Konversation mit Kyle MacLean vorzieht! Zugegeben, ich bin ziemlich verwöhnt. Die meisten Frauen würden sich darum reißen, mit mir spazieren zu gehen und sich dabei anstrengen, möglichst charmant und witzig zu sein. Oft genug geht genau das mir sogar ziemlich auf die Nerven, denn ich mag es nicht, wenn man sich verstellt und mir Honig um den Bart schmiert, um mir zu gefallen. Aber vollkommen ignoriert zu werden, gefällt wohl niemandem!

Eigentlich kann es mir doch völlig egal sein, denke ich. *So verstockt wie sie ist, kann es ihr ja nicht besonders gefallen. Sicher wird sie eh bald verschwunden sein. Und wenn sie nicht freiwillig geht, ist eben nach Ablauf der Probezeit Schluss.*

Trotzdem ist es mir nicht egal. Irgendetwas hat Edda an sich, das mich auf eine Art reizt, die ich schon seit Ewigkeiten nicht mehr gespürt habe. Ich fühle mich wie damals, als ich ein kleiner Junge war, der den Mädchen gefallen wollte, aber von ihnen ignoriert wurde. Das ging natürlich nicht nur mir so, sondern so gut wie allen Jungs und unsere Reaktionen darauf waren durchaus unterschiedlich: Henry zum Beispiel gehörte zu der fiesen Sorte. Er hätte Edda, wenn sich dieselbe Situation in unserer Kindheit abgespielt hätte, vermutlich einfach in den Schwitzkasten genommen, sie auf den Steg gezerrt und ins Wasser gestoßen. William wiederum war einer der wenigen, die von den Mädchen gemocht wurden. Möglicherweise lag das an seinen blonden Haaren oder seinen großen, braunen Augen. Fest steht, dass sie ihm vertrauten und sogar versuchten, ihm zu gefallen. Sehr zu Unrecht, wie manche von ihnen feststellen mussten, denn fies war auch er immer schon. Wenn wir am Ende der Sommerferien ins Internat zurückfuhren, konnten die beiden anderen mir immer von mindestens zwei oder drei handfesten Skandalen berichten, die sie auf ganz unterschiedliche Weise unter den Mädchen ihrer Heimatorte ausgelöst hatten.

Aber in meinem Fall sieht die Reaktion auf weibliche Missachtung damals wie heute gleich aus: Eine stumme Wut kocht in mir, wie ich sie lange nicht verspürt habe. Vor allem aber, und das ist das Gefühl, das mich wirklich überrascht, wird der Wunsch immer stärker, es so zu machen wie Henry: sie einfach zu packen und mir zu unterwerfen.

Als Kind habe ich so etwas nie fertig gebracht, sondern bin irgendwann grimmig abgehauen, aber heute würde so eine Unterwerfung mir durchaus gefallen können. Natürlich würde ich Edda dabei aber nicht ins Wasser werfen und der Schwitzkasten ist nun auch nicht mein bevorzugter Griff.

Wenn du meine Sub wärst, Mädchen, denke ich und mustere Eddas hin und her schwingenden Rocksaum. *Dann würde ich dich jetzt im Genick packen und dich zu dem Baumstumpf dort am Ufer zerren. Und dann würde ich diesen verdammten Rock hochschlagen, dir dein Höschen herunterziehen und dich übers Knie legen! Und dass du dann die schöne Aussicht aufs Wasser noch genießen könntest, während ich dir den Hintern versohle, wage ich doch zu bezweifeln.*

Meine Gedanken irritieren mich. In der Tat passen sie eher zu dem kleinen Jungen von damals als zu dem Womanizer, als den man mich heutzutage meistens betrachtet.

Vor allem aber gibt es bei diesen Bildern, die sich da in meiner Fantasie verselbstständigen und dabei einen nicht zu leugnenden Reiz entwickeln, ein großes Problem: Edda ist nicht meine Sub. Sie wird es auch niemals werden, denn so wie sich aufführt, kann ich mir kaum vorstellen, dass sie lange in der *Bonnie Bride* bleiben wird.

Kopfschüttelnd beschließe ich, der Frustration ein Ende zu bereiten, und brumme, dass wir jetzt zurückgehen sollten. Ich schaue auf die Uhr. Es ist kurz nach zwölf. Wir waren geschlagene zwei Stunden unterwegs, aber haben kaum mehr als fünf Sätze gewechselt. Als wir bei der *Bonnie Bride* angekommen sind, hebe ich zum Abschied zwei Finger an die Stirn.

„Es war mir ein Vergnügen, Edda“, sage ich mit leisem Sarkasmus. „Als Dogsitterin scheinst du nicht untalentiert zu sein, aber als Gesellschafterin würde ich dich nun nicht gerade einstellen.“

Kapitel 19: Ersatzmami

Edda

Kyles Worte zum Abschied sind der Tropfen, der das sprichwörtliche Fass zum Überlaufen bringt. Während des ganzen Spaziergangs ist meine Beklemmung immer stärker und stärker geworden. Die unsichtbaren Wände, die mich von meiner Umwelt trennen, haben sich immer dichter um mich geschlossen und zum Schluss sogar verhindert, dass ich meinen Boss auch nur ansehen konnte. Die ganze Zeit habe ich in meinem Kopf krampfhaft nach Dingen gesucht, die ich zu ihm sagen könnte, aber der gefühlte Abstand zwischen uns wurde immer größer, so dass ich schließlich das Gefühl hatte, der ganze Loch Shiel läge zwischen uns. Kaum ein Wort habe ich über die Lippen gebracht, obwohl Kyle wirklich nett war. Zumindest am Anfang hat er sich sehr bemüht, ein unverfängliches und freundliches Gespräch in Gang zu bringen. Niemals hätte ich von einem so bedeutenden Mann erwartet, dass er sich die Mühe machen würde, sich mit einem kleinen Mauerblümchen wie mir zu unterhalten. Aber mehr denn je war ich in meiner Stummheit gefangen und kam beim besten Willen nicht heraus.

Als Kyle die Treppen zum Herrenhaus hochgestiegen ist, ohne sich noch einmal umzuschauen, gehe ich zu den Hundehütten und fülle die Wassernäpfe meiner neuen Freunde auf. Eigentlich will ich dann in mein

Zimmer flüchten, aber ich schaffe es nicht mehr und fange schon auf dem Weg zum Nebengebäude an zu heulen. Der Knoten, der sich in meiner Brust immer enger und enger zusammengezogen hat, platzt und lässt eine wahre Tränenflut aus meinen Augen hervorbrechen. Alles verschwimmt und ich schlage die Hände vor das Gesicht, als wäre ich ein dummes Kind, das sich vor der Scham schützen will, gesehen zu werden.

„Na, na, na“, höre ich da eine warme Frauenstimme. „Wer heult denn da?“

Erschrocken zucke ich zusammen. Als ich durch meine Finger linse, sehe ich eine massige Gestalt mit einer weißen Schürze vor mir stehen. Es ist Molly. Auch das noch! Obwohl ich die schwarze Hausdame auf eine unbestimmte Weise mag, ist sie mir nach wie vor irgendwie unheimlich und ich kann sie nicht richtig einschätzen.

„Was hat denn unsere Kleine?“, fragt Molly nun besorgt. „War Sir Kyle etwa böse zu dir?“

Der leise Spott in ihrer Stimme entgeht mir nicht und weil ich mich darüber ärgere, finde ich zumindest die Kraft zu antworten: „Lass mich bitte durch! Ich will allein sein!“

Damit will ich mich an Molly vorbei und zur Tür schieben, aber leider habe ich die Rechnung ohne den Wirt gemacht. Denn ein kräftiger Arm legt sich um meine Schultern, drückt mich an einen gewaltigen Busen und bugsiert mich zu einer Bank, die an der mit Efeu bewachsenen Mauer des Nebengebäudes steht.

„Von wegen! Ich überlasse so ein schniefendes Etwas doch nicht sich selbst“, entgegnet Molly und zieht mich neben sich auf die Bank. Der für mich so ungewohnte menschliche Kontakt und die unerwartete körperliche Nähe zu einer völlig fremden Person führen dazu, dass ich gleich noch mehr weinen muss, so sehr überfordert es mich.

„Na, na, na“, flüstert Molly wieder und tätschelt meinen Kopf. „So schlimm kann es doch gar nicht sein! Oder hat es etwa wirklich etwas mit Sir Kyle zu tun?“

Natürlich war Kyles bissiger Kommentar über meine mangelnden Gesprächsfähigkeiten der Auslöser mciner Tränen. Aber eigentlich ist der Grund ein anderer. Es ist ein schwerwiegender Grund, der mich schon mein ganzes Leben lang erfolgt. Warum ich ihn Molly verrate, kann ich selbst nicht sagen. Normalerweise vertraue ich mich nie jemandem an. Allerdings hat auch noch nie jemand darauf bestanden, mich zu trösten.

„Ich weine, weil ich nicht dazu gehöre“, schluchze ich und werde gleich von dem nächsten Heulkrampf geschüttelt. Molly seufzt und drückt mich noch ein wenig fester an sich.

„Oh ja, Liebes, das ist schlimm“, sagt sie. „Jede schwarze Frau kann dir ein Lied davon singen, glaube mir. Die angewiderten Blicke und die Beleidigungen, denen man sein ganzes Leben lang ausgesetzt ist! Das peinliche Abrücken im Bus und die endlosen Demütigungen bei der Jobsuche! Es ist furchtbar, wenn man nicht dazu gehört, da hast du recht!“

Nun sehe ich zum ersten Mal auf und schaue Molly ins Gesicht. Plötzlich wird mir klar, dass wir eigentlich das gleiche Problem haben. Alice hatte ganz recht mit dem, was sie gestern am Telefon gesagt hat: Es ist normal, anders zu sein. Viele Menschen gehören irgendwo nicht dazu, werden ausgegrenzt und diskriminiert, sei es wegen ihrer Hautfarbe oder weil sie aus anderen Gründen von der Norm abweichen. In meinem Fall sieht man es allerdings von außen nicht. Dass ich anders bin, ist nur ein Gefühl in meinem Inneren, genau wie die engen Wände, die mich einsperren.

„Ist es wegen deiner Familie?“, fragt Molly nun. „Akzeptiert sie nicht, wie du leben möchtest?“

Irritiert und etwas beschämt schüttele ich den Kopf. „Nein, das ist es eigentlich nicht“, murmele ich. „Ich habe ja gar keine Familie mehr. Es ging eher darum, dass ich wohl nicht hierher passe. Ich habe überhaupt noch nie irgendwohin gepasst. Zuerst dachte ich, dass es anders sein würde, wenn ich nach Schottland zurückkehre, aber es ist wieder genau das gleiche. Es hört wohl nie auf. Ich habe einfach nirgendwo einen Platz.“

Einen Moment starrt Molly mich an und scheint nicht zu verstehen. Dann nimmt ihr Gesicht einen mitleidigen Ausdruck an und sie streichelt meine Wange.

„Du armes Ding, du“, sagt sie mit einer Stimme, als wollte sie ein Baby trösten. „Du hast keine Familie? Es gibt nirgendwo einen Platz für dich? Aber sag doch sowas nicht! Jetzt bist du doch in der *Bonnie Bride*, Schätzchen! Wir sind deine Familie! Ich bin ab sofort deine Ersatzmami, verstanden?“

Obwohl es natürlich ziemlicher Unsinn ist, was sie da sagt, rühren mich ihre Worte so, dass ich gleich noch mehr heule.

„Aber Kyle mag mich nicht“, schluchze ich. „Er denkt, dass ich nicht in die *Bonnie Bride* passe!“

Molly lacht und tätschelt mich wieder.

„Nun mach dir doch nicht solche Sorgen um Sir Kyle“, beruhigt sie mich. „Er ist ein kluger Mann, wenn auch mitunter etwas ungeduldig! Alle Doms sind so, darüber musst du einfach hinwegsehen. Sie halten sich für unfehlbar, sind aber im Grunde genommen auch nur Männer und somit alles andere als perfekt. Das darf man sie bloß nie spüren lassen! Sei einfach du selbst, dann wirst du deinen Platz bei uns schon finden!“

Obwohl ich ihr nicht folgen kann, trösten mich ihre Worte. Nach dem Tod meiner Eltern habe ich mir immer eine jemanden gewünscht, die mich beschützt und mich versteht. Dass es nun ausgerechnet eine schwarze Hausdame ist, die diese Rolle einnehmen will, stört mich ganz und gar nicht. Als ich vertrauensvoll nach ihrer Hand greife, lächelt sie.

„Was ist denn ein Dom, Molly?“, frage ich schüchtern.

„Herrje, Angus hatte recht“, lacht sie mit hochgezogenen Augenbrauen. „Du bist ja wirklich ein

Küken! Ich wollte es kaum glauben, als er es mir erzählt hat!“

Dann zieht sie ein kleines Etui aus ihrem Ausschnitt hervor. Sie klappt es auf, nimmt sich einen der darin liegenden dünnen Zigarillos heraus und zündet ihn sich an. Als sie auch mir einen anbietet, nehme ich mir mit zitternden Fingern ebenfalls einen und stecke ihn mir zwischen die Lippen. Eigentlich rauche ich nicht, aber eigentlich habe ich ja auch keine Ersatzmami. Ich muss husten, worüber Molly schmunzelt. Sie streicht mir liebevoll eine Strähne aus dem Gesicht.

„Also, pass auf, Schätzchen“, beginnt sie dann. „Was ein Dom ist, musst du schon selbst herausfinden! Es hat etwas mit einer erotischen Spielart zu tun, oder auch mit einer Lebensart, je nachdem, wie man es betrachten will. Sir Kyle ist ein Dom, ebenso wie unsere beiden anderen Herren, Sir Henry und Sir William.“

Nun mache ich große Augen.

„Ach, das meinte er also“, murmele ich. „Es gibt noch andere Eigentümer? Sind sie denn… also ich meine, diese drei… Dass sie Doms sind, bedeutet das…?“

Molly deutet mein peinliches Herumgedruckse genau richtig und lacht herzlich darüber: „Nein, Schätzchen, sie führen keine Dreierbeziehung oder so etwas!“, sagt sie dann. „Und sie sind auch nicht homosexuell, falls du das meinst. Sir Kyle spielt nur selten mit Männern und wenn dann ohne sexuelle Komponenten.“

Zwar verstehe ich wieder nur wenig von dem, was sie sagt, aber dass Kyle nicht schwul ist, erleichtet mich, ohne dass ich genau sagen könnte, woran es liegt. Denn dass er sich trotzdem nie im Leben für mich interessieren dürfte, ist mir natürlich klar.

„Du stehst völlig auf dem Schlauch, was?“, lächelt Molly beim Anblick meines verwirrten Gesichts. „Ich dachte, selbst unter Vanillas hätten sich ein paar Details inzwischen herumgesprochen.“

Beschämt schaue ich zu Boden und murmele, dass ich mich für Sex nie besonders interessiert habe. Molly zieht an ihrem Zigarillo und pafft mit dem süßlich riechenden Rauch einen Ring in die Luft.

„Also, das Gegenstück zum Dom ist eine Sub. Grob gesagt geht es bei dem Ganzen um Dominanz und Unterwerfung“, erklärt sie mir. „Der Dom führt die Sub und sie ordnet sich seinem Willen unter. Erfüllt sie seine Ansprüche nicht, wird sie bestraft.“

Mein Herz klopft aufgeregt und plötzlich fühle ich mich ganz zittrig. Hatte Molly nicht bei unserer ersten Begegnung kurzzeitig für eine Sub gehalten? Obwohl ich mir immer noch keinen wirklichen Reim auf ihre Worte machen kann, setzt sich in meinem Kopf langsam ein Bild zusammen. Natürlich fehlen noch diverse Puzzleteile, aber was ich bis jetzt erkennen kann, stürzt mich innerlich in das größte Chaos, das man sich nur vorstellen kann. Wieder sehe ich die Halsbänder vor mir, fühle das kühle Leder des unheimlichen Strafbocks und erinnere mich an jedes Detail der säuberlich aufgehängten Schlagwerkzeuge. Meine Tränen versiegen.

„Bestraft?“, frage ich heiser und sehe plötzlich Kyles kühle, graue Augen vor mir, die mich vorhin auf der Treppe so streng angesehen habe, dass ich seinem Blick nicht standhalten konnte.

„Ganz recht, Schätzchen“, lächelt Molly verschmitzt und ihre dunklen Augen funkeln. „BDSM nennt man das im weitesten Sinne. Und eins sage ich dir: Wenn du dich noch einmal zum Heulen irgendwo verkriechen willst, anstatt zu mir zu kommen, dann werde ich persönlich dir die Hosen strammziehen!“

Ich starre sie mit großen Augen an.

„Verstanden, Edda?“, fragt sie streng und zwinkert mir zu.

„Verstanden, Ma‘am“, erwidere ich eilig und bin auf einmal so aufgeregt, dass ich ganz vergesse, dass ich eigentlich nicht dazugehöre.

Kapitel 20: Nicht nur die Apfelbäume

Kyle

Weil ich mich nicht auf die Arbeit konzentrieren kann und mir alles, was ich lese oder in meinen Mails selbst schreibe, wie leeres Gewäsch vorkommt, klappe ich mein Notebook irgendwann zu und verlasse die Bibliothek. Obwohl es sich inzwischen ein wenig zugezogen hat, ist es immer noch schön draußen, weshalb ich aus der Steinhalle über unser großes Wohnzimmer auf die zum Loch gewandte Terrasse auf der Rückseite der *Bonnie Bride* hinaustrete. Missmutig starre ich hinunter ins Tal, wo das Wasser in einem tiefen Dunkelblau zwischen den noch kargen Bergen in der stellenweise durch die Wolken brechenden Sonne glitzert. Die Beete um die Terrasse sind noch kahl, die Büsche und Bäume noch ohne Blätter.

„Genauso fühle ich mich“, murmele ich. „Leer und unfertig, ohne Leben.“

Ich weiß, dass in ein paar Wochen alles hier anfangen wird zu blühen. Der Frühling in Schottland kommt spät, aber er ist so schön, dass man die Zeit der Kälte und der rauen Winde sofort vergisst, sobald er beginnt. Aber noch ist es nicht soweit.

Als ich leise pfeife, kommt wenige Augenblicke später Alba angewetzt, deren Gehör mir immer schon besonders ausgeprägt vorkam. Schwanzwedelnd reibt sie ihren Kopf an mir und ich kraule sie hinter den Ohren, dankbar über die Gesellschaft.

„Na, mein Mädchen?“, lächle ich. „Wenigstens eine treue Gefährtin habe ich, was?“

Während ich ein wenig mit ihr spiele und sie streichle, fällt mir auf, dass Albas Fell gepflegter aussieht als vorhin. Nach dem Spaziergang waren die Hunde schlammig und voller Kletten, weil sie am Ufer durch hohes Gras und Wasserpfützen gerannt waren. Davon ist jetzt allerdings nichts mehr zu sehen und ich registriere mit einem gewissen Wohlwollen, dass Edda ihren Job zumindest ernst zu nehmen scheint. Der Gedanke an unsere Dogsitterin verschlechtert meine Laune allerdings, ohne dass ich sagen könnte, woran es liegt. Ich sehe ihre strahlend blauen Augen vor mir, mit denen sie mich heute bei unserem Spaziergang kaum eines Blickes gewürdigt hat.

„Wenn eine Sub ihrem Dom nicht ins Gesicht sieht, dann geschieht das aus Demut“, sage ich zu Alba, die den Kopf schief legt und mich verständnislos ansieht. „Aber in diesem Fall war es etwas ganz anderes, weil ich schließlich nicht ihr Dom bin! Sie ist einfach nur verbohrt und schroff. Kein Mann lässt sich gern ignorieren, Alba!“

In diesem Moment höre ich ein leises Lachen hinter der hohen, mit Efeu bewachsenen Mauer neben der Terrasse, wo der *Walled Garden* des Herrenhauses anschließt. Mit einigen großen Schritten erreiche ich die in die Mauer eingelassene Holztür, durch die man ihn von hier aus betreten kann, und stoße sie auf. Angus steht an einer der symmetrisch gestutzten Hecken des Rosengartens, der in diesem Teil des Gartens liegt, und schneidet sie mit einer großen Heckenschere zurecht.

„Hast du gerade gelacht, Gärtner?“, frage ich scharf und Angus senkt bescheiden den Blick. Aber dennoch kann er sich sein Grinsen nicht verkneifen, als er nun sagt: „Nein, Sir Kyle, ich habe nur geniest. Verzeihung.“

Alba ist mir natürlich hinterhergekommen und schnuppert schon an Angus‘ Hand, der manchmal eine Kleinigkeit für sie dabei hat. Weil die Hunde eigentlich nicht in den *Walled Garden* sollen, damit sie nicht das Obst und Gemüse markicren oder in den kunstvoll angelegten Beeten buddeln, schnaube ich nur verärgert und will wieder gehen. Aber leider ist unser Gärtner ein großer Menschenversteher und hat sofort erkannt, dass ich ein wenig Ablenkung gebrauchen könnte.

„Kommt, Sir Kyle“, sagt er. „Schauen wir doch mal nach den Obstbäumen! Alba kann uns ruhig begleiten. Wir passen schon auf.“

Etwas unwirsch, aber auch nicht unzufrieden, eine Beschäftigung und einen Gesprächspartner gefunden zu haben, folge ich ihm also.

„Die Rosen werden dieses Jahr eine Pracht werden, Sir Kyle“, prophezeit Angus, der den Rosengarten mit den niedrigen, wie ein kleines Labyrinth angelegten Hecken besonders liebt. „So schön wird er, dass es ein Jammer wäre, nicht mit einem verliebten Mädchen an der Leine zwischen den Blüten spazieren zu gehen!“

Ich lache grimmig und in Erinnerung an die etwas ähnlich geartete Mahnung unserer Hausdame erwidere ich mit leisem Spott: „Dann such dir mal eins, Angus! Ich kann dir Molly empfehlen, die versteht auch viel von Blumen!“

Angus schmunzelt nur und tätschelt Alba den Kopf, während wir zu den Nutzpflanzen abbiegen. Die Obstbäume wachsen an der hohen Ziegelmauer, wo sie besonders viel Wärme bekommen und vom Wind geschützt sind. Angus hat sie am Ende des Winters beschnitten, aber seitdem war ich nicht mehr hier, weshalb der Anblick mir zunächst fremd vorkommt. Aber es dauert nur einen Moment, dann sehe ich auch seine Schönheit.

„Sie treiben schon“, lächle ich, ziehe einen der Zweige zu mir heran und betrachte die jungen Triebe. Angus wiederum betrachtet mich und lächelt.

„Fotografiert Ihr eigentlich gar nicht mehr, Sir Kyle?“, will er dann wissen. „Seitdem ich Euch kenne, seid Ihr doch nie ohne Kamera herumgelaufen. Aber seit einiger Zeit…“

Seufzend streiche ich mir durch die Haare. „Jetzt fotografieren andere für mich, Angus“, murmele ich. „Ich habe schon seit Jahren keine Kampagnen mehr selbst geshootet. Und privat… Es kommt mir vor, als hätte ich alle Bilder schon gemacht. Mir fehlen die Motive.“

Angus nickt nachdenklich, während wir in Richtung des Gewächshauses weitergehen, in dem er das ganze

Jahr über Blumen züchtet und in dem auch Pfirsiche, Aprikosen und andere Pflanzen wachsen, für die es in unseren Breitengraden sonst zu kalt wäre.

„Erfolg hat auch viele Schattenseiten“, bemerkt er und ich lächele innerlich über seinen Hang zum Philosophieren. „Ihr braucht etwas, das Euch wieder zu Euch selbst führt, Sir Kyle. Oder jemanden“, fügt er verschmitzt hinzu.

„Ach, lass mich bloß mit deinen Ratschlägen zufrieden“, brumme ich und mache eine ungeduldige Handbewegung, die Alba als Aufforderung zum Spielen deutet und an mir hochspringt. „Alba reicht mir im Moment vollkommen!“

Angus lacht vergnügt. „Eine Hündin ist ja gut und schön“, bemerkt er. „Doch eine echte Frau hat durchaus noch ein paar mehr Vorzüge!“

Als ich genervt erwidere, dass echte Frauen rar gesät sind und alle anderen mir im Moment gestohlen bleiben können, wiegt er nur wie ein weiser Greis seinen großen Schädel hin und her, so dass seine getunnelten Ohrläppchen wie die Ohren meiner Hunde schlackern und meint: „Jetzt kommt der Frühling, Sir Kyle, und das verändert alles. Glaubt mir, nicht nur die Apfelbäume erwachen jetzt zum Leben…“

Kapitel 21: Suchbegriffe

Edda

Die nächsten Tage vergehen ruhig und ich entwickele einen eigenen Rhythmus und Tagesablauf. Kyle sehe ich nur manchmal von weitem, wenn er nachmittags im Park herumgeht und telefoniert. Wahrscheinlich sind es geschäftliche Gespräche, die er da führt, denn wie ich der Regenbogenpresse entnehmen konnte, ist mein Boss Single. Früher habe ich mich nie für solche Dinge interessiert, aber seitdem ich für eine Berühmtheit arbeite, möchte ich natürlich schon etwas genauer Bescheid wissen. Und dass ich Molly und Angus nicht ständig ausfragen kann, versteht sich ja von selbst.

„Romanze mit Burlesque-Star vorbei?“, hat ein amerikanisches Online-Magazin gerade getitelt und aus dem Artikel konnte ich entnehmen, dass Kyle anscheinend eine mehrwöchige Liaison mit einer gewissen Nicky La Rouge hatte, die allem Anschein nach aber zu Ende gegangen ist. Es war merkwürdig, die Paparazzi-Schnappschüsse zu sehen, die von ihm mit dieser Unbekannten vor einem New Yorker Luxushotel aufgenommen wurden. Ich kannte diese Nicky natürlich nicht, aber allem Anschein nach hat sie vor zwei Jahren eine Reality-Show bei einem großen Sender gewonnen und ist seitdem in den USA ein bekanntes Model.

„Hässlicher Hungerhaken“, brumme ich missmutig, während ich Fotos von ihr betrachte, die sie in sexy

Kostümen im Stil von Moulin Rouge zeigen. Natürlich ist sie in Wirklichkeit bildhübsch und ihre großen, braunen Rehaugen sehen zu ihren blonden Haaren wirklich hinreißend aus. Aber auch in der Vergangenheit war Kyle nicht gerade von Mauerblümchen umgeben. Wenn man seinen Namen in eine Suchmaschine eingibt, erscheinen unzählige Fotos, die ihn mit einer unübersichtlichen Anzahl ähnlicher Schönheitsköniginnen im Arm zeigen.

„Kein Wunder, dass er nicht noch einmal mit mir spazieren gehen wollte“, murmele ich und betrachte mich in dem großen, von einem geschnitzten Holzrahmen eingefassten Spiegel, der neben meiner Zimmertür hängt. Im Vergleich zu Frauen wie dieser Nicky kann ich wirklich einpacken. Nicht nur, dass ich mindestens zwei Köpfe kleiner bin als diese hochgeschossenen Bohnenstangen, ich bringe wahrscheinlich trotzdem noch das doppelte wie sie auf die Waage! Aber davon einmal abgesehen gefällt es mir eigentlich gar nicht so schlecht, was ich da sehe: Da ich die meiste Zeit mit den Hunden draußen bin, war ich in der letzten Woche wohl so viel an der frischen Luft wie sonst in einem ganzen Monat nicht, wodurch ich gesund und frisch aussehe. Und auch die Bewegung tut mir gut. Ich fühle mich nicht nur viel beweglicher, auch mein Körper scheint sich zu straffen. Natürlich bin ich immer noch etwas übergewichtig, aber irgendwie sehe ich definierter aus als früher.

„Irgendwie definierter", wiederhole ich. „Wenn das nur auch für meinen Kopf gelten würde!"

Denn leider herrscht in meinem Kopf immer noch ein ziemliches Chaos. Vielleicht ist es sogar noch schlimmer geworden, seitdem ich angefangen habe, alles über meine Arbeitgeber zu lesen, was ich im Internet finden konnte. Denn obwohl mein Hauptaugenmerk auf Kyle lag, habe ich natürlich auch Informationen über die beiden anderen Miteigentümer der *Bonnie Bride* gesucht: Sir Henry und Sir William, wie Molly die beiden ja genannt hat. Es war nicht allzu schwer, das Kleeblatt aufzuschlüsseln.

Was mir als erstes dabei aufgefallen ist: Alle drei Herren tragen Vollbart. Ansonsten verbindet sie wohl eine enge und schon seit Kindertagen andauernde Freundschaft, wie ich in mehreren Artikeln gelesen habe. Der zweite im Bunde bei *Big Bad Wolf Advertising* ist Henry Cameron, ein dunkelhaariger, tätowierter Kerl, der schon mehrmals im Zuge irgendwelcher Schlägereien und ähnlicher Skandale verhaftet wurde. Der typische Bad Boy, wie es scheint, obwohl er gleichzeitig ein guter Geschäftsmann sein muss, denn er ist „der kreative Kopf" des Erfolgsunternehmens, wie es heißt. Kyle hingegen bezeichnet man als „Herz und Auge".

„Er ist der Blick, der alles erst ermöglich", hat Henry in einem Interview einmal über seinen Partner gesagt. „Seine Fotos, in denen er seine Wahrnehmung der Welt einfängt, waren der Anfang von allem. Ich habe dann nur ein paar Sprüche hingerotzt und schon waren wir erfolgreich."

Ganz so einfach war es wahrscheinlich nicht, denn für den großen, kommerziellen Erfolg der jungen Agentur war vor allem William Stewart verantwortlich. Er ist „das Hirn" des Konzerns, eine Art Finanzgenie. Kaum hatte er in Oxford sein Studium mit Bestnoten abgeschlossen, hat er die zu diesem Zeitpunkt gerade im Aufstreben befindende Agentur seiner beiden Freunde durch geschickte Spekulationen innerhalb weniger Jahre an die Spitze des internationalen Wettbewerbs gebracht. Er hat zwar mit der kreativen Arbeit nichts zu tun und bleibt lieber im Hintergrund, allerdings ist er als einer der drei CEOs ebenso an allem beteiligt wie Kyle und Henry.

„Du hattest recht. Es ist wirklich beeindruckend, was die drei Jungs auf die Beine gestellt haben", sage ich zu Alice, als wir am Abend telefonieren.

Ich sitze auf meinem Bett und schaue Serien, habe während des Gesprächs aber den Ton ausgeschaltet. Obwohl ich müde von meiner Arbeit bin, habe ich seit Tagen das Gefühl, zu viel Kaffee getrunken zu haben. Kaum komme ich äußerlich etwas zur Ruhe, merke ich, dass mein Herz rast und ich von einer inneren Anspannung ergriffen werde, die mich nachts stundenlang wachliegen lässt. Es ist, als würde ich unter Strom stehen. Und dabei bin ich nicht krank, das weiß ich. Denn ich kenne den Grund für meine Unruhe: Der *Punishment Room* ist es, der mich in diesen Zustand versetzt hat. Er und die Gefühle, die bei seinem Betreten in mir freigesetzt wurden. Natürlich habe ich nach dem Gespräch mit Molly auch Begriffe wie „Dom“, „Sub“ und „BDSM“ im Internet nachgeschlagen, aber die Bilder und Texte, die hierbei erschienen sind, haben mich so verstört, dass ich nicht weitersuchen konnte. Deshalb verdränge ich die Erinnerung, so gut es geht, und versuche, mich auf andere Dinge zu konzentrieren.

„Ja, das stimmt“, erwidert Alice nun fahrig und hat anscheinend heute kein Interesse daran, wie bei unserem letzten Gespräch in Lobeshymnen über *Big Bad Wolf* auszubrechen. Stattdessen fährt sie fort: „Ich muss dir etwas erzählen, Edda! Du hattest recht! Reden hilft! Ich bin ganz aufgeregt!“

Wie ich nun erfahre, hat sie meinen Rat befolgt und Brad nach ein paar Cocktails mit ihren Wünschen nach mehr „Grobheit und Härte“ im Bett konfrontiert. Allem Anschein nach war ihr langjähriger Freund zunächst etwas irritiert, hat dann aber wohl doch Blut geleckt. Sie haben einen von Alices Lieblingsfilmen angeschaut, den sie mir auch schon seit Jahren aufzwingen wollte: „50 Shades of Grey“.

„Brad war total heiß danach“, berichtet sie begeistert. „Wir hatten richtig wilden Sex! Und bald wollen wir noch andere Sachen ausprobieren!“

Möglicherweise hätte ich mich nicht so hartnäckig gegen den Film wehren sollen, denke ich beklommen. *Dann wüsste ich jetzt wahrscheinlich, was ein Dom und eine Sub sind!*

Gleichzeitig zweifle ich jedoch auch ein bisschen daran, ob ein Film mir diese aufwühlende Sehnsucht erklären könnte, die ich beim Anblick der Strafgeräte in Kyles Zimmer empfunden habe. Und vor allem weiß ich nicht, ob ein Film allein einen Mann wirklich dazu bringen kann, seinen Geschmack zu ändern. Wenn Brad vorher immer nur auf Romantik stand, wird er sich dann tatsächlich so leicht umpolen lassen? Aber natürlich sage ich nichts, denn wahrscheinlich ist es nur Neid, der mir diese Gedanken in den Kopf setzt.

Denn eins steht fest: Dass Kyle seine Ankündigung, mich in den nächsten Tagen bei zahlreichen Spaziergängen besser kennenlernen zu wollen, nicht wahr gemacht hat, nagt mehr an mir, als ich mir eingestehen möchte. Denn beim Einschlafen und beim Aufwachen sind seine strengen, grauen Augen stets das erste, das ich in Gedanken vor mir sehe.

Kapitel 22: Ein echtes Wundermittel

Kyle

Weil Angus in unserem Gespräch vor ein paar Tagen etwas angesprochen hat, das mich selbst schon seit langem stört, habe ich also eine meiner Kameras ausgepackt. Mein Gärtner hatte ganz recht, früher habe ich ständig fotografiert. Mein ganzes Leben lässt sich sozusagen in meinen Bildern nachlesen. So sind nicht nur unzählige Aufnahmen der Highlands und ihrer Bewohner entstanden, sondern ich habe auch unsere Schulzeit an einem der ältesten und teuersten Eliteinternate Großbritanniens dokumentiert, ebenso wie Henrys und meine wilde Studienzeit, als ich an der *Parsons School of Design* Fotografie studierte und er mir gegen den Willen seines Vaters nach New York folgte, um sich dort an der Uni für Marketing und Medien einzuschreiben. Wie viel er dort tatsächlich lernte und wie viele seiner brillanten Kampagnen nicht einfach seinem Naturtalent geschuldet sind, habe ich bis heute nicht durchschaut.

Fest steht, dass wir eigentlich beide nicht allzu fleißig gelernt haben, weil wir hauptsächlich damit beschäftigt waren, die BDSM-Szene des Big Apple unsicher zu machen. Nachdem wir die Neigung, die uns und William schon seit unserer Jugend in unserer konservativen Umgebung eng zusammengeschweißt hat, bereits seit mehreren Jahren versteckt erkundet hatten, brach nun endlich das Siegel der Geheimhaltung und weit weg von Zuhause schwelgten wir in der neuen Freiheit, so dass wir oft wie in einem Rausch lebten. Die Fotos aus dieser Zeit, in der auch William uns immer wieder besucht hat, gehören zu meinen intimsten und wertvollsten Erinnerungen. Doch natürlich sind sie nur für die Augen weniger Menschen bestimmt, mit denen ich sie teilen kann, denn wenn man einen gewissen Namen trägt und noch dazu erfolgreich ist, muss man sehr aufpassen, was man von sich preisgibt.

Nachdem das Wetter in der letzten Woche einigermaßen beständig war und bis auf ein paar leichte Schauer hin und wieder meistens die Sonne schien, regnet es heute nun schon den ganzen Tag fast ununterbrochen. Grau und dicht hängen die Wolken im Tal und verbergen die Berggipfel in ihrem dichten Nebel. Ich stehe am Fenster in der Steinhalle und schaue mir auf dem Display der Kamera die Aufnahmen an, die ich in den letzten Tagen gemacht habe. Angus hat Feuer im großen Kamin gemacht und ich habe die Hunde herein gelassen, weil ich ihre Nähe vermisst habe und sie mir bei dem schlechten Wetter dort draußen in ihren Hütten leid taten. Henry und William haben es nicht besonders gern, wenn die *Deerhounds* im Haus sind, aber da sie schließlich nicht hier sind, brauche ich auch keine Rücksicht zu nehmen. Träge liegen die fünf nun am Feuer und scheinen recht zufrieden zu sein. Im Gegensatz zu mir, denn meine Laune ist in den letzten Tagen eher noch schlechter geworden.

„Diese Fotos sind der letzte Schrott“, murmele ich und klicke mich ein weiteres Mal durch die wenigen Aufnahmen. „Sie sind so leer und kraftlos, wie ich selbst mich fühle!“

Weil Henry neben Schottland immer meine größte Inspiration war, rufe ich ihn an. Er meldet sich mit vollem Mund und ich erfahre, dass er gerade in der Gesellschaft von Christian frühstückt. Obwohl ich mich eigentlich an dem Ort befinde, an dem ich auf der Welt am liebsten bin, überkommt mich eine plötzliche Sehnsucht nach meinen Freunden und ich fühle mich einsam und nutzlos.

„Was ist los mit dir, mein Sohn?“, fragt Henry. „Du bist im Paradies! Solltest du nicht jubilieren oder sowas? Stattdessen klingst du, als hättest du Verdauungsprobleme.“

Ich lache müde. Im Hintergrund meldet sich Christian zu Wort, dem zum Thema Verdauung immer ausgesprochen viel einfällt. Aber ich verstehe nicht, was er sagt, und vielleicht ist das auch besser so, denn Henry lacht: „Christian, du perverse Sau! Man sollte dich wegsperren, damit die Menschheit sicher vor dir ist!“ Dann wendet er sich wieder mir zu und will wissen, was los ist.

„Ich weiß auch nicht“, murmele ich. „Alles in mir ist dunkel, obwohl Angus sagt, dass der Frühling kommt.“

Henry kennt diese Phasen von mir, in denen ich an mir selbst verzweifle und mein Blick sich so sehr verengt, dass kein Licht mehr durch das Objektiv meiner

Seele dringt. Ich hatte es nicht kommen sehen, aber nach meiner Abreise aus New York bin ich irgendwie in diesen Zustand hineingerutscht und hänge jetzt darin fest. Vielleicht währt er auch schon länger, aber ich war dort zu abgelenkt, um es zu realisieren.

„Hast du ein Galloway-Steak gegessen, Kyle?“, fragt Henry nun in strengem Tonfall. Ich erinnere mich, dass er mir diesen Rat gegeben hat, kann ihm aber nur antworten, dass ich mich in Mollys Speiseplan für gewöhnlich nicht einmische und dass es bisher kein Steak gab.

„Sie weiß schon, was gut für mich ist“, füge ich hinzu. „Gestern gab es *Cook-a-leekie*.“

Henry lacht höhnisch: „Kein Wunder, dass du Trübsal bläst! Ich würde auch herumheulen, wenn man mir diese fade Hühnersuppe auftischt“, brummt er. „Sag Molly… Nein, sag ihr nichts! Ich werde das Miststück selbst anrufen. Das wird der Höhepunkt meines heutigen Tages sein. Ein Stückchen Heimat.“

Als ich schweige und gedankenverloren ins Feuer starre, fragt mein Freund: „Und eine Frau mit Substanz, wie sieht es damit aus? Du merkst schon, dass in dem Wort *Substanz* eine Sub versteckt ist, oder?“

Weil mir das nicht aufgefallen war, lache ich und fühle mich durch das Gespräch mit ihm tatsächlich schon ein wenig besser. Henry ist meistens die beste Medizin für mich. Ein echtes Wundermittel.

„Hier gibt es keine Frauen, Henry“, gähne ich und denke unwillkürlich an Edda und daran, dass ich sie

„kleines Mädchen“ genannt habe. Eigentlich sage ich Dinge in der Art nur zu echten Frauen, aber in diesem Fall muss es wohl ein Irrtum gewesen sein. „Und Subs schon gar nicht. Aber mach dir darum keine Sorgen. Es ist besser so im Moment.“

Einen kurzen Moment schweigt Henry, dann sagt er, dass er gleich aufhören muss, weil er einen Termin hat und sich noch anziehen muss. Lächelnd stelle ich mir vor, wie er mit dem garantiert wie aus dem Ei gepellten Christian in Boxershorts und Unterhemd in unserem Loft in San Francisco an dem großen Tisch breitbeinig auf seinem Stuhl herumhängt.

„Alles klar, dann einen schönen Tag noch“, sage ich und bin selbst genervt vom düsteren Klang meiner Stimme. Auch Henry entgeht er natürlich nicht.

„Es ist nur eine Phase, glaub mir! Gott liebt dich, Kyle“, seufzt er, wie er es immer tut, wenn er mir sagen will, dass ich eigentlich meistens Glück im Leben habe. „Und vergiss nicht: Ich lieb dich auch! Pass auf dich auf und melde dich bald wieder!“

Kapitel 23: Ein Anruf

Edda

Missmutig starre ich in den Park hinaus, der hinter einem dichten Regenschleier verschwimmt. Den ganzen Tag gießt es schon wie aus Eimern, so dass sich die Hunde in ihre Hütten verzogen haben und nichts von einem Morgenspaziergang wissen wollten, als ich mit cincm Schirm und Gummistiefeln bei ihnen auf der Matte stand. Aber als ich dann eben noch einmal nach ihnen schauen wollte, waren sie verschwunden! Etwas besorgt komme ich in die Küche, wo Molly gerade damit beschäftigt ist, Tee zu machen.

„Die Hunde sind weg, Ma'am", teile ich ihr mit und stelle meinen Schirm in eine Ecke. „Wo können sie bei diesem Wetter nur stecken?"

Molly lacht belustigt auf und erklärt mir, dass Sir Kyle sie vorhin ins Haus gelassen hat. Missmutig lasse ich mich auf einer der Bänke nieder. Ich sehe es schon kommen, dass ich den Hausherrn vor seiner sicher bald bevorstehenden Abreise gar nicht mehr zu Gesicht bekommen werde. Eigentlich könnte es mir egal sein, aber die Vorstellung macht mich von Tag zu Tag unruhiger.

„Und jetzt will der Herr Tee trinken", lässt sie mich wissen, während sie ein Stück des köstlichen Zitronenkuchens, vom dem sie mich vorhin probieren lassen hat, mit Puderzucker und ein paar Blättchen frischer Minze sehr hübsch auf einem der eleganten Tellerchen mit Goldrand anrichtet. Während sie auch die Tasse und das restliche Geschirr auf ein Tablett stellt, klingelt ihr Telefon. Mit unwirschem Gesicht zieht sie es aus ihrer Schürze hervor. Als sie jedoch auf dem Display den Namen des Anrufers sieht, tritt ein breites Strahlen auf ihr Gesicht. Eilig nimmt sie ab.

„Sir Henry“, gurrt sie mit so veränderter Stimme, dass ich vor Erstaunen den Kopf schüttele. Molly klingt plötzlich mindestens so verrucht wie die Stimmen, die nachts auf den billigen Privatsendern im Fernseher für irgendwelche Sex-Hotlines werben!

„Na, das ist aber eine Überraschung…“, fährt sie fort, wird dann aber anscheinend brüsk unterbrochen. Obwohl sie mehrere Meter von mir entfernst steht, höre ich Sir Henry bis zu mir schimpfen. Wie es aussieht, wird der Bad Boy des Trios seinem Ruf auch im Privatleben gerecht.

„Schwermütig?“, wiederholt Molly am Ende der Tirade mit gerunzelter Stirn. „Nun ja, wie soll er sich schon fühlen, so ganz allein… Mein mütterlicher Busen kümmert ihn ja nicht, sonst würde ich ihn gerne trösten!“

Ich erkenne an ihrem Gesicht, dass Sir Henry darauf anscheinend etwas Anzügliches zu sagen weiß, denn Mollys Augen Funkeln und ihre vollen Lippen verziehen sich zu einem verschmitzten Grinsen.

„Oh ja, fürwahr, Sir Henry“, haucht sie. „Ihr wart schon immer ein Mann, der wusste, was er wollte!“

Ich könnte vor Scham im Boden versinken, dass ich dieses erotische Gespräch miterleben muss, aber zum Glück sagt Sir Henry nun wohl etwas, das der Plänkelei ein Ende bereitet. Denn nun zieht Molly entsetzt die Augenbrauen hoch und sagt: „Ein Galloway-Steak?! Heute Abend?! Wie soll ich denn…“

Dann verstummt sie jedoch wieder und macht ein erschrockenes Gesicht. „Jawohl, Sir Henry! Natürlich, Sir! Ein Foto, heute Abend… Ja, aber… Angus? Mit dem Stock? Oh bitte, Sir Henry, das ist…“

Ein barscher Kommentar, den ich wieder bis zu mir hören kann, bringt sie zum Schweigen.

„Jawohl, Sir Henry! Natürlich, Sir!“, wiederholt sie dann. „Ich werde tun, was ich kann, Sir!“

Natürlich weiß ich nicht, was Sir Henry Molly angedroht hat und was Angus damit zu tun hat, aber die Erwähnung eines Stocks lässt mich natürlich sofort an die vielen verschiedenen Rohrstöcke denken, die oben im *Punishment Room* im Hutständer bereit stehen. Ob Sir Henry Molly angedroht hat, dass Angus sie bestrafen wird, wenn sie heute Abend kein Steak zubereitet? Allein der Gedanke versetzt mich so in Aufregung, dass meine Handflächen zu schwitzen anfangen und ich kaum noch still sitzen bleiben kann. Ich bin sofort wieder so aufgewühlt, dass ich Molly kaum noch ins Gesicht sehen kann.

Seitdem ich den Strafraum entdeckt habe, kreisen meine Gedanken ständig darum. Und die Szenen, die ich mir beim Einschlafen dazu ausmale, rufen so erschreckende Reaktionen in mir hervor, dass ich mich einerseits fürchterlich schäme und Angst habe, dass mit mir irgendetwas nicht stimmt. Andererseits fühlt es sich aber so himmlisch an, dass ich der Versuchung meistens nachgebe und mich selbst berühre.

„Eine Frau mit Substanz?“, höre ich Molly nun fragen und werde rot, weil ich spüre, dass ihr Blick mich streift. „Nun ja, da wäre schon eine, Sir Henry. Aber er will sie bislang nicht so recht zur Kenntnis nehmen.“

Mein Herz rast wie verrückt. Spricht sie etwa über Kyle und mich? Das ist doch unmöglich!

„Ja, Sir! Jawohl, Sir“, sagt Molly nun wieder. „Ja, das werde ich tun. Verlassen Sie sich nur auf mich, Sir Henry.“

Damit scheint das Gespräch eigentlich am Ende zu sein, aber als Molly schon auflegen will, sagt Sir Henry noch etwas. Zuerst erscheint ein Lächeln auf Mollys Gesicht, dann verdreht sie genießerisch die Augen und schließt sie schließlich ganz. Meine Anwesenheit hat sie in diesem Moment wohl vollständig vergessen, denn sie macht so hingebungsvoll „Mmmmh, Sir Henry“, dass selbst mir ein angenehmer Schauder über den Rücken läuft, obwohl ich keine Ahnung habe, was er wohl gesagt haben mag.

„Ihnen auch, Sir“, flüstert sie dann mit bewegter Stimme. „Auf bald!“

Nachdem sie dann aufgelegt und das Telefon wieder weggesteckt hat, sieht sie mich an und sagt: „Ich muss sofort nach Fort William! Sir Kyle bekommt heute Abend ein Galloway-Steak!“

Natürlich traue ich mich nicht, nach der Sache mit dem Stock zu fragen, aber dafür ist eh keine Zeit. Denn nun klatscht Molly energisch in die Hände und fährt mich an: „Was sitzt da herum, du faules Ding?! Steh auf, du musst mir helfen! Ich fahre weg, verstehst du? Das fehlte mir noch, dass dieser eingebildete Gärtner mich… Nein, nein! Das passiert mir sicher nicht! Die Mädchen sind im Obergeschoss mit Staubsaugen beschäftigt, also musst *du* Sir Kyle jetzt seinen Tee servieren!“

Ich starre sie entsetzt an, aber gleichzeitig packt mich auch eine freudige Erregung. *Also werde ich ihn doch noch wiedersehen*, schießt es mir durch den Kopf. *Und zwar jetzt gleich!*

Als ich mir nervös die Haare zurecht streiche, schmunzelt Molly. Dann greift sie nach einer der kleinen, weißen Schürzen, die ihre Dienstmädchen über ihren kurzen, schwarzen Kleidchen tragen und winkt mich zu sich heran. Sie bindet mir das Ding um und verpasst mir dann einen kräftigen Klaps auf den Po, der mich so aus der Fassung bringt, dass ich ganz rot werde, weil ich mich auf eine unerklärliche Weise ertappt fühle, ohne eigentlich zu wissen wobei.

„Du wirst mich nicht blamieren, verstanden?“, fragt Molly nun streng und mustert mich prüfend. Ich nicke nur, weil ich zu aufgeregt bin, um etwas zu sagen.

„Du siehst sehr hübsch aus, Schätzchen“, lächelt Molly noch, dann drückt sie mir das Teetablett in die

Hände und sagt: „Er ist am Kamin in der Steinhalle! Und bleib in der Nähe, falls er noch Wünsche hat, oder du nachschenken musst!“

Ich nicke wieder. „*Aye*, Ma’am“, bringe ich etwas heiser über die Lippen.

Molly lacht leise und schüttelt belustigt den Kopf, was ich nicht richtig deuten kann. Als ich aber zögernd vor ihr stehenbleibe, weil ich mich nicht recht entschließen kann loszugehen, hebt meine Ersatzmami die Hand, als wollte sie mir noch einen Klaps verpassen, und sagt streng: „Na los jetzt! Ab mit dir!“

Also atme ich einmal tief los und laufe dann eilig mit dem Tablett aus der Küche, wobei ich aufpasse, dass ich auch ja keinen Tee verschütte. Denn wer weiß, was dafür in diesem sonderbaren Haushalt für Strafen drohen!

Kapitel 24: Kuchen

Kyle

Ich starre gedankenverloren ins Feuer, als ich Schritte näherkommen höre. Die Hunde schauen nicht einmal auf, weshalb ich davon ausgehe, dass es Molly sein wird. Umso mehr wundere ich mich, als ich ein schüchternes Stimmchen sagen höre: „Der Tee, Sir Kyle!“

Als ich aufsehe, erblicke ich unsere Dogsitterin, die mit einem Tablett in der Hand neben meinem Sessel steht. Sie trägt ein weißes Schürzchen, was zu ihrem rostroten Kleid und ihren dunklen Haaren recht niedlich aussieht. Trotzdem runzele ich die Stirn und brumme: „*Sir* Kyle? Pass lieber auf, Edda, wie du mich ansprichst…“

Sie stellt das Tablett auf dem gepolsterten Hocker ab, auf dem man seine Füße hochlegen kann. Nun sieht sie mich mit großen Augen an und erwidert wie aus der Pistole geschossen: „Lektion drei, Sir Kyle! Immer die richtige Anrede verwenden!“

Verwundert nehme ich meine Zeitungen von dem Tischchen neben mir, damit Edda aufdecken kann und beobachte sie dann, wie sie zunächst den Teller mit dem Kuchen so hinstellt, dass ich ihn bequem erreichen kann. Dann legt sie die Stoffserviette und die Kuchengabel auf der richtigen Seite daneben und nimmt dann behutsam die Tasse vom Tablett, um sie genau an der korrekten

Stelle zu positionieren. Ich bewundere die schlichte Anmut, mit der sie den Tee einschenkt, und sage: „Nun, als Serviererin würde ich dich auch sofort nehmen!“

Das war natürlich eine Anspielung auf den Satz, den ich nach unserem Spaziergang zu ihr gesagt habe und der mir in den letzten Tagen noch einige Male im Kopf herumgegeistert ist. Es war ein recht unfreundlicher Satz, was mir im Nachhinein leid tat. Auch wenn ich von Eddas Schweigsamkeit genervt war, hatte ich doch keinen Grund, sie zu beleidigen, zumal mir ihre Schüchternheit ja durchaus bewusst war. Eigentlich bleibe ich unter normalen Umständen meistens höflich, vor allem zu Frauen. Ich bin ein Gentleman und kann Respektlosigkeit und Arroganz nicht ausstehen.

Edda versteht meine Anspielung sofort, was mir verrät, dass ich sie mit meiner Grobheit wahrscheinlich verletzt habe. Sie errötet leicht und lächelt: „Mit Tee kenne ich mich besser aus als mit Gesprächen, Sir Kyle.“

Warum nennst du mich Sir, Mädchen?, denke ich und betrachte ihre kleinen, grazilen Hände, während sie nun die Zitrone in den Tee tut. Sie hat sich also gemerkt, wie ich ihn trinke. Ebenso wie sie sich meine Lektion gemerkt hat, die ich neulich spontan für sie erfunden hatte. Natürlich habe ich als Dom bestimmte Grundsätze und ich lege auch gern Regeln fest, allerdings ist das etwas, was ich für jede Sub individuell tue. Erst jetzt im Nachhinein fällt mir auf, dass diese kleinen Lektionen, die ich mir für Edda ausgedacht habe, eigentlich schon der Anfang eines gemeinsamen Spiels waren. Führt sie dieses Spiel nun tatsächlich weiter?

„Ist das so?“, schmunzele ich nun und streiche mir über den Bart. „Und wie gut kennst du dich mit Kuchen aus?“

Ich weiß selbst nicht, was ich mir dabei denke. Gar nichts wahrscheinlich. Es passiert ganz von selbst, so wie die schönsten Spiele oft ganz unverhofft und aus dem Nichts entstehen, ohne dass man sie geplant oder vorher irgendwie abgesprochen hätte.

„Mit Kuchen, Sir Kyle?“, fragt Edda nun und schaut nervös zum Tisch, ob sie das Tellerchen vielleicht falsch hingestellt hat. „Also, ich kann Kuchen backen, falls Sie das meinen. Und ich mag Kuchen…“

Leise lachend unterbreche ich sie: „Du magst ihn. Ausgezeichnet. Dann will ich, dass du diesen Kuchen hier für mich probierst. Woher soll ich sonst wissen, ob er gut ist?“

Edda beißt sich nervös auf die Unterlippe, aber ihre Augen leuchten, als sie flüstert: „Sehr gern, Sir Kyle, natürlich.“

Entweder mag sie Kuchen wirklich sehr gerne, denke ich amüsiert. *Oder sie findet Freude an diesem kleinen Spiel.*

„Na schön“, sage ich, nehme die Gabel und zerteile den Kuchen in mundgerechte Stücke. „Komm her und mach den Mund auf!“

Ich kann förmlich hören, wie sie vor Schreck die Luft anhält, aber als ich ihr einen strengen Blick zuwerfe, kommt sie mit eiligen, kleinen Schritten um den Tisch, stellt sich etwa einen Schritt vom Sessel entfernt neben mir auf und öffnet den Mund einen kleinen Spalt breit. Einige Augenblicke lasse ich sie so verharren, dann herrsche ich sie an: „Soll das dein Ernst sein, Mädchen? Denkst du, ich recke mich zu dir hoch?!“

Nun ist der Moment, in dem sie kneifen könnte. *Wenn sie jetzt nicht abhaut, dann hat sie Potential*, schießt es mir durch den Kopf und aus irgendeinem Grund hoffe ich inständig, dass sie bleibt.

„Verzeihung, Sir“, stammelt Edda nun und mein Herz, das mir eben noch so schwer und von Dunkelheit umfangen vorkam, schlägt freudig schneller. Sie ist verwirrt und weiß nicht, was sie tun soll. Aber ich werde ihr helfen.

„Vor mir auf die Knie“, befehle ich mit sanfterer Stimme und zeige mit der Gabel auf den Boden direkt vor dem Sessel. „Und nimm die Hände auf den Rücken!“

Nun bin ich mir sicher, dass sie folgen wird. Und ich täusche mich nicht: Fast schon erleichtert, dass sie nun weiß, was sie zu tun hat, sinkt Edda mit geröteten Wangen und etwas beschämt gesenktem Blick vor mir auf die Knie. Ein Glücksgefühl durchströmt mich dabei, wie ich es lange nicht gespürt habe. Wie aus dem Nichts heraus fühle ich mich plötzlich so lebendig und vital, als wäre auf einmal wirklich der Frühling ausgebrochen.

Rasch werfe ich einen Blick zu den Fenstern, die weit entfernt dort vorne in der Halle neben der Eingangstür liegen. Nach wie vor ist alles grau dort draußen, nach wie vor weht ein kräftiger Wind den Regen unablässig gegen die Scheiben. Der Tee leuchtet noch immer dampfend in der Tasse. Auch meine *Deerhounds* liegen noch genau wie eben vor dem Kamin und scheren sich nicht darum, was ihr Herr und ihre neue Freundin treiben. Alles ist, wie es noch vor wenigen Augenblicken war. Und doch ist alles anders. Denn Edda kniet vor mir, so unverhofft und doch so wunderhübsch, als sei sie genau hierfür bestimmt gewesen.

Als ich ihr unversehens zwei Finger zwischen die leicht geöffneten Lippen schiebe und ihr recht unsanft den Mund aufsperre, macht sie erschrockene, große Augen und erstarrt wie ein Tier im Scheinwerferkegel.

„Lektion vier“, knurre ich. „Wenn ich ‚Mund auf‘ sage, dann meine ich es so, dass auch etwas hineinpasst!“

Dann nehme ich in Seelenruhe ein Stückchen Kuchen auf die Gabel und schiebe es ihr behutsam in den Mund.

Kapitel 25: Zum ersten Mal im Leben

Edda

In dem Moment, als Kyle vor sich auf den Boden gedeutet hat, ist eine Tür in mir aufgegangen und mein Kopf hat aufgehört zu arbeiten. Und ich bin hindurchgegangen, ohne zu zögern. Ich konnte ganz deutlich spüren, wie die Puzzleteile, die in den vergangenen Tagen unaufhörlich auf der Suche nach dem richtigen Bild waren, sich mit dieser Geste zusammengesetzt haben und sich das Gefühlschaos in mir für einen kurzen Moment beruhigt hat. Als ich vor ihm auf die Knie gesunken bin, herrschte absolute Stille in mir. Alles war im Einklang. Ich habe zwar nicht verstanden, was mit mir geschieht, aber ich habe auch nicht danach gefragt. Kyle hatte die Kontrolle über mich übernommen und ich habe mich so dankbar seiner Führung gefügt, dass es in diesem Augenblick keine größere Erfüllung für mich hätte geben können.

Als er mir dann allerdings grob in den Mund gegriffen und ihn mir aufgesperrt hat, als wäre ich ein Kind, das im Garten verbotenerweise giftige Beeren gegessen hat, war es natürlich vorbei mit der Harmonie. Ein Sturm ist in mir losgebrochen und die Erregung, die meine Fantasien über den *Punishment Room* in den letzten Nächten in mir entfacht haben, ist mir mit einer nie dagewesenen Macht in den Körper gefahren. Ich bin erstarrt, als hätte die Berührung von Kyles Fingern mich gelähmt, aber mein Herz rast, als würde es jeden Moment explodieren.

„Na los, kauen und runterschlucken“, grinst er, als ich ihn nur anstarre wie ein verschreckter Hase, der vom Fuchs gestellt wurde. Wenigstens habe ich den Mund zugemacht, als er mir den Kuchen hineingesteckt hat! Beschämt senke ich den Blick und spüre, dass ich schon wieder rot werde. *Kyle muss denken, dass das meine natürliche Gesichtsfarbe ist*, schießt es mir durch den Kopf, während ich den Kuchen eilig kaue.

Kaum habe ich den ersten Bissen heruntergeschluckt, hält er mir schon den nächsten vor den Mund. Ich mache ihn also wieder auf und während ich auf diese Weise ein Stückchen nach dem nächsten esse, beruhige ich mich ein wenig. Es ist nicht schwer, sich füttern zu lassen. Ganz im Gegenteil, es ist sogar so ziemlich das Angenehmste, das ich jemals erlebt habe. Es fühlt sich so wunderschön an, hier vor Kyle auf dem Boden zu knien und von ihm Kuchen in den Mund gesteckt zu bekommen, dass ich wahrscheinlich das ganze Stück oder auch noch viel mehr aufgegessen hätte, wenn es sein Wille gewesen wäre.

Aber etwa nach der Hälfte legt Kyle die Gabel weg und greift nach der Tasse. Verstohlen beobachte ich, wie er vorsichtig probiert, ob der Tee noch zu heiß ist. Als er jedoch feststellt, dass er bereits genug abgekühlt ist, um ihn zu trinken, tut er etwas, womit ich nicht gerechnet hätte. Obwohl ich mir gemerkt hatte, dass er ihn ohne Zucker trinkt, hatte ich Milch und Zucker der

Vollständigkeit halber trotzdem mit auf das Tablett gestellt. Und nun tut er tatsächlich etwas Zucker in den Tee!

„Aber…“, stammele ich verwirrt, doch als Kyle mich streng ansieht und sich den Zeigefinger auf die Lippen legt, verstumme ich. Er rührt den Tee in aller Ruhe um, dann wendet er sich wieder mir zu. Er greift mich mit einer Hand am Kinn und verpasst mir mit der anderen einen sanften Klaps auf die Wange. Obwohl es eine Zurechtweisung ist, oder vielleicht gerade deshalb, ist es die zärtlichste und süßeste Berührung, die ich in meinem ganzen Leben gespürt habe, zumindest kommt es mir in diesem Moment so vor. Sie sensibilisiert meinen ganzen Körper, so dass auf einmal alles in mir zu kribbeln scheint, und gleichzeitig quillt mein Herz förmlich über vor einem neuen Gefühl, das mir so fremd ist, dass ich es nicht benennen kann. Aber es ist das wundervollste, das ich je empfunden habe.

„Das Wort ‚aber‘ solltest du dir schleunigst abgewöhnen, Edda“, brummt Kyle nun, während er die Tasse nimmt, sich ein wenig zu mir vorbeugt und sie mir an die Lippen führt. Nun erst begreife ich, dass er den Zucker für mich in den Tee getan hat. Er muss sich ebenfalls gemerkt haben, wie ich ihn neulich getrunken habe! Wegen der Zitrone, die ich schon hineingetan habe, konnte er natürlich keine Milch mehr nehmen, weil sie dann flocken würde, aber trotzdem rührt mich seine Aufmerksamkeit so, dass ich mich vor

Erschütterung darüber verschlucke, ungeschickt gegen die Tasse stoße und etwas Tee verschütte.

Als hätte er es kommen sehen, hatte Kyle mir eine Hand unters Kinn gehalten, wodurch der warme Tee nun auf seine Handfläche tropft. Vor Schreck erstarre ich. Eigentlich ist es ja nur eine Kleinigkeit, doch in diesem Moment fühlt es sich an, als hätte ich etwas Furchtbares angestellt und völlig versagt. Kyle jedoch bleibt ruhig. Er stellt die Tasse weg und fragt mich mit gerunzelter Stirn: „Wie heißt das?"

Meine Stimme klingt ganz heiser, als ich flüstere: „Verzeihung, Sir! Es tut mir furchtbar leid!"

Er nickt mit strengem Blick und deutet wortlos mit dem Kopf auf seine Hand, die er noch immer unverwandt etwas unterhalb von meinem Gesicht hält. Mir wird ganz heiß. *Was will er nur?*, denke ich aufgeregt, obwohl ich es eigentlich ganz genau weiß. Aber bin ich dazu in der Lage? Alles in mir ist in Aufruhr. Bis eben kam mir dieses Spiel, oder um was es sich hier handelt, ganz einfach vor, doch den verschütteten Tee von Kyles Hand zu lecken, kostet mich so große Überwindung, dass ich in diesem Moment am liebsten im Erdboden versinken würde.

„Wird's bald?!", knurrt er da. „Oder muss ich erst böse werden?"

Sein Tonfall und die Vorstellung, dass ich ihn verärgern könnte, versetzen mir einen innerlichen Stoß, so dass ich meinen Kopf plötzlich wie von selbst über seine Hand beuge und beginne, den Tee wie ein Tier mit der Zunge aufzulecken. Zuerst bin ich völlig verstört darüber, was hier gerade passiert und was ich tue, doch dann weicht meine Verwirrung mehr und mehr der Schönheit dieses Moments. Niemals hätte ich es für möglich gehalten, dass eine eigentlich doch demütigende Geste so viel Sinnlichkeit enthält. Aber genauso ist es: Ich verspüre zum ersten Mal in meinem Leben echte Hingabe und bin so erstaunt und berauscht von diesem Gefühl, dass ich liebend gern in Zukunft immer nur noch auf diese Weise trinken würde.

Noch niemals zuvor habe ich die Haut eines anderen Menschen mit der Zunge berührt, denn bis jetzt war alles, was mit Sex zu tun hatte, ein Buch mit sieben Siegeln für mich. Und auch wenn es vielleicht nichts damit zu tun hat, wenn man vor einem Mann kniet und ihm Tee aus der Hand leckt, ist es doch für mich das Erotischste, das ich jemals erlebt habe.

Als ich fertig bin, schaffe ich es nicht, Kyle ins Gesicht zu sehen, so verwirrt und beschämt bin ich. Er kümmert sich nicht darum, sondern lässt mich noch etwas Tee aus der Tasse trinken.

„Ist der Kuchen gut, mein Mädchen?“, fragt er dann.

Dass er mich als „sein“ Mädchen bezeichnet hat, lässt mein Herz so heftig höher schlagen, dass ich erst ein paar Sekunden verzögert bejahen kann. Schmunzelnd isst Kyle nun auch ein Stück. Als er dann jedoch die Tasse nimmt und einen Schluck trinkt, erschrecke ich, als wäre der Zucker im Tee Gift für ihn. Anstatt dass er etwas trinkt, das er nicht mag, würde ich lieber bis ans

Ende der Welt laufen, um es für ihn in der richtigen Form zu besorgen! Und eine neue Tasse könnte ich ihm doch wirklich leicht bringen!

„Aber…“, beginne ich zu protestieren, doch dieses Mal ist sein Blick wirklich verärgert und ich verstumme sofort.

„Brauchst du erst Schläge, damit du es begreifst?“, fragt er scharf und stellt die Tasse geräuschvoll auf der Untertasse ab.

Alles in mir schreit „Ja!“, aber natürlich stammele ich: „Nein, Sir! Verzeihung, Sir!“

Kyle streicht sich über den Bart und mustert mich streng, so dass ich lieber schnell wieder zu Boden vor meine Knie schaue.

„Du kannst jetzt abräumen, Edda“, sagt er schließlich. Enttäuscht und erleichtert zugleich springe ich auf und beginne eilig, das Geschirr zurück auf das Tablett zu räumen.

Ist es jetzt vorbei?, denke ich dabei verwirrt. *Wird es weitergehen? Aber wie und wann? Was ist überhaupt geschehen? Was hat das alles zu bedeuten?*

Als ich gehe, starrt Kyle ins Feuer. Ich bin so aufgewühlt, dass ich befürchte, jeden Moment anzufangen zu weinen. Wird er mich jetzt wirklich so gehen lassen? Plötzlich fühle ich mich, als würde ich aus großer Höhe in ein tiefes, dunkles Gewässer hinabstürzen. Meine Hände zittern so, dass das Geschirr auf dem Tablett klirrt, weshalb ich mich besonders beeile, die rettende Tür zu erreichen, durch die man das

Treppenhaus zu den Wirtschaftsräumen im Sockelgeschoss erreicht.

Doch ich habe mich nicht getäuscht, dass Sir Kyle einfühlsam und zärtlich ist. Denn bevor ich die Tür erreiche, ruft er mich noch einmal zurück: „Edda", durchschneidet seine tiefe, angenehme Stimme die Leere zwischen uns. Mit klopfendem Herzen drehe ich mich noch einmal um.

„Ja, Sir?", frage ich hoffnungsvoll.

Er hat sich in seinem Sessel etwas umgewandt und sieht mich an.

„Ich will, dass du heute Abend Psalm 23 auswendig lernst und über seine Bedeutung nachdenkst", sagt er. „Verstanden?"

Ich nicke glücklich, obwohl ich eigentlich mit Religion nichts anfangen kann.

„*Aye*, Sir", lächle ich.

Er nickt und macht eine Handbewegung, die wohl bedeutet, dass ich gehen soll. Eilig verlasse ich die Steinhalle und trage das Tablett zurück in die Küche, die ganz leer und verlassen daliegt. Ich bin so aufgeregt, dass ich es einfach irgendwo abstelle und gleich weiterrenne. Sir Kyle hat zwar von heute Abend gesprochen, aber da ich in meinem Nachttisch eine Bibel gesehen habe, kann ich nicht länger warten und muss den Psalm sofort nachlesen.

Kapitel 26: Der richtige Platz

Kyle

„Steak, Molly?“, frage ich, als unsere Hausdame mir mit einem breiten Grinsen ein riesiges Stück Fleisch mit gestampften Kartoffeln, karamellisierten Möhren und Salat serviert. „Hat Henry dich etwa angerufen?“

Molly lacht und kommt mir in diesem Moment ein wenig wie ein verliebtcs Schulmädchen vor. Ilenrys Wirkung auf sie ist immer wieder erstaunlich. Allerdings wird ihr das Lachen gleich vergehen, denn der Junge ist ein hinterhältiger, gemeiner Hund. Und er hat auch mich vorhin noch einmal angerufen.

„Ganz recht, Sir Kyle, das ist Galloway“, bestätigt sie stolz. „Hervorragende Qualität! Sir Henry meinte, es fehlte Ihnen im Moment wohl an Substanz!“

Ich streiche mir über den Bart und beobachte sie dabei, wie sie mir ein Ale einschenkt und wiederhole, was Henry mir vorhin gesagt hat: „Im Wort Substanz steckt eine Sub, falls du es nicht bemerktest. Und vorhin kam es mir vor, als steckte eine solche vielleicht in unserer kleinen Edda…“

Molly macht ein hocherfreutes Gesicht. „Was sagt Ihr da?“, fragt sie. „Das ging ja schneller, als ich zu hoffen gewagt habe! Erzählt schon, was hat sie gemacht?!“

Genau mit dieser Reaktion hatte ich gerechnet. Normalerweise hätte ich sie schmunzelnd zurechtgewiesen und es dabei belassen, allerdings hat

Henry mich vorhin um einen Gefallen gebeten. Er hat Molly zehn Rohrstockschläge angedroht, falls sie mir heute Abend kein Steak serviert. Natürlich hat er damit gerechnet, dass sie es schafft, denn Molly ist unschlagbar in solchen Dingen. Aber der fiese Kerl will, dass sie die Strafe trotzdem bekommt, weshalb ich sie in diesem Fall verhängen soll.

„Du kriegst ein Steak dafür, also tu mir den Gefallen", hat er gebrummt, als ich zunächst lachend abgelehnt habe, weil intrigante Spielchen normalerweise nicht mein Stil sind. Aber weil ich Henry andererseits nicht abschlagen kann und sich seine Prophezeiung, dass meine schlechte Laune nur eine Phase ist, gerade beim Tee auf so wundervolle Weise erfüllt hatte, habe ich dann doch zugestimmt.

„Molly, dein Tonfall lässt zu wünschen übrig", erwidere ich nun deshalb scharf. „Und ‚Erzählt schon' kannst du zu deinen Mägden sagen, aber nicht zu deinem Herrn!"

Sie zuckt erschrocken zusammen und stammelt eilig einige Entschuldigungen. Am weichen Tonfall ihrer Stimme und am Glänzen ihrer dunklen Augen kann ich erkennen, dass sie die Zurechtweisung durchaus genießt. Aber was nun kommt, dürfte ihr weniger gefallen.

„Mir scheint, du bist schon lange nicht gezüchtigt worden", fahre ich fort. „Zehn Schläge mit dem Paddle sollten dir den Kopf wieder zurechtrücken, denke ich. Angus wird sie ausführen. Du selbst wirst es ihm sagen."

Für einen Moment starrt Molly mich entgeistert an. Natürlich wittert sie den Komplott, denn sie kennt Henry besser als die meisten anderen Subs in der *Bonnie Bride*. Ihre Mundwinkel zucken, aber sie ist viel zu erfahren, um sich etwas anmerken zu lassen. Stattdessen senkt sie demütig den Blick und antwortet unterwürfig: „Jawohl, Sir Kyle. Ich danke Euch."

Ich lege mir die Serviette auf den Schoß und beginne, das Steak zu schneiden.

„Um zehn Uhr oben in meinem Strafraum", sage ich noch. „Seid pünktlich. Vielleicht überprüfe ich es."

Als sie weg ist, beginne ich, leise lachend zu essen. Durch den Vorfall mit Edda ist meine Lust am Spielen wieder erwacht, weshalb Henrys kleiner Scherz mit Molly mir durchaus Vergnügen bereitet hat. Während ich dann allerdings das wirklich köstliche Steak verzehre, wandern meine Gedanken von unserer Hausdame schon bald zu der kleinen Dogsitterin, die vorhin so hinreißend vor mir gekniet hat, dass ich den ganzen Nachmittag wie auf Wolken gegangen bin.

Obwohl es nur ein kleiner, eigentlich harmloser Moment war, hat er mich innerlich so berührt, dass mir die ganze Welt verändert vorkommt. *Harmlos war es sicher nicht*, korrigiere ich mich in Gedanken selbst. *Denn schließlich ist Edda keine Sub! Es war nicht vorhersehbar und trotzdem ist es geschehen!*

Ich erinnere mich an jeden ihrer Blicke und an das Gefühl, das ihre süße, kleine Zungenspitze auf meiner Haut ausgelöst hat. Schon beim Gedanken daran bekomme ich wieder eine Gänsehaut. Der Klaps, den ich ihr auf die Wange gegeben habe, war wie ein stummes Versprechen, denn ich konnte förmlich hören, wie ihr ganzer Körper um mehr gebettelt hat. Vielleicht ist ihr selbst in diesem Moment noch nicht ganz klar gewesen, was zwischen uns passieren wird, was passieren *muss*, aber spätestens als ich ihr am Ende Schläge angedroht habe, hat auch sie es gespürt, da bin ich sicher: Sie braucht einen Herrn, der sie führt. Sie braucht mich.

Deshalb habe ich ihr auch den Psalm vom guten Hirten aufgetragen, denn auch wenn sich meine Religiosität wahrlich in Grenzen hält, gibt es für mich doch keine bessere Definition für das Verhältnis zwischen Dom und Sub.

Und ich brauche sie, denke ich, einerseits überrascht darüber, andererseits auch nicht, weil ich es so deutlich spüre, wie ich es lange bei keiner Frau mehr gespürt habe. Ich hatte nicht damit gerechnet und eigentlich hatte ich es auch nicht gewollt, aber als Edda vorhin vor mir gekniet hat, war klar, dass genau dies der richtige Platz für sie ist.

Kapitel 27: In den Himmel

Edda

Als ich abends im Bett liege, bin ich mit den Nerven völlig am Ende. Der restliche Tag ist wie hinter einem Nebel an mir vorbeigezogen, so sehr war ich innerlich noch mit dem Vorfall am Kamin beschäftigt. Wieder und wieder habe ich den Psalm gelesen, den Kyle mir aufgetragen hat, und obwohl ich noch viel zu aufgewühlt war, um über seine Bedeutung für mich nachzudenken, habe ich doch eins verstanden. Nein, mehr noch, als es mit dem Verstand zu begreifen, spüre ich es mit dem Herzen: Dieser Herr, in dem es in dem Psalm geht, ist in meinem Fall nicht Gott. Es ist Kyle.

„Das also ist ein Dom", flüstere ich und drücke mein heißes Gesicht in das weiche, ganz leicht nach Lavendel duftende Daunenkissen. Mit klopfendem Herzen erinnere ich mich an die Worte, die Molly neulich zu mir gesagt hat: „Der Dom führt die Sub und sie ordnet sich seinem Willen unter. Erfüllt sie seine Ansprüche nicht, wird sie bestraft."

Genau das ist es, was vorhin am Kamin geschehen ist. Genau das. Ich habe mich Kyle untergeordnet. Auf einmal gab es nur noch ihn und seinen Willen für mich, nichts anderes war mehr wichtig und nur darin lag mein Glück. Und als ich seine Ansprüche nicht erfüllt habe… Ein Kribbeln durchfährt mich beim bloßen Gedanken an seine Berührung, als er mir den Mund aufgesperrt hat.

Wieder und wieder habe ich heute jede Einzelheit in Gedanken noch einmal erlebt: Kyles Tonfall, sein Gesichtsausdruck, sein Klaps auf die Wange, seine Hand mit dem Tee, seine Drohung, als ich ihm aus Versehen zum zweiten Mal widersprochen habe.

„Der Herr ist mein Hirte“, murmele ich und lasse meine Hand zwischen meine Beine wandern. „Nichts wird mir fehlen.“

Die Nässe, die meine Finger an der verbotenen Stelle dort unten finden, überrascht mich nicht, denn auch in den letzten Nächten bin ich schließlich so feucht geworden, als ich an den Strafraum gedacht habe. In der Vergangenheit habe ich zwar einige Male versucht, mich selbst zu befriedigen, weil Alice in unserer Jugend eine Zeit lang ständig davon gesprochen hat, aber wie alles, was mit Sexualität und Körperlichkeit in Zusammenhang steht, hat es mich nicht berührt. Ich war früher nie traurig darüber, dass sich die Jungen nicht für mich interessiert haben, weil mir die Vorstellung von Petting und Küssen und all diesen Dingen, die Alice mit ihren ersten Dates ausprobiert hat, ganz und gar fremd war. Wie so oft hatte ich auch hier das Gefühl, dass die unsichtbaren Wände, die mich von den anderen trennen, es für mich unmöglich machten, etwas Derartiges zu erleben. *Wie soll mich jemand anfassen?*, habe ich mir immer gedacht. *Wie soll mich jemand anfassen, wenn eine Wand uns trennt?*

Aber hier in der *Bonnie Bride* scheint es diese Wände nicht zu geben. Mein Körper reagiert auf einmal völlig anders und wenn ich an der kleinen Perle reibe, die ich da unten in der Nässe ertaste, durchströmen mich so herrliche Gefühle, wie ich sie niemals für möglich gehalten hätte.

„Du weißt, was dir blüht, wenn ich dich bei so etwas erwische", hat mein Onkel einmal gesagt, als in einer Fernsehserie ein Junge und ein Mädchen geknutscht haben. Ich wusste es, denn seine Strafe war schließlich bei jedem meiner Vergehen die gleiche. Und deshalb habe ich es fast schon dankbar akzeptiert, dass mein Körper scheinbar kein Interesse an solchen Dingen hatte.

Aber in der *Bonnie Bride* hat eine Strafe eine völlig andere Bedeutung. Allein das Wort berührt mich so sehr, dass ich innerlich dabei erzittere. Und ich weiß, dass der Satz „Nichts wird mir fehlen" auch beinhaltet, dass es mir nicht an Strafen fehlen wird. An anderen Strafen, nicht an den schlimmen Dingen, die es in meinem früheren Leben gab. An guten Strafen. Denn mein Herr weiß, was ich brauche.

Immer schneller und mit mehr Druck reibe ich an der kleinen Perle und sehe dabei Kyles strenges Gesicht vor mir. Wieder höre ich, wie er zu mir sagt: „Brauchst du erst Schläge, damit du es begreifst?"

Und ich flüstere: „Ja, bitte, Sir!"

Seine Augen durchbohren mich, forschen in meiner Seele und sehen all den Schrecken und die Angst, die ich dort verborgen halte. Aber er beschützt mich davor und nichts davon berührt mich in diesem Moment, als ich mir vorstelle, dass es seine Finger sind, die mich nun dort unten kneifen. Das Kribbeln, das sich daraufhin zusammen mit dem leichten Schmerz von meiner Mitte aus in meinem ganzen Körper ausbreitet, ist so intensiv, dass ich mich zusammenkrümme und aufschluchze. Und wieder sind es Kyles strenge, aber gleichzeitig gütige Augen, die mich danach auffangen und langsam wieder zur Erde zurücktragen. Denn das Gefühl war so stark, dass es mich bis in den Himmel über den Highlands getragen hat, jedenfalls kommt es mir in diesem Moment so vor.

Kapitel 28: Mollys Bestrafung

Kyle

„Hoch mit dem Rock“, kommandiert Angus gerade barsch, als ich leise die Tür zum *Punishment Room* öffne. Die beiden stehen mit dem Rücken zu mir, weshalb sie mich zunächst nicht bemerken. Wutschnaubend rafft Molly ihren langen Rock und die weißen Unterröcke hoch.

„Das alles ist auf Sir Henrys Mist gewachsen“, zischt sie. „Er war schon immer eine Kanalratte, der Kerl! Aber dass Sir Kyle bei so etwas mitspielt…“

Ich räuspere mich und die beiden fahren erschrocken zu mir herum. Angus neigt mit einem amüsierten Schmunzeln den Kopf und Molly wird vermutlich rot, was man bei ihrer dunklen Hautfarbe allerdings schwer erkennen kann.

„Lasst euch nicht stören“, sage ich. „Aber ich denke, dass fünfzehn Schläge vielleicht doch angebrachter wären!“

Erschrocken und beschämt senkt Molly den Blick. Dass ich ihren Kommentar gehört habe, war natürlich recht ungünstig für sie. Um sie ein wenig zu trösten füge ich hinzu: „Die *Kanalratte* hatte übrigens auf dem Rohrstock beharrt, Molly, aber ich habe mir erlaubt, das Strafwerkzeug etwas abzumildern. Das Steak war nämlich wirklich ausgezeichnet.“

Mollys Ärger weicht einem Grinsen, das sie natürlich unterdrückt, um sich stattdessen bescheiden zu bedanken. Ich weiß, dass die Schläge für sie nicht schlimm sind. Wahrscheinlich hat Henry sogar recht, dass er ihr damit einen Liebesdienst erweist. Aber dass Angus sie ausführen darf, verletzt ihren Stolz zutiefst, da sie der Meinung ist, in der Rangfolge über dem Gärtner zu stehen. Er selbst sieht das natürlich anders, weshalb das Verhältnis der beiden in einem ständigen Gerangel um die Oberhand besteht. Eine klassische Hassliebe, in der dank Henrys Intervention heute Angus triumphiert.

Ich gebe ein Handzeichen, dass Angus weitermachen soll, der Molly daraufhin befiehlt, sich über den Strafbock zu beugen, bei dem man Arme und Beine nicht abstützen kann, sondern stehend fixiert wird. Molly steckt sich grummelnd die Röcke unter dem auf dem Rücken gebundenen Schürzenband fest und tut, was er verlangt. Dabei sehe ich, dass sie Slip und Strümpfe wohl schon vorher ausziehen musste, denn ihr ausladender, aber durchaus strammer Hintern ist bereits vollkommen entblößt. Als ich mich suchend umschaue, erblicke ich ihre Kleidungsstücke auf dem Tischchen neben dem Spiegel, wo auch noch die seltsame Schandkappe liegt, die William angeschleppt hat, als wir bei unserem letzten Aufenthalt zusammen mit zwei Subs hier in meinem Raum gespielt haben.

„Moment mal“, sage ich, gehe zu dem Tisch und nehme die rosa Mütze mit den albernen Zipfeln in die Hand. „Ein freches Ding wie du verdient noch eine kleine Verschärfung der Strafe, denke ich", grinse ich, trete vor Molly, die ein entsetztes Gesicht macht, und stülpe ihr das Ding über den Kopf. Da ich es bin, der es ihr aufsetzt, wagt sie natürlich keinen Protest, sondern bedankt sich mit einiger Überwindung. Demütigungen sind für Molly nicht allzu leicht hinzunehmen, aber gerade das reizt mich in diesem Moment.

„Schau in den Spiegel", befehle ich barsch. „So sieht ein böses Mädchen aus, Molly!"

Sie muss einmal schlucken, ehe sie sich traut, den Blick zum Spiegel zu heben, in dem sie nicht nur sich mit hochgeschlagenen Röcken und nacktem Hintern mit der albernen Mütze über dem Strafbock sieht, sondern auch mir und Angus in die Augen schauen muss. Der Gärtner steht mit vor der Brust verschränkten Armen hinter ihr, während ich mich vor ihr befinde und abschätzig auf sie herabblicke.

„Lies mir vor, was auf der Mütze steht, Molly", verlange ich kühl, und als sie den Satz nur leise murmelnd hervorbringt, lasse ich ihn sie noch einmal lauter wiederholen: „Ich war ein böses Mädchen, Sir!"

Zufrieden schmunzelnd nicke ich. Eigentlich stimmt es nicht. Molly hat Henrys Aufgabe sogar mit Bravour gelöst. Aber anders als ich, für den Gerechtigkeit und Geradlinigkeit wichtige Grundpfeiler beim Spielen sind, mag Henry es gern ein bisschen willkürlich und fies. Und da Molly Henry vergöttert, genießt auch sie diese Behandlung, auch wenn sie ihr einiges abverlangt.

Eigentlich hatte ich gar nicht vorgehabt, dieser Bestrafung überhaupt beizuwohnen, aber dann war ich den ganzen Abend über so unruhig, dass ich kaum einen klaren Gedanken fassen konnte. Ich hätte arbeiten müssen, aber ich habe fortwährend an Edda gedacht und in einem Zustand der konstanten, leichten Dauererregung geschwebt. Weil es gegen meine Prinzipien als Dom verstößt, mich selbst zu befriedigen, bin ich dann also doch um kurz nach zehn Uhr in den *Punishment Room* gegangen, um mich etwas von mir selbst abzulenken. Außerdem ist durch die Begebenheit beim Tee mein Spieltrieb wieder erwacht. Mein Blut kocht, um es gelinde auszudrücken. Und in diesem Zusammenhang hatte ich eine Idee, wie ich meinem Henry eine Freude machen und ihn an seiner kleinen Inszenierung zumindest indirekt teilhaben lassen kann.

„Ihr habt nichts dagegen, wenn ich fotografiere, nehme ich an?“, erkundige ich mich nun, wobei ich die Antwort kenne. Dass ich während unserer Sessions Bilder mache, ist ein fester Bestandteil unseres Zusammenlebens in der *Bonnie Bride*, da alle Beteiligten wissen, dass nur ausgewählte Freunde die Fotos zu sehen bekommen. Wie ich erwartet hatte, stimmen die beiden sofort zu. Während Angus nach den Fußgelenken nun auch Mollys Arme am Bock fixiert, gehe ich vor ihr in die Hocke und mache eine Porträtaufnahme von ihr mit der Schandkappe.

„Henry wird begeistert sein“, flüstere ich und zwinkere ihr zu, was ihr trotz ihrer misslichen Lage ein kleines Lächeln entlockt. Dann ziehe ich mich in den Hintergrund zurück und dokumentiere mit meiner Kamera, wie Angus sich ein langes, dickes Eichenholzpaddle mit runden Löchern in der Schlagfläche aussucht. Für einen großen Hintern wie den von Molly ist das eine sinnvolle, wenngleich auch alles andere als schonende Wahl, denn fünfzehn harte Schläge mit diesem Werkzeug sind schon eine anständige Prüfung. Durch die Starre und Dicke des Materials entsteht ein flächiger, durchdringender Schmerz, der durch den von den Löchern verstärkten heftigen Aufprall noch unterstrichen wird. Paddles werden von Außenstehenden gern als harmlos angesehen, sind es jedoch nur, wenn man sie mit wenig Kraft schlägt. Und dass unser Zweitermeterhüne mit dem Schottenrock alles andere als zimperlich ist, weiß jeder in der *Bonnie Bride*.

„Du zählst jeden Schlag mit und bedankst dich bei Sir Kyle“, knurrt Angus, als er schräg hinter Molly Aufstellung nimmt. Ich mische mich nicht mehr ein, auch wenn es vielleicht sinnvoller gewesen wäre, dass sie sich bei Henry bedankt. Oder bei uns beiden, denn ganz ohne Verantwortung bin ich an der Situation natürlich auch nicht. Aber meine Gedanken konzentrieren sich schon nicht mehr wirklich auf das Geschehen, sondern darauf, den richtigen Bildausschnitt zu wählen und den richtigen Ausdruck auf den Gesichtern meiner Angestellten zu wählen, die doch in erster Linie Freunde sind.

Vor allem aber bin ich mit meinen Gedanken schon längst wieder bei Edda und auch wenn es Molly ist, die jetzt mit zunehmend angestrengter und sehr bald schon schmerzverzerrter Stimme die kräftigen Schläge des Gärtners mitzählt, sehe ich die kleine Dogsitterin vor mir und werde ganz unruhig bei der Vorstellung, wie es wohl für sie wäre, an einen Strafbock gefesselt zu werden.

Wirst du dich in meine Hände begeben, Edda?, denke ich mit klopfendem Herzen, während Molly ihre Strafe einsteckt. *Wirst du mir dein Vertrauen schenken und dich meiner Führung hingeben? Ich weiß, was du brauchst, zumindest kommt es mir so vor.*

Nach den fünfzehn Schlägen atmet Molly schwer. Sie weint nicht, dafür braucht es bei ihr deutlich mehr, aber Henrys kleiner Scherz hat sie dennoch aufgewühlt. Bevor Angus sie losbindet, mache ich ein weiteres Porträt von ihrem Gesicht. Die Schandkappe ist etwas verrutscht und sitzt schief auf ihrem Kopf, ihr Blick ist bewegt und befreit, ihre Lippen leicht geöffnet. Wie sehr würde ich mir wünschen, Eddas blaue Augen in einem solchen Zustand sehen zu dürfen!

„Du bist wunderhübsch, Molly“, flüstere ich, stehe auf und mache noch ein weiteres Bild von ihrem Arsch, auf dem eine Züchtigung natürlich keine so eindrucksvollen Spuren hinterlässt, wie es zum Beispiel bei der sehr hellhäutigen Edda der Fall wäre. Trotzdem werden diese Vorher-Nachher-Aufnahmen Henry eine große Genugtuung bereiten, da bin ich mir sicher.

„Gut gemacht, Angus", lobe ich noch. „Und dir, Molly, wird es hoffentlich eine Lehre sein! Die Mütze nimmst du erst ab, wenn ihr den Raum wieder verlasst!"

Denn dass die beiden noch ein wenig weiterspielen werden, erscheint mir angesichts der aufgeladenen Atmosphäre mehr als wahrscheinlich. Um sie dabei nicht zu stören und auch, weil ich allein sein will, ziehe ich mich zurück.

In meiner Bibliothek am Kamin betrachte ich dann die Fotos, die ich gemacht habe. Sie sind so ausdrucksstark und intensiv, dass ich selbst ganz überrascht bin. Bevor ich sie auf den Computer ziehe, um sie Henry zu schicken, schreibe ich ihm rasch eine Nachricht: „Du hattest recht, du alte Kanalratte: Es war wirklich nur eine Phase!"

Kapitel 29: Ein schöner Morgen

Edda

Als ich am nächsten Morgen in die Küche komme, scheint Molly glänzende Laune zu haben, denn sie trällert so vergnügt vor sich hin, dass ich automatisch anfange zu strahlen. Allerdings bin auch ich selbst ziemlich fröhlich, denn schließlich hatte ich gestern Abend den ersten Orgasmus meines Lebens! Und dass Kyle mich gestern mit Kuchen gefüttert hat, hüllt mich immer noch in ein solches Hochgefühl, dass man meinen könnte, ich sei betrunken.

„Ah, da bist du ja, Schätzchen“, flötet Molly. „Eigentlich sollte ich dir tüchtig den Hintern versohlen, weil du gestern das Tablett einfach so stehen gelassen hast! Aber weil Mami heute gut drauf ist und du Sir Kyle gestern anscheinend eine Freude gemacht hast, verzichte ich ausnahmsweise darauf!“

Bei ihrer Drohung hatte sich schon echte Furcht in mir ausgebreitet, die nun zum Glück wieder abklingt. Denn auch wenn ich mir im Stillen Schläge von Kyle durchaus wünschen würde, wäre es mir doch ausgesprochen peinlich, von Molly verhauen zu werden.

„Danke, Ma'am“, sage ich also eilig und Molly stellt mir lachend mein Frühstück hin.

Als ich danach pappsatt wie immer losgehe, um die Hunde zum Morgenspaziergang abzuholen, warten sie nicht wie sonst vor ihren Hütten auf mich, wo ich ihnen direkt nach dem Aufstehen ihr Futter gegeben habe. Ich mache mich also auf die Suche nach ihnen und entdecke sie wenig später auf dem Vorplatz des Herrenhauses, wo sie in der Sonne liegen, die nach dem gestrigen Regentag dafür heute umso strahlender scheint. Aber die *Deerhounds* sind nicht allein! Ihr Herr sitzt wie vor unserem ersten gemeinsamen Spaziergang oben auf der Treppe und schaut mir mit unbeweglichem Gesicht entgegen.

Mein Herz macht einen freudigen Hüpfer bei seinem Anblick und beginnt dann, aufgeregt schneller zu schlagen. Sein rötlich braunes Haar glänzt in der Sonne und seine Augen schauen genauso, wie ich sie gestern Nacht vor mir gesehen habe: streng und gütig zugleich. Als ich dann beim Näherkommen realisiere, dass er zu groben Stiefeln und einem dicken, schwarzen Troyer einen Kilt trägt, könnte ich vor Begeisterung glatt in Ohnmacht fallen.

Ich erinnere mich an Festtage in meiner frühen Kindheit in Inverness, als die Männer in der Kirche das traditionelle Kleidungsstück trugen. Seitdem ich dann jedoch in London gelebt habe, waren die Schottenröcke nur noch eine der vielen Erinnerungen an meine Heimat.

„Guten Morgen, Sir“, rufe ich, als ich unten an der Treppe stehe. „Wie schön Sie heute sind!“

Natürlich war das völlig unangemessen, aber leider fällt es mir erst auf, als ich es bereits ausgesprochen habe. Erschrocken verschlucke ich mich und fange zu allem Überfluss auch noch an zu husten!

Anscheinend hat sich bei dem Orgasmus auch noch mein letzter Rest Verstand in Luft aufgelöst, denke ich bestürzt.

Kyle lacht erheitert auf. „Du suchst wohl Ärger, was?“, fragt er. „Nur weil ich einen Rock trage, heißt das noch lange nicht, dass man mir Komplimente machen darf, als wäre ich eine Frau!“

Als er aufsteht und die Treppe herunterkommt, fürchte ich kurz, dass er mich packen und bestrafen wird, aber er tut nichts dergleichen, sondern sagt nur: „Na los, gehen wir!“

Auf ein leises Fingerschnipsen ihres Herrn springen die Hunde auf und rennen in den Park hinein. Auch Kyle geht weiter, ohne sich darum zu kümmern, ob ich folge oder nicht. Freudig erregt über die unerwartete Begleitung laufe ich ihm hinterher.

„Ist das der Kilt vom Clan MacLean, Sir?“, frage ich, als ich ihn eingeholt habe und betrachte bewundernd den dunkelgrünen Karostoff mit den schwarzen und feinen weißen Streifen. *Wie edel und stolz er damit aussieht*, denke ich ehrfürchtig. *Und wie hübsch der Kilt zu meinem hellgrauen Kleid passt!*

Das knielange Kleid aus dem weichen Wollstoff hatte ich lange nicht mehr an, weil es mir etwas zu eng geworden war. Da ich aber durch die viele Bewegung mit den Hunden trotz Mollys reichhaltiger Küche wohl etwas abgenommen habe, passt es mir nun wieder, wie ich heute Morgen feststellen konnte.

„Das ist das Muster unseres Jagd-Kilts“, antwortet Kyle nun. „Der andere ist rot-grün.“

Als ich frage, ob man dieses Kleidungsstück nicht eigentlich nur zu besonderen Anlässen trägt, antwortet Kyle, dass der dunkelgrüne *Hunting Tartan* etwas weniger formell sei, außerdem trage er gern ab und an einen Kilt.

„Außerdem“, fügt er mit einem kurzen Seitenblick auf mich hinzu. „Außerdem dachte ich mir, dass es durchaus ein besonderer Anlass ist, wenn ich zum ersten Mal mit einem schönen Mädchen spazieren gehe.“

Sein Kompliment macht mich so glücklich, dass ich anfange zu strahlen. Trotzdem verstehe ich nicht, warum er diesen Spaziergang als den ersten bezeichnet, schließlich ist es eigentlich der zweite.

„Aber wir…“, beginne ich verwirrt, verstumme allerdings erschrocken, als Kyle mich blitzschnell und so kräftig im Genick packt, dass es mir für einen Moment den Atem verschlägt. Er bleibt stehen und zieht mich dicht an sich. Mein Herz klopft und ich rieche seinen Duft. Als er sich nun ein wenig zu mir herunterbeugt, spüre ich seinen Bart an meiner Wange und schließe unwillkürlich die Augen, so wundervoll fühlt all das sich an.

„Was hatte ich dir über das Wort ‚aber‘ gesagt, Edda?“, knurrt er mir leise ins Ohr.

Jetzt erst begreife ich, was ich falsch gemacht habe und bin ganz bestürzt darüber.

„Ich sollte es aus meinem Wortschatz streichen, Sir“, flüstere ich. „Es tut mir leid!“

Kyle lacht leise und es klingt so wundervoll, ihn so dicht an meinem Ohr lachen zu hören, dass ich eine Gänsehaut bekomme. Sie verstärkt sich noch um ein Vielfaches, als er mir nun einen Kuss auf die Schläfe gibt. Dann lockert er seinen Griff.

„Merk dir fünf dafür“, sagt er und geht weiter. Seine Worte stürzen mich in einen solchen inneren Aufruhr, dass ich wahrscheinlich vergessen würde weiterzugehen, wenn Kyle mich nicht mit sich ziehen würde, denn seine große Hand ruht auch weiterhin in meinem Nacken.

Mir ist ganz heiß vor Aufregung, denn natürlich ist mir intuitiv klar, was diese „fünf“ bedeuten. Mollys Schlägen bin ich entgangen, aber Kyle ist anscheinend weniger barmherzig. Obwohl ich mir eigentlich genau das gewünscht hatte, bin ich nun furchtbar durcheinander. Aber gleichzeitig fühle ich mich auch so glücklich und so gut aufgehoben wie noch niemals zuvor.

„Ein schöner Morgen heute“, stellt Kyle fest, als wäre nichts geschehen, während wir zwischen den hohen Rhododendronbüschen langsam in Richtung Loch hinabgehen und die Hunde ausgelassen um uns herum tollen. „Nicht wahr, mein Mädchen?“

Für einen kurzen Moment schließe ich die Augen, um sicherzugehen, dass alles noch so ist wie zuvor, wenn ich sie danach wieder öffne. Denn in diesem Moment kommt mir mein Leben plötzlich wie ein Traum vor.

Aber es ist keiner, wie es scheint. Denn als ich sie wieder öffne, spüre ich immer noch Kyles Hand in meinem Nacken. Sein Daumen streichelt hauchzart meinen Hals.

„Wunderschön, Sir“, antworte ich leise. „Wirklich wunderschön!“

Kapitel 30: Dein Herr

Kyle

Die Sonne lässt den kleinen Strand unten am Wasser glitzern und das Wasser leuchtet in einem tiefen Blau, in dem sich der Himmel und die umliegenden Berge spiegeln. Vögel singen in den noch kahlen Bäumen, an deren Ästen schon bald die ersten zarten Blätter knospen werden. Angus hatte recht: Der Frühling ist da. Nun spüre auch ich es mit aller Macht.

Was geschieht hier?, denke ich, während ich Edda mit meiner Hand in ihrem Nacken neben mir her dirigiere und sie so weich und folgsam ist, dass ich sie am liebsten irgendwo ins Moos stoßen und auf der Stelle in Besitz nehmen würde. Aber dafür ist es natürlich zu früh. Vorher müssen verschiedene Dinge geschehen und gesagt werden. Ein Gentleman würde niemals einfach über eine Frau verfügen, ohne ihr vorher zu verstehen zu geben, woran sie bei ihm ist.

Aber woran ist sie bei mir?, überlege ich. *Und woran bin ich bei ihr? Wir kennen uns nicht und doch fühlt es sich an, als wäre sie für mich gemacht.*

Mindestens zwanzig Minuten sind vergangen, seitdem wir zuletzt gesprochen haben. Edda ist aufgeregt, das kann ich spüren. Doch gleichzeitig scheint sie glücklich zu sein, das lese ich in ihren Augen, wenn sie mich manchmal ganz verstohlen von unten anschaut, um dann gleich den Blick wieder verschämt zu senken. Ihre Unschuld und Hingabe in dieser für sie doch wahrscheinlich völlig ungewohnten Situation reizen mich so sehr, dass ich mich sehr zusammennehmen muss, sie nicht zu überfordern.

„Als es vorhin um den Spaziergang ging, hast du mir widersprochen, Edda“, sage ich irgendwann, bleibe stehen und lasse sie los. Anscheinend hatte sie sich so an meine Berührung und den damit verbundenen Halt gewöhnt, dass sie nun ganz verloren wirkt. Ich verschränke die Arme vor der Brust, streiche mir über den Bart und will gerade fortfahren, da sagt sie eilig: „Ja, Sir Kyle, das tut mir wirklich furchtbar leid und ich…“

Mit einem verärgerten Schnauben schneide ich ihr barsch das Wort ab: „Schweig“, fahre ich sie an. „Lektion fünf: Unterbrich deinen Herrn niemals!“

Mit großen Augen schaut sie mich an und nickt und ich fahre mit ruhiger Stimme fort: „Ich will es dir erklären. Ich sprach von unserem ersten Spaziergang, Mädchen, weil es der erste mit dir als meiner Sub ist.“

Es auszusprechen fühlt sich auf eine merkwürdige Weise feierlich an und das war auch der Grund, warum ich heute Morgen spontan den Kilt angezogen habe. Was gestern mit Edda geschehen ist, stellt eine wirkliche Besonderheit dar. Noch niemals, außer einmal als Teenager an den Ufern eines Lochs auf der Isle of Mull habe ich mit einer Frau gespielt, mit der das Machtgefälle und das ganze Drumherum nicht vorher abgesprochen gewesen wäre.

Damals war ich siebzehn und sie war neunzehn, ein Mädchen aus Oban, das den Sommer über auf dem Gut meines Vaters gearbeitet hat. Die Atmosphäre zwischen uns hatte sich über Wochen aufgebaut und irgendwann waren wir so gierig aufeinander, dass wir uns die Lippen blutig geküsst haben. Ich habe sie mit frisch geschnittenen Weidenruten geschlagen und sie hat geschrien vor Lust und Schmerz. Es war das erste Mal, dass ich überhaupt eine Frau geschlagen habe und das Erlebnis war so intensiv, dass es sich bis heute unauslöschlich in mein Gedächtnis gebrannt hat.

Jetzt aber ist alles anders. Ich bin schon lange nicht mehr der Junge von damals und heutzutage laufen meine Liebschaften immer nach bestimmten Regeln ab. Dass nun mit Edda alles so plötzlich und unvorhergesehen anders gekommen ist, versetzt mich wieder in das Gefühl jenes Sommers, in dem meine Fantasien zum ersten Mal Wirklichkeit wurden. Auch mit Edda fühlt es sich so an, als wäre es nicht eine dieser üblichen und von vornherein nach einem ganz bestimmten Muster festgelegten Dom-Sub-Geschichten, sondern etwas anderes, dem eine wilde und urtümliche Macht innewohnt.

Auf meine Worte errötet Edda und als ich sie frage, ob sie weiß, was eine Sub ist, stammelt sie verlegen: „Nun ja, nicht wirklich, Sir. Molly hat es mir ein bisschen erklärt, so dass ich zumindest eine gewisse Vorstellung habe, glaube ich.“

Sie ist wie eine Jungfrau, schießt es mir ungläubig durch den Kopf. *So völlig unberührt und unverdorben, doch voller Sehnsucht. Sie ist wie eine Braut. Verdammt, sie ist die Bonnie Bride, von der ich schon seit jeher träume!*

Ohne ein weiteres Wort setze ich mich auf den alten Baumstumpf, den ich schon bei unserem ersten Spaziergang ins Auge gefasst habe. Edda bleibt unsicher genau an der Stelle stehen, an der ich sie losgelassen habe.

„Komm her“, befehle ich mit rauer Stimme und deute auf den von altem Laub bedeckten Boden vor mir. „Runter mit dir auf die Knie!“

Es ist genau wie gestern, als sie geradezu dankbar vor mir niedergesunken ist. Auch jetzt scheint sie wieder Sicherheit darin zu finden, vor mir knien zu dürfen. Es ist ein so wundervolles Geschenk für mich, dass ich sie gerne küssen würde. Aber auch dafür ist es noch zu früh.

„Ich will jetzt dein Gelöbnis hören, Edda“, sage ich. „Den Psalm, den ich dir auftrug. Danach erkläre ich dir, was du bist. Und was ich bin. Doch ich glaube, dass du es ohnehin schon spürst.“

Fast kommt es mir so vor, als kämpfe sie mit den Tränen, doch dann flüstert sie: „*Aye,* Sir!“

Bevor sie anfängt, füge ich noch hinzu: „Ich will, dass du mir die ganze Zeit unverwandt in die Augen siehst, mein Mädchen! Wendest du den Blick ab, werde ich dich hart bestrafen, verstanden?“

Edda nickt mit angehaltenem Atem und an der leichten Bewegung ihrer Schultern kann ich erahnen, dass sie auf dem Rücken nervös ihre Hände knetet, was mich so rührt, dass ich noch eine neue Regel für sie hinzufüge: „Lektion sechs: Hab niemals Angst vor mir! Höchstens ein bisschen wohldosierte Furcht, die schadet nie. Und jetzt fang an!"

Wieder nickt sie, atmet einmal tief durch und hebt dann den Blick zu mir. „ Der Herr ist mein Hirte, nichts wird mir fehlen", beginnt sie mit leicht zitternder Stimme. „Er… Er lässt mich lagern auf grünen Auen und führt mich zum Ruheplatz am Wasser."

Weil ihr möglicherweise in diesem Moment auffällt, dass wir uns tatsächlich inmitten einer ergrünenden Landschaft an einem Ruheplatz am Wasser befinden, huscht ein kleines, bezauberndes Lächeln über ihr Gesicht, bevor sie ernst fortfährt: „Meine Lebenskraft bringt er zurück. Er führt mich auf Pfaden der Gerechtigkeit, getreu seinem Namen."

Bisher waren mir an diesem Abschnitt die Führung und die Gerechtigkeit in der Beziehung zu meiner Sub immer am bedeutsamsten vorgekommen, doch in diesem Moment denke ich, dass auch die Lebenskraft, die einem ein Verhältnis wie dieses schenken kann, von unvergleichlichem Wert ist.

Beim nächsten Vers, der wohl zu einem der bekanntesten Bibelstellen überhaupt gehört, leuchten Eddas große, blaue Augen geradezu, als würde die Sonne in einen der kleinen, klaren Bergseen auf dem

Ben Nevis scheinen: „Auch wenn ich gehe im finsteren Tal, ich fürchte kein Unheil; denn du bist bei mir, dein Stock und dein Stab, sie trösten mich."

Ich streiche mir über den Bart und mustere sie nachdenklich.

Ja, mein süßes Mädchen, denke ich. *Wenn ich bei dir bin, gibt es ab jetzt kein Unheil mehr, das du fürchten müsstest. Und der Stock deines Herrn mag manchmal schmerzhaft sein, aber immer zeigt er dir den richtigen Weg.*

Ein wenig wundere ich mich selbst über die Tiefgründigkeit meiner Gefühle und Gedanken, denn schließlich kenne ich Edda eigentlich kaum. Aber es ist genau wie mit dem Namen, mit dem ich sie anspreche. Auch dass ich sie „mein Mädchen" nenne, kam ganz natürlich und fühlt sich so richtig an, dass ich keinen Zweifel habe, dass ich mich irren könnte.

„Du deckst mir den Tisch vor den Augen meiner Feinde. Du hast mein Haupt mit Öl gesalbt, übervoll ist mein Becher. Ja, Güte und Huld werden mir folgen mein Leben lang und heimkehren werde ich ins Haus des Herrn für lange Zeiten", beendet Edda nun fehlerfrei den Psalm. Ich sehe einige Augenblicke in ihr bewegtes Gesicht, dann sage ich knapp: „Das war gut, Edda. Hast du über die Bedeutung dieser Verse nachgedacht?"

Sie beißt sich auf die Unterlippe und nickt. „Mein Herr beschützt mich, was auch geschieht", beginnt sie leise. „Auch wenn alles finster zu sein scheint, passt er auf mich auf und zeigt mir den Weg. Er kümmert sich um mich und gibt mir alles, was ich brauche."

Die Zusammenfassung ist recht treffend und besonders ihr letzter Satz gefällt mir sehr.

„Und weißt du, wer dein Herr ist, Mädchen?", frage ich leise.

Nachdem sie den Psalm zu Ende aufgesagt hatte, hatte sie den Blick wieder gesenkt, doch nun hebt sie ihn wieder zu mir und flüstert: „Ja, Sir Kyle. Das bist du."

Kapitel 31: Fünf, zehn, fünfzehn

Edda

Es dauert einige Augenblicke, bis Kyle reagiert, so dass ich schon unsicher werde, ob ich vielleicht etwas völlig Falsches gesagt habe. Das Klopfen meines Herzens dröhnt so laut in meinem Schädel, dass ich weder das Zwitschern der Vögel noch das sanfte Plätschern des Wassers mehr höre. Doch dann streckt Kyle seine Hand aus und liebkost mein Kinn, was mich so erleichtert und glücklich macht, als hätte er mich vor dem Ertrinken gerettet.

„Du hast recht, Edda", lächelt er. „Wie es passiert ist, weiß ich selbst nicht, aber nicht alles in der *Bonnie Bride* bedarf einer Erklärung. Ich bin dein Herr und du bist mein Mädchen."

Vielleicht ist es albern, dass mir die Tränen in die Augen schießen, denn eigentlich kenne ich Kyle doch gar nicht und er weiß nichts über mich. Aber trotzdem erscheint mir all das, was seit gestern zwischen uns passiert ist, so tiefgründig und bedeutsam, als wäre es wie im Märchen oder in einer Legende vom Schicksal so bestimmt worden.

Schon beim ersten Mal, als ich vor Kyle knien durfte, kam es mir so vor, als würde in diesem Moment alles von mir abfallen. Als würden die unsichtbaren Wände um mich herum, mit denen ich sonst ständig zu hadern habe, einfach verschwinden. Alles in mir findet seinen

Platz und kommt zur Ruhe. Ich, die ich doch eigentlich sonst nie irgendwohin passe, habe auf einmal einen Ort, an dem ich richtig bin.

Auch jetzt fühlt es sich wieder so an und anstatt die Nässe und Kälte des Bodens zu spüren, die durch meine Strumpfhose dringt, fühle ich mich so im Einklang mit der Welt, dass ich am liebsten noch stundenlang in dieser Position ausharren würde. Allerdings hat Kyle andere Pläne, wie es scheint, denn nachdem er mich noch einige Momente eindringlich gemustert hat, brummt er nun: „Na schön, hoch mit dir!“ Und als ich dann vor ihm stehe, fragt er: „Welche Zahl hast du dir vorhin gemerkt, mein Mädchen?“

Mein Herz beginnt wieder schneller zu klopfen und ich spüre, wie meine Handflächen vor Aufregung zu schwitzen anfangen. „Fünf, Sir“, antworte ich heiser.

„Fünf also“, wiederholt er und streicht sich über den Bart. „Und fünf schenke ich dir. Macht zehn Schläge, die du jetzt von meiner Hand empfangen wirst.“

Mit angehaltenem Atem starre ich zwischen uns auf den Boden, als könnte ich dadurch die Welt erstarren lassen und so der Notwendigkeit entgehen, auf seine Worte reagieren zu müssen. In meinem Kopf herrscht völlige Leere und das Gefühlschaos in meiner Seele ist so wild und tosend, als wäre aus dem Nichts ein Sturm losgebrochen. *Genau das habe ich mir doch gewünscht, so heiß und sehnsüchtig*, denke ich. Doch nun, da es bevorsteht, wage ich kaum Luft zu holen, so verunsichert bin ich auf einmal.

Immerhin schaffe ich es, mit einiger Verzögerung „Ja, Sir“ zu flüstern, woraufhin Kyle leise lacht. Was er dann tut, macht meine Beklemmung noch sehr viel schlimmer, denn er greift ohne Vorwarnung nach dem Saum meines Rockes, hebt ihn an und schaut darunter. In jeder anderen Situation hätte so etwas mein inneres Gleichgewicht vollkommen durcheinander gebracht und mich zutiefst verletzt. Bei Kyle jedoch ist alles anders. Spätestens seit gestern, wenn nicht unbewusst sogar schon früher, habe ich mich vollkommen in seine Hände begeben und wünsche mir nichts mehr, als dass er ohne jeden Vorbehalt über mich verfügt. Deshalb löst seine eigentlich mehr als unverschämte Geste eine wahre Euphorie in mir aus. Gleichzeitig jedoch bin ich so gehemmt davon, dass ich immer wieder nur denke: *Was mache ich nur? Was mache ich nur? Wie reagiert man, wenn einen jemand verhauen will?*

Zum Glück zeigt sich nun, dass Kyle sich nicht umsonst zu meinem Herrn erklärt hat. Es ist gar nicht nötig, dass ich reagiere, denn er sagt mir, was ich zu tun habe: „Zieh dir deine Strumpfhose und das Höschen bis zu den Kniekehlen herunter“, befiehlt er nun barsch. „Und dann wirst du deinen Rock hinten hochheben, so dass dein Arsch komplett entblößt ist!“

Ich kann in diesem Moment gar nicht sagen, was mich mehr überfordert: Dass er von mir verlangt, meinen Hintern freizulegen, oder dass er dabei „Arsch“ gesagt hat. Gleichzeitig sind es beides so heftige sexuelle Impulse, dass die Erregung, die schon in mir pocht, seitdem Kyle mich im Genick gepackt hat, nun endgültig Besitz von mir ergreift.

Niemals hätte ich es für möglich gehalten, so etwas tun zu können. Aber es ist sogar leichter, als ich selbst es für möglich gehalten hätte, denn mein Drang, Kyle zu gehorchen, ist so viel stärker als meine Unsicherheit und meine Scham, dass meine Hände seinen Befehl fast wie von selbst ausführen. Mit zitternden Fingern raffe ich meinen Rock hoch, greife unter den Saum meiner Strumpfhose und ziehe sie langsam zusammen mit mcinem Slip bis zu den Knien herunter. Kühle Luft greift nach meinen intimsten Körperstellen, die normalerweise jedem fremden Blick verborgen bleiben. Noch niemals hat ein Mann mich so gesehen. Dennoch erfüllt es mich nun fast sogar mit Stolz, dass mein Herr mich dieser Prüfung unterzieht. *Er führt mich auf Pfaden der Gerechtigkeit, getreu seinem Namen*, schießt es mir durch den Kopf, was mir die Kraft gibt, nun auch noch meinen Rock hinten hochzuziehen und ihn auf meinem Rücken festzuhalten.

Es ist fraglos eine demütigende Pose, in der ich nun vor Kyle stehe und tatsächlich schäme ich mich so sehr, dass ich sicher schon wieder knallrot bin. Aber gleichzeitig steigert meine Scham meine Erregung und ist eine ganz neuartige Erfüllung für mich, weil sie Kyles Wille ist.

„Sieh mich an, Edda", befiehlt er nun streng, was mich einige Überwindung kostet, weil es mir wie ein Eingeständnis meiner Demütigung vorkommt und obwohl ich es mir so sehr wünsche, fällt es mir schwer. Aber ich schaffe es und als ich in Kyles kühle, graue Augen blicke, runzelt er die Stirn und sagt: „Lektion sieben: Du wirst bestraft, wann immer es dein Herr für nötig erachtet! Merke sie dir gut, diese Lektion, denn sie ist besonders wichtig."

Ich kann nur nicken, denn seine Worte wühlen mich mehr auf, als alles, was er bisher zu mir gesagt hat. Kyle sieht mich nachdenklich an. Sein Blick ist so intensiv, dass er jedes Detail meines Körpers, meiner Haltung und vor allem meiner Seele zu erfassen scheint. In diesem Moment begreife ich, warum man ihn das „Herz und Auge" seines Unternehmens nennt. Kyle MacLean sieht mehr als andere, da bin ich mir sicher.

„Wie schön du bist", murmelt er, ohne dabei wirklich mit mir zu sprechen. Eher kommt es mir so vor, als würde er es nur zu sich selbst sagen. „Du warst noch nie so schön wie jetzt in diesem Augenblick, vermute ich."

Ein kleines, fast ungläubiges Lächeln huscht über sein Gesicht, dann schüttelt er den Kopf und befiehlt: „Komm her und beug dich über meinen Schoß!"

Ich beiße mir auf die Unterlippe und atme einmal tief durch. Nun gibt es kein Zurück mehr! Schüchtern trete ich dichter an Kyle heran, zögere dann aber, weil es mir plötzlich gar nicht so einfach vorkommt, mich über seine Oberschenkel zu beugen und dabei meinen Rock festzuhalten. *Außerdem wird er dann meinen Hintern direkt vor sich haben*, denke ich und schäme mich nun plötzlich noch viel mehr, weil mein dicker, blasser und überhaupt völlig unförmiger Po nun wirklich kein Anblick ist, den ich irgendjemandem zumuten würde. Und schon gar nicht Kyle, der doch an solche Frauen wie diese Nicky gewöhnt ist!

Doch ehe ich noch mehr in Panik geraten kann, nimmt Kyle die Angelegenheit selbst in die Hand, packt mich im Genick und zieht mich unsanft über seine Oberschenkel. Mein Herz rast, aber ich wehre mich nicht. Ganz im Gegenteil bin ich froh, dass ich einfach die Kontrolle abgeben kann. Ich spüre den Stoff von Kyles Kilt unter mir, sehe Loch Shiel, dessen Wasser sich in seinem tiefen Blau mit der Spiegelung der Berge und Wolken vor mir ausbreitet, und bin auf einmal so glücklich, dass ich fast anfange zu weinen.

„Du wirst brav stillhalten“, höre ich Kyles Stimme. „Und jeden Schlag klar und deutlich mitzählen, verstanden?“

Dabei schiebt er meinen Rock noch ein wenig höher und lässt seine Fingerspitzen über meine nackte Haut wandern, so dass ich eine Gänsehaut am ganzen Körper bekomme und große Schwierigkeit habe zu antworten. „Ja, Sir“, bringe ich aber schließlich hervor und bin so erfüllt von der ganzen unglaublichen Situation, dass ich überrascht aufschreie, als mich kurz darauf der erste Schlag trifft. Es brennt und tut mehr weh, als ich es mir vorgestellt hätte.

„Eins“, stoße ich hervor.

„Hat dich in deinem Leben schon einmal jemand übers Knie gelegt, Mädchen?“, fragt Kyle und der raue Klang seiner Stimme lässt mich innerlich erzittern.

„Nein, Sir“, antworte ich und schäme mich fast dafür, obwohl das natürlich Unsinn ist.

Ich kann zwar Kyles Gesicht nicht sehen, weil ich in meiner Position nur einen Teil seines Kilts, seine Stiefel und seine kräftigen, behaarten Unterschenkel vor Augen habe, aber ich kann mir anhand seines Tonfalls sein Schmunzeln genau vorstellen, als er nun meint: „Noch nie? Dann wird es ja Zeit!“

Und dann wird seine Stimme wieder streng und er fügt hinzu: „Wir fangen nochmal an und weil du eben beim Zählen die Anrede vergessen hast, bekommst du nicht zehn, sondern fünfzehn Schläge!“

Kapitel 32: Genau was du brauchtest

Kyle

Edda zu schlagen ist himmlisch. Sie hat nicht nur einen wundervollen Arsch, dessen Haut so fein und hell ist, dass sich jeder einzelne meiner Finger nach dem Schlag rot darauf abzeichnet, sie hat auch genau die Art zu reagieren, die mir am liebsten ist: empfindsam, aber hingebungsvoll und demütig.

Es gibt Subs, die fünfzehn Schläge mit der Hand ohne mit der Wimper zu zucken einstecken würden. Natürlich kommt es auch auf das jeweilige Schmerzempfinden an, aber meiner Meinung nach ist es eher eine innere Einstellung, die sich in der Art der Reaktion widerspiegelt. Mit stoischen Subs, auf die man einprügeln kann, so viel man will, ohne ihnen jemals einen Laut zu entlocken, kann ich wenig anfangen. Für mich ist alles beim BDSM eine Wechselwirkung und auch wenn ich der bestimmende Part bin, brauche ich Reaktionen, um zu sehen, ob das Zusammenspiel funktioniert.

Mit Edda funktioniert es bereits vom ersten Schlag an. Manche Subs liegen reglos wie ein Mehlsack da, was mich ebenso stört, wie wenn eine meint, sich wehren zu müssen. Mit dem aufmüpfigen Typ Sub, wie Henry und William ihn mitunter ganz gern haben, konnte ich noch nie viel anfangen. Natürlich kann es immer mal Unstimmigkeiten und Spannungen geben, aber das ständigc Bedürfnis nach Kampf und Kräftemessen, das manche Subs zu verspüren scheinen, widerspricht meiner Auffassung einer solchen Beziehung. Für mich muss es der tiefe Wunsch meiner Sub sein, mich durch ihre möglichst perfekte Unterwerfung glücklich und stolz zu machen. Dass ich trotzdem immer genügend Gründe finden werde, um sie zu bestrafen, versteht sich von selbst, aber was dabei für mich zählt, ist ihr Wille, mir bedingungslos zu gehorchen.

Und Edda hat diesen Willen. Ich habe gesagt, dass sie stillhalten muss und obwohl ihr meine Schläge eindeutig weh tun, zwingt sie sich dazu, ihnen nicht auszuweichen. Ich kann die Anspannung ihres Körpers vor jedem Schlag spüren, genieße den Moment, in dem ich ihre Haut treffe und die Hitze spüre, die dabei zwischen uns entsteht. Edda verkrampft sich kurz, nimmt den Schmerz in sich auf und entspannt sich dann schwer atmend wieder.

Sie ist empfindlich, aber tapfer. An ihrer Stimme kann ich deutlich hören, dass es sie anstrengt und dass der Schmerz ihr zusetzt. Bei den ersten Schlägen hat sie es noch geschafft, keinen Laut von sich zu geben und nur angestrengt einzuatmen, aber bald schon hat sie bei jedem Hieb zunächst leise gewimmert, dann gestöhnt und nun fängt sie langsam an zu schreien.

Es hat sie noch nie jemand geschlagen, hat sie gesagt. *Ein jungfräulicher Arsch*, denke ich, während die Haut sich nach zehn Schlägen gleichmäßig rot färbt. *Wahrlich etwas Besonderes für mich. Alles an ihr ist besonders.*

Die letzten fünf Schläge sind eine echte Prüfung für sie. Es ist wohl vor allem ihre Unerfahrenheit mit Schmerzen, die dazu führt, dass ihre Muskeln bereits leicht zu zucken anfangen, bevor ich sie überhaupt treffe.

„Du wirst dich daran gewöhnen, mein Mädchen", lächle ich und liebkose sie kurz, bevor ich erneut zuschlage. Das klatschende Geräusch und das kribbelnde Gefühl an meiner Handfläche sind wundervoll. Edda schreit erstickt auf, was mir einen Schauer über den Rücken jagt.

„*Aye*, Sir", presst sie hervor und zählt dann direkt danach korrekt: „Elf, Sir!"

Du wirst dich an den Schmerz gewöhnen und merken, dass du noch viel mehr erträgst, als du jetzt glauben würdest, denke ich. *Und du wirst lernen, den Schmerz zu schätzen. Eine Strafe muss weh tun, aber sie ist immer auch Erfüllung für uns beide.*

Den zwölften und den dreizehnten Schlag verpasse ich ihr schnell hintereinander und direkt auf die gleiche Stelle, was natürlich recht unangenehm und sehr viel intensiver ist. Nun schreit sie zum ersten Mal wirklich und versucht nicht, es zu unterdrücken.

„Zwölf, Sir! Dreizehn, Sir!", keucht sie danach und es dauert lange, bis ihr Körper sich entspannt. Wenn ich jetzt gemein sein wollte, dann würde ich bei eins wieder anfangen, weil sie zwei Schläge auf einmal gezählt hat, was natürlich ein Fehler ist.

Aber weil es ihr und unser erstes Mal ist, liegt mir so etwas natürlich fern. Die letzten beiden bekommt sie dafür noch ein wenig kräftiger, weil es mir so gut gefällt, wie ihr Po sich beim Aufprall bewegt.

„Ich fürchte, Edda, dass ich dich sehr häufig bestrafen werde", sage ich danach und lasse meine Fingerspitzen über ihre rote, erhitzte Haut gleiten, um sie dann fest in sie hineinzubohren und zusammenzudrücken. „Denn dein Arsch gefällt mir wirklich außerordentlich!"

Es stimmt. Ihr Arsch ist wundervoll. Weiblich, rund, geschmeidig und ausgesprochen formschön. Edda stöhnt unter meiner groben Liebkosung leise auf und mich erfasst der heftige Impuls, ihr zwischen die Beine zu greifen, was in dieser Position natürlich ebenfalls ausgesprochen gut geht. Aber ich will es langsam angehen lassen und jeden Schritt genießen, wie es einer so besonderen Situation gebührt.

„Lektion acht: Wenn du bestraft wurdest, bedankst du dich danach", sage ich deshalb, warte ab bis sie „Vielen Dank, Sir" herausgebracht hat und ziehe sie dann hoch. Der Moment, wenn man sich danach ins Gesicht sieht, ist besonders schön, weil man sich auf eine ganz neue Weise erkennt.

Edda errötet natürlich und schämt sich wahrscheinlich, weshalb ich nach ihrer Hand greife und sie auf meinen Schoß ziehe.

„War diese Strafe nicht genau das, was du brauchtest?", frage ich und freue mich, als sie mit niedergeschlagenen Augen lächelt und „Ja, Sir, das stimmt“ flüstert.

Ich schließe sie fest in meine Arme und drücke sie an mich, atme ihren Duft ein und küsse ihre Stirn.

„Du riechst gut, Mädchen“, murmele ich. Selten habe ich den Wunsch nach einem Kuss so brennend und so heftig empfunden. Kurz zögere ich, weil ich spüren kann, wie aufgewühlt Edda ist. Aber auch ich bin es und letztlich ist ein Kuss doch die beste Methode, um in einem solchen Gefühl zueinander zu finden.

Also hebe ich ihr Kinn, so dass mich ihre großen, blauen Augen ansehen. Es ist erstaunlich, was ich alles in ihnen lese: Vertrauen und eine Sehnsucht, aber auch Unsicherheit und Angst.

„Augen zu“, flüstere ich und als sie gehorcht, berühre ich ihre Lippen mit meinen, spüre zum ersten Mal, wie weich und samtig sie sind, und bin ganz erfüllt von der Hingabe, mit der sie mir begegnet.

Ich schätze es nicht besonders, wenn eine Sub beim Küssen gierig und fordernd ist, es sei denn, es handelt sich um einen sehr leidenschaftlichen Moment.

Aber Edda macht es instinktiv richtig, als hätte sie ein Leben lang auf meinen Kuss gewartet. Sie scheint die Luft anzuhalten, öffnet ihre Lippen ganz leicht und bietet sich mir dar. Ich öffne sie mit meiner Zunge und muss dem Impuls widerstehen, sie fest und hart zu packen, so sehr begehre ich sie in diesem Moment.

Eddas Geschmack ist ebenso zart und rein wie ihre Stimme, wenn sie unterdrückt wimmert, während ich ihr den Hintern versohle. Ihre Zunge ist ebenso schüchtern wie ihre Augen, die mich trotzdem immer wieder suchen. Alles an ihr ist so verheißungsvoll, dass ich ganz berauscht bin und es kaum glauben kann, was hier mit mir geschieht.

Kapitel 33: Salzig

Edda

Mein erster Kuss! Niemals hätte ich gedacht, dass ich so etwas einmal erleben würde und dass es solche Gefühle, die mir in Filmen und Büchern immer wie eine romantisierende Verklärung vorkamen, auch einmal für mich geben würde! Ich hatte geglaubt, dass ich ewig hinter meinen engen Wänden allein bleiben würde und war sogar froh darüber, weil die Vorstellung, jemandem nahe zu sein, mir unmöglich und fremd vorkam.

Nun aber sitze ich auf dem Schoß eines Mannes und er hält mich in seinen Armen und küsst mich und es fühlt sich so wundervoll an, dass ich alles vergesse, was ich vorher jemals gedacht oder gefühlt habe. In diesem Moment gibt es nur noch ihn und es spielt keine Rolle, dass er ein international bekannter Star-Fotograf und Millionär und Firmeninhaber und sonst was alles ist. Es ist egal, dass es im Internet unzählige Fotos von ihm mit irgendwelchen Modelfrauen gibt. Nicht einmal, dass er einen Kilt trägt, kümmert mich in diesem Augenblick. Nur er zählt, er ohne alles Beiwerk: Sein Duft, seine Lippen und sein Atem, der sich mit meinem mischt. Seine Hände, die mich halten, sein Bart, den ich an meiner Haut spüre und seine Stimme, die mir atemlos ins Ohr raunt: „Du verdienst schon wieder Schläge, Edda, weil du mich ganz und gar um den Verstand bringst!“

Ich kichere glücklich und er knurrt leise wie ein Raubtier, als er mich fester packt und wieder küsst, doch dieses Mal sehr viel stürmischer, so dass mein Lachen in ein lusterfülltes Seufzen übergeht. Die Reaktion meines Körpers auf Kyles Küsse ist fatal. Es fühlt sich an, als würde ich mich auflösen, als würde ich auf Wolken fortgetragen werden und in der hellen Frühlingssonne zu einem strahlend schönen Regenbogen werden.

Dass mein Po von Kyles Schlägen brennt und weh tut, steigert meine Erregung, ebenso wie die in meinem Geist noch ganz frische Erinnerung an die Bestrafung, die mit Abstand das Aufregendste, Schmerzhafteste und Wundervollste war, was mir jemals widerfahren ist. In diesem Moment glaube ich daran, dass das Leben vielleicht doch ein Märchen ist, und mache mir keine Sorgen darüber, was morgen sein und wie das alles weitergehen wird. Denn dass man in Zukunft mich anstelle der Models auf den Fotos im Internet sehen wird, ist wohl kaum vorstellbar. Leider holt mich aber genau diese Realität schneller ein, als mir lieb ist. Irgendwann hält Kyle inne und sieht mich mit einem so intensiven und von Leidenschaft erfüllten Blick an, dass ich eingeschüchtert wegschaue.

„Du kannst dir nicht vorstellen, wie gern ich deine Augen in diesem Moment fotografieren würde, Edda“, raunt er mir ins Ohr, küsst gleichzeitig mein Gesicht und beißt mich, als wäre er ein junger Hund, der aus Verspieltheit alles anknabbert. Ich lache wieder, ganz zärtlich gerührt, erstarre jedoch im nächsten Moment, als ich feststelle, dass Kyle aus dem schlichten *Sporran* an seinem schwarzen Ledergürtel ein Smartphone herausgeholt hat und im Selfiemodus mehrere Aufnahmen von uns macht. Obwohl ich mich sicher geehrt fühlen sollte, von einem so berühmten Fotografen abgelichtet zu werden, erschrecke ich mich, denn nichts hasse ich so sehr, wie fotografiert zu werden! Ich sehe immer absolut furchtbar aus und man erkennt auf den ersten Blick, dass ich nicht so bin wie andere. Wenn Kyle mich also auf einem Selfie sieht, ist es nur eine Frage von Sekunden, dass er den Unterschied zwischen mir und seinen Models erkennt und sich grausend von mir abwendet.

Als ich mir wie ein dummes Kind die Hände vor das Gesicht halte, um dieser Schmach zu entgehen, schnaubt Kyle verärgert. Es ist mir selbst peinlich, wie ich mich benehme, aber in meiner Not weiß ich keinen anderen Ausweg.

„Bei welcher Lektion sind wir?“, fragt er ungehalten.

„Sieben, Sir“, antworte ich hinter meinen Händen. „Sieben war die letzte.“

Ich spüre, wie sich Kyles Hand von hinten in meine Haare schiebt, die ich zu einem lockeren Zopf geflochten trage. Als er fest zupackt und mir den Kopf in den Nacken zieht, halte ich erschrocken die Luft an.

„Runter mit den Händen, Edda“, raunt er mir ins Ohr und während ich mit klopfendem Herzen gehorche, fährt er mit strenger Stimme fort: „Lektion acht: Versteck dich niemals vor deinem Herrn! Er hat zu jedem Zeitpunkt Zugriffsrecht auf alles, was du hast und bist!“

Es ist mir furchtbar unangenehm, dass er mich nun unbarmherzig fotografiert und fast fürchte ich, dass ich anfangen könnte zu weinen. Wegen meiner unbequemen Kopfhaltung, in die Kyles fester Griff mich zwingt, habe ich zudem das Gefühl, das Gleichgewicht auf seinem Schoß zu verlieren und taste instinktiv nach einem Halt. Als ich dabei jedoch mit der Hand Kyles Knie berühre, zucke ich erschrocken zurück. Da lässt Kyle das Telefon sinken und gibt meinen Kopf wieder frei.

„Jetzt hör mir mal gut zu, mein Mädchen“, beginnt er, legt mir einen Arm fest um die Taille und zieht mich noch dichter an sich. „Dass ich dein Herr bin, bedeutet nicht, dass du Angst vor mir haben sollst! Ich bin auch dein Freund, verstehst du? Dein Vertrauter, dein Geliebter, wenn du willst.“

Nun kann ich die Tränen nicht mehr zurückhalten und weil Kyle gesagt hat, dass ich mich nicht vor ihm verstecken darf, bemühe ich mich gar nicht erst, sie zu verbergen.

„Das ist Lektion sechs“, schniefe ich, um zu überspielen, dass Kyles Worte gerade die schönsten waren, die jemals jemand zu mir gesagt hat.

„Lektion sechs?“, fragt er ruhig und wischt mir mit seinen Fingern die Tränen von den Wangen.

„Lektion sechs: Hab niemals Angst vor mir“, wiederhole ich die Worte, die er vorhin gesagt hat.

„Höchstens ein bisschen wohldosierte Furcht, die schadet nie.“

Erstaunt mustert er mich und lacht dann leise. „Dein Gedächtnis ist gut“, stellt er fest, nimmt mein Gesicht zwischen seine Hände und küsst mich.

„Mein braves Mädchen“, murmelt er an meine Lippen. „Hab keine Angst, mich anzufassen, hörst du? Ich schlage dich grün und blau, wenn du bei der Berührung meiner Haut noch einmal zurückzuckst!“

Obwohl das natürlich eine recht rüde Drohung ist, lösen seine Worte ein begehrliches Kribbeln in mir aus. Ich dränge mich dichter an ihn und erwidere seinen Kuss, der von meinen Tränen etwas salzig schmeckt.

„Leg deine Arme um meinen Hals“, befiehlt er und als ich es tue und meine Hände schüchtern in sein volles Haar gleiten lasse, nickt er zufrieden. Langsam verdrängt die Erregung meine Verstörtheit wegen der Fotos und meine Tränen versiegen, während Kyles Küsse immer leidenschaftlicher werden. Doch unversehens löst er sich irgendwann von mir und schiebt mich von seinem Schoß.

„Schluss jetzt“, bestimmt er. „Wir gehen zurück! Zieh dich wieder ordentlich an!“

Nun erst bemerke ich, dass mein Höschen und meine Strumpfhose ja immer noch in meinen Kniekehlen hängen. Inzwischen sind sie sogar noch tiefer herunter gerutscht. Allerdings kommt es mir wie eine Sünde vor, mich in diesem Zustand wieder anzuziehen.

„Aber…“, beginne ich halbherzig, verstumme jedoch, als Kyle nun ebenfalls aufsteht und drohend den Zeigefinger hebt.

„Merk dir zehn dafür“, grinst er und verpasst mir einen Nasenstüber, als ich ein betretenes Gesicht mache, weil ich es schon wieder vergessen habe. Natürlich wage ich nicht zu protestieren, dass die Anzahl sich im Vergleich zum letzten Mal verdoppelt hat, als ich mir nur fünf merken musste. Dass wiederholtes Vergessen schlimmer ist, kommt mir nur gerecht und logisch vor.

„Und schreib mir alle Lektionen auf, die ich dir bisher gesagt habe“, fügt Kyle dann noch hinzu, nachdem ich mich also wieder richtig angezogen habe, und er nach meiner Hand greift, während wir langsam den Weg durch den Park zurück hinauf zur *Bonnie Bride* schlendern. „Wie soll ich sonst den Überblick behalten, was ich dir schon gesagt habe?“

Kapitel 34: Unkompliziert

Kyle

Auf dem Rückweg zur *Bonnie Bride* haben wir beide nicht viel gesagt. Ich weiß nicht, ob Eddas Schweigsamkeit an ihrer Schüchternheit liegt, oder ob auch sie so in ihren Eindrücken von dem gerade Erlebten gefangen ist, dass sie kein Wort herausbringt. Mir jedenfalls geht es so. Ich fühle mich, als hätte mich ganz unvorbereitet eine heftige Woge gepackt, wie sie im Winter bei Sturm an unsere Klippen donnern.

„Meine Familie stammt von der Isle of Mull“, erzähle ich Edda spontan. „Wir haben Ländereien und ein Anwesen dort. Obwohl ich im Internat in England aufgewachsen bin, habe ich eine starke Beziehung zu der Landschaft dort. Sie ist noch einsamer und kärger als hier, aber wunderschön. Vielleicht zeige ich sie dir eines Tages, Mädchen.“

Dieser Vorschlag überrascht mich selbst, denn bisher habe ich keine Frau mit nach Mull genommen. Ohnehin halte ich mich nur noch ausgesprochen selten und kurz dort auf, wenn ich meine Eltern an Feiertagen besuche. Edda lächelt und beißt sich verlegen auf die Lippe. Als sie in stummer Zustimmung meine Hand drückt, schlägt mein Herz vor Freude ein wenig schneller.

„Und die *Bonnie Bride*, Sir?“, fragt sie nun. „Ist das Anwesen kein Familienbesitz?“

Froh darüber, dass sie mich durch ihre Frage von meiner sentimentalen Verwirrung ablenkt, berichte ich also davon, dass sich das Herrenhaus im Besitz einer Erbengemeinschaft aus dem Clan Cameron befand. Irgendwie waren die um ein paar Ecken mit Henry verwandt, weshalb wir auch davon erfahren haben, dass sie verkaufen wollten. Da wir durch Williams riskante, aber erfolgreiche Finanzmanöver auf einmal unversehens in Geld schwammen und dringend investieren mussten, war es perfekt für uns. Das Haus war in einem furchtbaren Zustand und musste von Grund auf saniert werden, so dass wir alles genau nach unseren Vorstellungen machen lassen konnten. Damals vor etwa sieben oder acht Jahren, waren wir erst Mitte zwanzig.

„Drei große, böse Wölfe haben jetzt eine Höhle, in die sie unschuldige Lämmchen verschleppen können", hat William gegrinst, als wir zum ersten Mal auf der Terrasse angestoßen haben.

„*Schweinchen*, Bruderherz", hat Henry ihn unter Bezugnahme auf den alten Cartoon von Disney korrigiert, aus dem wir unseren Firmennamen abgeleitet haben. „Der große, böse Wolf fängt Schweinchen!"

Seitdem machen die beiden sich einen Spaß daraus, unsere Subs in diese beiden Kategorien einzuteilen. Ich betrachte Edda, die neben mir geht und mit ernstem Gesicht meinen Worten lauscht. *Ganz ohne Zweifel gehört sie zur Kategorie der Lämmchen*, denke ich.

Wenn man sie überhaupt irgendeiner Kategorie zuordnen kann.

„Wir hatten immer davon geträumt, ein gemeinsames Zuhause in den Highlands zu haben“, fahre ich fort, ohne etwas von meinen Gedanken zu verraten, und wende meinen Blick unserer schönen Braut zu, die jetzt majestätisch und in der Sonne strahlend vor uns auftaucht. „Und so wurde es also Wirklichkeit.“

Die Hunde haben am Wasser so wild herumgetollt, dass sie sich erschöpft auf dem Platz vor der Treppe in den Kies fallen lassen und hechelnd alle Viere von sich strecken.

„Ich muss jetzt ein wenig arbeiten“, sage ich zu Edda, weil ich dringend etwas Zeit für mich brauche, um mich innerlich zu ordnen. Trotzdem fällt es mir schwer, mich von ihr zu trennen und ich bringe es kaum fertig, sie gehen zu lassen.

„Bis heute Abend schreibst du mir die Lektionen auf“, verlange ich deshalb noch einmal und ihre Augen leuchten bei dieser indirekten Ankündigung eines baldigen Wiedersehens auf. „Und rasier dich!“, füge ich streng hinzu. Als sie über meinen Knien lag, konnte ich sehen, dass sie zwischen den Beinen nicht enthaart war. Erschrocken und peinlich berührt starrt Edda mich an.

„Rasieren, Sir?“, flüstert sie.

„Ich dulde an meiner Sub keine Körperbehaarung“, erwidere ich knapp. „Achte in Zukunft darauf, wenn du dir keinen Ärger einhandeln willst.“

Sie errötet, was mein Blut schon wieder zum Kochen bringt, und in ihre Beschämung hinein ziehe ich sie noch einmal kurz an mich und gebe ihr einen Kuss auf die Stirn.

„Du kannst dir auch von Molly helfen lassen“, füge ich hinzu. „Sie hat…“

Dann verstumme ich, weil es mir plötzlich Edda gegenüber taktlos vorkommt, den Satz so zu vollenden, wie ich es eigentlich wollte: „Sie hat meine Subs schon oft rasiert.“

Natürlich will ich nicht so tun, als wäre Edda die erste für mich, aber in ihrer Unsicherheit würde es sie sicher verletzen, so offen in eine Reihe mit ihren Vorgängerinnen gestellt zu werden. Also sage ich nach einer kurzen Pause rasch: „Sie hat ein Händchen für solche Dinge!“

Dann gehe ich, ohne mich noch einmal umzusehen. Als die Eingangstür hinter mir ins Schloss fällt, erscheint die vor mir liegende Steinhalle meinen von der hellen Sonne verwirrten Augen kurzzeitig wie ein finsterer, dunkler Keller, in dem ich Eddas Gesellschaft beraubt bin und keinerlei Licht und Freude mehr finden werde.

„Zum Teufel mit dir, Kyle“, murmele ich und schüttele den Kopf, um mich an die veränderten Lichtverhältnisse zu gewöhnen. „Wann hat ein süßer Arsch dich zuletzt so durcheinander gebracht!?“

In meinem privaten Postfach wartet eine Mail von Henry auf mich, der sich für seine Verhältnisse geradezu überschwänglich für die Fotos von Mollys Bestrafung bedankt: „Chris durfte mir gleich zwei Mal einen runterholen, während ich sie angesehen habe“, lese ich kopfschüttelnd. Der Grund, warum unser persönlicher Assistent kaum bei William oder mir ist, liegt vor allem daran, dass Henry und Christian ständig etwas miteinander am Laufen haben. Henry selbst legt sich in seiner sexuellen Ausrichtung nur dahingehend fest, dass er dominant und sadistisch ist, aber er spielt sowohl mit Frauen als auch mit Männern.

Für ihn selbst war seine Sexualität immer von zwiespältigen Gefühlen geprägt: Einerseits ist sie eine große Kraft und Inspirationsquelle für ihn, andererseits aber auch der Inbegriff seines Elends. Sein sehr autoritärer Vater, ein konservativer Marineoffizier, hat ihn Zeit seines Lebens schikaniert, weil der wilde Junge nicht seinen Vorstellungen entsprach. Obwohl Henry immer ein Rebell war, hat er auch immer sehr darunter gelitten, dass er von seinem Vater statt Liebe immer nur Kälte und Härte erfahren hat. Dass er nicht dem Bild des perfekten Sohns entsprach, hat meinen Freund in eine Art Selbsthass gestürzt, der sich oft in Aggression und Zynismus äußert, womit er seine Verletzlichkeit auch vor sich selbst gut versteckt.

„Klar ist mir eine Pussy irgendwie lieber“, hat Henry neulich gesagt, als es zuletzt um das Thema ging, welches Geschlecht er nun eigentlich bevorzugt. „Aber Männer sind viel unkomplizierter, das hat durchaus seine Vorteile. Außerdem können sie meistens mehr einstecken."

Nachdenklich schließe ich das Postfach, klappe das Notebook zu und trete ans Fenster. *Unkompliziert*, denke ich. *Auch ich habe in den letzten Jahren immer diesen Weg gewählt.*

Ich ziehe mein Smartphone aus der Tasche, um Henry eine Nachricht zu schreiben und erinnere mich dabei wieder an die Bilder, die ich vorhin gemacht habe.

„Es ist das erste Mal, dass ich Selfies von mir mit einer Frau gemacht habe", fällt mir auf. „Und Eddas Reaktion darauf war alles andere als unkompliziert."

Nachdenklich blättere ich durch die Fotos. Sie sind bezaubernd, so unverfälscht und lebendig. Echte Momentaufnahmen, auf denen ich in Eddas Augen so viele Emotionen ablesen kann, dass ich ganz berührt bin. Aber auch ich bin mit auf den Bildern, wenn auch teilweise angeschnitten und nicht komplett. Eigentlich mache ich selten Selbstporträts, weil ich mich lieber mit meiner Umgebung als mit mir selbst auseinandersetze. *Aber diese Fotos haben sich trotzdem gelohnt*, denke ich beim Anblick meiner ebenfalls aufgewühlt wirkenden Augen. *So habe ich mich selbst noch nie gesehen!*

Und dann schreibe ich Henry eine Nachricht, die er vermutlich lesen wird, wenn er demnächst aufwacht: „Manchmal hat auch das Komplizierte seinen Reiz. Und manchmal kommt es einem sogar ganz einfach vor."

Kapitel 35: Ziemlich lädiert

Edda

Anstatt das Fell der Hunde zu bürsten, wie ich es sonst nach dem Spazierengehen tue, eile ich in mein Zimmer, um mich um meine eigene Körperpflege zu kümmern. Mehr noch als die Tatsache, dass Kyle anscheinend tatsächlich aus seiner Position zwischen meine Beine schauen konnte und das ganz offensichtlich auch getan hat, wühlt es mich auf, dass ihm offensichtlich nicht gefallen hat, was er da gesehen hat!

„Als wenn ich Molly fragen würde, ob sie mich rasiert“, murmele ich beleidigt. Zwar hat Kyle noch versucht, es nicht so deutlich werden zu lassen, dass meine Ersatzmami wohl schon bei seinen anderen Subs in dieser Beziehung Hand angelegt hat, aber ich habe es natürlich trotzdem genau verstanden.

Wer weiß, wie viele es waren, denke ich traurig, während ich mich ausziehe. *Wer weiß, wie lange es dauern wird, bis er sich mit mir langweilt und wieder abhaut, um sich den nächsten Modelhasen zu schnappen…*

Aber ich bin immer noch viel zu erfüllt von den Erlebnissen im Park, um mir von solchen düsteren Gedanken die Stimmung verderben zu lassen. Denn Kyle hat all die wundervollen Dinge heute zu *mir* gesagt und nicht irgendeinem Model. Und *ich* war es, die er vielleicht irgendwann einmal auf die Insel seiner Vorfahren mitnehmen will!

Anstatt gleich ins Bad zu gehen, als ich nackt bin, trete ich vor meinen großen Spiegel. Normalerweise fühle ich mich unwohl, wenn ich mich selbst anschauen muss, und unbekleidet ist es natürlich besonders schlimm. Aber Kyles Worte spuken mir immer noch im Kopf herum: „Er hat gesagt, dass ich noch niemals schöner war als in jenem Augenblick“, wiederhole ich andächtig. „Und dass ihm mein… Po ganz außerordentlich gefällt!“

Ich drehe mich um, weil ich begierig darauf bin festzustellen, ob man wohl Spuren von Kyles Schlägen sieht. Tatsächlich ist die Haut noch ein wenig gerötet und als ich mit den Fingern prüfend darüber fahre, tun einige Stellen sogar noch ein bisschen weh. Ich erschauere wohlig bei dem Gefühl und erinnere mich zum wiederholten Male mit klopfendem Herzen daran, wie es war, über Kyles Schoß zu liegen.

„Zehn sind noch offen“, flüstere ich glücklich, während ich ins Bad gehe. „Und wer weiß, was noch alles passiert!“

Da er will, dass ich mich zwischen den Beinen rasiere, kann man wohl davon ausgehen, dass er nicht nur an meiner Rückseite, sondern auch an dieser Stelle Interesse hat. Ohnehin ist diese ganze Dom-Sub-Geschichte so sexuell aufgeladen, dass selbst ein verklemmtes Mauerblümchen wie ich es mitbekommen habe. *‚Verfügungsrecht‘, hat er vorhin gesagt*, erinnere ich mich mit einem wohligen Schaudern. *Das heißt, dass er mich haben kann, wann immer er will!*

Es kommt mir selbst merkwürdig vor, dass ich tatsächlich mit freudiger Erregung darüber nachdenke, wie es wohl wäre, mit Kyle zu schlafen. Denn schließlich hatte ich noch niemals Sex! Und noch bis vor kurzem war ich sogar heilfroh darüber, weil ich allein die Vorstellung so unangenehm fand, dass ich glaubte, dabei ersticken zu müssen. Nun aber kommt es mir fast schon wie der nächste natürliche Schritt vor: *Er hat mich verhauen. Er hat mich geküsst. Als nächstes wird er mich vögeln*, denke ich euphorisch und erschrecke im nächsten Moment über meine Wortwahl.

„Herrje“, murmele ich, während ich meinen Einwegrasierer aus meiner Kulturtasche hole. „Als nächstes sage ich noch aus Versehen Arsch zu meinem Hintern!“

Zum Glück hat mein geräumiges Badezimmer eine Wanne, sonst hätte ich das mit dem Rasieren vermutlich überhaupt nicht hinbekommen.

„Wie machen andere Frauen das?“, schimpfe ich leise vor mich hin, während ich mit gespreizten Beinen vornübergebeugt in der Wanne sitze, mit dem Rasierer an Schamlippen und Venushügel herumhantiere und mein Geschlecht dabei zum ersten Mal in meinem Leben bewusst zu Gesicht bekomme.

„So siehst du also aus“, stelle ich fest, als ich die Haare einigermaßen entfernt habe. „Ziemlich lädiert irgendwie, obwohl du doch noch unberührt bist!“

Denn wie immer, wenn ich den Rasierer zur Hand nehme, habe ich mich natürlich mehrfach geschnitten. Zum Glück waren es keine tiefen Schnitte, die kaum geblutet haben, aber besonders hübsch finde ich mein Ergebnis nun wirklich nicht.

Vielleicht hätte ich doch Molly fragen sollen, denke ich frustriert. Ich will mich gerade daran machen, die unsauberen Stellen, an denen noch Härchen stehen geblieben sind, noch einmal zu überarbeiten, als zu allem Überfluss mein Telefon klingelt. Es ist Alice, wie ich feststelle, als ich mir eilig meinen Bademantel übergeworfen habe und in mein Zimmer zurückgerannt bin.

„Ich muss dir unbedingt etwas erzählen", meldet sie sich und schon an ihrem aufgeregten Tonfall erkenne ich, dass es sich um Brad und ihre neu entdeckte Leidenschaft handelt. Und natürlich habe ich recht. Während ich mich also auf den Sessel am Fenster kuschele, erfahre ich, dass Brad ihr gestern Abend die Augen mit einem Tuch verbunden und ihr Wäscheklammern an die Brustwarzen geklemmt hat.

„Das tat ganz schön weh", sagt sie begeistert. „Aber leider hat er sie gleich wieder abgemacht."

Dann hat er sie von hinten genommen und ihr dabei auf den Hintern gehauen.

„Das war schon total gut irgendwie", meint sie nachdenklich. „Also… Ich war halt euphorisch, weil endlich etwas in dieser Richtung passiert ist. Da war ich natürlich erst einmal sehr dankbar, weißt du…"

Natürlich höre ich, dass ihre Begeisterung wohl doch nicht so ganz überzeugt ist, obwohl sie es noch nicht wirklich ausgesprochen hat. Und da sie schließlich nicht Kyle ist, frage ich also nach: „Es war total gut… Aber?“

Alice schweigt kurz, dann antwortet sie: „Ich weiß auch nicht. Irgendwie hatte ich es mir anders vorgestellt. Vielleicht stehe ich doch nicht auf so etwas…“

Natürlich bin ich keine Expertin, aber mein Einwand kommt mir zumindest logisch vor: „Es könnte ja auch an ihm liegen“, mutmaße ich. „Es war ja für ihn auch etwas ganz Neues.“

Ich höre, wie Alice sich eine Zigarette anzündet. Anscheinend hat sie gerade einmal wieder angefangen zu rauchen.

„Sicher, da hast du schon recht“, seufzt sie. „Vielleicht wird es ja noch anders. Es ist irgendwie so… Ich weiß halt nicht, ob das wirklich etwas für ihn ist. Er war schon erregt, so ist es nicht, aber ich glaube halt nicht, dass er es von sich aus getan hätte. Das stört mich etwas.“

Als ich betroffen schweige, seufzt meine Freundin wieder und fragt mich stattdessen, wie es bei mir so läuft.

„Oh, gut“, antworte ich nur.

Eigentlich wäre es der perfekte Zeitpunkt, um Alice zu erzählen, was mit Kyle passiert ist. Aber natürlich bringe ich kein Wort darüber über die Lippen. Es ist nicht so, dass ich Geheimnisse vor ihr haben will, aber meine Erlebnisse sind noch so frisch, dass ich sie niemandem mitteilen könnte. Es kommt mir vor, als wären sie ein Geheimnis, das kaputt geht, wenn man es jemandem verrät.

„Ich muss jetzt etwas für Kyle aufschreiben“, sage ich deshalb rasch, um das Gespräch zu beenden. „Für die Arbeit natürlich!“

Als Alice überrascht fragt, ob ich ihn duzen darf, antworte ich möglichst lässig: „Natürlich, er ist doch auch erst zweiunddreißig. Er ist ganz locker drauf.“

Nachdem wir aufgelegt haben, schüttele ich den Kopf darüber, was ich gerade gesagt habe. Dass der Mann, der mir vorhin wegen eines Versprechers den Hintern versohlt hat, „locker drauf“ ist, stimmt wohl nicht so ganz.

„Verzeihung, Sir“, lächle ich mein Spiegelbild an, während ich zurück ins Bad gehe. „Soll ich mir zehn dafür merken?“

Kapitel 36: Intensität und Schönheit

Kyle

Ich habe nicht mit Edda zu Abend gegessen. Eigentlich hatte ich das vorgehabt, aber William, der mich am frühen Nachmittag aus einem Bondage-Studio in Tokyo angerufen hat, hat mir abgeraten: „Immer langsam mit den jungen Pferden“, hat er gesagt, nachdem ich ihm erzählt hatte, was passiert ist. „Sonst denkt sie noch, sie ist Aschenputtel und du ihr böser Prinz! Die Kleine hat doch keine Ahnung von BDSM, soweit ich es verstanden hatte, oder? Wer weiß schon, was jetzt in ihr vorgeht…“

Natürlich hatte er recht mit seinem Einwand. Es ist uns allen schon oft genug passiert, dass Frauen so getan haben, als würden sie bestimmte Praktiken mögen, nur um einem von uns zu gefallen. Nicky war auch wieder so ein Fall, wobei es mir bei ihr eigentlich von Anfang an klar war. Allerdings hat Williams Kommentar mich geärgert, weil ich mir bei Edda tatsächlich ganz sicher bin, dass es anders ist.

„Sie trägt es in sich“, habe ich etwas barscher erwidert, als ich es beabsichtigt hatte. „Das spüre ich. Ich bin mir ganz sicher.“

Will hat gelacht. „Schon gut, mag ja sein“, hat er eingelenkt. „Solche Fälle soll es ja geben. Aber trotzdem musst du die Fronten klären! Allein schon, um dich abzusichern. Und auch für sie ist es nur fair.“

Wie soll ich die Fronten klären, wenn ich sie doch selbst nicht kenne?, denke ich verstimmt. *Wie soll ich etwas benennen, das bislang nur ein wildes Drängen in meinem Herzen ist?*

Nachdenklich starre ich in die langsam hochzüngelnden Flammen des Kamins in meinem Schlafzimmer. Ich habe selbst Feuer gemacht, weil ich gemerkt habe, dass es Edda gefällt. Die *Bonnie Bride* hat in fast allen Räumen wunderschöne, alte Kamine und Öfen, die wir natürlich erhalten haben, obwohl inzwischen seit der Sanierung des Baus alle Zimmer zentral beheizbar sind.

Es klopft an der Tür und Molly steckt ihren Kopf herein.

„Hier ist die junge Dame, Sir Kyle“, lächelt sie und ich kann an ihrem Gesicht sehen, wie sehr sie sich darüber freut, dass ich nach Edda geschickt habe.

„Sie ist keine junge Dame“, erwidere ich dennoch ungnädig. „Sie ist meine Sub!“

Mollys Augen leuchten begeistert auf, bevor sie demütig den Kopf senkt und Edda durch die Tür schiebt, um sie dann hinter ihr zu schließen.

„Guten Abend, Sir“, strahlt sie und schaut sich verlegen um.

Ich mustere sie wortlos. Sie trägt ein hellblaues Kleid aus einem dünnen Stoff, das ihrer Figur schmeichelt und meine Neugier auf ihre Brüste geradezu schmerzlich steigert. Die Tatsache, dass sie immer Kleider und nie Hosen trägt, gefällt mir sehr. Und obwohl das Hellblau wundervoll zu ihren Augen passt, ist das erste, was ich heute Abend zu ihr sage: „Zieh dich aus, Mädchen! Ich will dich ansehen.“

Sie schluckt und spielt nervös an ihren Haaren, die sie mit einem weißen Band locker zurückgebunden hat. Es ist ihr deutlich anzusehen, wie unangenehm ihr mein Befehl ist, aber ihr Drang, mir zu gehorchen, ist größer. Ohne ein Wort zu erwidern, löst sie also mit zitternden Fingern den Stoffgurt, der ihr Kleid in der Taille zusammenrafft und knöpft es langsam von oben auf. Sie will es sich schon über den Kopf ziehen, besinnt sich dann jedoch noch einmal, schlüpft zunächst aus ihren Schuhen und streift sich wie vorhin am Ufer des Lochs die Strumpfhose herunter. Ich streiche mir über den Bart und unterdrücke ein Schmunzeln. Im Gegensatz zu all den kunstvollen Stripnummern, die ich in ähnlichen Situationen oft zu sehen bekomme, ist Eddas Darbietung geradezu erfrischend ungeziert. Sie bemerkt meine Belustigung natürlich und wird rot.

„Verzeihung, Sir“, flüstert sie peinlich berührt. „Ich habe nicht so viel Erfahrung…“

Leise lachend lehne ich mich zurück und gebe ihr mit einer Handbewegung zu verstehen, dass sie weitermachen soll.

„Nicht doch! Ich lache dich nicht aus“, entgegne ich dann. „Ich freue mich nur. Du machst es genau richtig. Denn merk dir, Edda: Meine Sub soll Befehle stets rasch und unprätentiös ausführen. Ich kann Getue nicht ausstehen.“

Edda nickt ernsthaft.

„Ist das die Lektion neun, Sir?“, fragt sie nach, während sie sich nun das Kleid über den Kopf zieht und in Unterwäsche vor mir steht. Sie ist wunderschön, noch schöner, als ich sie mir vorgestellt hatte. Ihr Körper ist zwar füllig, aber so ideal proportioniert, dass es eine Sünde wäre, wenn sie auch nur ein Gramm abnehmen würde.

„Braves Mädchen“, murmele ich. „Lektion neun, so ist es.“

Weil ich merke, dass ich sie wie ein lüsterner Schuljunge anstarre, was nicht meiner Vorstellung eines souveränen Doms entspricht, räuspere ich mich und frage: „Hast du die übrigen Lektionen aufgeschrieben?“

Edda nickt eifrig und kramt einen Zettel aus der Tasche ihres Kleides, das sie auf dem Stuhl neben der Tür abgelegt hat. Sie bringt mir den Zettel und ich nehme ihn, obwohl ich sehr viel lieber sie in meine Arme ziehen und ihr die schlichte, ebenfalls hellblaue Baumwollunterwäsche vom Leib reißen würde. Trotzdem rührt es mich, wie sie in ordentlicher Schönschrift fast wortwörtlich wiedergegeben hat, was ich an Lektionen zu ihr gesagt hatte.

„Das hast du gut gemacht“, stelle ich fest und als ich wieder zu ihr aufblicke, sehe ich, wie sehr sie sich über dieses Lob freut.

Sie ist die perfekte Sub, schießt es mir durch den Kopf. *Sie ist glücklich, wenn ich mit ihr zufrieden bin.*

„Runter mit dem BH“, befehle ich dennoch grob, weil es mir eine besondere Freude ist, perfekte Subs zu verunsichern. „Warum dauert das so lange?! Habe ich dir vielleicht erlaubt innezuhalten?“

Erschrocken macht Edda den BH auf und vergisst über ihre Bestürzung völlig, sich zu schämen, als sie nun mit entblößten Brüsten vor mir steht. Für einen Moment bin ich ganz verzaubert, so vollkommen erscheinen sie mir: üppig und groß, aber so formschön und prall, als wären sie gemalt, verziert mit zwei hinreißenden, rosa Nippeln.

„Komm her zu mir“, verlange ich mit rauer Stimme. „Das Höschen kannst du erst mal anlassen.“

Dankbar atmet sie auf, kommt eilig zu dem Sofa, auf dem ich am Kamin sitze, und ergreift meine Hand, die ich nach ihr ausstrecke. Ich ziehe sie zwischen meine Beine und in meine Arme und schließe die Augen, weil das Gefühl, sie endlich wieder bei mir zu haben, mich überwältigt. Noch dazu nackt!

„Hältst du es für mich möglich, dass ich dich in den kurzen Stunden deiner Abwesenheit *vermisst* habe, mein Mädchen?“, flüstere ich ihr ins Ohr und genieße ihr erfreutes Kichern. William würde sicher die Augen verdrehen, wenn er das jetzt gehört hätte. Er hat natürlich recht, aber andererseits… wann passiert es einem schon einmal, dass sich alles so unverhofft richtig anfühlt? Bin ich etwa ein zu großer Romantiker, wenn ich einem solchen Impuls nachgebe?

„Nein, Sir, das hätte ich nicht für möglich gehalten“, antwortet Edda nun ernsthaft, aber ich achte nicht mehr auf ihre Worte, denn meine Hände finden ihre Brüste, wodurch jeder Gedanken, der vorher möglicherweise noch in meinem Kopf war, vernichtet wird. Sie sind so himmlisch, dass sie mir im ersten Moment unwirklich vorkommen, als wären sie nur meiner Fantasie entsprungen. Aber als ich meine Finger in die weiche, geschmeidige Haut grabe und sie so fest zusammendrücke, dass Edda schmerzverzerrt wimmert, weiß ich, dass sie wirklich da sind. Ich lasse sie los und öffne die Augen. Edda sieht mich an und ich erkenne ihre Erregung, die sie selbst zu überwältigen scheint.

„Nochmal, bitte“, flüstert sie und zuckt erschrocken zusammen, als sie stattdessen einen scharfen Klaps bekommt, der ihre Brustwarzen hart werden lässt.

„Merk dir fünf dafür“, sage ich. „Weil du die Anrede vergessen hast!“

Dann schlage ich sie noch einmal auf die andere Seite, weil es sich so verdammt gut angefühlt hat. „Und nochmal fünf, weil du ein lüsternes, kleines Luder bist!“, füge ich hinzu.

Die Verstörung, die meine Schläge und Worte in Eddas Augen auslösen, ist bezaubernd. *Sie kennt es nicht, von Schmerz erregt zu werden*, denke ich. *Wie wundervoll, dass ich es bin, der sie erwecken darf!*

Dann erfülle ich ihr ihren Wunsch, der mit meinen eigenen ohnehin völlig konform ist, und massiere ihre Brüste so grob, dass sie sich auf die Lippen beißt, um nicht vor Schmerz und Lust zu schreien. Dieses neue Gefühl überwältigt sie und mich überwältigt die Intensität, die zwischen uns herrscht. Die Intensität und Eddas Schönheit.

„Bei wie vielen Schlägen sind wir im Moment?“, will ich wissen, während ich mich auf dem Sofa in eine halb liegende Position hinunterrutschen lasse, Edda unsanft über mich ziehe und sie an den Haaren packe, um sie endlich zu küssen. Unser Kuss steigert die Intensität natürlich noch, bringt sie geradezu zum Explodieren, so dass ich heilfroh bin, dass ich Edda erlaubt habe, das Höschen zunächst anzulassen. Sonst würde ich sie jetzt nämlich ohne Zweifel auf der Stelle ficken.

Aber William hat recht, denke ich. *Das darf ich nicht, ohne vorher zumindest die Regeln einmal klar gestellt zu haben!*

„Zwanzig, Sir“, haucht Edda nun an meine Lippen. „Wenn Vergehen, die ich im Kopf in Ihrer Abwesenheit begangen habe, nicht geahndet werden!“

Sie ist so süß und auf eine entzückende Weise keck, dass ich trotz meiner Erregung lachen muss.

„Also zwanzig“, erwidere ich, greife um Edda herum und ziehe ihr den Slip in die Poritze hinauf, um meine Schlagflächen zu entblößen. „Die Gedanken bleiben frei! Es sei denn, du willst mir etwas beichten, dann liegt es in meiner Hand, darüber zu urteilen.“

Edda zögert kurz, dann wagt sie es, mein Gesicht zu streicheln und zu flüstern: „Eigentlich gibt es im Moment so viele Dinge, die ich lieber will, Sir…“

Ich lächle sie an und streiche ihr eine Strähne aus dem Gesicht. „Zählen zum Beispiel, nicht wahr?", frage ich.

„Zählen, Sir?", wiederholt Edda. Mit meiner linken Hand greife ich ihr in den Nacken, um ihren Kopf wieder zu mir heranzuziehen und sie stürmisch zu küssen. Und mit der rechten schlage ich kräftig das erste Mal zu.

„Lektion zehn", raune ich ihr ins Ohr. „Schläge werden bei Bestrafungen immer mitgezählt! Verzählst du dich, beginne ich von vorn."

Kapitel 37: Ein seltsames Spiel

Edda

Nach den zwanzig Schlägen brennt mein Hintern noch sehr viel mehr als nach meiner ersten Bestrafung heute Vormittag. Kyle hat schneller und vielleicht auch noch eine Spur kräftiger zugeschlagen. Außerdem waren es natürlich fünf Hiebe mehr und aufgrund seiner unter mir liegenden Position hat er vor allem die eine Seite erwischt.

„Beim nächsten Mal ist die andere Seite dran“, grinst er und küsst mich sanft. „Nicht dass du schief wirst.“

Sein Kuss trägt mich innerlich fort und lässt mich den Schmerz vergessen, der gleichzeitig noch eine andere Hitze und ein sehnsüchtiges Pochen in mir geweckt hat, das nun noch deutlicher zutage tritt und dazu führt, dass ich mich sehnsüchtig an Kyles Körper presse. Er trägt einen dunkelblauen Anzug und Hemd und Weste in der gleichen Farbe. Es fühlt sich aufregend an, so ganz nackt in seinen Armen zu liegen, während er so elegant gekleidet ist.

Es macht den Unterschied zwischen uns noch deutlicher, denke ich, ohne dass ich es als etwas Negatives empfinde. *Er ist der Herr und ich bin sein Besitz.*

Unter mir kann ich hart und mächtig seine Erregung spüren, was meine eigene nicht nur steigert, sondern mich auch im Stillen unglaublich stolz macht. *Ich bin kein Model, aber Kyle MacLean kriegt einen Ständer, wenn ich auf ihm liege!*, schießt es mir durch den Kopf, wofür ich mich natürlich gleich wieder schäme.

„Hör mal“, sagt Kyle nun, richtet sich etwas auf und zieht mich an seine Brust. „Bevor ich dir gleich auch noch den letzten Fetzen Stoff vom Körper reiße und über dich herfalle, will ich dir etwas sagen.“

Ein etwas mulmiges Gefühl befällt mich. Nicht so sehr, weil Kyle offensichtlich vor hat, heute noch mit mir zu schlafen, sondern vor allem, weil ich befürchte, dass er mir gleich eröffnen wird, dass ich nur eine von vielen Subs bin. Ich weiß natürlich, dass ich nichts dagegen tun könnte und wahrscheinlich froh sein muss, wenn er sich überhaupt mit mir abgibt, aber trotzdem fürchte ich mich vor dem Moment, in dem er es aussprechen und das Märchen langsam der Realität weichen wird. Allerdings beginnt er mit etwas ganz anderem: „Die Lektionen, die ich dir bisher gesagt habe, sind zwar alle wichtig“, sagt er nämlich ernst. „Aber es gibt ein paar Dinge, die noch sehr viel wichtiger sind. Zum einen will ich, dass du eins weißt: Alles, was zwischen uns geschieht, muss freiwillig und einvernehmlich sein.“

Weil ich nicht verstehe, was er meint, schweige ich. „Ich werde dir weh tun und ich werde dich zwingen“, fährt Kyle ruhig fort und lässt dabei seine Fingerspitzen über meinen nackten Rücken gleiten, so dass ich eine Gänsehaut bekomme. „Ich werde Dinge mit dir machen, die dir unangenehm sein werden. Aber das funktioniert nur, wenn ich mir sicher bin, dass du es willst. Verstehst du?“

Eigentlich verstehe ich es nicht wirklich, aber ich nicke, weil ich schließlich will, dass er mir weh tut und mich zwingt. Noch nie habe ich etwas mehr gewollt.

„Du bekommst von mir, was du brauchst, auch wenn du möglicherweise manchmal anderer Meinung bist, oder lieber etwas anderes hättest“, sagt Kyle nun. Als er mein Haarband löst, hebe ich instinktiv die Hand, um mich dagegen zu wehren, weil ich mich mit offenen Haaren nicht leiden kann. Natürlich bekomme ich einen Klaps auf die Finger und er tut es trotzdem.

„Merk dir fünf!“, brummt er etwas ungehalten. „Du hast dich nicht zu widersetzen! Du bist meine Sub, also gehörst du mir und ich tue mit dir, was immer mir beliebt! Ist das klar?“

Ich nicke eingeschüchtert, verstecke mein Gesicht an seiner Brust und murmele: „Ja, Sir.“

Kyle verteilt meine Haare auf meinem Rücken und lässt seine Finger hindurch gleiten.

„Und damit wären wir gleich beim nächsten Punkt“, sagt er, greift mir fest in die Haare und zieht mir den Kopf zurück, so dass ich ihn anschauen muss. „Denn natürlich gehörst du mir nicht *wirklich*. Letztlich gehört jeder Mensch nur sich selbst, das darf man niemals vergessen. Dass du mir die Herrschaft über dich gewährst, ist ein Spiel, das nur solange funktioniert, wie wir beide es wollen. Verstehst du das, Edda?“

Ich nicke zögerlich und Kyle fährt fort, während er mir forschend in die Augen sieht: „Ich muss dir vertrauen und mir sicher sein können, dass du mir immer die Wahrheit sagst und nichts verheimlichst. Wenn ich etwas tue, das sich für dich nicht mehr richtig anfühlt, musst du es mir sofort sagen. Das kann immer passieren und es ist nicht schlimm. Ich bin dir in so einem Fall nicht böse. Es ist mir immer lieber, dass du eine Situation abbrichst, als sie zu ertragen, weil du denkst, dass du sie für mich aushalten musst."

Obwohl es eigentlich etwas sehr Schönes ist, was er da zu mir sagt, machen mich seine Worte aus unerklärlichen Gründen traurig. Irgendwie kommt mir das alles weniger wertvoll und besonders vor, wenn es nur ein „Spiel" ist.

„Ich möchte dir gern wirklich gehören", flüstere ich, obwohl es mich große Überwindung kostet. „Und ich vertraue dir. Du wirst nichts tun, was schlecht für mich wäre, da bin ich mir ganz sicher. Mein Herr führt mich auf Pfaden der Gerechtigkeit, getreu seinem Namen", füge ich nach einer kleinen Pause hinzu. Kyle lässt meine Haare los, greift stattdessen nach meinem Kinn und streichelt meine Unterlippe mit seinem Daumen. An seinen Augen kann ich erkennen, dass meine Worte ihn berühren, weshalb ich verschämt den Blick senke.

„Du gehörst mir wirklich, mein Mädchen", antwortet er leise. „Und du kannst dir sicher sein, dass ich immer auf dich aufpassen werde. Es ist ein seltsames Spiel, das wir hier spielen. Es ist ernst und sehr intensiv. Du wirst es mit der Zeit besser begreifen. Am wichtigsten dabei ist das Vertrauen. Kann ich mir sicher sein, dass du immer ehrlich sein wirst?“

Nun nicke ich voller Überzeugung, denn tatsächlich habe ich keinen größeren Wunsch, als mich Kyle mit ganzer Seele zu schenken. „*Aye*, Sir“, lächle ich ihn an. Kyle streicht sich über den Bart und mustert mich noch einmal eindringlich.

„Nun gut, dann wäre das geklärt“, meint er dann und greift unvermittelt nach meinen Brüsten, um sie fest zusammenzudrücken. Augenblicklich schießt mir die Erregung, die wegen Kyles ernster Worte etwas in den Hintergrund gerückt war, zurück in den Körper und ich muss mir auf die Unterlippe beißen, um nicht aufzustöhnen.

„Steh auf, zieh dir dein Höschen aus und leg dich mit gespreizten Beinen aufs Bett, Mädchen“, befiehlt er mit kühler Stimme.

Mit zittrigen Knien erhebe ich mich und brauche einen Augenblick, um mich zu orientieren. Das im hinteren Bereich des Zimmers stehende Bett im viktorianischen Stil ist sehr groß und aus dunklem Holz. Die kunstvoll gedrechselten Pfosten sind hoch und erinnern mich im schummrigen Licht des Feuers an bedrohliche Lanzen, die in der Nacht aufragen. Auf einmal fürchte ich mich doch ein wenig. Wird es nun also geschehen? Obwohl ich mir nichts so sehr wünsche, wie von Kyle in Besitz genommen zu werden, bin ich nun plötzlich wieder völlig verunsichert. Wie wird es sich anfühlen? Ob es weh tun wird? Und wird es ihm gefallen? Schließlich habe ich keinerlei Erfahrung damit, einen Mann zu befriedigen.

Ich muss es ihm sagen, schießt es mir durch den Kopf. *Ich habe ihm schließlich gerade versprochen, dass ich ihm nichts verheimlichen werde!*

Aber es ist mir so peinlich, mit dreiundzwanzig noch Jungfrau zu sein, dass es mir fast unmöglich scheint, es über die Lippen zu bringen. Als ich mir mein Höschen herunterstreife, überfällt mich zusätzlich die Angst, dass ich mich nicht ordentlich genug rasiert haben könnte und dass mein Venushügel und meine Schamlippen mit den kleinen Schnitten und Wunden ohnehin so furchtbar aussehen, dass Kyle sicher jede Lust vergehen wird.

Auf der königsblauen Überdecke aus Samt prangt das Wappen des Clans MacLean. Ich erkenne es, weil ich schon es auf vielen von Kyles Sachen entdeckt habe. *Auch ich müsste mit dem Wappen versehen werden, wenn ich doch ihm gehöre*, denke ich und merke, wie eine verzweifelte Traurigkeit Besitz von mir ergreift. *Aber er hat ja gesagt, dass es nur ein Spiel ist und vielleicht vergeht ihm ja schon die Lust darauf, wenn er mit mir geschlafen hat.*

Kapitel 38: Die richtige Wahl

Kyle

Normalerweise unterzeichnet jeder Angestellte und jeder Gast, der in die *Bonnie Bride* kommt, eine Einverständniserklärung, in der verschiedene grundlegende Dinge enthalten sind: Neben Prinzipien wie Einvernehmlichkeit und Sicherheit wird darin der Ampel-Code als übergeordnetes Safewort festgelegt, der Unterzeichnende tritt Haftungsansprüche im Fall von Verletzungen ab und erklärt, nicht unter Einfluss von Alkohol oder anderen Rauschmitteln zu spielen.

Für Edda erschien jedoch mir die Einverständniserklärung zu formell. Unser Spiel hat sich auf eine so natürliche und unverfälschte Weise entwickelt, dass es mir falsch vorgekommen wäre, es auf diese Weise zu bürokratisieren. Andererseits hatte William völlig recht, dass ich es nicht einfach so weiterlaufen lassen konnte, weil es ungerecht gewesen wäre, wenn wir von unterschiedlichen Voraussetzungen ausgegangen wären.

Obwohl ich versucht habe, Edda auf eine für sie als Anfängerin verständliche Weise an unsere Grundsätze heranzuführen, bin ich mir nicht ganz sicher, ob sie es wirklich verstanden hat. Eigentlich wollte ich ihr Sicherheit geben, habe aber eher den Eindruck, dass es sie etwas aus der Bahn geworfen hat.

Es wird sich alles finden, denke ich, während ich nun langsam aufstehe, mir mein Jackett ausziehe und die Weste aufknöpfe. Wenn wir jetzt miteinander schlafen, wird die Nähe, die wir so gewinnen, ihre Verunsicherung beseitigen.

Normalerweise ist Sex selten die Lösung für ein Problem. Manchmal fangen sogar gerade damit die Probleme erst richtig an. Aber in diesem Fall bin ich tatsächlich überzeugt davon, dass es genau das ist, was wir jetzt beide brauchen. Obwohl wir uns erst seit so kurzem kennen und eigentlich kaum etwas voneinander wissen, hat sich so viel Sehnsucht zwischen uns angestaut, dass Sex das einzig mögliche Ventil dafür ist.

Aus den Augenwinkeln sehe ich, dass Edda die von mir befohlene Position auf dem Bett eingenommen hat. Mein Blut kocht und ich schiebe jeden überflüssigen Gedanken beiseite, stelle mir vor, wie ich schon in wenigen Augenblicken über ihr liegen und sie festhalten werde, wie ich meine Hand um ihren Hals legen, sie küssen und langsam in sie eindringen werde. Allein die Vorstellung macht mich rasend, so dass ich darauf verzichte, mir mein Hemd auszuziehen und mir lediglich die Ärmel hochkrempele.

Aber als ich mich dabei in Richtung des Bettes wende, sehe ich, wie Edda sich aufsetzt, die Beine schließt und mit den Händen zusätzlich ihre Scham bedeckt. Verärgert über dieses Verhalten runzele ich die Stirn.

„Lektion elf", sage ich scharf, bleibe neben dem Bett stehen und verschränke die Arme vor der Brust. „Wenn dein Herr dich begehrt, hast du dich ihm dankbar darzubieten und so lange stillzuhalten, bis er dir erlaubt, dich zu bewegen oder einen Laut von dir zu geben!"

Edda wagt es nicht den Blick zu heben. *Hat sie wirklich Angst?*, überlege ich irritiert. *Aber wovor? Hat sie nicht gerade noch von sich aus gesagt, dass sie mir vertraut?*

Manchmal ist es schwer zu entscheiden, ob eine Sub Härte oder Zärtlichkeit braucht. Ich tendiere meist zu Härte, weil es für mich die einzig richtige Antwort eines Doms auf Ungehorsam ist. *Wenn es ein echtes Problem gäbe, würde sie es mir sagen*, denke ich. *Schließlich haben wir gerade genau darüber gesprochen.*

„Wie lautet Lektion acht?", frage ich deshalb eisig. „Sag sie mir! Wird's bald?!"

Erschrocken schaut Edda zu mir auf und stammelt: „Versteck dich niemals vor deinem Herrn! Er hat zu jedem Zeitpunkt Zugriffsrecht auf alles, was du hast und bist!"

Mit einem grimmigen Schnauben nicke ich, gehe in die Hocke und ziehe einen Kasten unter dem Bett hervor. Edda hat kaum begriffen, was ich da in der Hand habe, als sich schon die erste Fußfessel um ihren Knöchel schließt.

„Ich werde dir schon beibringen, was diese Lektion bedeutet, Mädchen", brumme ich, während ich nach ihrem zweiten Fuß greife und ihn an der anderen Seite der Spreizstange fixiere. Edda wehrt sich nicht, macht aber ein entsetztes Gesicht, als sie feststellt, dass ihre Beine nun weit geöffnet sind und sich keinesfalls mehr schließen lassen.

„Hinlegen und die Hände über den Kopf“, kommandiere ich barsch und sie gehorcht sofort, obwohl ihr deutlich anzusehen ist, wie unangenehm sie es findet, was mit ihr geschieht. Ich stehe auf, gehe zum Kopfende und ziehe die fest am Bett verankerte Kette hervor, die sich sehr vielseitig einsetzen lässt. Jetzt benutze ich sie, um Eddas Hände mit Handschellen über ihrem Kopf daran zu fixieren, so dass sie mir nun wehrlos ausgeliefert ist.

„Wieso hast du mir mein Zugriffsrecht verweigert, Edda?“, frage ich mit böser Stimme. „Sagtest du nicht gerade noch, dass du mir gehören willst?“

Als nun Tränen in ihre Augen treten, fürchte ich kurz, dass ich zu hart zu ihr war. Gerade unerfahrene Subs haben oft Schwierigkeiten damit, ihre Grenzen zu erkennen, oder es zu sagen, wenn sie überfordert sind. Aber dann sagt Edda: „Das will ich auch, Sir, wirklich! Mehr als alle andere... Ich war nur… Es tut mir leid, Sir.“

Natürlich könnte ich ihr jetzt einen Verstoß gegen Lektion zwei vorhalten: *Stehe zu deinen Fehlern.* Aber ich will es nicht übertreiben, deshalb erwidere ich mit etwas sanfterer Stimme: „Die Spreizstange wird dir helfen, diese Lektion zu verinnerlichen.“

Sie nickt tapfer und als ich etwas aus der Nachttischschublade hole, macht sie ein ängstliches Gesicht. Ich stehe zwar nicht so sehr auf Angst wie Henry oder William, aber in diesem Fall erfüllt sie mich mit einer grimmigen Genugtuung. Was mir als Dom die größte Erfüllung schenkt, ist der Gehorsam meiner Sub. In der Strafe wird er auf die Probe gestellt, weshalb diese Momente für mich meist die intensivsten sind. Und wenn der Gehorsam größer ist als die Angst, ist meine Liebe zu ihr am größten.

Bei Edda scheint genau dies nun einzutreten, denn obwohl sie sich augenscheinlich fürchtet, kommt kein Wort der Klage oder des Bittens über ihre Lippen. Sie fügt sich meinem Willen.

„Ich werde dir Klemmen an die Schamlippen machen", kündige ich an. „Damit du begreifst, dass sie mir gehören. Und dann bekommst du Schläge auf die Oberschenkel. Wie viele sind im Moment offen?"

Edda schluckt, aber in ihre großen, blauen Augen ist neben der Furcht nun noch etwas zu lesen: Eine schüchterne Erregung scheint sie zu ergreifen.

„Fünf, Sir", antwortet sie und nun höre ich auch an ihrer Stimme, dass sie den kritischen Moment überwunden hat. *Härte war also die richtige Wahl*, konstatiere ich zufrieden.

„Also fünf auf jede Seite", bestimme ich und sie nickt mit ernstem Gesicht.

Mein braves Mädchen, denke ich gerührt und begebe mich auf die Matratze zwischen Eddas weit gespreizte Beine. Zum ersten Mal sehe ich nun also ihr Geschlecht und dass es so geöffnet direkt vor mir liegt, macht es für mich nicht gerade leichter, meine Fassung zu wahren. Es ist wie alles an ihr: hübsch und anziehend. Ihre Schamlippen sind rosig und rundlich und obwohl es mir eine Freude sein wird, sie zu bestrafen, würde ich noch sehr viel lieber meinen Schwanz zwischen ihnen versenken.

„Auch für mich ist es eine Strafe, du kleines Miststück", brumme ich leise, während ich überlege, womit ich sie gleich schlagen könnte.

Kapitel 39: Feuer

Edda

Zuerst war es ein Schock, meine Beine nicht mehr schließen zu können. Die schwere Stange, an deren Enden Kyle meine Fußgelenke befestigt hat, ist so lang, dass sie wirklich weit gespreizt sind. Da meine Hände zusätzlich über meinem Kopf fixiert sind, kann ich mich kaum noch bewegen und bin Kyle nun vollkommen ausgeliefert. Und genau das ist es, was das Chaos in mir beruhigt. *Der Herr ist mein Hirte, nichts wird mir fehlen*, denke ich und spüre, wie meine Zuversicht zurückkommt. Langsam beginne ich, die Situation zu genießen, obwohl ich mich davor fürchte, was Kyle gleich mit mir machen wird.

Der Grund für meine kurzzeitige Angst, die mich dazu gebracht hat, seinen Befehl zu missachten, war nicht etwa mangelndes Vertrauen in Kyle, sondern vielmehr die Angst, dass ich ihm nicht genügen könnte. Aber nun, da ich so unbeweglich und vollkommen frei zugänglich vor ihm liege, verschwinden all diese Gedanken. Auch darüber, ob ich mich gut genug rasiert habe, mache ich mir jetzt keine Sorgen mehr. Alles reduziert sich nun auf das Gefühl, ganz und gar ihm zu gehören.

Kyle setzt sich im Schneidersitz zwischen meine Beine und lässt seine Fingerspitzen über die Innenseiten meiner Oberschenkel und dann über meine Schamlippen und den Venushügel wandern.

„Was für eine süße, kleine Pussy“, murmelt er und mir wird ganz schwindelig vor Glück, weil es sich so wunderschön anfühlt. „Und so feucht“, stellt er dann fest, als sein Daumen um den Eingang kreist, der wahrscheinlich heute Nacht zum ersten Mal von einem Mann benutzt werden wird. Ich seufze sehnsüchtig auf, als seine Berührung ein so starkes Ziehen in meinem Unterleib hervorruft, dass ich mir wünsche, er würde seinen Finger in mich hineinstecken. Aber das tut er nicht. Stattdessen trifft mich ein Klaps auf den Venushügel, der das Ziehen noch verstärkt, und Kyle tadelt mich mit sanfter Stimme: „Du sollst deinen Herrn nicht in Versuchung führen, du böses Mädchen! Bevor du irgendetwas bekommst, wirst du bestraft, verstanden?“

Ich nicke und flüstere: „Ja, Sir“, was mir nicht ganz leicht fällt, weil es so wundervoll ist, was er da macht. Nun tätschelt er mich noch einmal, dann greifen seine Finger nach meinen Schamlippen und kneifen sie, bis ich hilflos wimmere. Das Gefühl, mich nicht wehren zu können, verstärkt all meine Empfindungen: den Schmerz, aber auch dieses himmlische Kribbeln, das gleichzeitig in mir entsteht. Kyle lacht leise. Dann nimmt er einen der Gegenstände, die er aus dem Nachttisch neben dem Bett genommen hat. Ich konnte nicht erkennen, was es ist und habe nur ein metallisches Klirren gehört. Aber eigentlich ist es wohl ohnehin klar, dass es die Klemmen sein werden, die er mir angekündigt hat. Mein Herz beginnt, ängstlich schneller zu klopfen. Ob es sehr weh tun wird?

Am liebsten würde ich nun meine Beine schließen, um meine empfindlichste Körperstelle zu schützen, aber gleichzeitig bin ich froh, dass es nicht geht. Denn es ist nur ein von der Angst verursachter körperlicher Reflex. Eigentlich will ich diese Strafe. Ich will sie, um Kyle zu beweisen, dass ich die Lektion verstanden habe. Und dass ich irgendwie gespannt bin, wie es sich wohl anfühlt, lässt sich auch nicht leugnen.

„Edda“, sagt Kyle nun ruhig und zieht meine linke Schamlippe ein wenig in die Länge. „Wenn du es noch einmal wagen solltest, dich vor mir zu verstecken, binde ich dir die Hände in den Nacken und lasse dich mit solchen Klemmen an der Pussy von Angus durch die *Bonnie Bride* führen. Hast du das verstanden?“

Und während er das sagt, setzt er die erste Klemme an und lässt sie zuschnappen. Ich schreie auf, wobei es eher vor Schreck als vor Schmerz ist. Es tut zwar weh, ist aber auszuhalten. Sehr viel schlimmer finde ich die Vorstellung, vor den anderen bloßgestellt zu werden.

„Vielleicht mache ich dann noch ein paar Glöckchen an die Klemmen“, fügt Kyle hinzu, während er die zweite Klemme befestigt. „Das passt zu einem Lämmchen wie dir.“

Mit einer an jeder Seite verstärkt sich der Schmerz und beginnt, dumpf und unterschwellig in mir zu graben.

„Oh, bitte nicht, Sir“, flüstere ich entsetzt, weil mir allein bei der Vorstellung, so durch das Herrenhaus geführt zu werden, ganz anders wird. „Ich werde mich niemals wieder verstecken!“

Kyle lacht und schnipst mit den Fingern gegen eine der Klemmen, was den Schmerz viel akuter macht und mich leise aufstöhnen lässt.

„Mein armes Mädchen“, lächelt er böse. „Leider ist es eine wahre Wonne, dich zu bestrafen. Ich fürchte, ich werde in Zukunft sehr streng zu dir sein müssen.“

Weil es auf eine sonderbare Weise zärtlich und verheißungsvoll klingt, was er da sagt, ringe ich mir auch ein angestrengtes Lächeln ab und flüstere: „Danke, Sir.“

Seine Augen funkeln, während er mich eine Weile schweigend betrachtet. Der Druck der Klemmen wird nun immer deutlicher spürbar, wodurch auch meine Fesselung mir noch einmal bewusster wird und mir klar macht, dass ich absolut nichts tun kann, um mich eigenständig von diesen Dingern zu befreien. Und die Strafe ist ja noch nicht ausgestanden. Denn nun sagt Kyle leise und drohend: „Und jetzt, mein Mädchen, werde ich dich schlagen.“

Ich schlucke und spüre, wie mir der Schweiß auf die Stirn tritt. Der von den Klemmen verursachte Schmerz beansprucht mich mehr und mehr und allein die Vorstellung, gleich auf die ungeschützte und ausgesprochen empfindliche Innenseite meiner Oberschenkel geschlagen zu werden, lässt mich ängstlich erzittern. Zugleich verstärkt sich aber auch das Pochen in meiner Körpermitte.

Du wirst die Strafe durchstehen, mache ich mir selbst Mut. *Und danach wird er dich zur Belohnung vögeln und es wird wundervoll sein, ebenso wie alles andere, was er mit dir anstellt!*

Als Kyle sich nun jedoch auf die Knie aufrichtet, seinen Gürtel aufmacht und ihn mit einem Ruck aus der Hose zieht, halte ich erschrocken die Luft an.

„Bist du bereit für deine Strafe, Edda?“, fragt er grimmig und legt ihn zu einer Schlaufe. Ich brauche mehrere Sekunden, um zu antworten: „Ja, Sir“, flüstere ich und schaffe es dann sogar noch, etwas hinzuzufügen: „Bitte, Sir!“

So merkwürdig es mir selbst vorkommt: Ich wünsche mir diese Züchtigung wirklich. Die Fesseln und die Klemmen haben mein Empfinden so fokussiert, dass ich das Gefühl habe, die Welt besteht nur noch daraus. Es gibt in diesem Moment nichts anderes mehr als Kyle und mich. Und ich will absolut alles haben, was er mir geben will. Mein Herr lächelt, was mein Herz vor Stolz einen kleinen Hüpfer machen lässt. Und dann schlägt er zu, erst auf die eine und dann auf die andere Seite. Der Schmerz, den das Leder beim Auftreffen auf die Haut verursacht, ist ganz anders als der, den Kyles Hand hinterlassen hat. Die Oberschenkel sind empfindlicher als der Po und es tut sehr viel mehr weh.

„Die zwei waren wohl gratis“, stellt Kyle lapidar fest, als ich auch nach mehreren Sekunden keine andere

Reaktion zeige, als angestrengt zu atmen und dagegen anzukämpfen, zu jammern oder zu schreien. Erschrocken starre ich ihn an, bis ich begreife, was er meint: Die Verarbeitung des Schmerzes hat mich so sehr beansprucht, dass ich das Zählen ganz vergessen habe!

„Also nochmal von vorn“, grinst er und holt aus. Ich schließe die Augen und halte die Luft an. Obwohl er wohl nicht allzu fest zuschlägt, fordert es mir wirklich viel ab, die nächsten vier Schläge korrekt mitzuzählen. Der von den Klemmen verursachte Schmerz wird parallel zu dem der Gürtelhiebe immer stärker und gleichzeitig spüre ich, wie ich feuchter und feuchter werde. Die nächsten zwei Schläge sind dann allerdings schon sehr viel fester, so dass ich erschrocken wimmere und mich fast verzähle. Kyle lässt mich einige Sekunden ausruhen,

„Bereit, mein Mädchen?“, fragt er dann und streicht prüfend über meine brennende Haut.

„Ja, Sir“, flüstere ich und sehe noch, wie er ausholt, bevor ich wieder die Augen zusammenkneife. Dieses Mal schreie ich, weil der Schmerz so stark ist, dass es mir vorkommt, als stünde meine Haut in Flammen. Hell und gleißend schießt er mir durch den Körper und verbindet sich mit dem Klopfen zwischen meinen Beinen.

„Sieben, Sir“, kann ich gerade noch hervor pressen, als sich das Feuerwerk auf der nächsten Seite schon wiederholt. Es ist grausam und berauschend zugleich.

Ein dunkler Sog scheint mich zu packen und tief in den Schmerz hineinzuziehen.

„Acht, Sir“, stammele ich. Als ich wieder Kyles Finger spüre, die das Brennen mit ihrer Liebkosung lindern, öffne ich die Augen und sehe das Feuer nun auch in seinen Augen.

„Zwei noch, Edda“, sagt er mit rauer Stimme. „Dann hast du es geschafft. Und dann werde ich dir zeigen, wie es sich anfühlt, wenn dich dein Herr belohnt.“

Kapitel 40: Überfordert

Kyle

Bei den letzten zwei Schlägen gehe ich in der Intensität wieder auf die Stärke der ersten sechs zurück, mit denen ich sie vorbereitet habe, um ihr dann vier wirklich kräftige Hiebe zu verpassen. Edda steckt auch die letzten beiden tapfer ein und schafft es, sich nicht zu verzählen.

Dass ich stolz auf sie bin, ist noch untertrieben. Es ist lange her, dass eine Bestrafung mich so erfüllt hat wie diese. Obwohl das Spiel um Dominanz und Unterwerfung noch ganz neu für Edda ist, geht sie so sehr in ihrer Rolle auf, als wäre sie dafür geboren, meine Sub zu sein. Ihre Hingabe ist wundervoll, ebenso wie die Lebendigkeit, mit der sich jedes Gefühl auf ihrem Gesicht abzeichnet.

Eigentlich sollte ich sie jetzt von den Klemmen befreien und sie endlich in Besitz nehmen. Auch die Spreizstange werde ich dazu entfernen, weil sie mir Eddas Beweglichkeit in dieser Position zu sehr einschränkt. Aber als ich sie nun so aufgelöst und geöffnet vor mir liegen sehe, kann ich nicht widerstehen, zuerst noch etwas anderes zu machen. Als ihr zwischen die Beine greife, meine Finger ungeachtet der Klemmen fest in ihre Schamlippen bohre und meinen Handballen auf ihr Geschlecht drücke, seufzt sie voller Sehnsucht auf.

„Du bist so feucht, Mädchen, als könntest du es kaum erwarten, endlich gefickt zu werden“, stelle ich mit rauer Stimme fest und freue mich über die unschuldige Röte, die Eddas Wangen bei meinen Worten überzieht. „Sehe ich das richtig?“

Sie nickt und flüstert: „*Aye*, Sir… Ich glaube fast, das stimmt.“

Ich lache leise und obwohl mein Schwanz schon so lange steif ist, dass er mittlerweile wirklich weh tut, sage ich: „Nun, dann wirst du dich noch etwas gedulden müssen. Denn zuerst will ich dich noch probieren.“

Als ich zwischen ihren Beinen auf der Matratze nach hinten rutsche und mich auf den Bauch lege, scheint sie kurz in Panik zu geraten. Ich lecke meine Subs nur ausgesprochen selten. Tatsächlich ist es schon mehrere Jahre her, dass ich es zuletzt getan habe. Für gewöhnlich löst es bei den meisten Frauen Begeisterung aus, Edda jedoch verkrampft sich vor Schreck. Ich nähere mich mit dem Gesicht ihrer Scham, die sie mir hilflos darbieten muss, und fühle mich wie ein Raubtier, das kurz davor ist, sich auf seine wehrlose Beute zu stürzen.

Ein sehnsüchtiges Stöhnen entringt sich meiner Kehle, als ich ihr so nah bin, dass ich sie riechen und ihre Wärme spüren kann. *So rosig und verheißungsvoll wie die Morgendämmerung über der Bonnie Bride*, geht es mir durch den Kopf und gleichzeitig habe ich noch unzählige andere poetische Bilder im Kopf, die in diese Reihe passen würden. *Es fühlt sich an, wie nach Hause zu kommen!*

Als meine Zungenspitze von ihrer feuchten Öffnung bis hinauf zur Klitoris gleitet, hält Edda zunächst die Luft an, dann seufzt sie leise und scheint sich langsam zu entspannen.

„Du schmeckst gut, Edda“, murmele ich und probiere sie gleich noch einmal. „So rein und klar wie das Meer an der Küste meiner Insel…“

Tatsächlich macht mich ihr dezenter, irgendwie unschuldiger Geschmack so gierig, dass ich meine Zunge tief in ihre Feuchtigkeit tauche, als wollte ich sie trinken. Dabei bohre ich meine Finger in die von den Schlägen ganz heiße und etwas aufgeraute Haut ihrer Schenkel. Als meine Zunge jedoch einen ungewohnten Widerstand spürt, ziehe ich sie zurück.

Ist es möglich, dass sie noch Jungfrau ist?, schießt es mir durch den Kopf. Der Gedanke verwirrt mich für einen Augenblick so, dass ich zu keiner Reaktion imstande bin. Ich hadere kurz damit, ob ich sie danach fragen soll. Dieser Fall ist so ungewöhnlich, dass er mich meiner Souveränität beraubt. Dass sie in Sachen BDSM keine Erfahrung hat, war mir klar, aber dass sie eine komplette Anfängerin sein könnte, hatte ich nun wirklich nicht erwartet. Die Zeiten, in denen die Mädchen Jungfrauen waren, liegen für mich weit zurück in unseren Teenagertagen.

Es ist ein seltsamer Moment, der meine Erregung überschattet, weil mir klar wird, dass ich von Edda eigentlich überhaupt nichts weiß. Allerdings dauert er nur sehr kurz, denn ein wohlbekanntes Geräusch unterbricht ihn unversehens, als mein verdammtes Telefon klingelt. Edda zuckt verstört zusammen und ich erhebe mich. Eigentlich hatte ich gedacht, dass ich es lautlos gestellt hatte, aber wahrscheinlich hatte ich es nur vorgehabt und dann doch vergessen. Als ich mir das Smartphone vom Nachttisch angele, sehe ich dass es Henry ist.

Da lecke ich zum ersten Mal seit Jahren eine Frau und ausgerechnet in diesem Moment musst du mir auf die Nerven gehen, Junge?, denke ich verärgert, drücke den Anruf weg und schalte den Klingelton aus.

„Tut mir leid“, sage ich zu Edda, die etwas beschämt und mit glühenden Augen lächelt. „Henry hat eine Gabe für den falschen Moment!“

Eigentlich hätte ich sie noch ein wenig beißen und ihre Klitoris zwischen meinen Lippen spüren wollen, aber der Gedanke, dass Edda Jungfrau sein könnte, bringt mich so aus dem Konzept, dass ich nicht einfach weitermachen kann. Stattdessen nehme ich vorsichtig die Klemmen ab. Als das Blut in ihre Schamlippen zurückfließt, schreit Edda erschrocken auf. Ich massiere sie ein wenig, was sie mit einem dankbaren Seufzen quittiert.

Zärtlich zu ihr zu sein, ist genauso lohnend, wie ihr weh zu tun, stelle ich dabei im Stillen fest. *Sie ist einfach immer hinreißend, ganz egal, was man mit ihr macht.* Als ich dann auch die Spreizstange entferne, zieht das blinkende Display meines Telefons schon wieder unsere Aufmerksamkeit auf sich. Wieder ist es Henry!

„Vielleicht ist es wichtig, Sir“, bemerkt Edda schüchtern. Ich runzele grimmig die Stirn.

„Wichtiger ist, dass ich dich endlich...“, schnaube ich, halte dann aber inne.

„... ficke“, hätte ich den Satz normalerweise beendet.

Aber angesichts der Vorstellung, dass Edda noch Jungfrau sein könnte, kommt mir das unpassend vor. *Wichtiger ist, dass ich dich endlich entjungfere?!*, denke ich verwirrt. *Verdammt, sie kann unmöglich Jungfrau sein! Dann hätte sie doch etwas gesagt!*

Ich mustere Edda prüfend, die den Blick niederschlägt. Nun werde ich wirklich unsicher. Denn zu Eddas Schüchternheit würde das alles durchaus passen.

„Wie alt bist du eigentlich, Mädchen?“, frage ich.

„Dreiundzwanzig, Sir“, antwortet sie.

Ratlos streiche ich mir über den Bart.

Kyle, du Idiot!, schimpfe ich in Gedanken mit mir. *Was bist du für ein Dom, der wegen so etwas überfordert ist?! Sie wollte mit dir schlafen, das war doch offensichtlich! Sie hat es selbst gesagt! Also frag sie einfach, wenn du wirklich Zweifel hast!*

Doch in diesem Moment blinkt das elendige Telefon schon wieder und als ich den Anruf genervt wegdrücken will, sehe ich zu meiner Überraschung, dass es nicht Henry, sondern Mia ist. Mia ruft mich nur in wirklich dringenden Fällen auf meiner privaten Nummer an, das weiß ich. Und weil sie mich offensichtlich parallel zu Henry zu erreichen versucht, bekomme ich nun doch ein komisches Gefühl. Ob etwas passiert ist? Vielleicht ist etwas mit William!

„Sorry, da muss ich kurz abnehmen“, murmele ich, nehme das Telefon und stehe auf. Bevor ich den Raum verlasse, mache ich noch die Handschellen auf und gebe Edda dabei einen flüchtigen Kuss auf die Stirn.

„Bin gleich wieder da“, sage ich, nehme ab und gehe auf die Tür zu, die direkt in die neben meinem Schlafzimmer gelegene Bibliothek führt. Edda sieht traurig und verstört aus, aber darum kann ich mich in diesem Moment nicht kümmern.

„Mia?“, melde ich mich. „Ist alles in Ordnung?“

Wie sich nun zeigt, ist nicht alles in Ordnung. Es ist zwar nichts mit William, aber dafür ist in New York eine mittelschwere Katastrophe losgebrochen.

Kapitel 41: Unfertig weggeschickt

Edda

Als Kyle nach einer Viertelstunde noch nicht zurück ist, stehe ich zaghaft auf. Natürlich weiß ich nicht, wer diese Mia ist, die ihn da gerade angerufen hat, aber es scheint sich um eine emotionale Angelegenheit zu handeln, denn obwohl er die dicke, alte Eichenholztür hinter sich zugeknallt hat, kann ich ihn immer wieder bis hierher fluchen hören. Zwar versuche ich, nicht darüber nachzudenken, wer sie wohl sein mag, aber es ist natürlich sehr naheliegend, dass sie eine von Kyles Verflossenen ist, einer der Schönheiten von den Fotos im Internet.

Vielleicht hängt er noch an ihr, denke ich traurig und fühle mich plötzlich so fehl am Platz, dass ich mich am liebsten in Luft auflösen würde. Mit einem flauen Gefühl im Magen ziehe ich mich langsam wieder an. Als ich mir die Strumpfhose hochziehe, streifen meine Finger meine gereizte Haut und ich erschauere. Unwillkürlich schießen mir die Tränen in die Augen. So intensive Gefühle wie die, in die Kyle mich heute mit seinen Küssen und Schlägen, mit seiner Strenge und seiner Zärtlichkeit gestürzt hat, habe ich noch niemals erlebt. Die unsichtbaren Wände, die mich doch sonst immer abgeschirmt haben, sind verschwunden und ich bin so hilflos und nackt, als würde ich immer noch die Stange zwischen meinen Beinen haben. Der Blick auf meine Seele scheint frei zu sein und ich habe keine Möglichkeit, mich zu schützen.

„Ob ich einfach gehen soll?“, frage ich mich, weil ich vollkommen verloren in dem großen, eleganten Raum stehe. Dass durch den Anruf nun alles so abrupt abgebrochen ist, stürzt mich nicht nur in eine große Verlassenheit, ich fühle mich auch hässlicher und nutzloser als je zuvor. Verstört schaue ich mich um und bemerke erst jetzt den Strafbock, der in der Nähe des Bettes steht und der den Modellen im *Punishment Room* recht ähnlich ist. Auf der königsblauen Überdecke des eigentlich unberührten Bettes liegen die Stange mit den Fußfesseln, die Handschellen, die beiden Klemmen und Kyles Gürtel.

Was sich eben noch so wundervoll und berauschend angefühlt hat, irritiert mich plötzlich und ein einziger Gedanke beherrscht mich: *Für ihn ist es nur ein Spiel, das er mit jeder beliebigen Frau spielen kann, aber für mich hat es sich angefühlt, als wäre ich neu geboren worden. Wenn er mich wieder fallenlässt, wird dieses Leben kaputt gehen? Was bleibt dann noch von mir übrig?*

Ich bin so verwirrt, dass ich wirklich am liebsten weglaufen würde. Wohin, weiß ich selber nicht. Weg aus diesem Zimmer und weg aus der *Bonnie Bride! Es gibt eben keinen Ort für mich*, denke ich verzweifelt. *Vielleicht sollte ich mich in einer Kiste verkriechen und nie wieder herauskommen, das wäre sicher das Beste für alle!*

Es ist die alte Beklemmung, die mir die Luft abschnürt und alles um mich herum scheint sich schon zu verengen. Wie gelähmt stehe ich in der Nähe des Kamins und starre in die wild lodernden Flammen, die mich aufzuzehren scheinen. Völlig unerwartet geht dann plötzlich die Tür wieder auf und Kyle betritt den Raum.

„Edda, es tut mir leid“, sagt er und fährt sich durch die Haare. „Ich muss dringend nach London, es lässt sich leider nicht anders regeln.“

Er scheint es kaum zu bemerken, dass ich mich angezogen habe, so sehr ist er in Gedanken bei dieser Mia. „Ich nehme den ersten Flug ab Glasgow. Angus fährt mich morgen früh zum Flughafen. In ein paar Stunden muss ich schon wieder aufstehen und vorher muss ich noch ein paar Telefonate führen“, fährt er fort, während er schon auf sein Display schaut und eine Nummer gewählt wird. „Du gehst jetzt am besten.“

Ohne ein weiteres Wort gehe ich zur Tür. Meine Beine fühlen sich an, als wären sie aus Blei. Alles fühlt sich so an, als wäre es aus Blei: Mein Körper, meine Gedanken, mein neues Leben, das so wundervoll begonnen hatte und in diesem Moment anscheinend von der Realität eingeholt wurde.

Vielleicht ist es besser so, denke ich, während ich die Zimmertür zum Flur öffne. *Wenigstens haben wir nicht miteinander geschlafen. Dann wäre es sicher noch sehr viel schlimmer gewesen.*

„Hey“, ruft Kyle mich noch einmal zurück, als ich schon in der Tür bin. Ich sehe mich schüchtern noch einmal um. Er hat das Telefon schon am Ohr. „Ich bin in spätestens zwei Tagen zurück, okay?“

Ich kann nur nicken, dann ist er auch schon wieder mit seinem nächsten Anruf beschäftigt. Zitternd schließe ich die Tür hinter mir. Ich kann nicht verhindern, dass mir die Tränen über die Wangen laufen, so verstoßen, wund und kaputt fühle ich mich. Mein Po und meine Beine schmerzen und das Gefühl von Kyles Zunge brennt in der Erinnerung immer noch zwischen meinen Beinen. Auf einem berauschenden Höhenflug durch die Dunkelheit bin ich plötzlich gestrauchelt und nun stürze ich unaufhaltsam in die Tiefe.

Unfertig, ist das einzige, was ich denken kann, während ich wie eine Schlafwandlerin langsam durch die still und elegant wie eh und je daliegende *Bonnie Bride* zurück zu meinem Zimmer gehe. *Er hat mich unfertig weggeschickt.*

Ohne mich auszuziehen oder mir die Zähne zu putzen, verkrieche ich mich im Bett und weine in mein Kopfkissen. Immer wenn ich ein Geräusch höre, setzt mein Herz einen Schlag aus, so sehr hoffe ich, dass es Kyle sein könnte, der doch noch einmal zu mir kommt. Aber natürlich kommt er nicht, schließlich wird er schon in ein paar Stunden aufbrechen, um zu dieser Mia zu fliegen, oder was auch immer er in London vorhat.

„Du hast es nicht anders verdient, Edda“, schluchze ich leise immer wieder. „Wie konntest du nur so naiv und bescheuert sein und dir einbilden, dass ein Mann wie Kyle MacLean etwas für dich empfinden könnte?!“

Irgendwann falle ich in einen unruhigen Schlaf und der Satz, den ich mir immer wieder selbst vorgeworfen habe, hallt mir auch weiterhin durch den Kopf. Aber dieses Mal ist es die Stimme meines Onkels, die ihn sagt, so wie früher, bevor es dunkel um mich herum wurde und die festen Wände meines Gefängnisses mich von der Welt dort draußen trennten.

Kapitel 42: Schattenseiten

Kyle

Als die Maschine in Glasgow abhebt, ist es gerade erst hell geworden. Dichte Wolken hängen über der Metropole und wie immer, wenn ich hier abhebe, fühle ich mich, als würde mein Herz irgendwo dort unten zurückbleiben, irgendwo im Norden hinter den grünen Hügeln der Lowlands, wo die kargen, hohen Berge rau in den Himmel ragen und wo alte Burgruinen sich im dunklen Wasser der Lochs spiegeln, als wären sie die tote Hülle meiner Sehnsucht, die jedes Mal von neuem in mir aufkommt, wenn ich in die Welt der Geschäfte und des Geldes zurückkehre.

Die Business Class ist leer und ich schließe hinter meiner dunklen Sonnenbrille erschöpft die Augen. Der Platz neben mir ist frei und ich stelle mir vor, wie es wäre, wenn Edda dort sitzen würde und ich jetzt nach ihrer Hand greifen könnte. *Hätte ich sie mitnehmen sollen?*, überlege ich müde. *Vielleicht würde es mir dann jetzt besser gehen.*

Sie mitzunehmen, wäre wohl übertrieben gewesen, zumal ich ihr den Grund meiner überstürzten Reise mit Absicht nicht verraten habe. Eins habe ich aber schon heute Nacht gemerkt, als wir in der Dunkelheit zum Flughafen aufgebrochen sind: Ich hätte sie niemals gehen lassen sollen, ohne sie nicht wenigstens noch einmal zu küssen. Kurz war ich sogar versucht, Angus noch einmal umkehren zu lassen, in den Seitenflügel der *Bonnie Bride* zu rennen, in dem sie irgendwo schlief, und ihr zumindest diesen versäumten Abschiedskuss noch zu geben. Aber natürlich habe ich es nicht getan, weil wir ohnehin schon etwas zu spät dran waren und ein Gentleman eine schlafende Frau auch nicht einfach so aus dem Schlaf reißen sollte, Romantik und Sehnsucht hin oder her.

„Was für ein Unsinn", murmele ich, als ich diese Gedanken nun im Nachhinein Revue passieren lasse und Schottland unter der dichten Wolkendecke verschwindet. „*Gerade* ein Gentleman sollte so etwas tun! Nur ein Idiot wie ich konnte diese Gelegenheit ungenutzt verstreichen lassen."

Als die Stewardess Frühstück servieren will, lehne ich ab und lasse mir nur Tee und frischen Orangensaft geben.

Und nur ein Idiot kann denken, dass sie den Grund der Reise nicht erfahren wird, denke ich dann, während ich mich ins WLAN der Airline einlogge. *Sie braucht ja nur ins Internet zu gehen!* Seufzend rufe ich die Webseite des Magazins auf, in dem Nicky gestern ihre Anschuldigungen gegen mich hervorgebracht hat. Wie es aussieht, haben unsere Anwälte noch keine einstweilige Verfügung erwirkt, denn das als große Skandalmeldung aufgemachte Interview ist immer noch online: „Zu perversen Sex-Spielen gezwungen! Kyle MacLean hat mich geschlagen und missbraucht!"

Der Artikel, der von Unwahrheiten und haltlosen Anschuldigungen nur so strotzt, hat schon hunderte Kommentare, die ich mir lieber gar nicht erst ansehe. Schon gestern ging es laut Mia bereits kurz nach Veröffentlichung der Meldung in den sozialen Netzwerken heiß her, wo alle möglichen Opferschutzverbände, Frauenrechtlerinnen und natürlich auch unsere altbekannten konservativen Kritiker lautstark meinen Kopf fordern. Die Telefone in der New Yorker Agentur sollen nicht mehr stillgestanden haben, weil Vertreter sämtlicher Medien eine Stellungnahme forderten und Mia sogar zu Hause aufgelauert haben. Dass sie nicht begeistert war, ist noch weit untertrieben.

„Warum musstest du dich auch auf diese Schnepfe einlassen, Kyle?!“, hat sie geschimpft. „Mir war von Anfang an klar, dass die nur Ärger machen würde! Jetzt haben wir den Salat! Selbst wenn du sie irgendwie zum Schweigen kriegst, du weißt genau, dass von solchen Geschichten immer etwas hängen bleibt!“

Leider weiß ich das nur zu gut. Und leider weiß ich auch, dass es nur eine Frage der Zeit ist, bis sich die New Yorker Staatsanwaltschaft den Fall ansieht.

„Wir müssen auf jeden Fall vermeiden, dass Ermittlungen eingeleitet werden“, hat unser Anwalt im Big Apple gesagt. „Denn dann droht uns im schlimmsten Fall ein Auslieferungsverfahren, was nicht nur ausgesprochen rufschädigend, sondern auch für Sie persönlich sehr unangenehm wäre, Mr. MacLean.“

Am meisten hat sich natürlich Henry aufgeregt, der sofort nach New York fliegen wollte, um die Sache persönlich zu klären: „Ich bringe die Bitch um, damit sie ihr verlogenes Maul hält“, hat er gebrüllt. „Und danach bringe ich dich um, Kyle, weil du dich immer wieder auf solche nichtsnutzigen Weiber einlassen musst! Was bringt dir das, verdammt nochmal? Du bist doch eigentlich viel zu smart für solche Tussen! Und dass diese Nicky besonders gut im Bett war, kannst du mir auch nicht erzählen!“

Ich massiere mir die Schläfen und starre aus dem Fenster. Er hat in allen Punkten völlig recht. *Ich weiß selbst nicht, wieso ich in letzter Zeit immer wieder bei solchen Frauen gelandet bin,* antworte ich im Stillen auf seine Frage. *Ich habe mich wohl irgendwie selbst aus den Augen verloren.*

Müde schließe ich die Seite mit dem Artikel, über dem eins der vielen Paparazzi-Bilder von mir und Nicky zu sehen ist, die in den letzten Wochen von uns gemacht wurden. Zwischen uns wurde die Grafik eines Blitzes eingefügt, der uns nun optisch voneinander trennt. *In Wirklichkeit haben uns von Anfang an Welten getrennt*, denke ich und erinnere mich an die Worte, die Angus neulich zu mir gesagt hat: „Erfolg hat auch viele Schattenseiten. Ihr braucht etwas, das Euch wieder zu Euch selbst führt, Sir Kyle. Oder jemanden.“

Als ich die Selfies von gestern Vormittag aufrufe, kommt es mir kurz so vor, als könnte ich Eddas volles, schweres Haar zwischen meinen Fingern spüren und ihren Duft einatmen, während ich sie dicht an mich ziehe, um ihr etwas ins Ohr zu flüstern. *Wie weit weg das auf einmal alles ist*, denke ich. *Und wie nah sie sich trotzdem anfühlt!*

In Heathrow erwartet mich unser britischer Anwalt am Ausgang des Flughafens. Er hat mir bereits gestern Abend am Telefon gesagt, dass meine persönliche Anwesenheit in London wegen bestimmter Vollmachten und anderer juristischer Schritte unabdingbar sei. Während wir in die Kanzlei fahren, rollt er bereits den Fall mit allen denkbaren Konsequenzen vor mir auf und erläutert mir verschiedene mögliche Wege, die wir nun einschlagen können.

„Der einzige Weg, den ich im Moment einschlagen will, liegt weit im Norden von hier“, brumme ich. „Und dabei will ich niemanden an meiner Seite haben als meine *Deerhounds* und eine ganz bestimmte Frau. Also sorgen Sie bitte dafür, dass wir diese Angelegenheit so schnell wie möglich hinter uns bringen!“

Kapitel 43: Nicht eine, sondern seine

Edda

Als ich am nächsten Morgen aufwache, fühle ich mich wie gerädert. Meine Albträume waren so schlimm wie schon lange nicht mehr und das Gefühl der Benommenheit klingt auch nicht ab, als ich mich ins Bad schleppe und unter die Dusche gehe. Der Blick in den Spiegel ist ein echter Schock: Ich bin vom Weinen völlig verquollen und habe tiefe Augenringe. Beim Anziehen stelle ich dann fest, dass auf meinen Oberschenkeln vier bläulich-violette Streifen sind, die immer noch ein wenig schmerzen, wenn ich mit den Fingern darüber streiche. Auch meine Schamlippen tun an den Stellen, an denen die Klemmen saßen, ein wenig weh.

Wer weiß, wie ich mich fühlen würde, wenn er mit mir geschlafen hätte, denke ich und weiß selbst nicht, ob es nicht vielleicht ein schöneres Andenken gewesen wäre als die blauen Flecken. Aber so merkwürdig es mir auch vorkommt, auch diese Striemen gefallen mir, obwohl sie doch eigentlich hässliche Makel sind.

„Es sind Geschenke meines Herrn“, murmele ich. „Zeichen dafür, dass ich ihm gehöre.“

Leider erinnere ich mich nur allzu gut daran, dass es eigentlich nur ein Spiel ist und dass Kyle wahrscheinlich gerade dabei ist, dieser Mia den Hintern zu versohlen, die ihn ja gestern so aufgebracht hat, dass er mich Hals über Kopf sitzen lassen musste.

Traurig schleppe ich mich zum Frühstück, wo Molly natürlich gleich besorgte Kommentare über mein Äußeres machen muss, während sie mir mein Frühstück vorsetzt: „Bist du etwa krank, Schätzchen? Sir Kyle hätte wirklich lieber hier bleiben sollen! Das hätte ihm auch besser getan, als sich mit diesen Anwälten in London herumzuärgern!"

Ich schaue erstaunt von meinem Tee auf.

„Anwälte?", frage ich nach. „Ich dachte, er muss zu dieser Mia…"

Molly schüttelt den Kopf, als wäre ich ein dummes Kind, und hält mir ein Tablet vor die Nase, auf dessen Display eine Zeitung aufgerufen ist.

„Schau dir das an", sagt sie aufgebracht. „Dieses Miststück! Wenn ich die in die Finger bekäme…"

Irritiert erkenne ich Nicky und Kyle auf dem mit einem Blitz in zwei Hälften geteilten Foto über dem Artikel und überfliege mit klopfendem Herzen den Text, in dem Nicky ihren ehemaligen Liebhaber bezichtigt, dass er sie zu perversen Sexpraktiken gezwungen hätte.

„Er hat mich gefesselt und geschlagen", lese ich vor und erröte bei dem Gedanken, wie sehr ich genau diese „perversen Praktiken" gestern genossen habe. „Beim Sex hat er mich in erniedrigende Positionen gezwungen und mich auch sonst immer wieder gedemütigt. Ich hatte Angst vor ihm, weil er ein respektloser Macho ist, der sich nur nach außen hin aller Welt als Gentleman präsentiert. Aber die Wahrheit ist eine andere und jetzt breche ich mein Schweigen!"

Verstört sehe ich Molly an, die so wütend ist, dass sie trotz ihrer dunklen Haut ganz blass aussieht. „So eine falsche Schlange", schimpft sie. „Glaub diesem Weibsstück kein Wort, Edda! Es gibt keinen anständigeren Kerl als Sir Kyle auf der Welt! Niemals würde er etwas gegen den Willen einer Spielpartnerin tun, dafür lege ich meine Hand ins Feuer!"

Verwirrt schaue ich auf den Artikel, unter dem zahllose Leser Kommentare hinterlassen haben, die von wilden Beschimpfungen bis hin zu Skepsis und Kritik an der Art der Anschuldigung reichen.

„Oh, ich habe ihm immer gesagt, dass er vorsichtiger sein muss, mit wem er sich einlässt", zetert Molly nun. „In der letzten Zeit war er zu erschöpft, um sich darüber Gedanken zu machen, aber anstatt sich auszuruhen und sich Zeit zu geben, hat er sich mit solchen Möchtegern-Divas abgelenkt. Das musste ja irgendwann schief gehen! Solche Spiele wie die unsrigen sollte man nur mit Menschen spielen, die ein solches Vertrauen auch verdienen!"

Wieder fällt nun das Wort „Spiel", das mir gestern wie eine Abwertung vorkam, das ich nun im Zusammenhang mit diesem Artikel aber plötzlich besser verstehe: Es ist eben keine „echte" Gewalt! Das ist also damit gemeint: Es ist einvernehmlich und deshalb etwas völlig anderes.

Was für ein wundervolles und berauschendes Spiel, denke ich und vergesse für einen Moment den schrecklichen Artikel und die furchtbaren Anschuldigungen dieser Frau. *Und wie schön er es mir erklärt hat! Ich habe es gestern Abend nur nicht richtig kapiert.*

Trotzdem ist der Artikel ein zusätzlicher Schlag für mich. Zwar kann auch ich mir nicht vorstellen, dass es wirklich so gewesen ist, aber schwarz auf weiß so furchtbare Anschuldigungen zu lesen, ist zunächst einmal ein Schock, der mich in meinem angeschlagenen Zustand nicht nur zusätzlich trifft, sondern der mir auch die Reichweite von Kyles Bekanntheit noch einmal verdeutlicht. Als ich mit ihm zusammen war, gab es für kurze Zeit nur uns beide, aber nun wird mir wieder klar, dass die ganze Welt Interesse an ihm hat.

Während Molly sich weiterhin lautstark aufregt, stochere ich in meinem Frühstück herum. Obwohl ich mich bemühe, etwas herunterzubekommen, ist mein Magen wie zugeschnürt.

„Molly, ich glaube, ich kann heute nicht aufessen…“, melde ich mich irgendwann kläglich zu Wort und fürchte natürlich, dass ein Donnerwetter über mich hereinbrechen wird. Aber entgegen meiner Befürchtung lächelt meine Ersatzmami.

„Oh, das ist an einem solchen Tag wie heute schon in Ordnung, Schätzchen“, lächelt sie. „Außerdem sind die Zeiten, in denen ich dir etwas befehlen konnte, doch eh vorbei. Herzlichen Glückwunsch übrigens! Ich freue mich so darüber!“

Als ich sie verständnislos anstarre, umarmt sie mich herzlich und presst mich an ihren großen Busen. „Na, Sir Kyle hat dich doch gestern Abend als seine Sub bezeichnet“, erklärt sie mir. „Nicht als eine, sondern als *seine*, das habe ich ganz deutlich gehört! Und das bedeutet natürlich, dass niemand außer er dich anzufassen hat!“

Kapitel 44: Bestürzung und Irritation

Kyle

Der Tag vergeht mit zähen Rechtsgesprächen und der Formulierung einer Stellungnahme, die über unsere Anwälte in New York veröffentlicht werden soll. Natürlich weise ich die Anschuldigungen zurück und kündige außerdem rechtliche Schritte wegen Verleumdung und Rufschädigung an. Am frühen Nachmittag bekommen wir die Nachricht, dass eine einstweilige Verfügung erwirkt wurde und das Interview von der Webseite des Magazins gelöscht werden muss. Damit ist die Sache natürlich nicht aus der Welt geschafft, denn inzwischen haben verschiedene Medien die Meldung aufgegriffen und in den sozialen Netzwerken hagelt es Hate Speech.

Da wir uns einen Namen mit Kampagnen gemacht haben, die offen Tabuthemen oder Randgruppen in den Mittelpunkt stellen, haben wir seit jeher neben vielen Anhängern auch viele Feinde gehabt. Gerade unseren Kritikern aus konservativen und rechten Kreisen ist der Skandal nun ein willkommenes Fressen, weil sie uns Doppelmoral und Scheinheiligkeit vorwerfen können. Und genau das ist es, was nun ohnehin schon bei all den Menschen, die sich mit unserer Arbeit identifizieren, berechtigterweise für Bestürzung und Irritation sorgt, weil sie nicht wissen, was sie glauben sollen.

„Kyle MacLean, der sonst so vehement gegen Diskriminierung und Gewalt eintritt, steht nun selbst im Verdacht, eine Frau misshandelt zu haben", titelt nun sogar schon eine der großen Londoner Tageszeitungen und ich kriege Kopfschmerzen bei der Vorstellung, wie meine Mutter beim Tee diese Schlagzeile liest.

„Ist der smarte, schottische Gentleman am Ende doch nur ein großer, böser Wolf?", schreibt hingegen eins der größten Klatschmagazine Englands unter Bezugnahme auf unseren Firmennamen. Genervt werfe ich mein Smartphone auf den Tisch im Besprechungsraum der Kanzlei und verfluche mich zum wiederholten Mal dafür, dass ich überhaupt jemals etwas mit Nicky angefangen habe. Genau das wollten wir immer vermeiden: Dass etwas darüber, was wir privat so anstellen, an die Öffentlichkeit gerät. Denn dass Unverständnis und Ignoranz leider überall groß sind, haben wir an den Reaktionen auf unsere Kampagnen schließlich oft genug gesehen. Neben all dem Ruhm und der Anerkennung gab es immer offene oder verdeckte Hassbekundungen, die in einigen Fällen sogar in Drohungen gegen uns oder unsere Kunden gegipfelt und vor Gericht geendet sind. Und je mehr man von sich preisgibt, desto angreifbarer wird man natürlich auch.

„Wir können zunächst einmal nichts dagegen tun", sagt der Anwalt. „Wir können nicht sämtliche Zeitungen zum Schweigen bringen. Wichtiger ist, dass Miss La Rouge nicht noch einmal nachlegt. Falls sie Ihnen eine außergerichtliche Lösung anbietet, sollten Sie unbedingt zustimmen, auch wenn es teuer wird."

Er mustert mich ernst und rückt sich seine Brille zurecht: „Auch wenn es Lügen sind, Mr. MacLean", fügt er hinzu. „Wenn sie erst einmal in der Welt sind, ist es schwer, sie wieder loszuwerden. Und gerade in Ihrem Fall ist Glaubwürdigkeit so wichtig."

Seufzend massiere ich mir die Schläfen. *Glaubwürdigkeit*, denke ich. *Wie absurd! Gerade das war immer das Wichtigste für mich!*

Wie so oft in den vergangenen Stunden denke ich an Edda und überlege, was sie wohl von der Sache hält. Dass sie inzwischen davon erfahren hat, steht wohl außer Zweifel. Fast noch mehr als über unser beschädigtes Image in der Öffentlichkeit, mache ich mir Sorgen darüber, wie sich das Bild, das sie von mir hatte, dadurch verändert haben könnte. Für Edda ist BDSM völliges Neuland und es ist sehr gut möglich, dass sie durch Nickys Lügen nun eine ganz falsche Vorstellung bekommt. Mal ganz abgesehen davon, dass sie mich für einen Gewalttäter halten könnte!

Und das, wo ich gestern erst versucht habe, ihr zu erklären, dass Gewalt genau das ist, was niemals zwischen uns passieren soll, denke ich frustriert und stelle mir vor, wie verwirrt und verstört sie nun sein muss.

Während ich die nun hieb- und stichfest ausformulierte Stellungnahme durchlese, in der es natürlich vorrangig um mein zurückliegendes Verhältnis zu Nicky geht, lasse ich die letzten Wochen mit ihr in New York noch einmal Revue passieren.

„Die Oberflächlichkeit in meinem Leben war so groß geworden, dass ich sie kaum noch wahr genommen habe“, murmele ich angewidert, während ich den Text unterschreibe. Eigentlich hatte ich es nur zu mir selbst gesagt, aber mein Anwalt hat es natürlich gehört.

„So etwas kann jedem passieren“, erwidert er. Er ist ein Herr mittleren Alters, der mich in seiner trockenen, britischen Art oft an meinen Vater erinnert. „Wichtig ist nur, dass man etwas dagegen tut, wenn man ein solches Problem bemerkt hat.“

Ich nicke nachdenklich. Er hat ganz recht. Und ich weiß auch, was ich als erstes tun muss. Als seine Sekretärin kommt, um die Papiere entgegenzunehmen, sage ich zu ihr: „Wären Sie so freundlich, mir eine Telefonnummer herauszusuchen? *Stewart Estate*, ich muss mit Mr. Wilson sprechen.“

Kapitel 45: Angus' Geschichte

Edda

Anstatt mich zu trösten, verwirren Mollys Worte mich nur noch mehr. *Nicht eine, sondern seine Sub*, denke ich, während ich nach dem Frühstück mit den Hunden durch den Park laufe. Was macht das außerhalb der *Bonnie Bride* schon für einen Unterschied? Wenn er nicht hier ist, kennt er mich doch gar nicht, weil die Auswahl so groß ist. Nicky hat ihm Schwierigkeiten gemacht, aber vielleicht wird diese Mia ihn ja wieder trösten.

Inzwischen habe ich herausgefunden, wer die Anruferin von gestern Abend war: Mia Young, Creative Director von *Big Bad Wolf Advertising New York*, ausgezeichnet mit verschiedenen Preisen und nebenbei beliebte Bloggerin zu Themen wie sexuelle Selbstbestimmung, Diskriminierung und Genderfragen. Auch von ihr gibt es zahlreiche Bilder im Internet. Sie ist so ziemlich das genaue Gegenteil von mir: zierlich, quirlig und extrovertiert, wie man an ihren rosa Haaren und den vielen Tattoos wohl deutlich erkennen kann. Außerdem ist sie natürlich bildhübsch und zu allem Überfluss auch noch klug, wie es scheint. Sie hat eine eigene Wikipedia-Seite, der ich entnehmen konnte, dass sie mit Kyle zusammen studiert hat und so alt ist wie er.

Sie hat viel mehr Erfahrung als ich, denke ich bedrückt. *Und sie ist hübscher und intelligenter.*

Eigentlich genau die richtige Kandidatin für etwas Ernsteres.

Aber eigentlich bin ich viel zu erschlagen, um viel nachzudenken. Traurig und einsam ziehe ich mit den Hunden umher, die an diesem grauen, kühlen Morgen mein einziger echter Trost sind. Anders als sonst, wenn sie am Anfang des Spaziergangs immer wild herumtoben und voraus rennen, weichen sie heute kaum von meiner Seite, stupsen mich immer wieder mit ihren schmalen, langen Schnauzen an und drücken sich an mich, als wollten sie mich trösten.

„Du hast anscheinend wirklich gute Freunde in den *Deerhounds* gefunden, Missy“, höre ich plötzlich eine Stimme und fahre erschrocken zusammen. „Es ist wirklich schön zu sehen, wie gut es den Tieren dank deiner Zuwendung geht. Vorher hatte niemand Zeit, sich wirklich um sie zu kümmern und wenn Sir Kyle nicht da war, sind sie immer etwas verwildert. Jetzt haben sie es sehr viel besser!“

Die Hunde, die Angus wahrscheinlich schon längst bemerkt hatten, begrüßen den Gärtner im Kilt schwanzwedelnd, als er nun mit einer Schubkarre voller abgeschnittener Zweige hinter einem hohen Gebüsch hervortritt.

„Hast du gesehen, wie schön alle Pflanzen treiben?“, fährt er fort, als ich nicht antworte. „In ein, zwei Wochen fängt alles an zu blühen und zu grünen.“

Ich nicke, murmele etwas Zustimmendes und will lieber schnell weitergehen, um mit meiner trübsinnigen

Stimmung allein zu sein, da sagt Angus: „Komm mit, ich will dir mein Gewächshaus zeigen, Missy!“

Den großen, von hohen Backsteinmauern eingefassten *Walled Garden*, in dem entsprechend der alten Tradition Gemüse und Obst angepflanzt und zusammen mit wunderschönen Blumenbeeten kunstvoll arrangiert wird, hat Angus mir schon bei einer anderen Gelegenheit gezeigt. Auch sein eigenes kleines Haus, das in einer Ecke des Gartens an die Mauern anschließt, kenne ich schon, weil er mich an einem schönen Nachmittag dort auf der Bank vor dem Haus zum Tee eingeladen hat. Das Gewächshaus kenne ich allerdings noch nicht und obwohl ich eigentlich wenig Lust auf Gesellschaft habe, folge ich ihm, weil Angus keinen Widerspruch akzeptiert, wie ich schon festgestellt habe.

Die Hunde dürfen uns natürlich nicht in das gläserne Haus folgen, weshalb sie sich davor ins Gras legen und uns hinterher schauen. Seit dem Aufstehen fühle ich mich wie benebelt, als würde ich nicht richtig bei mir sein, habe leichte Kopfschmerzen und meine Augen brennen immer noch vom vielen Weinen. Als ich nun in diesem Zustand das Gewächshaus betrete, kommt es mir vor, als würde ich durch ein Portal in eine andere Welt gelangen, wie ich es in Fantasy-Geschichten oft gelesen habe: Es ist warm und schwül hier drinnen und die Luft ist von einem so intensiven Blütenduft erfüllt, dass ich husten muss und benommen zurücktaumele. Angus lacht.

„Der Jasmin und die Obstbäume blühen“, lässt er mich wissen. „Schau, wir haben Pfirsiche, Aprikosen, Zitronen und Orangen! Molly macht ihre berühmte Marmelade nur aus unseren eigenen Früchten.“

Als ich mich etwas an das veränderte Klima und den Duft gewöhnt habe, bin ich wie verzaubert. Denn es ist wunderschön! Wir gehen unter üppig blühenden Bäumen entlang, die mir das Gefühl geben, irgendwo im Süden zu sein.

„So muss es in Italien sein“, flüstere ich, denn obwohl ich Großbritannien noch nie verlassen habe, war es immer schon mein Traum, einmal am Mittelmeer Urlaub zu machen. Angus lächelt, zieht einen blühenden Zweig herunter und lässt mich daran riechen.

„Ach was“, sagt er. „Hier ist es sehr viel schöner, glaub mir! Die *Bonnie Bride* ist die perfekte Welt für uns.“

Seufzend denke ich, dass Kyle leider vor allem in der Welt dort draußen zu Hause ist, schweige jedoch, um Angus nicht zu verletzen. Er merkt es aber natürlich trotzdem und während wir an herrlichen Hortensien, Lilien und Rosen vorbeischlendern, legt er mir seine große Pranke auf die Schulter und versucht, mich zu trösten: „Es ist eine dumme Geschichte, die da über Sir Kyle hereingebrochen ist. Aber glaub mir, Missy, er wird bald wieder hier sein.“

Im Stillen denke ich, dass er wohl eher bald nach New York fliegen wird, um die Sache irgendwie zu bereinigen und dass er dann dabei diese Mia treffen und in ihr seine große Liebe erkennen wird. Um mich aber nicht lächerlich zu machen, frage ich stattdessen: „Wie bist du eigentlich in die *Bonnie Bride* gekommen, König Angus?“

Mein Freund lacht leise, weil ich mich an seinen Scherz vom Tag meiner Ankunft erinnere, bricht eine rosa Rosenblüte von einem der Sträucher und steckt sie mir ins Haar. Trotz meiner Beklommenheit rührt mich diese Geste so sehr, dass sie mir ein Lächeln auf die Lippen zaubert, was Angus zufrieden registriert.

„Weißt du, Missy“, beginnt Angus nun. „Ich hatte lange Jahre nicht den Mut, zu mir selbst zu stehen. Stattdessen habe ich zwei Ehen in den Sand gesetzt und angefangen zu saufen, weil ich so unglücklich mit allem war.“

Betroffen sehe ich zu dem tätowierten Hünen auf, der liebevoll ein paar vertrocknete Blätter von einer großen Staude zupft.

„Auch wir, die wir unsere Erfüllung in Schmerzen, Dunkelheit und Unterwerfung finden, sehnen uns doch am Ende auch nur nach Liebe und Verständnis“, fährt Angus nachdenklich fort. „In meinem früheren Leben habe ich weder das eine noch das andere gefunden, weshalb ich innerlich mehr und mehr verkümmert bin. Wie eine Pflanze ohne Licht und Wasser, verstehst du?“

Ich nicke, weil ich sehr genau verstehe, was er meint. Schließlich fühle ich mich so schon fast mein ganzes Leben. Seitdem ich damals nach London kam, ist es mir genau so ergangen. Nun berichtet Angus, dass der

Wendepunkt in seinem Leben mit einer der ersten aufsehenerregenden Werbekampagnen von *Big Bad Wolf Advertising* begann. Es war die groß angelegte Fotostrecke für eine der beliebtesten britischen Modeketten, auf denen männliche Models die Damenkollektion präsentiert haben und umgekehrt.

„Ich bin kein Transgender oder so etwas, darum ging es nicht“, sagt er. „Aber die Bilder haben etwas in mir berührt, das ich lange Jahre unterdrückt und verleugnet hatte: Nämlich dass ich den gängigen Lebensmodellen eben nicht entspreche, dass ich anders bin.“

Wieder nicke ich, weil es genau das Gefühl ist, das diese Kampagne damals auch in mir geweckt hat.

„Die Kampagne hat Sir Kyle damals noch selbst fotografiert und die Bilder waren wirklich großartig“, fährt Angus fort. „Bizarr, aber schön und ästhetisch, gleichzeitig auch humorvoll, ohne albern oder entwürdigend zu sein. Die Jungs hatten damals nur die Agentur in London und das war einer ihrer ersten großen Aufträge, mit dem sie über Nacht weltweit bekannt wurden. Mich haben die Bilder so aufgewühlt, dass mir klar wurde: Ich muss mein Leben ändern und dazu stehen, wer oder was ich bin. Und als ersten Schritt habe ich einen Brief an die Agentur geschrieben, um mich für diese großartige Kampagne zu bedanken.“

Bewegt lausche ich den Worten meines Freundes, der mir wohl gerade von so einer Art Comingout berichtet, falls man das in einem solchen Fall auch so nennen kann. Er erzählt, dass Kyle ihm einige Wochen später persönlich geantwortet hat und sich ein längerer Briefwechsel ergeben hat, in dem bald klar wurde, dass sie einige Gemeinsamkeiten hatten.

„Ich habe sofort den Herrn in ihm und er seinen Diener in mir erkannt“, lächelt Angus. „Auch wenn es zwischen uns nie etwas Sexuelles gegeben hat, ist Sir Kyle für mich der wichtigste Bezugspunkt überhaupt im Leben. Durch ihn habe ich die Kraft gefunden, mich selbst zu erkennen.“

Nun muss ich schlucken und verstecke mein Gesicht rasch in den Blüten einer wunderschönen Lilie, damit Angus die Tränen der Rührung nicht sieht, die seine Geschichte mir in die Augen treibt.

„Damals haben die drei gerade das Anwesen gekauft und die Idee entwickelt, einen Ort zu erschaffen, an dem ein 24/7-BDSM-Rollenspiel stattfindet. Genau das war mein Traum: Eine Welt, in der es keine Unterbrechung gibt, in der das Spiel Realität ist! Bisher hatte ich meine Neigungen immer heimlich und versteckt ausgelebt und fühlte mich verkrüppelt und uneinas mit mir selbst. Und weil sie in der *Bonnie Bride* natürlich einen Gärtner brauchten, ging auch beruflich ein Traum für mich in Erfüllung. Eine solche Anlage aufzubauen, wie wir sie hier haben, war eine wahnsinnige Herausforderung. Am Anfang hatten wir natürlich Landschaftsplaner und Architekten, die alles angelegt haben, aber inzwischen betreue ich den Park und den *Walled Garden* allein. Im Sommer habe ich ein paar Hilfsgärtner und auch im

Haus haben wir dann viel mehr Personal. Alles Leute, die Teil unseres Spiels sind natürlich!"

Staunend realisiere ich endlich die Tragweite der *Bonnie Bride* und verstehe nun auch, warum Kyle am Anfang so wenig begeistert von meiner Anstellung war.

„Es ist gigantisch", murmele ich. „Eine eigene Welt, in der jeder so sein kann, wie er ist."

Angus nickt und legt mir den Arm um die Schulter.

„So ist es, Missy". lächelt er. „Und ich wusste von Anfang an, dass auch du deinen Platz bei uns finden würdest!"

Betroffen starre ich auf den weißen Kies, der unter meinen Füßen knirscht, während wir langsam wieder zum Ausgang zurückgehen. Genau in diesem Punkt bin ich mir eben leider nicht sicher. Zwar ist die *Bonnie Bride* ohne Frage ein wundervoller Ort, aber leider ist seit gestern Abend mehr denn je dieses Gefühl der Fremdheit in mir zurückgekehrt. So sehr ich es mir auch wünsche, ein Teil dieser Welt zu sein, ich spüre auch mehr denn je, dass ich nicht dazugehöre. Denn wie sollte ich jemals einen Platz hier finden, wenn Kyle doch niemals ganz hier sein wird und ich bestenfalls für ein paar Tage zwischendurch seine Sub sein kann?

„Ich fürchte, für mich gibt es nirgendwo einen Platz auf Welt", flüstere ich und kann mich nicht mehr dagegen wehren, dass die Tränen nun mit aller Macht aus mir hervorbrechen.

Für einige Momente starrt Angus mich hilflos an und weiß offensichtlich nicht, was er mit mir anfangen soll.

Doch bevor ich weglaufen kann, um mich irgendwo zu verkriechen, zieht er mich an seinen massigen Körper und klopft mir mit seiner großen Pranke ungeschickt auf den Kopf.

„Nana, was ist denn nun los“, brummt er. „In Schottland regnet es genug, Missy, da brauchen wir deine Tränen wirklich nicht!“

Natürlich hilft mir sein verlegener Spruch auch nicht weiter. Mehr und mehr Tränen machen einen nassen Fleck auf den alten Parka von Angus, so dass er mich irgendwann zu einem umgekehrten, leeren Blumentopf bugsiert, mich darauf niederdrückt und vor mir in die Hocke geht. Dann zieht er ein altmodisches Stofftaschentuch hervor, entfaltet es umständlich und putzt mir wie einem kleinen Kind die Nase.

„Ich gehöre nie irgendwo dazu“, schluchze ich. „Irgendetwas trennt mich immer von den anderen. Ich bin immer allein!“

Angus runzelt die Stirn und sieht sich mein Geflenne noch ein paar Minuten an, in denen er mir immer wieder das Gesicht abwischt und mir die Nase schnäuzt. Ich schäme mich fürchterlich, kann aber einfach nicht aufhören. Es ist, als würde der Schmerz eines ganzen Lebens aus mir herausbrechen.

„Nun ist aber Schluss, Missy“, schimpft Angus irgendwann, als es trotz seines guten Zuredens einfach nicht besser wird. „Wenn du nicht aufhörst, lege ich dich übers Knie! Dann wirst du schon begreifen, dass du dazu gehörst!“

Erschrocken hebe ich den Blick und sehe an seinem Gesichtsausdruck, dass er es durchaus ernst meint. Erstaunlicherweise zeigt seine liebevoll gemeinte Drohung durchaus Wirkung. Mein Tränenfluss ebbt ab und stattdessen bekomme ich Schluckauf.

„Es ist einfach alles total verkorkst", murmele ich beschämt. Angus seufzt.

„*Aye*, das denkt man manchmal", nickt er verständnisvoll. „Aber vielleicht habe ich noch eine bessere Idee, als dich zu verhauen, Edda. Komm heute in der Abenddämmerung auf die Terrasse hinter der *Bonnie Bride!* Dann werde ich dir beweisen, dass du genau hierher gehörst."

Kapitel 46: In der Savile Row

Kyle

Obwohl ich von Mr. Wilson Eddas Nummer bekommen habe, rufe ich sie nicht sofort an. Eigentlich brenne ich darauf, ihre Stimme zu hören und zu erfahren, wie es ihr geht und was sie denkt. Aber gleichzeitig fürchte ich mich auch vor ihrer Reaktion und will noch warten, bis ich ihr zumindest etwas darüber sagen kann, wie es weitergeht. Nachdem vor ein paar Stunden unsere Stellungnahme veröffentlicht wurde und das Interview von der Webseite des Magazins verschwunden ist, hat sich die öffentliche Meinung wenigstens ein bisschen gedreht, zumal einige große und einflussreiche Kunden aus der Mode- und Unterhaltungsbranche sich inzwischen über ihre Kanäle in den sozialen Netzwerken dahingehend geäußert haben, dass für sie kein Anlass besteht, ihre Geschäftsbeziehung zu *Big Bad Wolf Advertising* in Frage zu stellen, solange keine rechtskräftige Verurteilung vorliegt.

„Der Tonfall beruhigt sich etwas", hat Henry eben am Telefon zu mir gesagt. „Wenn Nicky jetzt nicht noch einmal nachlegt, könnte bald Gras über die Sache gewachsen sein. Vielleicht bringe ich dich doch nicht um und du kommst mit einer Tracht Prügel davon", hat er noch hinzugefügt. Sein Anruf hat meine Laune etwas verbessert, denn wenn Henry sich beruhigt, ist es meistens ein gutes Zeichen. Kurz darauf haben sich die New Yorker Anwälte gemeldet, dass ein Rechtsvertreter von Nicky sich mit ihnen in Verbindung gesetzt hat. Nun geht es hin und her, ob und unter welchen Bedingungen wie viel Geld für die Beilegung der Angelegenheit fließen wird.

„Halten Sie mich auf dem Laufenden“, sage ich zu dem Anwalt und lasse mich von einem Taxi nach Mayfair fahren. Mein Kopf scheint inzwischen zu explodieren und ich muss dringend ein wenig hinauskommen. Außerdem habe ich etwas zu erledigen, das mir fast ebenso wichtig ist, wie den Skandal mit Nicky beizulegen.

Es ist bereits einige Monate her, dass ich zuletzt in dem eleganten Londoner Viertel am Hyde Park war, in das auch unsere Agentur vor etwa fünf Jahren umgezogen ist. Allerdings fahre ich jetzt nicht ins Büro, sondern in die Savile Row, wo ich mir meine Anzüge und Hemden bei einem der alteingesessenen, traditionellen Londoner Herrenausstatter maßschneidern lasse. Die schönen Stadthäuser im georgianischen Baustil mit ihren Edelboutiquen wiederzusehen, lässt mich daran denken, dass eine Frau wie Nicky garantiert begeistert gewesen wäre, hier mit mir einkaufen zu gehen.

Edda hingegen dürfte eher erschrocken weglaufen wollen, denke ich lächelnd, während ich mir vorstelle, wie sie in ihren groben Wanderstiefeln und mit ihren schlichten Kleidern, deren Röcke im Wind flattern, mit den Hunden durch den Park der *Bonnie Bride* streift. Die Sehnsucht, die mich bei diesem Bild erfasst, ist so groß, dass ich selbst ein wenig erschrecke.

„Die Phase der Oberflächlichkeit habe ich wohl überwunden“, murmele ich, während ich aussteige. „Bleibt nur noch die Frage, ob Edda das erkennt, oder ob sie es vorzieht, mich mitsamt meinem Geschenk zum Teufel zu jagen.“

Als ich das edle Geschäft durch die zweiflügelige Glastür betrete, wird sofort der Inhaber gerufen, mit dem ich seit Jahren gut bekannt bin. Wenn jemand einen am ganzen Körper vermisst, entwickelt man automatisch eine persönliche Beziehung, weshalb ich mich auch nicht scheue, mit meinem etwas ungewöhnlichen Sonderwunsch an ihn heranzutreten.

Nachdem man uns Tee und Gebäck gebracht hat und wir ein paar Freundlichkeiten ausgetauscht haben, bei denen der Skandal um Nicky natürlich dezent ausgespart wurde, sage ich, dass ich heute nicht wegen eines Anzugs gekommen bin.

„Sie müssen mir einen Gefallen tun, mein Freund“, sage ich und mache den Reißverschluss des Ledermäppchens auf, das ich aus Schottland mitgebracht habe. Es war ein ganz spontaner Einfall, der mir kurz vor der Abreise nach London gekommen ist.

„Sehen Sie, das sind zwei klassische MacLean-Tartans“, fahre ich fort und ziehe die Stoffe hervor, die ich zum Glück trotz des eiligen Aufbruchs schnell gefunden habe. „Und das hier sind zwei Wappen meines

Clans. Ich wäre Ihnen sehr dankbar, wenn Sie mir aus diesen Sachen zwei besondere Accessoires anfertigen könnten."

Nachdem ich ihm erklärt habe, was ich mir vorstelle, lächelt er. Möglicherweise hält er mich für verrückt, aber da bereits berühmte Männer wie Churchill zu den Kunden dieses Geschäfts gehörten, dürfte man hier an allerlei Spleens gewöhnt sein.

„Selbstverständlich, Mr. MacLean", sagt er und nimmt die Stoffe und Metallwappen entgegen. „Das werde ich gern für Sie veranlassen. Wir machen so etwas nicht selbst, aber wir arbeiten mit erstklassigen Handwerkern zusammen, die diesen Auftrag genau nach Ihren Wünschen ausführen würden."

Ich nicke zufrieden und er zückt ein Maßband. „Lassen Sie mich nur rasch den Umfang notieren, damit es nachher dann auch sicher die korrekte Größe hat", fährt er fort. In Gedanken lasse ich meine Finger über Eddas samtige Haut gleiten. Ich habe sie noch nicht oft berührt, aber dennoch habe ich schon das Gefühl, dass sich jeder Zentimeter ihres wunderschönen Körpers in mein Gedächtnis gebrannt hat.

„So in etwa dürfte der Umfang sein", schätze ich und zeige ihn mit den Händen an. Mein Gegenüber nickt, misst und notiert sich ein paar Zahlen.

„Man wird es ja auch etwas verstellen können", beruhigt er mich. „Auf ein oder zwei Zentimeter kommt es da nicht an."

Zufrieden gehe ich danach zu Fuß zurück in die nicht allzu weit entfernte Kanzlei. Trotz all des Ärgers und der Aufregung bin ich nun geradezu euphorisch gestimmt, denn auch wenn ich gerade nicht das Aufgebot bestellt habe, war es doch ein ähnlicher Schritt, wie mir erst jetzt wirklich bewusst wird: Noch niemals habe ich einer Frau etwas mit dem Wappen meines Clans geschenkt. Etwas Neues hat begonnen. Ich habe seit langem wieder eine Sub.

Eine echte Sub, denke ich. *Eine Herzens-Sub, wie Molly sagen würde.*

Denn genauso ist es. Auch wenn es gerade erst anfängt, schlägt mein Herz für dieses Mädchen in den Highlands. Die Zeit der Oberflächlichkeit ist vorbei. Noch weiß ich kaum etwas über Edda und kenne sie viel zu wenig, um von Liebe sprechen zu können, aber es fühlt sich genau so an, wie Angus gesagt hat: Der Frühling kommt.

„Der Frühling kommt“, wiederhole ich leise, während ich in die Straße einbiege, in der die Kanzlei liegt. „Und mit ihm die Gewissheit eines wundervollen Sommers.“

Kapitel 47: *Scotland the Brave*

Edda

Am Nachmittag habe ich ein wenig geschlafen und als ich wieder aufwache, sind meine Kopfschmerzen verschwunden. Meine Albträume sind bei meinem Nickerchen zum Glück nicht zurückgekehrt und ich fühle mich etwas erholt und weniger benommen. Auch die Sonne ist noch hervorgekommen, stelle ich fest, als ich zum Fenster blicke und sehe, dass der Himmel über den Highlands aufgeklart ist und die langsam untergehende Sonne den Park der *Bonnie Bride* in ihren goldenen Glanz hüllt. Es geht mir zwar jetzt etwas besser, aber meine Zerrissenheit ist geblieben. Kyle hat sich nicht bei mir gemeldet. Wie sollte er auch? Schließlich hat er nicht einmal meine Telefonnummer, ebenso wenig wie ich seine habe. Außerhalb der *Bonnie Bride* existiere ich eben nicht für ihn.

„Dieser Ort ist so traumhaft schön“, murmele ich, während ich aufstehe. „Aber es ist wohl nicht mein Spiel, das sie hier spielen.“

Weil ich aber ja bei Sonnenuntergang mit Angus verabredet bin, beeile ich mich, meine Traurigkeit beiseite zu schieben, um noch eine Runde mit den Hunden zu gehen, etwas mit ihnen zu spielen und sie dann zu füttern. Auf der Terrasse erwartet mich nicht nur Angus, auch Molly hat sich, eingepackt in eine dicke Jacke, auf eine Bank gesetzt, von der aus man einen wundervollen Blick hinunter auf Loch Shiel hat. Der Anblick ist atemberaubend. Das Wasser glänzt golden in den letzten Sonnenstrahlen, während zwischen den Bergen schon die Schatten des Abends hängen.

„Komm her, Schätzchen“, sagt Molly und winkt mich neben sich, um mich sogleich in eine warme, weiche Wolldecke einzuwickeln.

„Na, kennst du das Muster?“, zwinkert sie. „Das ist der MacLean-Tartan! Der wärmt am besten!“

Nun drückt Angus uns beiden ein Glas in die Hand und schenkt uns Whisky ein.

„Das ist ein Islay Single Malt“, brummt er. „Der beste, wenn man nicht weiß, wohin man gehört! Ein Schluck davon beantwortet die Frage nämlich.“

Wir stoßen an und ich habe ein seltsam feierliches Gefühl, als ich das Glas an die Lippen führe. Eigentlich trinke ich nur sehr selten Alkohol, aber hier in dieser wundervollen Umgebung und mit Kyles Plaid um den Schultern schottischen Whisky zu trinken, ist schon wirklich traumhaft. Das bernsteinfarbene Getränk schmeckt rauchig und nach Torf, es brennt ein wenig in meiner Kehle und macht mir ein ganz warmes Gefühl im Bauch. Auf einmal kommt mir die Landschaft sogar noch viel schöner vor und gleichzeitig fühle ich mich noch einsamer.

„Ich möchte dir etwas sagen, Missy“, beginnt Angus nun, leert sein Glas in einem Zug und schenkt sich noch einmal nach. Molly legt mir den Arm um die Schultern und als ich ihr einen verunsicherten Blick zuwerfe, lächelt sie mir aufmunternd zu. Angus schweigt kurz und reibt sich das Kinn. „Ich bin kein Mann großer Worte, weißt du“, fährt er fort. „Deshalb sage ich es dir auf meine Weise. Hör gut zu und hör dabei auf dein Herz, Missy, dann wirst du wissen, wo dein Platz ist.“

Verwirrt beobachte ich, wie er zu dem hölzernen Gartentisch im Hintergrund geht und etwas nimmt, das darauf liegt und das ich bisher nicht bemerkt habe. Als ich aber nun erkenne, was es ist, halte ich die Luft an, so sehr berührt es mich. Es ist eine *Great Scottish Bagpipe*, deren Klang ich seit meiner Kindheit liebe! An Feiertagen habe ich als kleines Mädchen immer mit meinen Eltern zusammen die Spielmannszüge bewundert, die in voller Montur mit Kilts, Dudelsäcken und Trommeln durch die Straßen gezogen sind, und als ich später in London bei meinem Onkel lebte, habe ich jedes Mal weinen müssen, wenn ich eine solche Szene im Fernsehen gesehen habe.

Schon als Angus sich nun das Instrument umhängt und sich in stolzer, aufrechter Haltung mit Blick ins Tal aufstellt, kommen mir die Tränen und ich muss eilig noch einen großen Schluck Whisky trinken, um sie wenigstens noch etwas zurückzuhalten. Aber dann beginnt er zu spielen und schon bei den ersten Takten von *„Scotland the Brave“*, einer der heimlichen Hymnen unseres Landes, laufen sie mir schon über die Wangen.

Es ist nicht nur der wunderschöne Einklang aus dieser Landschaft, die ich schon so lange vermisst habe, und der Musik meiner Kindheit, sondern auch die

Tatsache, dass ein zwei Meter großer, tätowierter Patriot mit getunnelten Ohrläppchen, Army-Parka und Kilt sie für mich spielt, dass ich gar nicht anders kann als zu weinen. Noch niemals hat jemand für mich ein Lied gespielt und dass es nun ausgerechnet der tiefe, durchdringende Klang der *Bagpipe* ist, rührt mich so sehr, dass ich eigentlich viel zu aufgewühlt bin, um die Musik genießen zu können.

Aber Molly hält mich fest und tätschelt mir den Kopf, als wäre ich wirklich ihre Tochter. Und ich trinke den Whisky, der sich mit meinen Tränen mischt, und beruhige mich etwas, so dass der Zauber dieses Moments mich endgültig erfasst. Als er das Lied einmal gespielt hat, beginnt Angus noch einmal von vorn, dieses Mal noch eindringlicher und melancholischer.

„Denk dran, Schätzchen", flüstert Molly. „Hör auf dein Herz!"

Ich nicke, wische mir die Tränen mit dem Handrücken ab und kuschele mich noch dichter an sie. Der Klang der *Bagpipe* vibriert in mir. Bilder von früher ziehen an meinem inneren Auge vorbei, von meinen Eltern und den glücklichen Jahren in Inverness. Ich denke an meine Sehnsucht nach Schottland und daran, dass ich es geschafft habe, hierher zurückzukehren. Angus spielt und zum ersten Mal seit langer Zeit spüre ich nun wirklich wieder, dass es eine Heimat für mich geben könnte.

Plötzlich höre ich ein Geräusch neben mir und zucke erschrocken zusammen. Nun erst sehe ich, dass die

Hunde wohl von der Musik herbeigelockt wurden und sich neben uns niedergelassen haben. Es ist Mull, der als erster angefangen hat, mit zu jaulen und nach und nach stimmen auch die anderen vier mit ein.

Nun lache und weine ich gleichzeitig, weil dieses kleine Orchester so herzerweichend süß ist. Molly lacht auch leise und flüstert mir zu, dass die *Deerhounds* Angus immer begleiten, wenn er spielt. Wie neulich, als sie mich getröstet hat, nehme ich ihre Hand und drücke sie und in diesem Moment wird mir klar, dass ich wirklich nicht mehr allein bin. Ich bin nicht nur in mein Land zurückgekehrt, ich habe auch eine neue Familie gefunden. Sie besteht aus fünf zotteligen, großen Hunden, einer schwarzen Ersatzmami und einem Gärtner, der wohl magische Kräfte besitzen muss, denn zum ersten Mal seit langer Zeit denke ich, dass es vielleicht doch einen Ort auf der Welt gibt, an dem ich richtig bin. Nämlich die *Bonnie Bride.*

Hier sind sie alle genauso anders wie ich, schießt es mir durch den Kopf. *Hier gibt es keine bösen Wände, die uns voneinander trennen.*

Angus spielt und spielt und Kyles Plaid hält mich warm. In dem Klang der *Bagpipe*, der für mich mit so viel Sehnsucht, Liebe und Schmerz verbunden ist, sehe ich seine grauen Augen und sein edles, markantes Gesicht vor mir. Und obwohl er nicht hier ist, fallen mir doch auf einmal all die schönen Dinge wieder ein, die er zu mir gesagt hat: Dass ich sein Mädchen bin, dass ich keine Angst haben soll und dass er bald zurück sein wird. Ich sehe sein Gesicht vor mir und spüre die Bedeutung des Psalms, den ich für ihn auswendig gelernt habe: Er kümmert sich um mich und gibt mir alles, was ich brauche.

„Du hattest recht, Angus“, flüstere ich mit Tränen in den Augen, als die Sonne irgendwann hinter den Bergen verschwindet und Angus die *Bagpipe* verklingen lässt. „Du hattest recht, dass die *Bonnie Bride* der richtige Ort für mich ist. Mein Herz hat es mir gesagt.“

Kapitel 48: Zum ersten Mal

Kyle

Als ich Edda endlich anrufe, ist es schon dunkel. Ich sitze im Taxi und bin nun auf einmal seltsam aufgeregt. Es dauert etwas, bis sie abnimmt und als sie sich dann meldet, scheint mein Herz einen Schlag auszusetzen. So etwas hat zuletzt in meiner Jugend eine Frau bei mir ausgelöst!

„Edda, mein Mädchen“, sage ich und merke, dass meine Stimme belegt klingt. „Ich bin es.“

Für einen Moment schweigt sie erstaunt und ich sehe ihre großen, blauen Augen so plastisch vor mir, als wäre sie hier bei mir.

„Oh“, macht sie und räuspert sich nervös. „Guten Abend, Sir!“

Mit den Fingerspitzen streiche ich über die Scheibe des Wagens, hinter dem die Lichter der Stadt in der Dunkelheit leuchten, und stelle mir vor, dass ich stattdessen Eddas Gesicht berühren würde.

„Geht es dir gut?“, frage ich. „Ist alles in Ordnung in der *Bonnie Bride*?“

Im Hintergrund sind leise Geräusche zu hören, von denen sich Edda anscheinend nun etwas entfernt.

„Oh ja, Sir, es ist alles in Ordnung“, antwortet sie. „Wir haben gerade alle zusammen gegessen und vorher hat Angus auf der *Bagpipe* gespielt, das war wunderschön.“

Ich lächle wehmütig bei dem Gedanken und wünschte mir, dass ich Edda dabei im Arm hätte halten können. Und genau da fügt Edda schüchtern hinzu: „Nur Sie haben gefehlt, Sir. Ich habe dabei an Sie gedacht."

Ihre Worte machen mich so glücklich, dass ich Nicky kurzzeitig fast dankbar bin, dass ich wegen ihres Skandals nach London fahren musste. Es hat sich allein dafür gelohnt, dass Edda mich vermisst hat.

„Ich habe dich auch vermisst, Edda", erwidere ich mit rauer Stimme. „Und ich vermisse dich noch. Von dem Moment an, als ich die *Bonnie Bride* verlassen habe."

Wieder schweigt sie und scheint nach Worten zu suchen. Der Verkehr stockt und ich sehne mich so schmerzlich nach ihr, dass all meine Muskeln sich zu verspannen scheinen. Weil sie nichts sagt und um den leidigen Grund für meine Reise also endlich zur Sprache zu bringen, erzähle ich kurz, dass die Angelegenheit in New York erledigt sei.

„Nicky La Rouge wird ihre Anschuldigungen öffentlich zurücknehmen und ich verzichte auf rechtliche Schritte", seufze ich und erwähne natürlich nicht, wie viel Geld dieses völlig überflüssige Drama mich kostet. Letztlich nehme ich es als Denkzettel.

Auch Kyle MacLean muss hin und wieder eine Lektion lernen, habe ich mir vorhin gedacht, als ich Nickys Forderung zugestimmt und die Sache damit beendet habe. Jetzt beginnt ein neuer Abschnitt in meinem Leben und ich lasse all das hinter mir.

„Das freut mich, Sir“, sagt Edda nun. „Ich habe im Internet von der Sache gelesen…“

Seufzend verspreche ich ihr, dass ich ihr morgen alles genau erklären werde, worüber sie erleichtert zu sein scheint. „Und… Wann kommen Sie zurück, Sir?“, erkundigt sie sich dann zaghaft.

„Heute Nacht“, antworte ich. „Ich bin auf dem Weg zum Flughafen. Und ich will, dass du in meinem Bett liegst, wenn ich nach Hause komme.“

Ich kann Edda nicht sehen, aber trotz der Distanz zwischen uns spüre ich sie so intensiv, dass ich ihr Erröten und das kleine Lächeln auf ihren Lippen trotzdem wahrnehme.

„Jawohl, Sir“, flüstert sie glücklich.

„Du wirst schon schlafen, denke ich“, sage ich. „Aber ich werde dich aufwecken, verlass dich drauf.“

Wieder bejaht sie und ich kann ihre Hingabe förmlich in ihrer weichen, sanften Stimme hören. Bevor wir auflegen, füge ich noch etwas hinzu: „Eins noch, mein Mädchen“, sage ich und fühle die Sehnsucht durch meine Adern pulsieren. „Lektion zwölf: Im Bett deines Herrn hast du immer nackt zu sein!“

Während ich später im Flieger sitze, stelle ich mir vor, wie es sein wird, Edda schlafend in meinem Bett zu finden. Es wird noch mehrere Stunden dauern, bis es soweit ist, aber mein Blut kocht jetzt schon, als würde ich ihre Haut an meiner spüren. Doch ein Zweifel ist mir immer noch nicht aus dem Kopf gegangen: *Ob sie tatsächlich noch Jungfrau ist?*, überlege ich wieder und erinnere mich an den Widerstand, auf den ich gestoßen bin, als ich mit der Zunge in sie eindringen wollte. Die Vorstellung ist berauschend. Sie als erster Mann in Besitz nehmen zu dürfen, wäre so ziemlich das größte Geschenk, das sie mir machen könnte. Andererseits wäre es in diesem Fall dafür dann vielleicht noch zu früh. Sie hat mir zwar deutlich zu verstehen gegeben, dass sie es will, aber es muss doch einen Grund geben, dass sie nun schon so lange gewartet hat. Zumindest muss ich wissen, woran ich bin und dass es für sie der richtige Moment ist. Durch die Sache mit Nicky ist mir klar geworden, wie leichtfertig ich in der Vergangenheit mit Sex umgegangen bin und wie sehr es für mich an Wert verloren hatte, mit einer Frau zu schlafen.

Um miteinander ins Bett zu gehen, muss man sich heutzutage oft weder kennen noch vertrauen, denke ich. *Es ist völlig egal, was und wie viel man voneinander weiß. Eigentlich ist es nicht einmal nötig, dass man sich mag.*

Mit Edda ist nun alles anders. Seit Jahren ist sie die erste, die ich als „meine" Sub bezeichnet habe und ich spüre die darin enthaltene Verantwortung und das Vertrauen so deutlich wie bei keiner anderen vor ihr. Und es ist noch etwas, das eine solche Beziehung immer prägen muss: *Es ist Liebe*, denke ich, während das Flugzeug langsam in den Landeanflug auf Glasgow geht. *Vielleicht empfinde ich dieses Gefühl zum ersten Mal in meinem Leben für eine Frau.*

Kapitel 49: So oder so

Edda

Mein Herz klopft aufgeregt, als ich Kyles im Dunkeln still daliegendes Schlafzimmer betrete. Der Geruch des Raumes erinnert mich an ihn und wirkt wie eine Vorankündigung seiner Rückkehr. *Er ist unterwegs*, denke ich, während ich Licht mache und die Tür hinter mir schließe. *Er ist unterwegs zu mir!*

Das Telefonat kam mir nach dem wunderschönen Abend mit Molly und Angus wie eine endgültige Bestätigung meines Gefühls vor: Die *Bonnie Bride* ist der richtige Ort für mich. Was auch immer aus Kyle und mir werden wird, ich brauche mir um andere Frauen in diesem Moment keine Sorgen zu machen. Weder Nicky noch diese Mia, die laut Molly einfach nur eine Studienfreundin und seit ein paar Jahren eine wichtige Mitarbeiterin ist, sind eine Gefahr. Kyle hat gesagt, dass zwischen uns das Vertrauen am wichtigsten ist, und nun habe ich endlich meine Zweifel überwunden und kann es spüren: Ich vertraue ihm, wie ich noch niemals einem Menschen vertraut habe.

„Der Herr ist mein Hirte“, murmele ich den Anfang unseres Psalms vor mich hin. „Nichts wird mir fehlen… Vor allem wird *er* mir bald nicht mehr fehlen, weil er dann hier bei mir in diesem herrlichen Bett liegt!“

Ich ziehe mich aus, wie es die neue Lektion vorsieht, und lege meine Kleider ordentlich auf dem Strafbock in der Nähe des Bettes ab. Dann schlage ich die schwere Überdecke aus königsblauem Samt zurück und krabbele ins Bett, das Molly ganz frisch bezogen haben muss, denn leider riecht es nicht nach Kyle, sondern nur nach einem dezenten Waschmittel. Obwohl ich viel zu aufgeregt bin, um einschlafen zu können, lösche ich das Licht und kuschele mich in die weichen Daunenkissen.

Es wird noch lange dauern, bis Kyle in der *Bonnie Bride* ankommt. Die Fahrt von Glasgow dauert über drei Stunden und inzwischen dürfte er gerade erst gelandet sein. *Selbst drei Stunden sind länger als eine Ewigkeit, wenn man auf seinen Liebsten wartet*, denke ich und erschrecke darüber, wie ich Kyle genannt habe.

„Pass auf, dass dir so etwas nicht heute Nacht aus Versehen herausrutscht, Edda“, schimpfe ich mit mir selbst. „Lektion drei: Immer die richtige Anrede verwenden! Er ist dein Herr, nicht dein Liebster!“

Aber auch wenn ich Kyle „Sir“ nenne, ändert es wohl nichts daran, dass ich mir etwas eingestehen muss: Ich habe mich verliebt. Zum ersten Mal in meinem Leben habe ich mich verliebt und es fühlt sich so schön und richtig an, dass ich ganz vergesse, Angst vor diesem neuen Gefühl zu haben.

Und heute Nacht werde ich endgültig ihm gehören, geht es mir durch den Kopf. Ob ich bereit dazu bin, mit Kyle zu schlafen, frage ich mich gar nicht. Denn ich bin mehr als bereit. Es gab immer schon so viele Dinge im Leben, über die ich mir unsicher war, aber in diesem Fall habe ich keinerlei Zweifel. Seitdem seine

Zungenspitze mich dort unten an der geheimen Stelle berührt hat, brennt ein Feuer in mir, das nur er löschen kann. Ich wünsche mir nichts sehnlicher, als mich ihm endlich vollkommen hingeben zu dürfen.

Allerdings habe ich natürlich eine Sorge: *Ich muss es ihm sagen*, denke ich immer wieder. *Ich muss ihm sagen, dass ich noch Jungfrau bin! Aber wie um alles in der Welt soll ich den Mut dazu finden?*

Denn ich bin ohnehin schon so aufgeregt, dass ich kaum einen klaren Gedanken fassen kann. Und ich fürchte mich davor, dass es die Atmosphäre ruinieren und den Moment zerstören würde, wenn ich so kurz vorher damit herausrücke. Eigentlich hätte ich es ihm beim letzten Mal schon sagen sollen, aber da ich diesen Moment verpasst habe, ist es nun zu spät.

„Besser ist es, wenn ich es ihm danach sage", überlege ich, während ich mich unruhig hin und her werfe. „Dann habe ich es hinter mir und alles ist viel unkomplizierter!"

Natürlich habe ich dabei kein ganz reines Gewissen, aber ich beruhige mich damit, dass es ja für Kyle auch besser ist, weil er sich keine Sorgen darum machen muss, ob er mir weh tut und es unangenehm für mich ist. Ein wenig muss ich über diesen Gedanken lachen, weil er mir sonst ja schließlich recht gern weh tut. Aber trotzdem bin ich mir sicher, dass Kyle der Typ Mann ist, der sich genau solche Gedanken machen würde. Eins habe ich inzwischen nämlich begriffen: Ein Dom ist nicht etwa jemand, der brutal drauflos prügelt, sondern jemand, der ganz genau weiß, was er tut, und in jedem Moment neu abwägt, ob er grob oder zärtlich sein muss.

„Und eins steht fest“, murmele ich, während ich mir wieder in Erinnerung rufe, wie wundervoll es war, als ich mit Kyle letztes Mal *auf* diesem Bett lag. „*Im* Bett wird es noch atemberaubender sein! So oder so, ob er es nun weiß oder nicht, dass er mich dabei entjungfert.“

Und mit dem Gedanken an Kyles Küsse und seine Hände auf meinem Körper schlummere ich schließlich doch ein.

Kapitel 50: Lektion elf

Kyle

Ich mache kein Licht, als ich mein Schlafzimmer betrete. Es ist stockdunkel im Raum, aber ich bewege mich leise und sicher wie ein Wolf in der Nacht. Als ich meinen Anzug beim Ausziehen gewohnheitsmäßig über den schon seit langem zweckentfremdeten Strafbock lege, stelle ich fest, dass Edda anscheinend die gleiche Idee hatte, und lächle gerührt, weil ich nicht mehr allein bin.

„Edda“, flüstere ich. „Bist du wach?“

Aber sie antwortet nicht und als ich mich dem Bett nähere, höre ich ihre regelmäßigen, leisen Atemzüge. Ich hatte gehofft, dass sie schlafen würde, weil der Gedanke, sie mit meinen Küssen zu wecken, mir so verlockend vorgekommen war. Als ich nun realisiere, dass mein Wunsch in Erfüllung gegangen ist, beginnt mein Blut zu kochen und eine grimmige Erregung packt mich, wie ich sie noch nie verspürt habe.

Ohne darüber nachzudenken, streife ich mir auch noch die Boxershorts herunter und reiße die Packung des Kondoms auf, das ich aus dem Bad mitgebracht habe. *Es ist der richtige Moment*, denke ich. *Wenn man erkannt hat, dass es Liebe ist, dann sollte man nicht mehr warten.*

Eigentlich bin ich mir ohnehin inzwischen fast sicher, dass ich mich getäuscht habe. Denn auch wenn Edda schüchtern ist, hat sie bisher alle meine Lektionen sofort verinnerlicht und befolgt. *Sie hätte es mir gesagt, als ich ihr die Spreizstange angelegt habe*, denke ich wieder. *Sie hätte es mir sagen müssen, weil wir kurz davor über Vertrauen gesprochen haben!*

Ich streife mir das Kondom über und lege mich vorsichtig ins Bett. Es fühlt sich wundervoll an, Eddas herrlichen, warmen Körper darin zu finden. Ihr Duft umhüllt mich und alle Gedanken verschwinden aus meinem Kopf, als meine Hände ihre samtweiche Haut berühren. Ganz vorsichtig ziehe ich sie dicht an mich und lasse meine Lippen über ihr Gesicht wandern. Ich küsse ihre Stirn und ihre Augen, bevor ich mich ihrem Hals und ihrem Ohr zuwende. Gleichzeitig wandern meine Hände zu ihren Brüsten und umfassen sie mit festem Griff. Während ich ihre Brustwarzen zwischen den Fingerspitzen zwirbele und den Druck dabei nach und nach intensiviere, kommt Edda langsam zu sich.

„Oh, Sir", flüstert sie benommen, tastet nach meinem Gesicht und schlingt ihre Arme um meinen Hals. Mit der Zungenspitze zeichne ich die Konturen ihres Mundes nach und als sie die Lippen öffnet, kann ich mich nicht mehr beherrschen und beginne, sie stürmisch zu küssen. Gleichzeitig kneife ich ihr fest in die Nippel, so dass sie schmerzverzerrt aufseufzt und sich noch dichter an mich drängt. In diesem Moment will ich sie so sehr, dass ich mich kaum noch beherrschen kann.

„Lektion elf, Mädchen", raune ich ihr mit rauer Stimme ins Ohr. „Sag sie mir!"

Es dauert nur wenige Sekunden, bis sie die Orientierungslosigkeit des Schlafes überwunden hat und mir antwortet: „Wenn mein Herr mich begehrt, muss ich mich ihm dankbar darbieten und so lange stillhalten, bis er mir erlaubt, mich zu bewegen oder einen Laut von mir zu geben!“

Meine rechte Hand schließt sich um Eddas Hals, während ich ihr mit der anderen in die Haare greife und ihren Kopf aufs Kissen drücke.

„Halte dich daran, verstanden?“, presse ich hervor, während ich ihre Beine mit meinen auseinanderschiebe und mich zwischen ihre Schenkel lege. Edda nickt, soweit es mein harter Griff zulässt und haucht: „*Aye*, Sir!“

In ihrer Stimme liegt so viel Sehnsucht, dass ich am liebsten sofort hart in sie stoßen würde, als meine Schwanzspitze nun ihre Feuchtigkeit findet. Dennoch hält etwas mich zurück und ich flüstere an ihre Lippen: „Möchtest du mir noch irgendetwas sagen?“

Der kurze Moment, in dem sie zögert, bestätigt mir, dass es richtig war innezuhalten.

„Ich bin sehr glücklich, Sir“, antwortet sie nun leise. „Das ist alles, was ich sagen möchte.“

Obwohl ich an ihrer Stimme höre, dass sie wirklich glücklich ist, ergreift mich nun doch wieder ein Zweifel. Ich gebe ihren Hals frei und greife stattdessen nach ihrem Kinn.

„Edda, bist du noch Jungfrau?“, frage ich sehr viel strenger, als ich es beabsichtigt hatte. Sie zuckt zusammen, als hätte ich sie geschlagen, und hält erschrocken die Luft an. Es dauert mehrere Sekunden, bis sie zerknirscht eingesteht: „Ja, Sir, bin ich. Aber bitte… Ich möchte so gern… Ich wollte nur… “

Mit einem verärgerten Schnauben verpasse ich ihr einen nicht gerade zärtlichen Klaps auf die Wange und unterbreche sie böse: „Du wolltest es mir tatsächlich verheimlichen? Dass ich dich dafür bestrafen werde, ist dir hoffentlich klar! Und ich verspreche dir, dass es eine Züchtigung sein wird, die du nicht so schnell vergessen wirst!“

Edda nickt beklommen. „Ja, Sir“, flüstert sie eingeschüchtert und wagt nicht, sich zu bewegen. Trotzdem kann ich förmlich spüren, dass meine Zurechtweisung, die Drohung und mein barscher Tonfall nicht nur ihre Furcht geweckt, sondern auch ihre Lust noch weiter angestachelt haben.

Nachdem die Erkenntnis, dass ich Edda fast mit einem harten, tiefen Stoß entjungfert hätte, mir einen ziemlichen Schrecken eingejagt hat, siegt die Freude darüber, dass ich es noch rechtzeitig erfahren habe, um die Tatsache genießen zu können, dass meine Sub noch unberührt ist und ich der erste sein werde, der sie in Besitz nimmt. Ich atme einmal tief durch, dann nehme ich Eddas Gesicht in meine Hände und küsse sie.

„Du hast Nerven, du kleines Biest“, brumme ich. „So etwas kann auch nur einer echten Highlanderin einfallen!“

Nun lacht sie zaghaft und will wohl ansetzen, es mir zu erklären. Aber die genauen Gründe, warum sie meinte, es mir verschweigen müsste, interessieren mich jetzt nicht, weshalb ich ihr den Zeigefinger auf die Lippen lege und sage: „Für mich ist es der richtige Moment, Edda. Für dich auch?“

Sie atmet einmal tief durch, dann nickt sie und flüstert: „Ja, Sir. Ich wünsche es mir so sehr!“

Also lege ich ihr wieder meine Hand um den Hals, weil es in meinen Augen keine bessere Geste gibt, um meine Sub daran zu erinnern, dass sie mir gehört. Mit dem Handballen übe ich minimalen Druck auf ihren Kehlkopf aus, nicht so sehr, dass es ihren Atem einschränkt, nur gerade so viel, dass sie meine Macht über sich spürt.

„Du wirst stillhalten“, erinnere ich sie streng. „Und falls es ein wenig weh tut, vergiss nicht, dass es Liebe ist.“

Dann küsse ich sie zärtlich und beginne, langsam in sie einzudringen.

Kapitel 51: Durchbrochen

Edda

Wie wundervoll es ist, wenn du in einem leeren Bett einschläfst und in den Armen deines Geliebten wieder aufwachst! Wenn plötzlich sein Duft dich umgibt, seine Lippen und Hände deine Haut berühren und seine Stimme dir etwas von Liebe ins Ohr flüstert! Liebe? Hat Kyle das wirklich gesagt? Ich bin so aufgeregt, verwirrt und berauscht, dass ich zittere. Wie Kyle es verlangt hat, liege ich ganz still und konzentriere mich auf dieses unbeschreibliche Gefühl, das in mir ausbricht, als er sich nun ganz langsam und behutsam in mich hinein schiebt. Sein Glied ist so hart, dass mein Körper ihm keinerlei Widerstand entgegensetzen kann. Umgeben von meiner Feuchtigkeit gleitet es wie von selbst vorwärts.

Doch dann spüre auch ich den Widerstand und halte erschrocken die Luft an. Panik breitet sich in mir aus, weil es sich anfühlt, als würde es nicht weitergehen, als wäre es nicht möglich, dass ich Kyle gehöre. *Eine Wand*, schießt es mir durch den Kopf. *Die Wände sind also doch nicht verschwunden! Ich werde niemals frei sein!*

Gleichzeitig durchzieht ein stechender Schmerz meinen Unterleib, als Kyle noch ein wenig weiter eindringt. Ich wimmere erschrocken auf und klammere mich noch fester an ihn. Kyles Hand, die um meinen Hals lag, löst sich und streichelt meine Wange, während er meine Lippen küsst und flüstert mit rauer Stimme:

„Ich liebe dich, mein Mädchen! Daran musst du immer denken, wenn es weh tut!"

Dann vergräbt er seine Hände in meinen Haaren und fügt hinzu: „Keine Angst, es ist gleich vorbei."

Und damit stößt er einmal ein wenig kräftiger zu und obwohl sich der Schmerz einen Moment lang intensiviert, kann ich spüren, wie er den Widerstand überwindet. Aber ohnehin ist der Schmerz mir in diesem Augenblick völlig egal. Ich nehme ihn kaum wahr, so glücklich machen mich Kyles Worte. *Er liebt mich*, denke ich. *Er liebt mich und er hat die Wand durchbrochen!*

Nachdem er einen Moment innegehalten hat, dringt Kyle nun langsam immer tiefer in mich ein. Das leichte Brennen und Ziehen, das noch zu spüren ist, wird von einem wundervollen Kribbeln übertönt, das sich nun mit aller Macht in mir ausbreitet. Ich halte die Luft an, so unwahrscheinlich und berauschend ist es zu fühlen, wie er sich in mir bewegt, wie er langsam immer tiefer vorstößt und mich Millimeter für Millimeter in Besitz nimmt. Eine unbeschreibliche Spannung baut sich in mir auf, als er mich nach und nach immer mehr ausfüllt. Keinerlei Raum mehr scheint in mir übrig zu sein, den Kyle nicht für sich beansprucht. Er stöhnt leise auf, als ich instinktiv mein Becken ein wenig hebe, um mich ihm darzubieten, wie ich es auch beim Küssen tue.

„Halt still! Bleib liegen, meine Liebste", presst er atemlos hervor, greift nach meinen Handgelenken und drückt sie neben meinem Kopf auf die Kissen. „Sonst kann ich mich nicht beherrschen!“

Schwer atmend versuche ich also, mich nicht zu regen, was das Kribbeln noch sehr viel intensiver macht, weil ich es ertragen muss, ohne darauf reagieren zu dürfen. Es ist die süßeste Qual, die man sich nur vorstellen kann, und der Gedanke, dass ich sie für Kyle auf mich nehme, macht sie noch erfüllender.

„Du gehörst mir, Edda“, flüstert er mir nun ins Ohr, als er sein Glied bis zum Anschlag in mir versenkt hat und ich mir auf die Lippen beiße, weil es wieder ein bisschen weh tut. Aber der Schmerz vermischt sich mit meiner Erregung und macht mich nur noch süchtiger nach diesem berauschenden neuen Gefühl.

„Du gehörst mir! Merk dir das für alle Zeit“, wiederholt er und seine Stimme klingt so rau und bewegt, dass ich es garantiert nie wieder vergessen werde. „Du bist meine *Bonnie Bride*, mein Mädchen!“

Und dann dringt seine Zunge stürmisch in meinen Mund ein und er beginnt, sich zwischen meinen Beinen zu bewegen, während er meine Arme noch fester hält. Ich stöhne leise auf, weil seine Stöße mich fortzutragen scheinen, weit fort an einen Ort, an dem ich noch niemals war.

„Es gibt keine Wand zwischen uns“, flüstere ich, woraufhin Kyle kurz inne hält und mich ansieht. Es ist ganz dunkel, aber ich erkenne schwach die Konturen seines Gesichts über mir. Sein Bart streift mein Gesicht, wenn er sich bewegt und ich spüre das Spiel seiner

Muskeln an meiner Haut. Nun erwidert er leise: „Nein, Edda, es gibt nichts, was uns trennt!“

Dann stößt er zum ersten Mal etwas kräftiger zu und ich verkrampfe mich leicht, aber nicht vor Schmerz, sondern weil es so intensiv ist, dass ich fast davor erschrecke. Die Lust in mir wird immer drängender und ich merke, wie ich am ganzen Körper zu zittern beginne, weil es mich so anstrengt, dass ich mich nicht bewegen darf. Kyles Bewegungen werden immer stürmischer. Er küsst meinen Hals und beißt mich dabei, was mir eine Gänsehaut macht und mir die Erregung wie Stromschläge durch den Körper jagt. Ich höre seinen Atem, spüre ihn an meiner Haut und vergehe in dem Gefühl, nun endlich ganz und gar ihm zu hören. Obwohl ich mir auf die Unterlippe beiße, kann ich es nicht zurückhalten, bei jedem Stoß sehnsüchtig aufzustöhnen. Als ich es schon kaum noch aushalte, richtet Kyle sich zwischen meinen Schenkeln auf und zieht meine Beine um seine Hüften. Dankbar schließe ich sie hinter seinem Rücken und komme ihm entgegen, als er mein Becken etwas zu sich hochzieht.

„Dann wollen wir doch mal sehen, ob du ein braves Mädchen bist, Edda“, flüstert er und beginnt, mit dem Daumen meine empfindliche, kleine Perle zu reiben, während er sich mit tiefen, kreisenden Bewegungen weiter in mir bewegt. „Brave Mädchen kommen, wenn ihr Herr es verlangt!“

Bei seinen Worten zieht sich das Kribbeln in mir zu einem immer stärker werdenden Ziehen zusammen, das mit jeder seiner Bewegungen noch intensiver wird. Alles, mein ganzes Empfinden und jeder meiner Atemzüge, scheint in diesem Moment von Kyles Willen abzuhängen. Alles in mir löst sich auf und gehorcht nur noch ihm. Mein hilfloses Wimmern führt dazu, dass er den Druck intensiviert und gleichzeitig fester in mich dringt. Die Verbindung daraus, ihn in mir zu fühlen und gleichzeitig von seiner Hand liebkost zu werden, ist atemberaubend, und weil Kyle bei mir ist und mich beschützt, habe ich keine Angst, mich in den Abgrund fallen zu lassen, der sich nun in der Dunkelheit vor mir auftut.

Als er die Kontraktion meiner Muskeln spürt, lässt Kyle sich über mich fallen, zieht mich fest in seine Arme und stößt noch einige Male so tief und kräftig zu, dass ich aufschreie, weil meine Lust jedes Mal erneut explodiert. Die Wand ist durchbrochen und ich bin frei! Ich klammere mich an Kyle, lasse mich forttragen und löse mich in dem Glücksgefühl auf, das seine Stimme in mir weckt, als er mit einem tiefen, inbrünstigen Stöhnen ebenfalls kommt.

Kapitel 52: Ein Dom mit seiner Sub

Kyle

Edda schläft in meinen Armen und ich lausche ihrem ruhigen Atem. Obwohl ich müde und erschöpft von der Aufregung und den Anstrengungen der letzten Tage bin, komme ich innerlich nicht zur Ruhe und bin seit Stunden immer noch wach. Zu viele Gedanken gehen mir im Kopf herum und zu erfüllt ist mein Herz noch von dem, was geschehen ist. Die Liebe hat mich völlig unverhofft ergriffen und doch erscheint sie mir schon jetzt wie die Erfüllung eines uralten Wunsches, den ich längst aufgegeben hatte.

Draußen dämmert es bereits. Molly lässt auf meinen Wunsch hin immer die Vorhänge eines Fensters geöffnet, weil ich beim Aufwachen die Berge sehen will. Es scheint neblig zu sein und im Dunst erkenne ich nur die Konturen der Gipfel, die sich um Loch Shiel herum erheben. In meinem Inneren jedoch ist mir alles so klar, als hätte ich in meinem Leben niemals Zweifel gekannt.

Vorsichtig streiche ich Edda ihr dunkles Haar aus dem Gesicht und betrachte sie. Ihre helle Haut mit den fein geschwungenen, dunklen Brauen, ihre vollen Wimpern und die runden Wangen, die so hübsch erröten können, alles an ihr ist mir so neu und vertraut zugleich, dass mein Herz sofort schneller schlägt, kaum dass ich sie berühre. Ihre rosigen Lippen sind leicht geöffnet und als ich sanft ihre Wange streichle, huscht ein kaum wahrnehmbares Lächeln über sie.

Wieder und wieder habe ich in den letzten Stunden den Moment erlebt, als ich ihr Jungfernhäutchen durchstoßen habe, und auch jetzt spüre ich beim Gedanken daran wieder die gleiche Zärtlichkeit und die gleiche brennende Liebe, die mich auch vorhin in jenem Moment erfüllt haben.

„Mein Mädchen“, flüstere ich. „Meine Sub, meine Liebste, meine Gefährtin, meine Frau… Du wirst alles für mich sein, Edda. Viel mehr als jede andere.“

Gerade denke ich, dass es wohl Schicksal oder Bestimmung sein muss, die uns ausgerechnet hier zusammengeführt hat, als draußen ein Geräusch ertönt, das ich nur allzu gut kenne.

Es ist der Klang der *Bagpipe*, der über die Berge zieht und voller tiefer Sehnsucht die wilde Schönheit unserer Landschaft widerspiegelt. Angus spielt gern im Morgengrauen, aber er tut es nie ohne einen besonderen Anlass. Lächelnd schließe ich die Augen und genieße seine wunderschöne Darbietung von *„Flower of Scotland“*, einem meiner Lieblingsstücke.

„Heute ist meine Hochzeitsnacht, alter Freund“, habe ich ihn gestern wissen lassen, als wir uns nach der Fahrt vom Flughafen vor der Freitreppe der *Bonnie Bride* verabschiedet haben.

„Eure Hochzeitsnacht, Sir Kyle?“, hat er gefragt. „Aber Ihr habt doch nicht geheiratet!“

Ich habe mir über den Bart gestrichen und leise gelacht.

„Das stimmt“, habe ich geantwortet. „Aber man muss nicht vor einem Altar stehen, um einen Bund zu schließen. Es ist ein Schritt, der sich in unserer Seele vollzieht.“

Angus hat genickt. „Ich verstehe, Sir Kyle“, hat er gelächelt. „Herzlichen Glückwunsch! Ihr habt Euch die richtige Braut ausgesucht, wenn ich mir die Bemerkung erlauben darf.“

Deshalb spielt er jetzt für uns und vielleicht auch, um uns daran zu erinnern, dass man sich in einer Hochzeitsnacht nicht nur ein einziges Mal lieben sollte. Der tiefe, melancholische Klang der *Bagpipe* rührt genau an dieses wilde, urtümliche Verlangen, das Edda von Anfang an in mir geweckt hat. Es ist dieser Instinkt, sie mir zu unterwerfen und zu besitzen, der mich nun mit aller Macht ergreift.

Ich angele mir ein neues Kondom aus der Dose auf meinem Nachttisch und ziehe es mir über. Dann umschlinge ich Edda von hinten mit den Armen, greife ihr mit beiden Händen fest in ihre vollen Brüste und beiße ihr sanft in den Nacken.

„Wach auf, meine schottische Blume“, raune ich ihr mit vor Erregung dunkler Stimme ins Ohr. „Dein Herr begehrt dich!“

Sie seufzt wohlig im Schlaf und kuschelt sich an mich, was das Feuer in mir noch höher lodern lässt. Mit einer Hand suche ich nach der Kette am Kopfende des Bettes und ziehe sie hervor. Als ich ihre Unterarme fest damit zusammenbinde und die Fesselung mit einem Karabinerhaken fixiere, erwacht Edda und blinzelt mich verschlafen an.

„Guten Morgen, Sir", flüstert sie und lächelt.

„Umdrehen", befehle ich barsch und als sie sich auf den Bauch gedreht hat, ziehe ich sie an den Hüften hoch, so dass sie mit hochgerecktem Po vor mir kniet.

„Der Kopf bleibt unten", ermahne ich sie, als sie sich mit den Armen hochstützen will, was durch die Kette ohnehin kaum möglich ist.

„Ja, Sir", erwidert sie folgsam, spreizt unaufgefordert die Beine und bietet sich mir an, wie es Lektion elf verlangt. Obwohl mich beim Anblick ihres wundervollen und völlig makellosen Arsches die Lust überkommt, sie zu schlagen, verschiebe ich das auf später, weil ich sie haben will, solange Angus noch spielt.

Du hast noch eine Züchtigung bei mir gut, mein Mädchen, denke ich, während ich mit dem Finger vorsichtig in sie eindringe und merke, dass sie immer noch feucht ist. *Und danach wird deine Haut meine Spuren tragen, das verspreche ich dir.*

An ihrem Zittern und der Art, wie ihr Körper meine Liebkosung annimmt, spüre ich Eddas erwachende

Erregung. Ich selbst kann es schon kaum noch aushalten, so sehr fordert Eddas Anblick meine Dominanz heraus.

„Vorhin habe ich dich genommen, wie ein Mann seine Liebste nimmt“, presse ich hervor und fingere sie etwas härter, was ihr ein sehnsüchtiges Seufzen entlockt. „Jetzt werde ich dich nehmen, wie es ein Dom mit seiner Sub tut!“

Damit ziehe ich meine Hand zurück, packe sie fest an den Hüften und dringe ungestüm in sie ein. Und dann nehme ich mein Mädchen zum Klang der *Bagpipe*, deren Melodie sich mit Eddas leisen Stöhnen und dem Klirren der Kette vermischt und mir den besten Start in den Tag schenkt, den man sich nur wünschen kann.

Kapitel 53: Frühstück im Bett

Edda

Während Kyle duscht, bringt Molly das Frühstück und baut es auf einem tischartigen Tablett im Bett auf. „Mylady“, sagt sie augenzwinkernd und macht aus Spaß einen tiefen Knicks vor mir. „Ihr seht so verändert aus!“

Ich erröte leicht und ziehe die Decke noch etwas höher, weil es mir peinlich ist, dass ich ganz nackt bin. Molly weiß das natürlich ohnehin und macht sich einen Spaß daraus, an der Decke und den Kissen herum zu zupfen, um mich in Verlegenheit zu bringen.

„Hach! Liebe muss so schön sein“, flötet sie dabei.

„Ja, aber Liebe kann auch weh tun“, erwidere ich und werfe einen bangen Blick auf den Strafbock, der in der Nähe des Bettes steht. Als Kyle eben ins Bad gegangen ist, hat er unsere Klamotten von dort heruntergenommen, sie auf einen Stuhl geworfen und gebrummt: „Hierauf wird ab sofort nichts mehr abgelegt. Der bekommt jetzt wieder seine ursprüngliche Funktion zurück!“

Molly bemerkt meinen Blick und lacht vergnügt.

„Oh ja, das ist ja das Schöne daran“, freut sie sich, setzt sich zu mir auf die Bettkante und sagt vertraulich: „Du kannst froh sein, dass du Sir Kyle erwischt hast, Schätzchen! Er ist ein gerechter Dom. Bei einem Fiesling wie Sir Henry…“

In diesem Moment wird sie jedoch von Kyles Stimme unterbrochen, die streng fragt: „Wolltest du noch etwas sagen, Molly?“

Wir fahren beide herum und sehen Kyle in der Tür des direkt vom Schlafzimmer abgehenden Bades stehen. Er trägt nichts als ein Handtuch um die Hüften und beim Anblick seines muskulösen Oberkörpers und seiner starken Arme werde ich ganz schwach, so dass ich froh bin, im Bett zu liegen und mich nicht dadurch lächerlich mache, ohnmächtig darnieder zu sinken. Molly springt erschrocken auf und stammelt: „Nein, Sir Kyle! Ich wollte nur… Ich sagte gerade… Ich sollte lieber schweigen, denke ich.“

Kyle streicht sich über den Bart, um ein Lachen zu unterdrücken und brummt: „Das denke ich wohl auch. Geh jetzt! Den Tee kann Edda einschenken.“

Als Molly schon an der Tür ist, ruft Kyle sie noch einmal zurück: „Angus soll Eddas Sachen hierherbringen, richte ihm das bitte aus! Meine Sub gehört zu mir und nicht in den Gesindeflügel.“

Molly versichert, sich sofort darum zu kümmern und verschwindet dann mit einem ausgesprochen zufriedenen Gesicht.

„Das ist dir doch recht, oder?“, fragt Kyle, während er sich neben mich ins Bett setzt und meine Hand nimmt. „Tut mir leid. Ich hätte dich vorher fragen sollen. Aber hier ist wirklich genug Platz und wenn dir etwas nicht gefällt oder fehlt, dann brauchst du es nur zu sagen.“

Ich lächle ihn an, weil ich es so furchtbar süß finde, was er da sagt.

„Ich bin glücklich, wenn ich nur bei dir bin", antworte ich, erschrecke mich aber gleich darauf und korrigiere den Satz: „Bei Ihnen, meine ich! Sir!"

Kyle lacht leise und schenkt nun selbst den Tee ein, was mir gleich den nächsten Schrecken einjagt, weil ich das schließlich machen sollte. „Es ist gut, wenn du mich manchmal duzt", sagt er, tut Milch und Zucker in meinen Tee und reicht mir die Tasse, die ich beschämt entgegen nehme. „Das ist ein Zeichen dafür, dass es mit uns funktioniert."

Dann erklärt er mir, dass das Spiel in unterschiedlichen Momenten unterschiedlich stark sein kann und dass es immer auch eine andere Ebene geben muss, auf der man sich auf Augenhöhe begegnen und normal miteinander sprechen kann.

„Ich sagte dir doch, dass ich nicht nur dein Herr bin, Edda, sondern auch dein Freund und dein Geliebter", fügt er hinzu, zieht meine Hand an seine Lippen und küsst sie. „Hier in der *Bonnie Bride* spielen wir normalerweise 24/7, aber jeder hier hat immer die Möglichkeit, sich zurückzuziehen und abzuschalten. Wenn wir aber ein Paar sind, dann ist das ein sehr viel engeres und intensiveres Verhältnis."

Vor lauter Freude über seine Worte verschütte ich etwas Tee, als ich wiederhole: „Wenn wir ein Paar sind?"

Kyle runzelt die Stirn, schiebt mir eine Gabel Rührei in den Mund und brummt: „Merk dir zehn dafür! In diesem Bett wird kein Tee verschüttet! Ja, wir sind ein Paar, würde ich sagen. Denkst du nicht? Immerhin habe ich dir gesagt, dass ich dich liebe."

Nun stelle ich die Teetasse lieber eilig wieder auf dem Tablett ab, weil ich fürchte, gleich anzufangen zu weinen und dann noch mehr Flecken auf die Bettwäsche zu machen.

„Es mag früh sein, um so etwas zu sagen", fährt Kyle nun nachdenklich fort. „Es ist auch sonst überhaupt nicht meine Art. Aber es fühlt sich so an, warum also sollte ich es dir verschweigen?"

Verlegen schlucke ich das Rührei herunter und beiße mir auf die Unterlippe. Wie gern würde ich ihm sagen können, dass ich ihn auch liebe. Wie gern würde ich ihm noch viel mehr sagen! Ich möchte ihm so viel erklären und alles erzählen, was mich bewegt, von den Wänden und meinen Ängsten und von dem, was früher war. Aber ich schweige, weil ich es nicht fertigbringe. Meine Lippen sind wie zugeklebt und es fühlt sich an, als würde mein Brustkorb immer enger zusammengeschnürt werden. Kyle sieht mir meine Überforderung wohl an, denn er lächelt und füttert mich mit einem Stück gebratener Tomate.

„Du brauchst jetzt nichts zu sagen, Edda", meint er. „Wir haben alle Zeit der Welt."

Dann trinkt er einen Schluck Tee und isst selbst etwas. Mit zittrigen Händen streiche ich mir die Haare aus dem Gesicht und versuche, mich zu beruhigen. *Warum bist du nur so ein gestörter Nerd, Edda?*, denke ich verzweifelt. *Der tollste Mann der Welt macht dir eine Liebeserklärung und du schweigst?!*

„Aber eins will ich schon wissen“, fällt Kyle nun ein. Er schaut mich prüfend an und fragt streng: „Was hast du dir dabei gedacht, mir verheimlichen zu wollen, dass du noch Jungfrau bist? Die Lektion mit dem Vertrauen hast du wohl noch nicht so ganz verinnerlicht!“

Ich spüre, wie ich rot werde, nehme nun doch eilig wieder meine Tasse und trinke etwas, um mein Gesicht verbergen zu können. Kyle wendet seinen Blick jedoch nicht ab, so dass ich mich nervös verschlucke und die Tasse hustend wieder wegstelle.

„Ich… Also, ich…“, stammele ich und er zieht fragend die Augenbrauen hoch. „Es war mir einfach…“

Als ich schweige, weil ich viel zu verlegen bin, um es zu erklären, fragt er ungeduldig: „Es war dir was? Entfallen?!“

Ich räuspere mich. „Nein, nein“, beeile ich mich zu sagen. „Es war mir nur so peinlich, Sir… Ich habe mich geschämt, das war eigentlich alles.“

Kopfschüttelnd trinkt Kyle noch einen Schluck Tee, schmiert dann Butter auf eine Scheibe Toast und brummt: „Na, dann bin ich ja mal gespannt, wie peinlich es dir sein wird, wenn du mit nacktem Arsch über den Strafbock gebunden liegst!“

Kapitel 54: Die Schandkappe

Kyle

Dass Eddas Verschlossenheit vielleicht noch tieferliegende Gründe als einfache Schüchternheit hat, realisiere ich, als ich am Nachmittag mit ihr in den *Punishment Room* gehe. Ich habe nicht vor, sie jetzt zu züchtigen. Wir haben den Vormittag im Bett verbracht, uns wieder und wieder geliebt und sind dann mit den Hunden spazieren gegangen. Bestrafen will ich sie heute Abend, jetzt möchte ich mir dafür nur eine Gerte aussuchen und ihr dabei mein Spielzimmer zeigen. Sie scheint nervös zu sein und sucht Halt, indem sie meine Hand besonders festhält.

So ziemlich das erste, was ihr ins Auge springt, ist die Schandkappe, die ich Molly neulich aufgesetzt habe und die sie beim Verlassen des Raums fein säuberlich auf den Stuhl neben der Tür gelegt haben muss. Denn dort erblickt Edda sie nun und zuckt so erschrocken zusammen, als wäre das alberne Ding eine giftige Schlange. Allerdings sagt sie nichts und schaut schnell wieder weg.

Sie ist klug, denke ich amüsiert. *Wichtige Sub-Lektion: Lass deinen Dom niemals merken, dass du Angst hat, weil er dann nämlich genau da ansetzen wird.*

Allerdings habe ich es eben leider trotzdem bemerkt und nachdem ich mir eine schöne Ledergerte mit doppelter Zunge am Ende und außerdem ein breites

Paddle vom Haken genommen habe, gehe ich zu dem Stuhl und nehme mir die rosa Kappe. Edda bleibt erschrocken bei den Strafwerkzeugen stehen und beobachtet mich mit großen Augen. Als ich zum Spiegel gehe und sie mit zwei Fingern zu mir heranwinke, passiert es zum ersten Mal, dass sie einen Befehl nicht sofort befolgt. Ich ziehe die Augenbrauen hoch, verschränke die Arme vor der Brust und mustere sie streng.

„Komm her, Mädchen“, befehle ich barsch. „Und merk dir zehn für diese Weigerung!“

Zögernd kommt sie nun und wagt es nicht, mich anzusehen.

„Wir sind schon bei zwanzig“, bemerke ich drohend. „Die Züchtigung für die verheimlichte Jungfräulichkeit nicht eingeschlossen. Also sieh dich besser vor, Edda, sonst wirst du in den nächsten Tagen ernste Schwierigkeiten beim Sitzen bekommen.“

Sie nickt verschüchtert und als ich sie am Kinn greife, ihr Gesicht hebe und Anstalten mache, ihr die Kappe aufzusetzen, zuckt sie zurück und Tränen schießen ihr in die Augen. Nach diesem Ungehorsam hatte ich nun eigentlich vorgehabt, ihr das Ding überzustülpen, sie über einen der Böcke zu beugen und ihr zumindest die nun offenen zwanzig Schläge mit dem Paddle aus festem, dicken Leder doch schon sofort zu verpassen. Edda reagiert empfindlich auf Schmerz, aber in der richtigen Dosierung wäre es mit dem Paddle durchaus gegangen. Nun merke ich aber an ihrer

Reaktion, dass ich ungewollt eine Grenze berührt habe, von deren Existenz ich keine Ahnung hatte. Schmerzen sind hierbei nicht das Problem. Sie hat Angst vor der Demütigung.

Trotzdem setze ich ihr die Mütze auf, weil ich nur in einem wirklichen Notfall einen Rückzieher machen würde und so schlimm scheint mir Eddas Problem nicht zu sein. Ganz im Gegenteil halte ich es für wichtig, dieser Sache nachzugehen, um sie besser verstehen und entsprechend darauf eingehen zu können. Oft braucht es eine gewisse Härte, um einem Hindernis zu begegnen. Und in den meisten Fällen stellt man dann fest, dass die Angst vor dem Problem sehr viel größer als das Problem selbst war. Meistens ist es vor allem die Angst, die uns blockiert.

„Sieh in den Spiegel", verlange ich, als Edda die Mütze auf dem Kopf hat. Sie beißt sich auf die Unterlippe, atmet einmal tief durch und tut, was ich gesagt habe. Aber kaum hat sie ihr Spiegelbild gesehen, schlägt sie die Hände vor das Gesicht und fängt an zu schluchzen.

Tränen sind keine Seltenheit beim Spielen. Wenn man sich aufeinander einlässt und die eigenen Grenzen immer weiter erkundet, weckt man oft so intensive Gefühle, dass sie sich in dieser Form äußern. Ich kann gut damit umgehen, wenn meine Sub weint. Mir ist zu viel Intensität immer lieber als zu wenig. Ich lasse Edda einen Moment in Ruhe, setze mich auf den Strafbock, über dem Molly neulich ihre Strafe von Angus empfangen hat, und betrachte sie nachdenklich. *Sie braucht nicht nur Führung, sondern vor allem auch Einfühlsamkeit und Verständnis*, denke ich. *Wir stehen noch ganz am Anfang unseres Kennenlernens.*

„Komm her zu mir", sage ich irgendwann mit sanfterer Stimme und ohne die Hände vom Gesicht zu nehmen, flüchtet sie sich in meine Arme. Sie steht vor mir zwischen meinen Beinen und weint an meine Brust, während ich fest die Arme um sie schließe und sie festhalte.

„Warum weinst du, Edda?", flüstere ich ihr irgendwann ins Ohr. „Was ist so schlimm an dieser Mütze? Es ist nur ein Stück Stoff."

Nun schluchzt sie sogar noch heftiger und stößt wie ein kleines Mädchen hervor: „Sie soll weg! Bitte nimm sie ab!"

Ich lache leise, lege mein Kinn auf ihrem Kopf ab und verschränke meine Füße hinter ihren Beinen. „Sie kommt weg, wenn ich es für richtig halte", antworte ich ruhig. „Sag mir, was so schlimm daran ist, dann nehme ich sie dir ab."

Edda schweigt und ich spüre, wie ihre Tränen mein Hemd durchnässen. *Mein armes Mädchen*, denke ich. *Was geht bloß in dir vor?*

„Wenn du nicht mit mir sprichst, Edda, dann werde ich dich den ganzen Tag mit der Mütze herumlaufen lassen", drohe ich ihr nun halb im Scherz, wobei ich die Ankündigung natürlich wahr machen würde, wenn es nötig sein sollte. Ich bin kein Dom, der viel mit solchen

Formen der Demütigung spielt, aber wenn es mir als Prüfung oder Strafe sinnvoll erscheint, kann es als Ausnahme durchaus passieren.

Nun schaut Edda entsetzt zu mir auf. Tränen stehen in ihren großen, blauen Augen und sie sieht so hübsch und verletzlich aus, dass ich mich sehr beherrschen muss, sie nicht einfach zu küssen. Aber das muss noch warten. „Oh, bitte nicht, Sir“, flüstert sie nun.

„Verrate mir den Grund“, sage ich leise. Eher als ein Befehl ist es eine Bitte und als ich ihr Gesicht zwischen meine Hände nehme und ihr mit den Daumen die Tränen von den Wangen streiche, kann ich spüre, wie sie mit sich hadert. Sie will es mir sagen, aber es fällt ihr sehr schwer.

„Es ist…“, beginnt sie und neue Tränen quellen aus ihren Augen hervor. „Mit der Mütze können alle sehen, dass…“

Dann bricht sie den Satz ab und versteckt sich wieder an meiner Brust. „Was können dann alle sehen? Dass du ein böses Mädchen warst?“, frage ich lächelnd in Anspielung auf den Satz, der vorne auf die Mütze gestickt ist: *„I've been a bad girl, Sir!“*

Edda schüttelt den Kopf, muss aber nun auch ein wenig lachen, was ihr die Kraft gibt, endlich mit dem Grund für ihre Verzweiflung herauszurücken: „Dass ich anders bin, Sir“, flüstert sie. „Dass ich nicht dazu gehöre und von den anderen getrennt bin. Die Mütze macht das sichtbar.“

Wieder zwinge ich sie mit sanfter Bestimmtheit, mich anzusehen, und mustere sie nachdenklich, was ihr sichtbar unangenehm ist. Ich verstehe nicht genau, was sie meint, aber anscheinend hat die Mütze einen inneren Konflikt in ihr berührt, dessen Ausmaß ich im Moment noch nicht einschätzen kann.

„Also, dass du anders bist, stimmt schon", lächle ich, beuge mich zu ihr herunter und küsse sie nun endlich. „Du bist nämlich viel hübscher, zauberhafter und hinreißender als die meisten anderen Menschen!"

Edda lächelt schüchtern und legt mir zögernd die Arme um den Hals. Anstatt sie noch einmal in den Spiegel schauen zu lassen, ziehe ich ihr nun die Mütze vom Kopf, werfe sie in eine Ecke und vergrabe meine Hände in Eddas Haaren. Unser Kuss ist zärtlich und inniglich und ich habe das Gefühl, ihr durch diese merkwürdige Episode sehr viel näher gekommen zu sein, auch wenn ich noch nicht genau verstanden habe, was eigentlich los war, geschweige denn, was wohl dahinterstecken mag.

„Hör mal, mein Mädchen", sage ich irgendwann ernst, als wir uns voneinander lösen. „Als dein Dom erwarte ich, dass du es mir immer sagst, wenn du dich vor etwas fürchtest. Nur dann kann ich dich sicher durch diese Angst begleiten. Und als der Mann an deiner Seite *bitte* ich dich, mir immer alles zu erzählen, was dich bewegt. Es gibt nichts, das du mir nicht anvertrauen könntest. Okay?"

Edda schlägt die Augen nieder und nickt. „Okay, Sir“, murmelt sie. „Ich bin ziemlich schlecht in solchen Dingen. Aber ich werde mich wirklich bemühen.“

Ich drücke ihre Hand und ziehe sie auf die Tür zu, um den *Punishment Room* zu verlassen. „Wir haben alle Zeit der Welt, meine Liebste“, erwidere ich. „Du wirst schon spüren, wann der richtige Moment ist, um mir etwas anzuvertrauen.“

Kapitel 55: Rundgang

Edda

Als wir den *Punishment Room* verlassen haben, sagt Kyle, dass er mir noch ein bisschen mehr von der *Bonnie Bride* zeigen will. Zunächst gehen wir durch seine Räume, zu denen neben eben jenem Strafraum, dem Schlafzimmer mit Bad, der Bibliothek, einem weiteren Kaminzimmer mit Billardtisch und einem sehr gemütlichen Wohnzimmer, ein Ankleidezimmer und eine Dunkelkammer gehören.

„Meistens fotografiere ich natürlich digital, aber es ist sehr reizvoll, selbst zu entwickeln. Man ist dabei dem ganzen Entstehungsprozess des Bildes sehr viel näher", sagt er, als ich all die Geräte betrachte, von denen ich keinerlei Ahnung habe.

„Ich denke, ich werde in nächster Zeit wieder mehr fotografieren", fährt Kyle fort, legt mir die Hand in den Nacken und zieht mich an sich, um mich zu küssen. „Ich habe mir da nämlich so ein reizvolles Motiv eingefangen…"

Im Ankleidezimmer stellen wir fest, dass Angus meine Sachen bereits gebracht und Molly sie schon einsortiert hat. Ich schäme mich etwas, weil meine paar Kleider ziemlich ärmlich neben Kyles vielen Sachen wirken. Natürlich bemerkt er meine Verlegenheit sofort. Kyle MacLean sieht eben mehr als andere.

„Wenn ich nächstes Mal nach London fahre, bringe ich dir ein paar Klamotten mit“, lacht er. „Deine Körpermaße kenne ich jetzt schon auswendig. Du kannst mich natürlich auch begleiten. Das wäre sowieso besser, weil ich mich nur ungern von dir trennen würde, auch wenn es nur ein paar Tage sein sollten.“

Als ich erschrocken den Kopf schüttele und sage, dass ich lieber hier bleiben würde, mustert Kyle mich nachdenklich, sagt aber nichts. Dann gehen wir zu dem eleganten Treppenhaus, über das man nach unten in die Steinhalle gelangt. Kyle deutet auf die andere Seite der Galerie, wo gegenüber von seinem eigenen Trakt ein weiterer abgeht.

„Da liegen Henrys Räume“, erklärt er mir. „Und die von William sind darunter. Ich zeige sie dir, wenn die beiden das nächste Mal hier sind.“

Ich habe schon viel darüber nachgedacht, wie es wohl werden wird, wenn Kyles Freunde in die *Bonnie Bride* kommen werden. Dass ich mich vor diesem Moment fürchte, ist noch weit untertrieben. Ich habe mich nun eingelebt und finde mich zurecht. Zum ersten Mal seit langer, langer Zeit fühle ich mich an einem Ort wirklich zu Hause. Wenn aber diese beiden Männer, die ja ebenfalls Hausherren sind, hier auftauchen, wird sicher alles völlig anders sein. Und dass im Sommer häufig noch zahlreiche Gäste in der *Bonnie Bride* residieren, habe ich natürlich ebenfalls mitbekommen. Die Abgeschiedenheit und Einsamkeit, die ich an diesem Anwesen so schätze, dürften dann wohl dahin sein, wenn es hier von den ausgeflippten Bekannten der drei wimmelt.

„Wie ist das eigentlich, wenn ihr alle hier seid?“, erkundige ich mich möglichst unauffällig. „Seht ihr euch dann viel?“

Kyle lacht leise und zieht mich die breite, geschwungene Treppe in die Halle herunter. „Mach dir keine Sorgen, Liebste“, sagt er, weil er schon wieder sofort begriffen hat, dass mir die Vorstellung einer Veränderung Unbehagen bereitet. „Es wird sich alles finden. Wie viel man sich in der *Bonnie Bride* sieht, folgt keinen bestimmten Regeln. Es kann immer anders sein, je nachdem, wer gerade da ist, wie man drauf ist und was man braucht. Wir sind wie eine Familie, verstehst du? Nur ohne die anstrengenden Konventionen.“

Ich schweige, weil ich trotzdem besorgt bin. So locker und offen wie Kyle bin ich sicher nicht, zumal er die beiden ja auch seit frühester Kindheit kennt. Sie waren seit ihrer Einschulung im gleichen Internat und haben so ziemlich alles zusammen durchgemacht, was man sich nur vorstellen kann, hat er mir vorhin beim Spazierengehen erzählt. Wenn er von Henry und William spricht, spürt man sofort, dass die beiden wie Brüder für ihn sind und ihm sehr viel bedeuten. Mit so engen Bindungen zu konkurrieren, beziehungsweise mich mit ihnen arrangieren zu müssen, stellt für mich eine schier unüberwindbare Hürde dar. Aber zunächst einmal schiebe ich den Gedanken beiseite, weil mein

Herz und mein Kopf im Moment von all den neuen Eindrücken überquellen.

Hinter der Steinhalle liegen einige Gemeinschaftsräume, wie ein elegantes Esszimmer mit einer großen Tafel und das prächtige, große Wohnzimmer, an dessen große Glasfront die wundervolle Aussichtsterrasse anschließt, von der aus man über Loch Shiel, den Park und die umliegenden Berge blickt und wo Angus für mich auf der *Bagpipe* gespielt hat.

„Und dann haben wir unten noch verschiedene Spielzimmer", grinst Kyle und öffnet eine Tür in einen Flur, der wohl in den Bereich der *Bonnie Bride* führt, der unter seinen eigenen Räumen liegt.

„Spielzimmer?", frage ich beklommen, denn inzwischen habe ich natürlich begriffen, dass es sich hierbei um Räume wie den *Punishment Room* handeln dürfte. Zwar kann ich nicht leugnen, dass ich all das sehr, sehr aufregend finde und dass ich es über die Maßen genieße, wenn Kyle solche Dinge mit mir macht, aber für mich ist dieses „Spiel" eben an meinen Herrn gebunden. Es gehört nur uns beiden, ebenso wie ich nur ihm gehöre. Die Vorstellung, dass sich durch das Eintreffen von Kyles Freunden die ganze *Bonnie Bride* in eine wilde BDSM-Partystätte verwandelt, beunruhigt mich zutiefst.

„Nun ja, Zimmer…", schmunzelt Kyle und öffnet eine Tür. „Wir hätten hier zum Beispiel eine Praxis."

Erstaunt sehe ich eine richtige Arztpraxis vor mir, in deren Mitte ein echter gynäkologischer Stuhl steht. Erst auf den zweiten Blick bemerke ich, dass es neben vielen Gemeinsamkeiten auch diverse Unterschiede zu einem herkömmlichen Behandlungsraum gibt. Dildos, Rohrstöcke und jede Menge Klemmen sind nur einige der Beispiele.

„Oh, wem gehört denn der Teddy?“, frage ich und zeige auf den großen, rosa Plüschbären, der auf einem der weißen Metallschränke sitzt. Kyle streicht sich über den Bart und lacht.

„Ich glaube, der dient dazu, die kleinen Patientinnen während der Behandlung zu beruhigen“, sagt er. „Zum Kuscheln, damit es nicht so weh tut, verstehst du?“

Entsetzt starre ich das Kuscheltier an. Natürlich verstehe ich es nicht.

„Kleine Patientinnen?“, frage ich. „Aber… Es gibt hier doch keine Kinder, oder?“

Kyle grinst und schüttelt den Kopf. „Nein, nicht doch“, antwortet er, nimmt einen herzförmigen Lutscher aus einer Schale und packt ihn aus. „Es ist ein Spiel. William ist Age Player mit Leib und Seele, ein ziemlich fieser Daddy in all seinen Facetten.“

Ich komme mir dumm vor, weil ich kaum ein Wort von dem begreife, was Kyle da gerade gesagt hat. Er schmunzelt und setzt sich auf den mit weißem Leder bezogenen Rollhocker, den es wohl in jeder Arztpraxis gibt. Dann klopft er sich auf den Oberschenkel und sagt: „Komm her, Prinzessin! Wenn du brav stillhältst, während der Onkel Doktor dich abtastet, bekommst du auch eine Belohnung."

Seine Worte irritieren mich zwar, lösen aber auch das nicht zu leugnende Verlangen in mir aus, mich sofort auf seinen Schoß zu setzen und mich „untersuchen" zu lassen. Als ich tatsächlich zu ihm komme, lacht Kyle, steckt mir den Lolli zwischen die Lippen und kneift mir in die Brustwarzen.

„William ist der böse Doc in der *Bonnie Bride*", sagt er, während wir das unheimliche Zimmer wieder verlassen. „Henry spielt hier auch manchmal, aber eher mit Nadeln und Skalpell anstatt mit Teddys."

Als ich große Augen mache, winkt Kyle ab. „Das wirst du schon nach und nach alles mitkriegen", meint er unbekümmert und führt mich als nächstes in einen großen Saal mit vielen Spiegeln an den Wänden, den er dann auch passenderweise als „Spiegelsaal" bezeichnet. Es ist ein wunderschöner, großer Raum, an dessen stuckverzierter, hoher Decke Kronleuchter mit echten Kerzen hängen. Auch an den Wänden sind Kerzenhalter befestigt und ich stelle es mir märchenhaft schön vor, wenn das Licht all dieser Flammen im Dunkeln von den vielen Spiegeln reflektiert wird. Auch von hier aus gelangt man ins Freie, allerdings nicht auf die große Panorama-Terrasse, sondern in den angrenzenden *Walled Garden*.

„Vom Spiegelsaal kommt man direkt in den Rosengarten ", sagt Kyle und deutet durch die hohen, zweiflügeligen Glastüren, die hinaus führen. „Es ist wunderschön, wenn wir im Sommer hier feiern und an lauen Abenden der Rosenduft durch die geöffneten Fenster kommt. Ah, sobald sie blühen, werde ich dich übrigens an einer Leine dort draußen spazieren führen! Das bin ich meinem Gärtner schuldig“, lächelt er und zieht mich an sich. Dann nimmt er mir den Lolli aus dem Mund, wirft ihn einfach in einen der Hutständer voller Rohrstöcke, die irgendwie überall in der *Bonnie Bride* herumstehen, und küsst mich so leidenschaftlich, dass mir ganz schwindelig wird. Die Vorstellung, wie ein Hund an einer Leine herumgeführt zu werden, macht mir Herzklopfen, aber auch wenn sie mir etwas unheimlich ist, finde ich sie gleichzeitig auch unbeschreiblich reizvoll.

„Okay, Sir“, flüstere ich und beiße mir aufgeregt auf die Unterlippe.

Kyle mustert mich mit einem so intensiven Blick, dass ich instinktiv zusammenzucke, als er die Hand hebt. Aber er will mich nicht schlagen, sondern streicht mir nur die Haare aus dem Gesicht. Bei meiner Bewegung leuchten seine Augen auf und seine Hände schließen sich um meinen Hals.

„So ist es recht, mein Mädchen“, flüstert er mir mit rauer Stimme ins Ohr, während seine Lippen mein Gesicht liebkosen und der Druck seiner Finger mir langsam die Luft knapp werden lässt. „Ich mag es, wenn du wie eine Hündin zusammenzuckst, weil du nicht weißt, ob die Hand deines Herrn dich schlagen oder liebkosen wird.“

Ich schließe die Augen, weil seine Worte mich in ihrer dunklen Poesie verzaubern und mir durch den fehlenden Sauerstoff ganz schummrig wird. Komischerweise habe ich keine Angst. Wenn mein Onkel mich früher bestraft hat, habe ich oft Angst vor dem Ersticken gehabt, aber jetzt ist Kyle bei mir und es gibt keine Wände, die uns trennen oder mich einsperren könnten.

Als mir schwarz vor Augen wird und ich das Gefühl habe, rückwärts in einen tiefen, dunklen See zu fallen, lässt Kyle meinen Hals los und küsst mich so gierig, dass ich von einer Erregung sofort in die nächste stürze.

„Ich muss dich jetzt sofort haben", presst er hervor und macht sich mit einer Hand seine Hose auf. Mit der anderen hebt er mich auf einen Tisch oder so etwas, drückt mich auf den Rücken und ist schon dabei, mir Strumpfhose und Slip in einem auszuziehen, um danach ein Kondom aus seiner Hemdtasche zu holen und die Packung eilig aufzureißen. In meinem Kopf ist kein Platz mehr für Gedanken, so sehr gehöre ich in diesem Moment Kyle und sehne mich nach dem Moment unserer Vereinigung. Deshalb nehme ich es auch nur am Rande war, dass es wohl dicke Gitterstäbe sind, auf denen ich liege und um die sich meine Finger schließen, während Kyle nun meine Beine spreizt und mit einem grimmigen Schnauben in mich eindringt.

Kapitel 56: Augenblicke wie Fotos

Kyle

Für die Strafe wegen der verheimlichten Jungfräulichkeit nehme ich mir nun doch vor, lieber ein paar Tage verstreichen lassen, weil ich Edda nicht überfordern will. Schläge bekommt meine Sub zwar immer, es sollte in meinen Augen kein Tag ohne welche vergehen, aber für eine härtere Züchtigung muss der Moment stimmen, vor allem wenn es sich um eine Anfängerin wie mein Mädchen handelt.

Die zwanzig Schläge, die sich im Laufe des Tages angesammelt haben, bekommt Edda nackt auf dem Bett kniend mit dem Paddle und auch das ist schon eine recht anstrengende Prüfung für sie. Obwohl ich mich bei den letzten Hieben eindeutig in der Nähe ihrer oberen Schmerzgrenze bewege, hält sie tapfer ihre Position und zählt fehlerfrei mit. Ich bin immer wieder berührt von der Empfänglichkeit und Hingabe, mit der sie ihre Strafen entgegennimmt.

„Du *brauchst* es, dass ich dich bestrafe, nicht wahr?“, frage ich sie nach dem letzten Schlag mit rauer Stimme, greife ihr in die Haare und ziehe sie zu mir hoch.

„*Aye*, Sir“, flüstert sie aufgewühlt an meine Lippen. „Danke, Sir!“

Dann lässt mein Kuss sie verstummen. Ich drücke sie auf den Rücken hinunter und ziehe mir, zwischen ihren geöffneten Schenkeln kniend, ein Kondom über. Sie beobachtet mich mit leicht glasigem Blick und fügt hinzu: „Ich brauche es wirklich. Einerseits fürchte ich mich vor der Strafe, aber ich bin auch voller Sehnsucht danach. Wenn du mich bestrafst, ist es, als würde eine Leerstelle in mir ausgefüllt werden, die niemand sonst erreichen könnte."

Als sie später erschöpft von ihrem Orgasmus in meinen Armen liegt und schläft, denke ich noch lange über ihre Worte nach. Je näher ich Edda komme und je besser ich sie kennenlerne, desto mehr Rätsel gibt sie mir auch auf.

„Was ist das für eine Leerstelle, mein Mädchen?", habe ich sie leise gefragt, während ich in sie eingedrungen bin und meine Finger mit ihren verschränkt habe.

„Ich weiß es nicht", hat sie geflüstert, aber ich habe gespürt, dass sie es sehr wohl wusste. Sie wollte es mir nicht sagen. Oder besser, sie *konnte* es nicht. Denn von Eddas Gehorsam bin ich vollkommen überzeugt. Sie würde mir nie etwas verweigern, das sie mir geben könnte. Es muss ihr aber unmöglich gewesen sein. *Sie braucht Zeit*, habe ich gedacht und nicht weitergefragt. *Sie braucht Zeit und den richtigen Moment.*

Bis dahin sammele ich Augenblicke wie diesen, als wären es Fotos, die ich vielleicht irgendwann zu einer Art Geschichte zusammenlegen und verstehen kann. Auch ein anderer befindet sich in dieser Sammlung, an den ich nun auch wieder denke: Als ich Edda vorhin im Spiegelsaal genommen habe, war sie danach ganz erschrocken, als sie realisiert hat, dass es ein Käfig war, auf dem sie gelegen hatte. Und erst, als ich sie von dem Ding heruntergehoben habe, hat sie auch die anderen bemerkt. Denn der Spiegelsaal verfügt über verschiedene Käfige, die auch als Tische oder Sitzmöglichkeiten dienen. Bis auf ein paar Sessel und verschiedene Bondage-Spots gibt es dort kaum andere Möbelstücke. Anscheinend war Edda von den vielen Spiegeln vorher so abgelenkt, dass sie dieses überaus reizvolle Detail bis zu diesem Zeitpunkt nicht bemerkt hatte.

„Fürchtest du dich vor Käfigen, Mädchen?“, habe ich sie gefragt, weil ihr die Angst förmlich ins Gesicht geschrieben stand. Aber sie hat nur den Kopf geschüttelt und keinen Ton dazu gesagt. Weil ich ihr in meinen Augen mit der Schandkappe zuvor schon genug zugesetzt hatte, habe ich darauf verzichtet, weiter in sie zu dringen und bin stattdessen mit ihr in den Garten gegangen. Während wir geschaut haben, ob die Triebe der Obstbäume weiter gewachsen sind, habe ich Edda den Ampel-Code erklärt und ihr das Versprechen abgenommen, immer abzubrechen, wenn eine Situation sie überfordert.

„Ich kann nicht in dich hineinschauen, Edda“, habe ich gesagt. „Auch wenn ich noch sehr aufpasse, kann es immer passieren, dass ich etwas falsch einschätze. Ich muss mich darauf verlassen können, dass du es rechtzeitig sagst. Und vergiss nicht, dass ich es wissen will, wenn dir etwas Angst macht!“

Die Käfige haben ihr Angst gemacht, denke ich auch jetzt wieder, während ich Eddas Haar liebkose und sie dicht an mich gekuschelt friedlich schläft. *Und im richtigen Moment werde ich herausfinden, was dahintersteckt.*

Kapitel 57: Schöne Überraschung

Edda

Die letzten Tage waren die wohl schönsten meines Lebens. Obwohl es Momente der Verunsicherung gab, haben auch sie mich Kyle letztlich immer nur noch näher gebracht. Er kann mich lesen, als wäre ich ein Buch, und ist der erste Mensch, der mich ohne viele Worte versteht und immer erkennt, wie ich mich fühle. Es stimmt, was er manchmal sagt: Er weiß, was ich brauche.

Nachdem wir in den letzten Tagen viel Zeit miteinander verbracht haben, muss Kyle heute dringend arbeiten und zieht sich nach dem Frühstück in seine Bibliothek zurück. Ich gehe stundenlang mit den Hunden spazieren, spiele mit ihnen und besuche Angus bei der Arbeit, der damit beschäftigt ist, die Beete im Park herzurichten.

Als ich zurück in die *Bonnie Bride* komme, ist Molly gerade dabei, Tee für Kyle herzurichten und erlaubt mir, dass ich ihn nach oben bringe. Mit dem Tablett mache ich mich also auf den Weg und klopfe wenig später an die Tür der Bibliothek. Mein Herz klopft immer noch, wenn ich Kyles Räume betrete, in denen ja auch ich jetzt wohne. Als seine Stimme von drinnen erklingt, beiße ich mir auf die Unterlippe und fühle mich einen Moment so wie an jenem Abend, als Kyle mich nach unserer Begegnung im Park sprechen wollte und ich zum ersten

Mal hierher kam. *Es sind erst wenige Wochen seitdem vergangen*, denke ich, während ich den Raum betrete und leise die Tür wieder hinter mir schließe. *Aber es ist so viel seitdem geschehen!*

Kyle ist vertieft in ein Dokument, das er auf seinem Notebook geöffnet hat, und beachtet mich nicht weiter, während ich den Tee einschenke, die Zitrone hinein tue und ihm die Tasse und das Schälchen mit *Shortbread* hinstelle. Erst als ich mich leise räuspere und frage, ob er noch einen Wunsch hat, sieht er auf und lächelt erstaunt.

„Oh, was für eine schöne Überraschung“, sagt er, weil er wohl eher mit einem der Dienstmädchen als mit seinem Mädchen gerechnet hätte. „*Aye*… Ich habe in der Tat einen Wunsch“, fügt er hinzu, rückt mit seinem Stuhl etwas nach hinten und zieht mich auf seinen Schoß. „Zeig mir deine Brüste, Mädchen“, verlangt er und beim rauen, strengen Klang seiner tiefen Stimme beginnt mein Herz sofort schneller zu schlagen. Meine Finger zittern leicht, während ich das Band aufnestele, das meinen Ausschnitt mit einer Schleife zusammenhält. Ich zerre ihn eilig herunter, hebe meinen Busen aus dem BH und strecke ihn Kyle entgegen.

„Pfoten weg“, grinst er und schlägt mir wie einem kleinen Kind auf die Finger. „Auf den Rücken mit den Händen!“

Ich tue, was er verlangt und schließe die Augen, während er meine Brüste nun mit festem Griff umschließt, sein Gesicht hineindrückt und den Duft meiner Haut einatmet. Fast mehr noch als seine Berührung genieße ich das berauschende Gefühl, mich seinem Willen auszuliefern.

„Genau davon habe ich den ganzen Vormittag geträumt“, murmelt er, während seine Lippen eine meiner Brustwarzen suchen und beginnen, daran zu saugen, während seine Finger die andere zwirbeln, so dass sie sich beide hart zusammenziehen und durch Kyles Liebkosungen noch empfindsamer werden. Als mir ein schmerzverzerrtes Seufzen herausrutscht, weil er mir recht fest in den Nippel beißt, bekomme ich einen Klaps auf den linken Busen.

„Das tat doch nicht weh“, tadelt er und beißt gleich noch einmal etwas kräftiger zu. Als ich quieke, aber gleichzeitig lachen muss, bedeckt er meine Brustwarze mit Küssen und brummt: „Na ja, ein bisschen vielleicht…“

Es ist ein so wundervoller und zärtlicher Moment, dass es mir ganz von selbst und ohne nachzudenken über die Lippen kommt: „Ich liebe dich, Kyle“, flüstere ich und kann es selbst kaum glauben, dass ich es einfach gesagt habe. Schon seit Tagen ringe ich mit mir, um es endlich herauszubringen, weil ich es schließlich fühle und mir nichts dringender wünsche, als es Kyle endlich sagen zu können. Bisher war ich wie blockiert, aber nun in dieser spontanen, liebevollen Situation schien der richtige Moment gekommen zu sein.

Kyle sieht mich einen Moment mit undurchdringlichem Blick an, dann lässt er meine Brüste los, legt seine Arme um mich und zieht mich fest an sich.

„Und ich liebe dich, Edda“, flüstert er mir ins Ohr. „Mit jeder Sekunde mehr!“

Unser Kuss danach ist so intensiv, dass ich die Hoffnung hege, möglicherweise ausgezogen und auf einem der Sessel am Kamin oder auf Kyles Schreibtisch gevögelt zu werden. Seitdem wir damit angefangen haben, kann ich kaum noch begreifen, wie ich dreiundzwanzig Jahre ohne Sex leben konnte. Allerdings habe ich ja auch dreiundzwanzig Jahre ohne Kyle gelebt, was wahrscheinlich eine gute Erklärung ist.

Meine Hoffnung erfüllt sich jedoch leider nicht, obwohl ich Kyles Erregung deutlich unter mir spüren kann. Aber anstatt über mich herzufallen, sagt er irgendwann: „Mein Tee wird kalt, Liebste! Geh jetzt, ich muss arbeiten!“

Aber bevor ich mich mit einem angedeuteten Schmollmund und diesem unbefriedigten Ziehen im Körper erheben kann, packt er mich noch einmal mit festem Griff am Hals, zieht mich noch einmal dicht an sich und knurrt mir ins Ohr: „Und heute Abend wirst du endlich die Gerte zu spüren bekommen!“

Kapitel 58: Wie eine Highlanderin

Kyle

Es ist vielleicht etwas unfair, dass ich Eddas Liebeserklärung zum Anlass genommen habe, ihr endlich die Züchtigung anzukündigen, auf die wir beide nun schon seit Tagen warten. Aber es war für mich der Beweis, dass ihr Vertrauen in mich noch weiter gewachsen ist. Und ihr Vertrauen brauche ich, wenn ich sie an den Strafbock fesseln will.

„Bist du bereit, mein Mädchen?“, frage ich sie.

Draußen ist es dunkel geworden. Wir haben zu Abend gegessen und die Spannung zwischen uns ist immer stärker geworden, so dass beim Dessert bereits ein Blick von mir ausreichte, um Edda nervös erröten zu lassen. Nun steht sie vor mir. Sie ist nackt, während ich immer noch Anzug, Hemd, Krawatte, Weste und Schuhe trage. Und die Gerte habe ich in der Hand und schlage mir damit leicht gegen den Unterschenkel.

„Ja, Sir“, flüstert Edda und schaut unsicher zu mir auf, um dann den Blick sofort wieder zu senken. Ich klopfe mit der Gerte auf die lederne Oberfläche des Bocks und befehle knapp: „Beug dich hierrüber und spreiz die Beine!“

Sie zögert kurz und beißt sich auf die Unterlippe, wie sie es immer tut, wenn sie verunsichert ist.

„Schämst du dich?“, frage ich etwas boshaft und sie errötet sofort.

„Ja, Sir", nickt sie kleinlaut.

Ich lache leise und trete neben den Bock.

„Das ist auch gut so", stelle ich mit strenger Stimme fest und streiche mir über den Bart. „Es war schließlich nicht gerade eine Kleinigkeit, die du dir da geleistet hast. Und jetzt los, sonst werde ich ungemütlich!"

Erschrocken beeilt sie sich nun, sich über den Strafbock zu beugen, der denen aus dem Sportunterricht in der Form nicht unähnlich ist, außer dass er über dicke Lederriemen verfügt, mit denen man den Oberkörper, sowie die Hand- und Fußgelenke des Delinquenten am Gerät fixieren kann. Im *Punishment Room* habe ich ein Modell, das über Stützen für Arme und Knie verfügt, so dass die zu bestrafende Person eher in einer knienden und nicht in einer stehenden Haltung gefesselt wird, was sehr viel bequemer ist. Aber ich will die Strafe hier im Schlafzimmer ausführen, weil es ein intimeres Ambiente für mich ist. Und zudem ist es mir lieber, wenn Edda stehen muss, weil es ganz hinreißend aussieht, wie sie auf den Zehenspitzen balanciert, um den Halt zu bewahren.

Sie kann nicht vornüber fallen, weil ich ihre Fußgelenke bereits festgebunden habe, aber es fühlt sich für sie so an, weil ihr Po ganz oben liegt und ihr Oberkörper auf der anderen Seite nach unten hängt und ihren Schwerpunkt so verlagert, dass die Haltung ihr unsicher und fremd vorkommt. Ich beobachte einen Augenblick das Spiel ihrer Muskeln, während sie versucht, ihr Gleichgewicht zu finden, dann streiche ich mit den Fingerspitzen über die Innenseiten ihrer Oberschenkel, die aufgrund der Beschaffenheit des Strafbocks recht weit gespreizt sind. Sie bekommt eine Gänsehaut und erschauert leicht bei meiner Berührung, was meine ohnehin schon erwachte Erregung noch verstärkt. Als nächstes fessele ich ihre Handgelenke, wobei ich es mir erlaube, sie noch einmal zu küssen. Es ist wundervoll, wie sanft und dankbar sie den Kuss trotz ihrer deutlich spürbaren Anspannung erwidert.

„Sei tapfer, verstanden?“, flüstere ich. „Du hast dir diese Strafe wie eine Highlanderin eingehandelt, also wirst du sie auch wie eine Highlanderin ertragen!“

Nun lächelt Edda sogar. „*Aye*, Sir“, erwidert sie entschlossen.

Ich erhebe mich wieder aus der Hocke und ziehe zum Schluss auch noch den Gurt um ihren Oberkörper fest, so dass sie nun komplett bewegungsunfähig ist. Als sie das kühle, steife Leder auf ihrem Rücken spürt, hält sie für einen Moment die Luft an, bevor sie sich wieder entspannt.

„Du zählst erst mit, wenn ich es dir sage“, ordne ich an, nachdem ich wieder hinter sie getreten bin. Denn zunächst einmal werde ich sie aufwärmen und ihre Haut vorbereiten, damit sie gut durchblutet ist, wenn ich später härter zuschlage. „Ich will, dass du den Schmerz in dir aufnimmst und dich in ihn hineinfallen lässt. Vergiss niemals, dass er ein Geschenk meiner Liebe an dich ist!“

Und dann fange ich an, zunächst mit schnell aufeinanderfolgenden, leichten Schlägen, die ich in sehr geringen Abständen über die gesamten Oberschenkel zum Po hinauf wandern lasse. Zunächst zuckt sie erschrocken zusammen, aber als sie merkt, dass es eher angenehm kribbelt, als wirklich weh tut, entspannt sie sich und seufzt zwischendurch sogar wohlig auf. Der Haut eine gleichmäßige Rötung zu verleihen, erfordert mit einer so kleinen Schlagfläche wie der Lederzunge meiner Gerte einige Übung und Zeit, was Edda die Gelegenheit gibt, wirklich in der Situation anzukommen und sich innerlich darauf einzulassen. Ich habe mit Absicht kein anderes Schlaginstrument gewählt, weil es mir gefällt, mit dem gleichen Werkzeug unterschiedliche Wirkungen zu erzielen.

Wie es aussieht, befolgt mein braves Mädchen meinen Befehl auch dieses Mal, denn als ich irgendwann hinter sie trete und prüfend zwischen ihre Beine fasse, ist Edda ganz feucht. Sicher hilft ihr auch die strenge Fixierung, denn einer der Vorteile an Fesseln ist, dass sie einem alles abnehmen. Man ist ausgeliefert und hat keinerlei Entscheidungsmöglichkeiten mehr, was in vielen Fällen zum Ausschalten des Kopfes und zur besseren Annahme der eigenen Lage führt. *Sie schafft es also schon, sich in den Schmerz hineinfallen zu lassen,* denke ich zufrieden. *Zumindest wenn er nur leicht ist.*

„Wie fühlen sich deine Hände und Füße an?“, frage ich. Vorher habe ich ihr gesagt, dass sie mir Bescheid sagen muss, wenn Körperteile taub werden, was in dieser Haltung nach einer gewissen Zeit durchaus passieren kann. Aber es ist alles in Ordnung, wie sie mir nun mit etwas angestrengter Stimme versichert.

„Gut“, sage ich knapp. „Dann werde ich dir jetzt weh tun, Edda.“

Kapitel 59: Die Grenze

Edda

Ich kann mich überhaupt nicht mehr bewegen. Die Position, in der ich gefesselt bin, ist nicht nur entwürdigend, sie ist vor allem auch sehr anstrengend, weshalb die Demütigung, die ich vorher so stark empfunden habe, schnell der körperlichen Beanspruchung weicht. Weil ich so klein bin, kann ich den Boden nur mit den Zehenspitzen berühren, wodurch meine Beine ständig angespannt sind. Mein Kopf und meine Arme hängen auf der anderen Seite herunter, weshalb das Blut in meinen Schläfen hämmert.

Und neben Demütigung und Anstrengung ist die Erregung von Anfang an der dritte Faktor, der mich aufreibt. Denn wie immer, seitdem ich den *Punishment Room* betreten und dann später durch Kyle die „andere Seite" von Bestrafungen kennengelernt habe, wecken Schmerz und Erniedrigung eine so starke Sehnsucht in mir, dass ich dadurch zum ersten Mal meine eigene Sexualität gespürt habe.

Nachdem Kyle mir unzählige Hiebe in einer Intensität verpasst hat, die kaum schmerzhaft war, kribbeln meine Oberschenkel und mein Po so angenehm, dass ich diese Behandlung gern noch ewig weitergenießen würde, weil sie sich so wundervoll angefühlt hat. Durch diese Einleitung, oder wie man das nennen soll, was Kyle da gerade gemacht hat, konnte ich mich völlig auf meine Fesselung und die Situation einlassen und bin nun nicht nur bereit, ich bin sogar geradezu gierig darauf, dass es weitergeht.

Als Kyle sagt, dass er mir jetzt weh tun wird, bleibt mir nicht einmal Zeit, noch „Ja, Sir“ zu sagen, da treffen mich bereits die ersten Schläge. Im Stillen zähle ich zehn Schläge, die mich gleichmäßig und wieder sehr schnell hintereinander auf Po und Oberschenkel treffen. Dieses Mal schlägt er fester zu, so dass jedes Mal ein beißender, kurzer Schmerz mich durchzuckt, der sofort vom nächsten Schlag weitergeführt wird, so dass meine Haut danach förmlich glüht.

„Oh Gott“, flüstere ich, weil es sich einfach himmlisch anfühlt. Durch die langsame Steigerung greift der Schmerz nun genau in die Erregung, die sich vorher aufgebaut hat und beides verstärkt sich gegenseitig, so dass ich das Gefühl habe wegzufliegen. Aber da ich ja festgebunden bin, verharre ich in meiner Position.

„Hat du etwas gesagt?“, fragt Kyle, lässt mir aber keine Zeit zu antworten, weil er mir noch einmal genau die gleiche Dosis verpasst, die nun schon deutlich schmerzhafter ist.

„Nein, Sir“, presse ich danach hervor, während er mich kurz ausruhen lässt und der Schmerz noch in mir nachklingt. „Danke, Sir.“

Als ich seine Finger über meine Haut streichen fühle, seufze ich sehnsüchtig auf, weil die Berührung meine Lust gleichsam mit der gereizten Haut in Flammen zu setzen scheint.

„Mein braves Mädchen“, höre ich Kyle murmeln, was mich so stolz macht, dass ich sicher rot anlaufen würde, wenn mein Kopf es nicht durch die nach unten hängende Position eh schon wäre. „Meine kleine Highlanderin! Ab jetzt zählst du mit, verstanden?“

Und dann trifft mich ein Hieb auf den Oberschenkel, der mich so sehr beansprucht, dass ich es kaum fertigbringe „Eins, Sir“ zu sagen, weil seine Wucht mir für einen Moment den Atem raubt. Der Schmerz ist so intensiv, wie ich ihn noch nie gespürt habe. Das schmale Lederende der Gerte scheint sich förmlich in meine erhitzte Haut zu brennen. Kaum habe ich gezählt, trifft mich noch ein weiterer von der Sorte auf die andere Seite. Der Schweiß bricht mir aus und nun nehme ich meine starre Fesselung auf einmal ganz anders wahr.

Ich kann nicht weg, schießt es mir durch den Kopf. *Und er hat gerade erst angefangen!*

Insgesamt werden es zehn Schläge, von denen ich vier auf die Beine und sechs auf den Po bekomme. Die Intensität ist immer die gleiche und je mehr Hiebe ich einstecke, desto mehr spüre ich, wie ich mich innerlich auf eine Grenze zubewege. Schon neulich, als er mich mit dem Lederpaddle geschlagen hat, habe ich gemerkt, dass wir uns in einen neuen Bereich begeben haben, allerdings ist es heute eine deutliche Steigerung. Plötzlich verstehe ich, wozu dieser Ampel-Code gut sein soll. Bis jetzt dachte ich, dass ich ein solches Safewort niemals brauchen würde, weil Kyle sicher niemals etwas tun würde, was mich überfordern könnte. Aber nach diesen zehn Schlägen scheint es mir plötzlich nicht mehr unmöglich, dass es Dinge geben könnte, die mir zu viel sind.

Wenn er jetzt weitermacht, dann werde ich es irgendwann nicht mehr aushalten, denke ich und spüre, wie mir bei dem Gedanken die Tränen in die Augen schießen, weil es mich einerseits beschämen würde, eine Strafe abbrechen zu müssen, nach der ich mich doch eigentlich so verzehrt habe. Andererseits würde es mich auch verletzen, wenn Kyle etwas tun würde, was mir zu viel wäre, selbst wenn es nur aus Versehen geschähe.

Aber das tut er nicht. Nach den zehn Schlägen spüre ich zunächst Kyles Hände, die meine geschundene Haut prüfend tätscheln und dann die Fesseln lösen. Kurz darauf löst sich auch der breite Gurt, der meinen Oberkörper vorne an den Bock gedrückt hat, und Kyle geht vor mir in die Hocke, um die Riemen an meinen Handgelenken zu lösen. Er hilft mir hoch und ich stütze mich auf dem Strafbock ab, weil mir durch das lange Kopfüberliegen nun beim Aufstehen ganz schwindelig wird. Der Lederbezug des Bocks fühlt sich von meinem Körper ganz warm an und für einen Moment nehme ich alles um mich herum viel intensiver wahr, als ich es normalerweise tue. Kyles Hände, die mir die Haare aus dem Gesicht streichen, scheinen nicht nur meine Haut, sondern mein Inneres zu berühren, so dass gleich noch mehr Tränen über meine Wangen laufen.

„Alles in Ordnung, mein Mädchen?“, fragt Kyle und mustert mich besorgt.

„Ja, Sir“, schniefe ich und bin froh, als er mich zum Bett zieht und in die Arme nimmt.

Ich wundere mich selbst darüber, wie sehr ich zittere, aber Kyle bleibt ganz ruhig. Er zieht die Decke über uns, obwohl er noch seinen eleganten Anzug trägt, küsst mein Gesicht und flüstert: „Du warst wunderschön, während ich dich geschlagen habe. Du bist immer wunderschön, aber in diesem Moment hast du gestrahlt vor Schönheit! Ich hätte dich fotografieren müssen, aber ich war viel zu gefesselt von deinem Anblick. Aber keine Sorge, ich habe das Bild für immer in meinem Gedächtnis gespeichert.“

Seine bezaubernden Worte beruhigen mich und seine Nähe macht mir schnell klar, dass es mir gut geht.

„Ich habe nicht geweint, weil ich überfordert war, Sir“, beeile ich mich nun zu sagen. „Ich habe nur gemerkt, dass es möglich wäre, überfordert zu sein. Da war eine Grenze, die ich gespürt habe. Das hat mir einen Schrecken eingejagt.“

Kyle lächelt und küsst mich zärtlich. Das Gefühl, ganz nackt und mit brennendem Hinterteil in seinen Armen zu liegen, während er vollständig bekleidet ist, lässt meine Lust mit aller Macht wieder aufflammen und ich habe das Gefühl, dass ich nun im Nachhinein noch einmal das tue, was Kyle vorhin von mir verlangt hat und was mir am Anfang auch wirklich gelungen war: Ich falle in den Schmerz, auch wenn er in seiner akuten Schärfe eigentlich vergangen ist. Aber in meiner

Erinnerung ist er noch wach und auf einmal erregt er mich über die Maßen.

„Du stehst noch ganz am Anfang einer Reise, meine Liebste“, sagt Kyle nun. „Nach und nach werde ich dich an diese Grenze heranführen. Und darüber hinaus. Sie wird sich verändern und verschieben, aber ich werde immer bei dir sein und auf dich aufpassen.“

Ich lasse meine Hände sehnsüchtig über seine Schultern gleiten und wünsche mir, dass der ganze Stoff, der uns da trennt, nun vielleicht doch lieber endlich verschwindet, obwohl Kyle im Anzug fast so unwiderstehlich ist wie im Kilt. Allerdings hat er anscheinend andere Pläne, denn er murmelt: „Und nun will ich dich mal schnell über eine andere Grenze stoßen. Das hast du dir wohl verdient und außerdem muss ich dringend meine Erinnerung an deinen Geschmack wieder auffrischen, an den ich so oft denke.“

Damit rutscht er an mir herunter zwischen meine Beine, bohrt seine Finger in die schmerzende Haut meiner Schenkel und tut genau das, woran ich seit jenem Abend auch schon sehr oft gedacht habe: Er lässt mich seine Zunge und seine Zähne an der geheimen Stelle dort unten spüren, die jetzt eigentlich gar nicht mehr so geheim ist, weil Kyle sie in Besitz genommen hat, so wie er alles an mir in Besitz genommen hat. Ich gehöre ihm, mit Leib und Seele. Und heute Nacht gibt es keine Anrufe, die uns unterbrechen.

Kapitel 60: Was Edda braucht

Kyle

Die nächste Zeit würde mir wie ein Traum vorkommen, wenn ich nicht anhand meiner Fotos sehen würde, dass es die Realität ist, die ich erlebe. Ich habe zum Fotografieren zurückgefunden, ebenso wie ich nach Schottland und zu mir selbst zurückgefunden habe. Der Frühling ist gekommen und erfüllt die Welt mit Schönheit und Leben, ebenso wie Edda mein Herz mit Liebe erfüllt. Sie ist der Grund für alles und beherrscht meine Gedanken genauso wie die Bilder, die ich nun wieder mache. Am Anfang war sie schüchtern, aber sie hat sich schnell daran gewöhnt, ständig fotografiert zu werden und nimmt es nun mit der gleichen Natürlichkeit und Unverfälschtheit hin, die ich auch sonst so an ihr liebe.

Und so verwebt sich ihr Bild mit meinem Gefühl von Heimat und Zuhause, wenn ich sie Tag für Tag in der *Bonnie Bride* und ihrer Umgebung ablichte: Edda beim Spielen mit den Hunden, Edda unter den knospenden Bäumen und zwischen den blühenden Büschen, Edda im Gewächshaus unter den Pfirsichblüten, Edda mit Molly und Angus, Edda in der Abendsonne am Loch Shiel, Edda vor dem Kamin in der Steinhalle, Edda beim Teeeinschenken, Edda im *Punishment Room*, Edda nackt in der Ecke kniend, Edda gefesselt, Eddas Brüste mit Klemmen, Eddas gespreizte Beine, Eddas Haar auf dem

Kissen, während sie neben mir schläft, Edda und Kyle, wie sie sich immer wieder küssen…

Ich habe Henry und William ein paar Bilder von uns geschickt und sie haben sich beide sehr über mein neues Glück gefreut. Und als ich darauf gedrängt habe, dass sie endlich herkommen sollen, hat zumindest Henry sofort zugesagt.

„Seit dem Theater mit dieser Nicky ist mir die Lust an den USA für den Moment eh vergangen“, hat er gesagt. „Ich muss nur ein paar Sachen zum Abschluss bringen, dann bucht Chris unsere Flüge. Gib mir ein paar Tage, dann hast du mich am Hals, mein schottischer Romeo!“

William konnte es noch nicht genau sagen, weil er in Tokyo mitten in komplizierten Finanzgeschäften steckt, die für unsere zukünftige Ausrichtung an den asiatischen Märkten entscheidend sein werden. Als ich ihm gesagt habe, dass ich aber gerade über unsere zukünftige Ausrichtung mit ihnen sprechen will und dass ich das nicht am Telefon machen möchte, hat er versprochen, sich wenigstens für ein paar Tage loszueisen.

„Mir geht im Moment so vieles im Kopf herum, das vom größten, geschäftlichen Maßstab bis zum privatesten und persönlichsten alles umfasst“, sage ich eines Abends nachdenklich zu Edda, während wir im Schlafzimmer am Kamin sitzen und noch ein Glas Whisky trinken. Obwohl die Tage inzwischen mild und angenehm sind, ist es nachts noch kalt. Ich mache auch jetzt noch oft Feuer für Edda, weil sie es liebt, in die

Flammen zu schauen und dabei in meinen Armen zu liegen. „Ich habe das Gefühl, dass sich in mir alles neu ordnet und ich mich ganz neu definiere."

Edda liegt auf meinen Schoß gekuschelt und schaut nun von unten zu mir auf. „Mir geht es genauso, Sir", antwortet sie und ihre blauen Augen leuchten im Schein des prasselnden Feuers. „Zum ersten Mal im Leben erkenne ich überhaupt, wer ich eigentlich bin."

Schweigend liebkose ich ihr Haar und trinke einen Schluck Whisky. Inzwischen kenne und verstehe ich Edda sehr viel besser als zu Beginn unserer Beziehung. Wir haben uns viel voneinander erzählt und über unsere Familien und unsere Kindheit gesprochen. Ich weiß jetzt von dem Unfall, bei dem ihre Eltern ums Leben gekommen sind und habe eine Vorstellung davon, was dieser tragische Verlust mit dem kleinen Mädchen gemacht hat. Edda hat damals nicht nur ihre Eltern verloren, sondern auch ihre Heimat, als sie aus ihrer vertrauten Umgebung in Inverness zu ihrem einzigen Verwandten nach London ziehen musste. Ich bin überzeugt davon, dass ihre Schüchternheit und Verschlossenheit sehr viel damit zu tun hat, dass sie sich damals plötzlich allein und fremd gefühlt hat. Allerdings bin ich bis jetzt immer noch nicht dahinter gekommen, was es mit diesem Onkel auf sich hat.

„Er ist Lehrer für Mathematik und Physik", hat sie mir erzählt, klang dabei aber nicht so, als würde sie über ihren Ziehvater, sondern eher als würde sie über einen Fremden sprechen. „Ich bin bei ihm ausgezogen, als ich volljährig wurde, weil ich auf eigenen Beinen stehen wollte. Wir haben kaum Kontakt. Unser Verhältnis war nie sehr vertraut."

Mehr war kaum über diesen Mann zu erfahren und auch über die Jahre in London, die ja immerhin die bisher längste Zeit ihres Lebens gedauert haben, verliert sie kaum ein Wort. Sie habe viel gelesen oder gezeichnet, weicht sie meistens aus, wenn ich sie vorsichtig danach frage. Und dass sie eine Freundin namens Alice in London hat, die sie noch aus der Schule kennt.

„Sonst hatte ich dort keine Freunde", hat sie einmal etwas beschämt zugegeben, als ich nicht lockerlassen wollte und immer weiter gefragt habe, bis es mir zu unangenehm wurde, sie so in Bedrängnis zu bringen, weil sie offensichtlich nicht darüber sprechen wollte. „Ich war immer lieber allein."

Natürlich erinnere ich mich noch an den Moment mit der Schandkappe, als sie mir ihre Angst vor dem Gefühl „anders zu sein" anvertraut hat, aber ich kann keinen rechten Zusammenhang zwischen all diesen Unbekannten herstellen.

Hatte sie das Gefühl, anders zu sein, weil sie als schottisches Kind in London nicht richtig dazugehörte?, habe ich oft schon überlegt. Aber es kommt mir als Erklärung für eine so tiefsitzende Angst, wie sie es bei Edda der Fall zu sein scheint, nicht ganz ausreichend vor. In London leben schließlich so viele Menschen unterschiedlicher Herkunft, dass ein Schotte nun wirklich keine große Besonderheit darstellt.

Es muss etwas anderes gewesen sein, das sie von den anderen getrennt hat, denke ich immer wieder. *Wahrscheinlich war es der Verlust ihrer Eltern.* Aber ich werde das Gefühl nicht los, dass da noch etwas anderes ist, über das sie nicht mit mir sprechen kann. Noch nicht, denn eins habe ich inzwischen verstanden: Edda braucht zwar Härte und Strenge, aber sie braucht auch sehr viel Liebe, Zärtlichkeit und vor allem Zeit, um echtes Vertrauen aufzubauen.

Kapitel 61: Vanilla bleibt Vanilla

Edda

„Was soll das heißen, du bist jetzt mit Kyle zusammen?“, fragt Alice fassungslos. „Du? Mit Kyle MacLean? Ihr seid ein Paar?“

Ich lache etwas beschämt und schaue mich verlegen nach Kyle um, der mit seinem Notebook an dem großen Tisch sitzt, den Angus vor kurzem mit den anderen Gartenmöbeln aus einem Schuppen geholt und auf die große Panorama-Terrasse gebracht hat. Mein Liebster ist in seine Arbeit vertieft, aber weil ich trotzdem vermeiden möchte, dass er etwas von diesem Gespräch mitbekommt, gehe ich lieber die breite Steintreppe in den Park hinunter und schlendere auf dem sonnenbeschienenen Weg zwischen den Rhododendren entlang, die sicher in ein paar Wochen blühen werden.

„Ja, genau“, bestätige ich. „Schon seit ein paar Wochen. Ich wusste nur noch nicht, wie ich es dir sagen soll. Du kennst mich ja.“

Alice lacht hysterisch. „Allerdings“, bestätigt sie. „Deshalb bin ich ja so erstaunt! Kyle MacLean ist dein *fester Freund?* Da war doch gerade erst dieser Skandal mit diesem amerikanischem Model!“

Lachend erkläre ich ihr, dass diese Geschichte längst beigelegt ist und uns nicht mehr beschäftigt. Tatsächlich haben wir kaum noch darüber gesprochen, nachdem

Kyle mir alles erklärt hatte und die ganze Angelegenheit von den Anwälten geregelt worden war.

„Es beschäftigt *euch* nicht mehr?“, wiederholt Alice. „Ihr seid ein *wir*?!“

Zum ersten Mal fällt mir auf, dass das stimmt. Kyle und ich sind zu einer Einheit geworden.

„Ja, das sind wir“, bestätige ich stolz. „Es ist Liebe, verstehst du?“

Meine Freundin will natürlich alles wissen und ich gebe ihr so gut wie möglich Auskunft, wobei ich natürlich die Details ausspare, die niemanden etwas angehen. Von dem BDSM-Faktor in unserer Beziehung erwähne ich lieber nichts, zumal Alice schon fassungslos genug darüber ist, dass ich überhaupt Sex habe.

„Ich wusste immer, dass irgendwann der Richtige kommen würde, der dich davon überzeugt, dass es an der Zeit ist, deine Abstinenz aufzugeben“, lacht sie irgendwann. „Aber dass es nun gerade der begehrteste Junggeselle Schottlands sein würde… Wahnsinn! Herzlichen Glückwunsch, Edda!“

Natürlich freue ich mich, dass sie sich freut und verspreche ihr, bald ein paar der Fotos zu schicken, die Kyle von uns gemacht hat und in die ich ganz verliebt bin. Um aber all den Fragen zu entgehen, die sie jetzt an mich richtet, weiche ich lieber aus und erkundige mich stattdessen nach den Fortschritten in ihrem Liebesleben.

„Ach, hör mir auf“, seufzt Alice. „Ich wünschte fast, ich hätte nie davon angefangen! Dadurch ist mir nur bewusst geworden, was mir fehlt!“

Als ich frage, was sie damit meint, erklärt sie mir, dass es früher eben nur eine geheime Fantasie war, die sie seit Ewigkeiten mit sich herumgetragen hat. Durch das Aussprechen dieses Wunsches hat sie sich aber eingestehen müssen, dass es wirklich etwas wäre, nach dem sie sehr starke Sehnsucht verspürt. Gleichzeitig ist ihr aber auch klar geworden, dass Brad diese Sehnsucht niemals befriedigen können wird. Er sei zwar am Anfang sehr interessiert gewesen, konnte ihr aber nicht wirklich geben, was sie brauchte.

„Es ist wie ein Spiel für ihn, während es für mich ein echtes Bedürfnis ist. Für ihn ist es halt eher so, als würde er sich mal eine Maske aufsetzen, um etwas Wildes und Versautes zu machen. Als wenn man mal einen Porno guckt, um heiß zu werden oder so. Aber es ist eben bestenfalls ein Ausflug und nichts, was ihn wirklich erfüllt", sagt sie.

Früher hätte ich kein Wort davon begriffen, aber durch meine eigenen neuen Erfahrungen verstehe ich nun erstaunlich gut, was sie meint. Mit Kyle habe ich auch viel über Sexualität gesprochen, beziehungsweise hat natürlich vor allem er darüber gesprochen, weil es mir viel zu peinlich ist, über so etwas mit ihm zu reden. Aber er hat mir viel über seine Jugend erzählt, als er seine dominante Seite schon sehr früh entdeckt hat. Im Internat hat er seine ersten Erfahrungen zusammen mit Henry und William gemacht, als sie miteinander in einer Mischung aus Spaß und Ernst viel mit Schmerz- und Machtspielen herumexperimentiert haben. Auch er hat wie Alice immer von einem „tiefen Bedürfnis“ gesprochen.

„Brad ist halt nicht dominant“, sage ich deshalb. „Das ist so, wie wenn jemand nicht heterosexuell ist. Man kann nichts dagegen tun, man ist es einfach.“

Alice schweigt verdutzt.

„Woher hast du denn auf einmal solche Weisheiten?“, fragt sie dann misstrauisch. „Du hattest doch bis vor kurzem eigentlich gar keine Sexualität, hast du immer gesagt!“

Nachdenklich schaue ich zum Loch hinunter, dessen Ufer in wunderschönem, jungem Grün leuchten.

„Sie war hinter einer Wand verschlossen, glaube ich“, antworte ich leise. „Kyle hat sie befreit. Und was du mit Bedürfnis meinst, verstehe ich jetzt sehr gut. Jemand, der nicht das gleiche Bedürfnis hat, wird es dir niemals erfüllen können.“

Alice scheint irritiert von meinen Worten zu sein, weil ich mich bisher zum Thema Sex nie geäußert habe. Und dass ich es nun mit einer so endgültigen Aussage tue, macht ihr Problem natürlich eher noch größer. Denn sie ist seit mehreren Jahren mit Brad zusammen und hatte in ihm eigentlich den Mann ihres Lebens gesehen. Dass die Vorstellung, sexuell auf ewig unbefriedigt zu bleiben, nun nicht gerade das ist, was sie hören will, kann ich gut verstehen.

„Vielleicht kann er es ja doch noch lernen“, versuche ich es deshalb halbherzig. „Wenn du ihm genau sagst, was er machen soll.“

Natürlich erwidert Alice jetzt etwas gereizt, dass sie das doch selbst nicht weiß, weil sie ja keinerlei Erfahrungen auf dem Gebiet hat. Sie kennt nur ihre Fantasien und diese dunkle Sehnsucht nach Schmerz und Unterwerfung, aber wie es sich in Wirklichkeit anfühlt, das weiß sie eben nicht.

„Ich weiß nur, dass es mit Brad nicht richtig funktioniert“, meint sie und klingt auf einmal genervt. „Manchmal fühlt es sich ganz gut an, dann könnte ich wieder schreiend weglaufen, weil es mir so albern vorkommt, was wir da veranstalten. Am besten ich schlage mir das alles aus dem Kopf!“

Traurig gehe ich nach dem Gespräch zurück auf die Terrasse, wo sich auch die Hunde rings um Kyle auf dem Boden verteilt haben. Als ich einen Stuhl neben seinen rücke und meinen Kopf an seine Schulter lege, zieht er mich in seine Arme und gibt mir einen Kuss auf die Stirn.

„Kann man BDSM lernen, Sir?“, frage ich ihn bedrückt und er lacht leise, weil ich ihm von Alice und Brad schon ein wenig erzählt habe.

„Man kann“, antwortet er. „Es gibt auf diesem Gebiet sehr viel zu lernen, man lernt quasi nie aus. Es ist eine Reise, die ein Leben lang dauert. Aber man kann es nur, wenn man es in sich trägt. Es ist eine Veranlagung und keine Modeerscheinung, wie manche glauben. Vanilla bleibt Vanilla, das ist leider so.“

Kapitel 62: Das Geschenk

Kyle

„Ausziehen", befehle ich kühl, als Edda nach dem Duschen in meinem Bademantel zurück ins Schlafzimmer kommt. Das Ding ist ihr viel zu groß und normalerweise sehe ich sie gern damit herumlaufen, weil es sehr niedlich aussieht. Aber jetzt will ich sie nackt. Eilig nestelt sie den Gurt auf, schlüpft aus dem Bademantel und legt ihn eilig und gewissenhaft über einen Stuhl.

„Und jetzt komm her und pack dein Geschenk aus", sage ich als nächstes und werfe die in einer edlen Geschenkbox gekommene Lieferung aus der Savile Row neben mir aufs Bett, auf dem ich mit übergeschlagenen Beinen liege.

„Ein Geschenk, Sir?", fragt Edda aufgeregt und verlegen zugleich und kommt zögerlich zum Bett. „Aber ich…"

Leise lachend streiche ich mir über den Bart, woraufhin sie erschrocken verstummt und sich die Hand vor den Mund hält.

„Das hatten wir lange nicht mehr", stelle ich fest, weil es tatsächlich mehrere Tage zurückliegt, dass sie mir zuletzt unabsichtlich mit „aber" geantwortet hat.

„Fünf dafür", bestimme ich streng, winke sie zu mir heran und klopfe mir auf den Oberschenkel. Schuldbewusst und kleinlaut legt sie sich über meinen

Schoß und ich genieße es wie immer über die Maßen, wie gehorsam sie sich ihrer Strafe ausliefert. Ich packe sie an ihren noch nassen Haaren, ziehe sie daran hoch, wodurch sie den Po im Hohlkreuz noch mehr herausstrecken muss und verpasse ihr fünf kräftige Hiebe. Allein das Klatschen meiner Handfläche auf ihrer Haut, der rote Abdruck, den sie zurücklässt, und Eddas Stimme, die beim Mitzählen der Schläge zwischen Schmerz und Erregung changiert, machen mir schon wieder solche Lust auf sie, dass ich das Auspacken eigentlich gern noch etwas verschieben würde. Anderseits bin ich gierig darauf zu sehen, wie ihr meine Geschenke gefallen. Natürlich habe ich sie selbst schon in Augenschein genommen und war ausgesprochen zufrieden, weil sie genauso geworden sind, wie ich sie mir vorgestellt hatte.

„Danke, Sir“, haucht Edda brav, als ich sie loslasse.

„Gern geschehen“, grinse ich und deute mit dem Kopf auf die Schachtel mit der eleganten königsblauen Schleife. „Na los, pack es aus!“

Kurz wirkt es so, als wollte Edda aus Verlegenheit gleich noch einmal widersprechen, aber als ich scherzhaft drohend die Hand hebe, nimmt sie endlich das Geschenk und öffnet die Schleife.

„So ein hübsches Geschenk habe ich noch nie bekommen“, flüstert sie andächtig und atmet einmal tief durch.

„Es ist nur eine Kleinigkeit“, lächle ich, weil es mich rührt, wie ernst sie wieder alles nimmt. Sie wird noch viele Geschenke von mir bekommen und viele werden sicher kostbarer sein als dieses hier. Aber dennoch ist der Inhalt dieser Box etwas, das ich noch niemals einer Frau geschenkt habe.

Nun atmet sie einmal tief durch und hebt den Deckel der Schachtel ab. Zunächst muss sie jedoch noch das mit dem Logo und dem Schriftzug meines Herrenausstatters bedruckte Seidenpapier zur Seite falten, um dann zu sehen, was auf einem blauen Samtkissen in der Schachtel liegt.

„Oh, aber das ist ja… Die sind ja… Es sind die MacLean-Tartans! Und… Die sind aber nicht für die Hunde, nicht wahr?“, fragt sie ganz aufgeregt und nimmt eins der Halsbänder in die Hand.

„Sie sind für dich“, antworte ich schlicht. „Beim ersten Blick in deine wunderschönen Augen habe ich die Hündin in dir erkannt. Und zugleich die Königin. Denn nur meiner Königin würde ich etwas mit dem Wappen meines Clans schenken!“

Mit Tränen in den Augen betrachtet Edda die Halsbänder. Innen sind sie aus feinstem Kalbsleder gefertigt und von außen mit den beiden Stoffen bezogen, die ich mit in die Savile Row gebracht hatte: Ein Halsband ist im *Hunting Tartan*, eins in unserem herkömmlichen rot-grünen Karomuster gehalten. An beiden hängt vorne als Anhänger das Wappen und in beiden steht innen der gleiche Schriftzug, den Edda nun mit zitternder Stimme vorliest: *„Edda - Beloved property of Sir Kyle MacLean.“*

Dass der Herrenausstatter wohl dachte, ich sei ein etwas närrischer Hundebesitzer, stört mich nicht. Als ich es Edda erzähle, lacht sie und fängt gleichzeitig an zu weinen.

„Das ist so wunderschön, Sir“, flüstert sie. „Vielen Dank.“

Ich winke sie zu mir heran und nehme ihr eins der Halsbänder aus der Hand, um es ihr umzulegen. Sie hält sich die Haare hoch und ich lege es ihr um den Hals, wobei ich ihr tief in die Augen schaue. Es ist ein wundervoller Moment, so intim und liebevoll, fast wie eine Verlobung.

„Du hast doch neulich gesagt, dass du nie irgendwo dazugehörst, Liebste“, sage ich leise, während ich die Schnalle hinten am Hals schließe, meinen Zeigefinger in den für die Leine vorgesehenen Messingring hake und Edda zum ersten Mal an ihrem neuen Halsband zu mir heranziehe. Es fühlt sich wundervoll an.

„Das stimmt jetzt nicht mehr“, fahre ich fort und küsse sie sanft. „Denn du gehörst jetzt zu mir!“

Kapitel 63: Veränderungen

Edda

Mitten in mein größtes Glück hinein kommt die Nachricht, dass Henry bald in der *Bonnie Bride* eintreffen wird. Kyle ist glänzender Laune und Molly schwebt trällernd umher, um die Räume ihres Lieblingsherrn auf Vordermann zu bringen. Ich hingegen spüre zum ersten Mal seit langer Zeit wieder die Wände um mich herum, die zwar noch weit entfernt sind, aber langsam näherzukommen scheinen. Nervös nestele ich an meinem neuen Halsband herum, das Kyle mir heute Morgen umgebunden hat. Bei meiner steigenden Nervosität scheint es mir nun mein einziger Halt zu sein.

„Henry ist keine Bedrohung", murmele ich wie ein Mantra vor mich hin, während ich mit den Hunden durch den Park laufe. „Er gehört hierher, genauso wie ich hierher gehöre. Er wird mich mögen und alles wird gut werden."

Warum ich solche Angst vor Veränderungen von außen habe, weiß ich selbst nicht, aber es spielt in diesem Moment auch keine Rolle für mich. Eine wachsende Unruhe hat mich ergriffen und die altbekannte Beklemmung, die mir die Brust einschnürt, wird immer größer.

„Alles in Ordnung, mein Mädchen?“, fragt Kyle mich, als wir mittags zusammen eine Kleinigkeit auf der Terrasse essen. „Du wirkst so bedrückt.“

Ich nicke nur und schaffe es nicht einmal, ihn anzusehen, woraufhin er aufsteht, um den Tisch kommt und sich auf den Stuhl neben mich setzt.

„Hey, Edda“, sagt er und nimmt meine Hände. „Ich weiß nicht, worüber du dir Sorgen machst, aber es gibt keinen Grund dafür. Vor Henry brauchst du wirklich keine Angst zu haben. Und sowieso bin ich immer bei dir und passe auf dich auf.“

Seine Worte helfen mir ein wenig und als er mich auf seinen Schoß zieht und mich fest in die Arme nimmt, fühle ich mich weniger verloren.

„Henry ist wie mein Bruder für mich“, fährt Kyle nun fort. „Nach und nach wirst du ihn kennenlernen und er wird auch für dich zu einem Teil der Familie werden. Genauso wird es mit William auch sein. Sie sind beide etwas exzentrisch, aber daran gewöhnt man sich schnell.“

Ich atme einmal tief durch. „Versprichst du mir, dass du mich nicht allein lässt?“, flüstere ich dann. Kyle mustert mich nachdenklich. „Ich verspreche es dir“, antwortet er. „Und du versprichst mir, dass du immer bei mir bleibst und dich nicht versteckst, verstanden?“

Es erstaunt mich wieder einmal, wie gut Kyle mich kennt, denn tatsächlich ist es genau das, was ich am liebsten tun würde: weglaufen und mich irgendwo verkriechen. Aber natürlich hat er recht damit, dass es keine allzu sinnvolle Lösung wäre, weshalb ich nicke und an seine Schulter gekuschelt murmele: „*Aye*, Sir. Versprochen."

Nach dem Essen geht Kyle wieder arbeiten und ich lenke mich damit ab, dass ich den Blumenstrauß zeichne, den Molly frisch in unser Schlafzimmer gestellt hat. Sie arrangiert die wunderschönen Blumen aus dem Gewächshaus immer so hübsch, dass ich mich jedes Mal freue, wenn mein Blick darauf fällt. Als ich Kyle gebeten habe, jeden Strauß abzulichten, hat er nur gelacht und gemeint, dass er kein Dekorationsfotograf wäre. Also habe ich angefangen, sie zu verewigen, weil ich es so schade fand, dass sie nach ein paar Tagen einfach weggeschmissen werden.

Schon als Jugendliche habe ich viel Zeit damit verbracht zu zeichnen, während meine Klassenkameraden sich in Einkaufszentren und Parks getroffen haben. Dieser Rückzug auf ein Blatt Papier hat mir dabei geholfen, die unsichtbaren Wände mit Bildern auszufüllen und nicht an der drückenden Einsamkeit zu verzweifeln, die mich von den anderen getrennt hat. Auch jetzt hilft mir mein altbewährtes Mittel wieder, die Angst zurückzudrängen und ich vergesse die bevorstehende Veränderung meiner Umgebung fast, während ich versuche, die Zartheit der Hortensienblüten mit meinem Bleistift wiederzugeben. Als Kyle jedoch irgendwann hereinkommt und mich offensichtlich sucht, beginnt mein Herz sofort schneller zu schlagen und Panik flutet durch meinen Körper.

„Ach, hier steckst du", stellt er fest, als er mich auf dem Bett kauern sieht. „Komm mit, sie sind gleich da!"

Als ich umständlich und langsam aufstehe, kommt er zum Bett, greift nach meinem Halsband und zieht mich hoch.

„Ich warne dich, Edda", sagt er streng. „Wenn du nicht gehorchst, nehme ich dich an die Leine!"

Obwohl ich es ausgesprochen aufregend fand, als Kyle mich gestern nackt und auf allen Vieren an einer Leine neben sich durch unser Schlafzimmer geführt hat, ist die Vorstellung, vor einem Fremden auf diese Weise zur Schau gestellt zu werden, ganz und gar furchterregend.

„Oh nein, bitte nicht, Sir", stammele ich deshalb und lege rasch meinen Block und den Stift aufs Bett, wobei Kyle meine Zeichnung bemerkt. Ohne mich loszulassen, greift er mit der anderen Hand danach und betrachtet sie erstaunt.

„Wow, das ist ja großartig", findet er und ich erröte vor Freude. „Ich wusste nicht, dass du zeichnest, Mädchen! Das sieht wirklich gut aus!"

Leider ist jedoch keine Zeit, um sich weiter mit meinem unfertigen Bild zu beschäftigen, weshalb Kyle mir einen Kuss gibt, meine Hand nimmt und mich hinter sich her aus dem Raum zieht.

Kapitel 64: Willkommen

Kyle

Als wir vor die Tür treten, ist Angus schon vorgefahren. Wie immer, wenn er Henry abholt, hat er dessen Bentley genommen, aus dem mein bester Freund gerade auf der Beifahrerseite aussteigt, während Christian bereits mit Angus am Kofferraum steht und ihm irgendwelche Anweisungen in Bezug auf das Gepäck erteilt.

Es ist nun mehrere Wochen her, seitdem wir uns zuletzt in den USA gesehen haben, und durch all das, was seitdem geschehen ist, kommt es mir noch sehr viel länger vor. Erst als ich Henry jetzt dort unten stehen sehe, wird mir klar, wie sehr er mir gefehlt hat. Als er uns bemerkt, nimmt er seine Sonnenbrille ab, steckt sie in die Tasche seines schwarzen Jacketts, das er über einem engen, weißen Shirt trägt und grinst mich an, so wie er es schon als kleiner Junge getan hat, wenn wir uns nach den Ferien endlich wiedergesehen haben: wild, etwas verschlagen und irgendwie unberechenbar.

Kurz darauf schließen wir uns in die Arme und das Gefühl, eigentlich nie getrennt gewesen zu sein, breitet sich genau wie damals sofort wieder in mir aus. „Du verdammter Hurensohn", brummt Henry, als wir uns voneinander lösen, nimmt mein Gesicht in seine großen Hände und gibt mir einen Kuss auf die Lippen. Ich hatte vorher überlegt, ob ich Edda auf die Tatsache vorbereiten sollte, dass Henry mich und William zur Begrüßung gern auf den Mund küsst. Aber dann war ich davon abgekommen, weil Henry zu viele Eigenarten hat, um sie jemandem alle vorher aufzuzählen. Man muss ihn einfach nehmen, wie er ist, dann kommt man am besten mit ihm zurecht. „Du hast mich ganz schön Nerven gekostet“, fährt er jetzt fort. „Chris hat deinetwegen einiges einstecken müssen! Aber nun ja, das hat sich ja zum Glück erledigt.“

Bevor ich etwas dazu sagen kann, hat er sich schon Edda zugewandt, die schüchtern im Hintergrund stehengeblieben ist.

„Ah, und das ist die neue Prinzessin in der *Bonnie Bride*“, grinst er und winkt Edda mit zwei Fingern zu sich heran, die zögernd ein paar Schritte auf ihn zugeht und ihm die Hand entgegenstreckt.

„Das ist Edda“, stelle ich sie vor und füge der Form halber hinzu: „Und das ist Henry, wie du dir denken kannst.“

Edda nickt ernsthaft und sagt: „Hallo und herzlich willkommen!“

Henry schmunzelt und ich kann am Funkeln seiner dunklen Augen erkennen, dass sie ihm noch besser gefällt als auf den Fotos, die ich ihm von uns geschickt habe.

„Gleichfalls willkommen, Lady Edda“, erwidert er galant und ergreift ihre Hand. Anstatt sie aber zu schütteln, zieht er sie zu sich heran und schafft es dabei irgendwie, dass sie sich wie beim Tanzen unter seinem

Arm hindurch dreht. Der Blick, den er dabei auf ihren Arsch wirft, entgeht mir nicht und weckt sofort ein Gefühl der Eifersucht in mir, das mir bis zu diesem Moment in Bezug auf Henry vollkommen fremd war. Mit ihm hätte ich bisher tatsächlich fast jede Frau geteilt, aber bei Edda ist das nun natürlich anders und schon sein Blick auf ihren Körper führt dazu, dass sich mir wie bei einem Hund die sprichwörtlichen Nackenhaare aufstellen.

Wie es scheint, gefällt Henry, was er sieht, denn er grinst: „Eine Frau mit *Substanz*, wie ich es dir empfohlen hatte, Baby…“

Dann gibt er Edda einen formvollendeten Handkuss und lächelt: „Ich bin entzückt, so viel Liebreiz und Anmut fortan unter unserem Dach zu wissen!“

Verwirrt von seinen merkwürdigen Worten, stammelt mein armes Mädchen: „Oh… danke, Sir!“, woraufhin Henry lacht, ihr das Kinn liebkost und sagt: „Und gut erzogen ist sie auch! Ein Lämmchen, wie mir scheinen will!“

Nun wird es mir wirklich zu bunt. Ich verpasse Henry einen unsanften Schlag auf die Finger, damit er seine Pfoten von Eddas Gesicht nimmt, und Edda einen Klaps auf die Wange.

„Lektion dreizehn“, knurre ich. „Es gibt nur einen Mann auf der Welt, den du Sir nennst, Mädchen, und das bin ich, verdammt nochmal!“

Henry runzelt die Stirn. „Hast du mir gerade wie einem dummen Jungen auf die Finger gehauen, Kyle?“, fragt er ungläubig.

Bevor ich ihm jedoch hitzig antworten kann, dass ich noch ganz andere Saiten aufziehen werde, wenn er sich nicht etwas zurückhält, kommt Christian herbeigeeilt.

„Oh, Kyle! Endlich sehen wir uns wieder“, freut er sich, fällt mir begeistert um den Hals und gibt mir zur Begrüßung vier Küsschen auf die Wangen. „Du siehst großartig aus, Darling, wirklich großartig! Und wie gut du wieder riechst, da werde ich ja gleich…“

Bevor er fortfahren kann, räuspere ich mich jedoch lieber und stelle ihm Edda vor, die unseren Assistenten mit großen Augen anstarrt. Zugegeben, wenn man Christian noch nicht kennt, dann wirkt seine Vorliebe für rosa Hemden, Seidenhalstücher und teuren Herrenschmuck möglicherweise etwas ungewöhnlich. Wenn man ihn aber kennt, dann weiß man, dass das noch eine seiner dezenteren Aufmachungen ist.

„Oh ja, wundervoll“, freut er sich nun, schnappt sich Edda und lässt ihr die gleiche Behandlung zukommen wie mir eben. „Ich freue mich ja so für euch beide! Und was für ein süßes, kleines Mädchen du dir da ausgesucht hast, wirklich entzückend! Diese Augen! Oh, und was sehe ich da?! Sie trägt ein Mac-Lean-Halsband?! Gott im Himmel, ist das zu fassen?!“

Auch Henry schmunzelt und streicht sich über seinen dunklen Bart.

„In der Tat“, bemerkt er. „Erstaunlich.“

Edda sieht von all den überschwänglichen Zuwendungen völlig verwirrt aus, weshalb ich ihr beschützend den Arm um die Schultern lege und sie an mich ziehe.

„Na los, rein mit euch“, brumme ich und wende mich wieder dem Haus zu. „Es ist wahrlich eine Freude, euch wieder hier zu haben!“

Kapitel 65: Perlage

Edda

Als wir in die Steinhalle kommen, steht Molly dort mit leuchtenden Augen und macht einen tiefen Knicks, als Henry die *Bonnie Bride* betritt.

„Willkommen zu Hause, Sir Henry“, haucht sie und senkt demütig den Blick. Ihre Freude über seine Rückkehr ist offenkundig und sie kommt mir in diesem Moment selbst so jung und hübsch wie eine aufgeregte Braut vor. Kyle geht an ihr vorbei, ohne sie weiter zu beachten, weil Christian ihm wild gestikulierend von irgendwelchen Problemen im Flugzeug erzählt. Ich jedoch drehe mich verstohlen noch einmal um und beobachte, wie Henry sein Jackett auszieht, es ihr vor die Füße wirft und dann einfach weitergeht, ohne sie eines Blickes zu würdigen. Vor Schreck bleibt mir fast der Mund offen stehen, vor allem als ich sehe, wie Molly die Tränen in die Augen treten. Mit zitternden Händen hebt sie das Jackett auf und erhebt sich verstört wieder. Doch in diesem Moment dreht Henry sich mit einem wilden Leuchten in den Augen wieder zu ihr um, reißt sie an sich und küsst sie so stürmisch, dass ich schlucken muss.

Kyle hat nun auch bemerkt, dass hinter uns etwas passiert, das meine Aufmerksamkeit auf sich zieht, und dreht sich ebenfalls um. Beim Anblick seines Freundes, der die Hausdame in seinen tätowierten Armen hält und ihr einen wirklich filmreifen Begrüßungskuss verpasst, lacht er leise.

„Es ist immer das gleiche, wenn er nach Hause kommt“, murmelt er und Christian, der neben ihm steht und sich nun natürlich auch umgeschaut hat, ringt theatralisch die Hände und ergänzt flüsternd: „Es ist *überall* das gleiche, egal wohin er kommt! Ganz gleich, wo der Junge auftaucht, muss er erst einmal jemanden vögeln!“

Wie ein Seemann, schießt es mir durch den Kopf und Henry, der mir zwar auf eine etwas beängstigende Weise sehr sympathisch, vor allem aber auch sehr ungewöhnlich vorkommt, wird nun in meinen Augen noch exotischer, als er Molly von sich stößt, mit dem Kopf auf die Treppe deutet, die zu seinen Räumen hinauf führt, und knurrt: „Na los, rauf da!“

Molly eilt kichernd und mit gerafften Röcken die Treppe hoch, während Henry sich über den Bart streicht und ihr hinterher sieht. „Ich habe wirklich recht oft an sie gedacht“, stellt er dabei fest. Dann angelt er sich einen langen, fingerdicken Rohrstock aus dem Schirmständer neben der Tür und wendet sich wieder uns zu.

„Den hat sie noch gut bei mir“, grinst er, hebt zwei Finger an die Stirn und geht ebenfalls auf die Treppe zu. „Wir sehen uns später“, ruft er noch.

„Tja, *das* ist eben Henry Cameron“, stöhnt Christian in dramatischem Ton und hakt sich zu meinem Erstaunen bei Kyle unter, der all das recht gelassen zu nehmen scheint. „So, mein Schatz, und ich brauche jetzt erst einmal einen Drink!“, fährt er fort. „Du weißt ja, dass der Fraß im Flieger mein inneres Gleichgewicht immer völlig durcheinanderbringt!“

Kyle lacht leise, streichelt mir über die Wange und sagt: „Mach eine Flasche Champagner auf und bring drei Gläser mit, mein Mädchen! Wir gehen auf die Terrasse.“

Inzwischen kenne ich mich gut genug aus, um den Champagner im Kühlschrank hinter der Bar im großen Wohnzimmer gleich zu finden. Bei der Auswahl der Gläser bin ich mir aber nicht so sicher, zumal es unzählige verschiedene zur Auswahl gibt. Ich bringe also die, von denen ich glaube, dass ich in Filmen schon häufiger gesehen habe, wie Champagner daraus getrunken wurde. Aber als ich damit auf die Terrasse komme, wo Kyle und der sehr große, sehr schlanke und sehr gepflegt wirkende Christian in der Sonne sitzen, merke ich gleich, dass es nicht die richtige Wahl war.

„Herzchen, die Zeiten, in denen man Champagner aus Schalen getrunken hat, sind seit Jahrzehnten vorbei! Seit Jahr-zehn-ten!“, pikiert sich der etwas seltsame Assistent. „Die *Perlage* kann sich in der flachen Schale doch gar nicht bündeln!“

Als ich erschrocken stehen bleibe und nicht weiß, ob er es ernst meint oder ob es vielleicht ein Scherz ist, den ich nicht verstehe, steht Kyle auf und verpasst Christian einen unsanften Klaps auf den Hinterkopf, so dass sein dandymäßig nach hinten gestyltes, halblanges blondes Haar etwas aus der Form gerät.

„Ruhe jetzt“, brummt er. „Sonst ist es mit *meinem* inneren Gleichgewicht nämlich vorbei!“

Dann nimmt er mir Flasche und Gläser ab und schenkt sie etwa zur Hälfte voll. Sichtlich angesäuert nimmt Christian sein Glas entgegen, aber als wir anstoßen hat er den Zwischenfall anscheinend schon vergessen und sagt euphorisch: „Auf euch beide! Ich nehme an, Kyle, jetzt nimmst du mir die Einstellung dieser bezaubernden jungen Dame nicht mehr übel, oder?“

Vor Schreck über diese offensichtliche Indiskretion verschluckt Kyle sich an seinem Champagner und wirft Christian hustend wütende Blicke zu. Ungeachtet dieser stumme Aufforderung zu schweigen, klopft der Assistent seinem Boss jedoch nur kräftig auf den Rücken und wendet sich dann mir zu: „Weißt du, Edda, er war ganz außer sich! Mitten in der Nacht hat er mich aus dem Schlaf gerissen und bedroht! Ich war so am Boden wegen der ganzen Angelegenheit, dass ich tagelang vor Aufregung nichts essen konnte!“

Weil ich nicht weiß, was ich dazu sagen soll und auch den Zusammenhang zwischen meiner Einstellung und Christian nicht kenne, murmele ich nur: „Oh… Das tut mir sehr leid!“

Kyle hat seinen Hustenanfall überwunden, stellt sein Champagnerglas auf den Tisch und bemerkt etwas ungehalten: „Du solltest jetzt lieber das Thema wechseln, Christian, sonst überlege ich mir das mit der englischen Erziehung doch noch einmal!“

Christian räuspert sich unangenehm berührt, trinkt eilig sein Glas leer und bedeutet mir nachzuschenken. „Ja, Sir, natürlich“, lächelt er dann, um mir hinter vorgehaltener Hand zuzuflüstern, dass er es mir später erzählen wird. Kyle verdreht die Augen und als ich lachen muss, brummt er: „Merk dir fünf dafür!“

Erschrocken zieht Christian die Augenbrauen hoch und fragt: „Wer, ich etwa? Oder sie?“

Nun nimmt Kyle kopfschüttelnd sein Glas und trinkt es ebenfalls in einem Zug leer, so dass ich ihm auch gleich noch einmal nachschenke. „Sie natürlich“, antwortet er grimmig. „Denkst du wirklich, ich würde *dich* schlagen, wenn ich stattdessen *sie* bestrafen kann?! Na los, Mädchen, trink aus, damit wir noch einmal neu anstoßen können!“

Natürlich tue ich es, weil ich immer alles tue, was Kyle befiehlt. Und auch weil ich noch nie zuvor Champagner getrunken habe, aber er wunderschön im Bauch und in der Seele kribbelt, was man wohl Perlage nennt. Und auch weil ich so erleichtert bin, dass es mit Henry und diesem Christian überhaupt nicht schrecklich ist, sondern ganz im Gegenteil sogar überraschend unkompliziert, obwohl die beiden sicher mit Abstand die merkwürdigsten Typen sind, die mir in meinem Leben bisher begegnet sind. Aber genau deshalb passen sie vielleicht auch so gut hierher in die *Bonnie Bride*, wo einfach jeder so sein kann, wie er eben ist.

„Prost, Kinder“, sagt Christian und hebt sein Glas, als ich alle drei Gläser aufgefüllt habe. „Auf euch und euer Glück!“

Kyle lächelt endlich wieder und erwidert: „*Sláinte!* Auf dich, Christian, der du mir Edda beschert hast!“

Dann sehen sie mich beide erwartungsvoll an und wollen wohl, dass auch ich einen Toast ausbringe, weshalb ich mich zunächst einmal verlegen räuspere.

„Auf die *Bonnie Bride*“, sage ich dann feierlich. „Und darauf, dass wir alle hier zusammen sind!“

Kapitel 66: Nächtliche Ankunft

Kyle

Anders als erwartet, war Eddas Kennenlernen mit Henry und Christian sehr viel unkomplizierter, als ich gedacht hatte. Abends haben wir alle zusammen gegessen, wobei Edda zwar nicht viel gesagt hat, aber entspannt und fröhlich wirkte. Henry zeigt sich ihr gegenüber zum Glück von seiner charmanten Seite und Christian hat sie gleich in die Kategorie seiner Freundinnen eingeordnet, wie es scheint. Das ist gut, denn die Chance, dass er eine neue Bekanntschaft in die Kategorie seiner Feindinnen einordnet, ist nicht unwesentlich kleiner.

Nach dem Essen haben sich die beiden zurückgezogen, weil sie müde von der Reise waren, und Edda und ich haben uns im Bett einen Film angeschaut. Es gefällt mir, einen Alltag mit ihr zu entwickeln, und das Gefühl, dass sie nach und nach zu einem echten Teil meines Lebens wird, ist wunderschön. Nun ist es spät und Edda liegt in meinen Armen. Sie ist erschöpft und schläft schon fast.

„Ich bin stolz auf dich, mein Mädchen", flüstere ich noch und gebe ihr einen Kuss auf die Stirn. „Hast du gesehen, wie gut alles gelaufen ist?"

Sie lächelt und schmiegt sich an mich.

„Ich habe an den Psalm gedacht, Sir“, flüstert sie. „Da ging es dann alles ganz leicht. In der *Bonnie Bride* ist sowieso alles anders als in der Welt dort draußen.“

Noch lange liege ich wach und denke über diese Trennung nach, die Edda zwischen der *Bonnie Bride* und der Welt dort draußen zu machen scheint. Wir alle machen sie natürlich, aber bisher erschien es mir nie als Problem, weil ich eben in beiden Welten zu Hause bin.

Ich will Edda aber nicht nur als Sub hier auf diesem Anwesen haben, denke ich. *Ich will sie überall an meiner Seite wissen! Sobald sich die Möglichkeit ergibt, werde ich sie mitnehmen. Nach London, nach Mull, überallhin. Ich werde mit ihr nach Inverness fahren, damit sie die Stadt ihrer Kindheit wiedersieht. Sie soll nicht denken, dass sich das Leben an einen einzigen Ort zurückziehen kann.*

Als ich gerade die Augen schließen will, um ebenfalls zu schlafen, sehe ich das Display meines Telefons blinken. Ich habe es lautlos gestellt, erkenne aber nun, dass William mich anruft. Eigentlich sollte er morgen Mittag eintreffen. Ob etwas dazwischen gekommen ist? Vorsichtig löse ich mich von Edda, nehme ab und gehe ins Bad, um sie nicht zu wecken.

„Ich bin in fünf Minuten am Tor“, meldet sich William. „Kannst du es aufmachen? Ich habe Angus nicht erreicht.“

Als ich ihn irritiert frage, warum er heute schon kommt und warum er nicht vorher Bescheid gesagt hat, erwidert er lapidar, dass sein Flugplan sich geändert hat und er doch nicht in London übernachten musste. Er hätte Henry eine Nachricht geschickt, aber der würde wohl schon schlafen. Etwas genervt ziehe ich mir den Bademantel über und gehe durch die dunkle *Bonnie Bride* nach unten in die Steinhalle, von wo aus sich das Eingangstor über ein Steuerungspaneel öffnen lässt. Es ist typisch, dass William vergisst, uns über solche Dinge wie Ankunfts- oder Abreisezeiten zu informieren. Meistens ist er so in seinen Gedanken verstrickt, dass ihm solche Dinge wie unwichtige Lappalien vorkommen.

Als ich auf dem Überwachungsbildschirm sehe, dass draußen ein Taxi vorfährt, öffne ich das Tor und gehe hinaus, um die Hunde zu beruhigen, die bei fremden Autos immer aufgeregt sind. Es ist kalt und Nebel steigt vom Loch empor. Trotz der Außenbeleuchtung, die ich eingeschaltet habe, ist der herannahende Wagen erst spät zu erkennen. Wie ein Geisterfahrzeug löst er sich aus der nebligen Dunkelheit des Parks und als William in einem eleganten schwarzen Anzug, sowie mit Trenchcoat und Hut bekleidet, aussteigt und die Hunde begrüßt, kommt es mir wie die Szene aus einem Film vor. Von der Treppe aus beobachte ich, wie der Fahrer um den Wagen geht, um das Gepäck auszuladen und will gerade auf William zugehen, um ihn zu begrüßen, als er sich wieder zum Wagen wendet, die andere hintere Tür öffnet und sich hinein beugt, als würde er jemandem beim Aussteigen helfen wollen.

Er ist nicht allein gekommen, schießt es mir durch den Kopf, ohne dass ich mich besonders darüber wundere. Denn dass William es selten ankündigt, wenn er mit Begleitung kommt, ist uns ebenfalls mehr als geläufig. Was ich nun allerdings sehe, lässt mich doch trocken schlucken. Ich schüttele sogar ungläubig den Kopf und schaue noch einmal hin. Aber ich habe mich nicht getäuscht: William hebt ein kleines Mädchen in einem rosa Mantel aus dem Auto.

Wie zum Teufel ist das möglich?, denke ich. *William hasst Kinder!* Denn mein Freund ist zwar versessen auf Age Play und alles, was mit Daddy-Spielchen zu tun hat, aber *echte* Kinder kann er nicht ausstehen. Sie gehen ihm bereits auf die Nerven, wenn er sie nur aus der Ferne sieht. Entsprechend entgeistert starre ich ihn wohl an, als er die Kleine nun an die Hand nimmt und mit ihr zu mir kommt, während das Taxi langsam wieder in der Dunkelheit des Parks verschwindet.

„Einen wunderschönen, guten Abend“, lächelt er und umarmt mich, während ich kein Wort herausbringe und das Kind neben ihm anstarre. Es ist eine kleine Japanerin mit zwei langen, schwarzen Zöpfen und einem Hello-Kitty-Täschchen. Als ich nichts erwidere, befiehlt er streng: „Begrüße den Herrn, Kaori!“

Das kleine Mädchen macht einen altmodischen Knicks und als es nun mit asiatisch anmutendem Akzent „Guten Abend, Sir“ sagt, dämmert mir beim Klang seiner Stimme langsam, dass ich im ersten Moment einem großen Irrtum erlegen bin.

„Geh hinauf und warte an der Tür auf mich“, fährt William fort. „Daddy holt die Koffer.“

Ungläubig sehe ich die kleine Kaori die Treppe hinauflaufen. Ihre Art sich zu bewegen und ihr Körperbau bestätigen nun meine Vermutung. Im ersten Moment hatten ihre Größe und die kindliche Kleidung mich tatsächlich in die Irre geleitet. Ziemlich perplex nehme ich den letzten Koffer und eine Tasche, die noch auf dem Platz stehen und hole William ein, der schon dabei ist, ebenfalls die Treppe zur Eingangstür hinaufzusteigen, wo seine Begleiterin wartet und ungeduldig wie ein echtes Kind mit ihrer Tasche herum schlenkert.

„Verdammt, Will“, raune ich ihm zu. „Eine Kleinwüchsige?!“

Kapitel 67: Nicht mein Bier

Edda

Als ich am nächsten Morgen aufwache, liege ich allein im Bett. Ich bin daran gewöhnt, dass Kyle morgens früh meistens joggen geht, weshalb ich aufstehe und ins Bad gehe, um mich fertig zu machen.

„Wir frühstücken wie immer“, hat Kyle gestern zu mir gesagt. „Henry schläft meistens fast bis mittags und Chris isst morgens eh nichts.“

Ich gehe also nach unten, um zu sehen, ob ich Molly bei irgendetwas helfen kann. Außerdem bin ich auch neugierig, wie ihr Wiedersehen gestern mit Henry verlaufen ist, denn nach der spektakulären Begrüßung in der Steinhalle habe ich sie gestern nicht mehr zu Gesicht bekommen, da die Dienstmädchen das Abendessen serviert haben. Immer noch bin ich ganz euphorisch darüber, wie gut es gestern mit Henry und Christian geklappt hat. Anders als ich befürchtet hatte, war die Ankunft von Kyles Freund und dem Assistenten keinesfalls eine unangenehme Veränderung, sondern hat sich so natürlich und richtig angefühlt wie alles andere hier in der *Bonnie Bride*. Am meisten gefreut habe ich mich aber darüber, dass ich es geschafft habe, Kyle stolz zu machen.

Als ich in die Steinhalle hinunterkomme, vergesse ich all diese Dinge jedoch zunächst einmal und erschrecke mich gehörig, als ich dort einen eleganten Herrn mit einem dunkelblonden Zopf und Vollbart in eine Zeitung vertieft mit einer Tasse Tee am Kamin sitzen sehe. Ich kenne diesen Mann von Fotos. Es ist William Stewart, der eigentlich erst heute Mittag ankommen sollte. Was mich aber noch mehr aus dem Konzept bringt als er, ist das kleine Mädchen im Rüschenkleid, das zu seinen Füßen auf dem Teppich liegt und in einer Zeitschrift blättert.

„Oh, guten Morgen“, sagt er höflich, als er mich auf der Treppe bemerkt, wo ich wie erstarrt stehen geblieben bin. „Du musst Edda sein! Ich bin William. Freut mich, dich kennenzulernen.“

Er steht auf und kommt mir entgegen, weshalb ich mir also einen Ruck gebe, die Treppe hinuntergehe und ihm stocksteif die Hand schüttele. Ich hasse es, vor vollendete Tatsachen gestellt zu werden und es verunsichert mich furchtbar, wenn etwas anders kommt, als es ursprünglich geplant war. Die Beklemmung, die mich sofort ergriffen hat, wird durch das Mädchen dort auf dem Boden noch verstärkt, denn zum einen begreife ich nicht, was es hier macht, und zum anderen kann ich ausgesprochen schlecht mit Kindern umgehen. Sie mögen mich meistens nicht und in ihrer Gegenwart fühle ich mich noch ungelenker und sperriger, als es sonst ohnehin schon der Fall ist.

„Das ist Kaori“, lässt William mich wissen.

„Deine, äh, Tochter?“, frage ich ratlos und ärgere mich im Stillen darüber, dass meine Stimme piepsig und heiser klingt. Meine Gelassenheit, auf die ich gestern

Abend noch so stolz gewesen war, ist jedenfalls dahin. William lacht erheitert.

„Nenn es, wie du willst“, antwortet er. „Fest steht, dass die Reise der jungen Dame wohl etwas zu Kopf gestiegen ist.“

Damit wendet er sich der Kleinen zu, verschränkt die Arme vor der Brust und knurrt so drohend, dass auch ich erschrocken zusammenzucke: „Was sagt man, wenn eine fremde Lady mit Daddy spricht?“

Das Mädchen blickt von seiner Zeitschrift auf und streckt mir die Zunge heraus. Betreten schaue ich weg, weil dies genau der Effekt ist, den ich bei Kindern immer erziele. Die unsichtbaren Wände scheinen sich bereits wieder um mich zu schließen und die Einheit, die ich gestern mit den anderen zu bilden schien, ist verschwunden. Ich gehöre wieder einmal nicht dazu und kann spüren, wie ich mich immer weiter in mich selbst zurückziehe, obwohl ich es eigentlich gar nicht will. Denn gerade war ich doch noch so stolz darauf, wie gut alles gelaufen war!

In meine Bedrücktheit hinein höre ich William verärgert schnauben. Mit einigen großen Schritten ist er bei dem Kind, packt es am Oberarm und reißt es so unsanft vom Boden hoch, dass ich entsetzt zusammenzucke. Da das Mädchen die Zeitschrift dabei zunächst noch in der Hand hält, sie dann aber loslässt, wird sie in die Luft geschleudert und landet direkt vor meinen Füßen. Anscheinend handelt es sich um eine Art japanisches Mangaheft, was zum asiatischen Aussehen der Kleinen passt. Ich bin allerdings sehr irritiert, als ich sehe, dass die Bilder darin nicht nur ausgesprochen gewalttätig, sondern auch wirklich pornografisch sind! Doch ich habe gar keine Zeit, mich näher damit zu beschäftigen, was diese muskulösen Monsteraffensoldaten da mit den vollbusigen Schulmädchen anstellen, weil ich vor Schreck die Luft anhalte, als William seiner vermeintlichen Tochter eine schallende Ohrfeige verpasst. Sie fängt an zu heulen, woraufhin er sie an den Haaren packt und zischt: „Sieh mich an, du Miststück! Sieh Daddy in die Augen!"

Kaum dass sie das tut, wobei sie laut wehklagt, kassiert sie gleich noch einen Schlag auf die andere Wange. Ich bin völlig erstarrt vor Schock und weiß gar nicht, was ich tun soll. Alles an dieser Situation überfordert mich! William, das Mädchen, das seltsame Pornoheft und nun vor allem auch noch die grässliche Misshandlung des Kindes!

Was ich nun allerdings sehen muss, ist sogar noch eine Steigerung: Kyles Freund zieht dem Mädchen den Ausschnitt seines Prinzessinnenkleidchens mit einem groben Ruck herunter und es kommen zwei Brüste zum Vorschein! Ich erschrecke mich so sehr, dass ich aufschreie und einen Schritt zurückmache. William schaut sich erstaunt zu mir um und auch das Mädchen stellt sein schrilles Geplärre ein und starrt mich böse an. In diesem Moment geht die Eingangstür auf und Kyle kommt verschwitzt in Trainingshose und T-Shirt herein.

„Oh nein“, murmelt er, woraufhin William das Mädchen mit den Brüsten fest in die Nippel kneift, es daran festhält und befiehlt: „Du sagst jetzt ‚Entschuldigung, Madam‘ zu der Lady, du verzogene Ratte!“

Irgendetwas geht hier vor sich, das ich ganz und gar nicht begreife, aber nun wird es mir alles zu viel. „Schon gut, nicht nötig“, kann ich nur noch murmeln, woraufhin ich mich umdrehe und die Treppe wieder nach oben renne. Unten höre ich es wieder klatschen, aber Williams böse klingende Worte verstehe ich schon nicht mehr, weil ich in aller Eile in Kyles Flur verschwinde und ins Schlafzimmer flüchte. Noch bevor ich die Tür schließen kann, hat Kyle mich jedoch schon eingeholt.

„Edda, es tut mir leid“, sagt er atemlos und fängt an zu lachen. „Ich wollte es dir sagen, sobald du wach bist! William ist gestern Nacht schon angekommen.“

Schwer atmend und vor Aufregung zitternd streiche ich mir die Haare aus dem Gesicht.

„Was ist das für ein Kind?“, frage ich ganz außer mir. „Es hat Brüste! Wieso schlägt er es einfach? Und überhaupt…“

Kyle bemüht sich zwar, ernst zu bleiben, findet die ganze Situation aber anscheinend furchtbar lustig, wodurch ich nun so verunsichert werde, dass mir die Tränen in die Augen steigen.

„Warum lachst du?“, stammele ich. „Lachst du mich aus? Was ist es, das ich nicht verstehe?“

Nun kommt Kyle zu mir und zieht mich in seine Arme, obwohl er ganz verschwitzt ist.

„Mein armes Mädchen“, lacht er. „Das war auch wirklich eine Glanzvorstellung von William!“

Als ich völlig verunsichert die Hände vor mein Gesicht schlage und anfange zu schluchzen, beeilt er sich zu versichern, dass er mich natürlich nicht ausgelacht hat. „Ich habe es am Anfang auch nicht gleich kapiert“, fährt er fort. „Ich erkläre es dir. Es ist wirklich alles halb so wild.“

Er zieht mich zum Bett und auf seinen Schoß, wo er mich fest umarmt und mir erklärt: „Diese Kaori ist eine japanische Prostituierte, mit der Will sich in Tokyo angefreundet hat und die im Moment seine Spielpartnerin ist. Sie ist kein Kind, sie ist bloß kleinwüchsig.“

Ich starre ihn an, ohne den Sinn seiner Worte so recht zu begreifen.

„Eine *kleinwüchsige Prostituierte?*“, wiederhole ich ungläubig. „Du meinst… Sie ist behindert, deshalb ist sie so klein? Aber sie ist erwachsen?“

Kyle schmunzelt. „Sie ist sogar älter als du“, antwortet er. „Ich konnte es auch kaum glauben, aber William hat es gern etwas exotisch, insofern passt sie durchaus gut zu ihm. Einmal hat er eine zwei Meter große Australierin angeschleppt, eine Basketballerin, die er aber auch in solche Rüschenkleidchen gesteckt hat wie Kaori. Er ist da ganz schmerzbefreit.“

Ich kann kaum glauben, was ich da höre. Ohnehin bin ich so verstört von diesen unglaublichen Ereignissen, dass ich mich am liebsten weinend im Bett verkriechen werde.

„Na komm, so schlimm ist das doch gar nicht“, tröstet mich Kyle und fängt schon wieder an zu lachen. „An solche Vorkommnisse gewöhnst du dich am besten gleich, denn in der *Bonnie Bride* kann etwas in der Art immer mal vorkommen. Für dich und mich spielt das keine Rolle, Edda, verstehst du? Lass den beiden einfach ihren Spaß und wenn es dich zu sehr irritiert, kommst du zu mir und wir gehen eine Runde spazieren.“

Natürlich verstehe ich, was er meint und wenn ich ausreichend Zeit gehabt hätte, mich innerlich darauf einzustellen, hätte ich sicher auch anders reagieren können. So aber fühle ich mich überrumpelt und bloßgestellt, weil ich die Einzige bin, die dieses Spiel anscheinend nicht versteht und Probleme damit hat, es normal zu finden.

„Du musst dich an Henrys Leitsatz halten“, fährt Kyle nun fort. „Er sagt in solchen Fällen: ‚Nicht mein Kink, nicht mein Bier‘ und schert sich nicht weiter darum. Das ist das Vernünftigste, gerade bei William und seinen Frauen.“

Weil ich mir so verletzt und dumm vorkomme, verberge ich mein Gesicht an seiner Schultern und schluchze nur: „Ich trinke aber kein Bier!“

Kapitel 68: Wie nach den Ferien

Kyle

Dass William seine Kaori ausgerechnet vor Eddas Augen zurechtweisen musste, bevor ich sie auf die Anwesenheit der beiden Neuankömmlinge und vor allem auf die Besonderheit von Wills neuer Eroberung vorbereiten konnte, war wirklich ausgesprochen ungünstig. Obwohl sie sich bald beruhigt hat, war sie zunächst einmal nicht dazu zu bewegen, wieder mit mir nach unten zu gehen. Stattdessen wollte sie unbedingt weiter an ihrer Zeichnung arbeiten und von Frühstück und Spazierengehen partout nichts wissen. Weil all das schließlich nichts mit unserer Beziehung zu tun hat, kam es mir falsch vor, sie nach Dom-Manier zu zwingen. Also habe ich sie in Ruhe gelassen, geduscht und bin danach allein nach unten gegangen, um zu sehen, wie die Situation sich weiterentwickelt hat.

Als ich in die Steinhalle komme, ist Molly gerade dabei, Scherben vom Boden aufzufegen.

„Die Kleine hatte einen Tobsuchtsanfall und hat die Tasse zerdeppert“, lässt sie mich wissen und fügt mit Begeisterung in der Stimme hinzu: „Sir William hat sie an Ort und Stelle gezüchtigt und sie danach in ihr Zimmer gesperrt. Ich durfte sie festhalten, als er sie geschlagen hat! Herrlich! Ein richtiges kleines Biest!“

Mollys Vorliebe für kleine Biester ist mir hinlänglich bekannt, weshalb ich mich nur erkundige, ob Henry schon wach ist.

„Oh ja“, lächelt sie versonnen. „Sir Henry wurde sanft geweckt und ist bester Laune. Er und Sir William sind auf der Terrasse.“

Also gehe ich ebenfalls nach draußen, wo ich die beiden in der Sonne sitzend und frühstückend vorfinde. Der Nebel hat sich verzogen und ein strahlend blauer Himmel erstreckt sich über Loch Shiel und unserem blühenden Park.

„Du verdammter Päderast“, sagt Henry gerade mit vollem Mund und gerunzelter Stirn. „Du stehst doch nur auf sie, weil sie so verdammt *klein* ist!“

William lacht, lehnt sich zurück und trinkt einen Schluck Tee. Anscheinend hat man ihm eine neue Tasse gebracht. „So ein Quatsch, Henry“, erwidert er gelassen. „Ich stehe vor allem auf sie, weil sie ein verdorbenes Luder ist. Ihre Größe, naja, das ist irgendwie mal etwas anderes. Aber es wäre doch viel diskriminierender, wenn ich Sex mit ihr ausschließen würde, nur weil sie zufällig so klein ist, oder nicht? Sie ist sechsundzwanzig, im vollen Besitz ihrer geistigen Kräfte und wunderhübsch. *So what?*“

Kopfschüttelnd setze ich mich zu ihnen. „Edda war jedenfalls etwas irritiert“, sage ich, woraufhin William gleichmütig die Schultern zuckt und noch mehr Zucker in seinen Tee kippt.

„Frag mich mal“, lacht Henry. „Als ich die Treppe runter kam, dachte ich, ich muss die Bullen rufen! Bis ich kapiert habe, dass es eine Zwergin ist, auf die er da einprügelt, habe ich wirklich schlimme Momente durchlebt!“

Eins der Dienstmädchen bringt auch mir mein Frühstück und ich lasse auch für Edda etwas zu essen und Tee ins Schlafzimmer schicken.

„Sie fand es doch nicht wirklich tragisch, oder?“, erkundigt sich William nun etwas besorgt, aber bevor ich antworten kann, grinst Henry: „Sie ist cin Lämmchen, Junge! Wenn du vor ihren Augen mit deinem Schweinchen herumspielen musst, ist es doch klar, dass sie aus allen Wolken fällt. Zu Edda muss man sanft und vorsichtig sein. Richtig, Kyle?“

Ich gieße etwas Milch in meinen Tee und streiche mir über den Bart. Trotz seiner Grobheit ist Henry wieder einmal erstaunlich sensibel. „Richtig“, bestätige ich deshalb nur.

„Ich mag Edda“, fährt er nun fort, was sofort diese leise Eifersucht wieder in mir weckt. „Sie erinnert mich an meine kleine Schwester.“

William mustert ihn kühl.

„Du hast keine kleine Schwester, Henry“, bemerkt er, woraufhin Henry ungeduldig mit der Hand wedelt und meint: „Ja, ich weiß. Aber wenn ich eine hätte, dann müsste sie so sein wie Edda. Süß und lieb, ein bisschen naiv…“

Nun macht Will ein nachdenkliches Gesicht und nickt.

„Oh ja“, stimmt er mit böser Stimme zu. „So eine kleine Schwester könnte mir auch gefallen…“

Lachend, weil seine Gedanken an diese „Schwester“ sicher nicht dem Bild einer klassischen Geschwisterliebe entsprechen, stelle ich meinen Tee wieder ab, um ihn nicht zu verschütten. Und als ich nicht aufhören kann zu lachen, fangen auch die anderen beiden an und es fühlt sich an wie früher, wenn die drei großen, bösen Wölfe nach den Ferien endlich wieder alle zusammen waren.

Kapitel 69: Die Prinzessin

Edda

Die nächsten Tage vergehen zäh und angespannt für mich. Zwar bemühe ich mich, es niemanden merken zu lassen, aber durch das Erlebnis mit William und dieser kleinwüchsigen Frau ist bei mir eine Tür zugeschlagen, die sich einfach nicht wieder öffnen will, so sehr ich mich auch anstrenge.

Kyle hat mir erklärt, dass Kaori eine erwachsene Frau ist, dass ihre Beeinträchtigung nur körperlich ist und dass schließlich auch Behinderte ein Recht darauf hätten, ihre Sexualität auszuleben. In der Theorie kann ich dem natürlich folgen und finde es richtig, aber in der Praxis ist das „Spiel" der beiden für mich einfach nur grotesk und befremdlich.

„Warum tun sie so, als wenn sie ein Kind ist?", habe ich Kyle gefragt. „Ist das nicht irgendwie… pervers?"

Er hat gelacht und mich gefragt, wo die Grenzen für so etwas liegen. „Ist es nicht genauso pervers, wenn ich dir weh tue und dich nackt in einer Ecke knien lasse?", hat er gefragt. „Bei uns gilt: Solange es niemandem schadet, ist alles erlaubt. Sie ist ja kein Kind, ebenso wie hier niemand wirkliche Sklaverei und Unterdrückung befürwortet. Es passiert einvernehmlich, weil es beide Seiten anmacht. Und dass man das nicht in jedem Fall nachvollziehen können muss, liegt in der Natur der Sache. Sexualität ist einfach zu vielschichtig, um überall mitgehen zu können. Henry zum Beispiel hat die alten Ställe umbauen lassen, weil er eine Zeit lang total auf so richtig derbes Petplay abgefahren ist, mit Melkmaschinen, Plastikhandschuhen, die den ganzen Arm bedecken, Besamungsanlage und solchem Kram. Mir gibt das nichts, aber wenn er es braucht…“

Auch wenn ich versuche, all das normal zu finden, stoße ich jedes Mal wieder an meine Grenzen, wenn ich Kaori über den Weg laufe, sie mich mit ihren dunklen Mandelaugen böse anfunkelt und mir heimlich die Zunge herausstreckt. Weil sie und ihr „Daddy“ ihr Spiel niemals unterbrechen, sondern vollkommen in ihren Rollen aufgehen und Kaori sich eben niemals wic cine Erwachsene benimmt, ist es für mich fast unmöglich, sie als eine solche zu sehen.

Eigentlich will ich am liebsten die meiste Zeit allein oder nur mit Kyle verbringen, aber er ist langsam genervt davon, dass ich mich immer zurückziehe, wenn er mit seinen Freunden zusammensitzen will. Als ich auch heute sofort nach dem Abendessen aufstehe und mich mit der Ausrede zurückziehen will, noch einmal nach den Hunden zu sehen, runzelt er die Stirn und befiehlt barsch: „Setz dich wieder, Mädchen! Die Hunde brauchen dich jetzt nicht!“

Bei seinem autoritären Ton, den er in Anwesenheit der anderen bisher noch nie angeschlagen hat, bekomme ich vor Bestürzung einen ganz trockenen Mund und lasse mich zurück auf meinen Stuhl fallen. Während Molly uns Kaffee bringt, mit Henry schäkert und Kaori liebevoll in die Wangen und in die Nippel kneift, kämpfe ich mit den Tränen. Zum ersten Mal hat Kyle mich verletzt und wie es aussieht, merkt er es nicht einmal. Denn anstatt sich wie sonst darum zu kümmern, wie es mir geht, beachtet er mich nach seiner Zurechtweisung nicht weiter, trinkt seinen Kaffee und unterhält sich mit William über japanisches Essen.

Tief gekränkt folge ich den anderen etwas später an den Kamin im Wohnzimmer, den Angus angezündet hat und dessen in der Dunkelheit züngelnde Flammen mein Gefühl der Einsamkeit noch verstärken. Auch dass Kyle sich neben mich setzt, mir die Hand in den Nacken legt und mit dem Daumen meinen Hals streichelt, wie er es immer tut, tröstet mich nicht. Die unsichtbaren Wände, die mich umgeben, sind stärker denn je. Sie fühlen sich sogar so präsent an, dass ich glaube, sie wirklich spüren zu können, wenn ich die Hand ausstrecken würde.

Eins der Dienstmädchen schenkt Whisky aus. Kaori plärrt, weil sie keinen bekommt und mit einem Glas Saft abgespeist wird. Wie üblich wird sie von William geohrfeigt und muss zur Strafe in der Ecke stehen. Während Henry, Christian und Kyle sich köstlich über den kleinen Zwischenfall amüsieren, bekomme ich Kopfschmerzen und meine innere Distanz zu dieser Situation wird immer größer. Ich fühle mich ausgeschlossen und die Bestürzung über Kyles Strenge verwandelt sich immer mehr in meine altbekannte Furcht, vielleicht doch nicht dazuzugehören. Mein Halsband, das ich jetzt immer trage und das mir normalerweise Sicherheit schenkt, liegt auf einmal fremd und schwer um meinen Hals und scheint mir die Luft zum Atmen zu nehmen.

Henry besitzt ein feines Gespür dafür, wie es mir geht. Zwar macht er meistens Scherze und wir haben uns noch nie wirklich ernsthaft unterhalten, aber irgendwie schafft er es dabei immer, genau meinen Gefühlszustand zu treffen und mich aufzufangen oder zu bestärken. Auch jetzt merkt er wohl, dass ich mich unwohl fühle, denn anstatt weiterhin mit den anderen Scherze über „Erziehungsfragen“ zu machen, wendet er sich mir zu.

„Hey, Prinzessin, sag mal…“, beginnt er, wird aber sogleich von schrillem Gekreische unterbrochen. Es ist Kaori, die wie eine kleine Furie aus ihrer Ecke hervorgesprungen kommt und sich ihr Kleidchen hochreißt, unter dem sie zu allem Überfluss nackt ist.

„*Ich* bin die Prinzessin!“, schreit sie und stampft mit ihren kurzen, etwas krummen Beinchen auf, die mit rosa Kniestrümpfen und Lackschuhen bekleidet sind. Der Anblick ihres glatt rasierten Geschlechts und dem Pikachu-Tattoo auf ihrem Venushügel gibt mir nun endgültig den Rest, so dass ich aufstehen und wegrennen will. Aber Kyles Hand schließt sich fest um meinen Nacken. Er zieht mich an sich und gibt mir einen Kuss auf die Schläfe, während William verärgert aufsteht und die grässliche Nervensäge an einem ihrer Zöpfe packt, den er sich um die Hand wickelt, um sie dann daran hochzuziehen, so dass sie auf Zehenspitzen balancieren muss und zumindest ihren Rock wieder fallen lässt.

Auch Henry wendet sich ihr nun zu und sagt in strengem Tonfall, als spräche er wirklich mit einem ungezogenen Kind: „Du bist keine Prinzessin, Kaori. Du bist nur eine kleine Rotzgöre, die dringend eine Tracht Prügel braucht! Und wenn du mich noch einmal unterbrichst, dann nehme ich eine böse, spitze Nadel und steche dir Löcher in deine hübschen Schamlippen, kapiert?"

Obwohl ich es ziemlich bestialisch finde, was er ihr da androht, ergreift mich eine gewisse Befriedigung, zumal Kaori ihn entsetzt anstarrt und endlich verstummt. Auf Williams Gesicht erscheint ein böses Grinsen.

„Da hat Onkel Henry deinen Daddy aber auf eine gute Idee gebracht", lächelt er. „Ich glaube, wir werden der Praxis mal einen kleinen Besuch abstatten."

In meiner Überforderung bin ich nun doch froh, so dicht bei Kyle zu sein und seine Nähe hilft mir dabei, das Gezeter zu ertragen, das Kaori veranstaltet, während William seine Spielpartnerin wegzerrt.

„Verdammt nochmal", lacht Henry und trinkt einen großen Schluck Whisky. „Die Kleine ist tausendmal anstrengender als ein echtes Kind!"

Kapitel 70: Fiffi

Kyle

Da es Edda wenig zu helfen scheint, wenn ich versuche, ihr unser Zusammenleben in der *Bonnie Bride* zu erklären und verständnisvoll auf sie einzugehen, versuche ich es nun eben mit Strenge. Denn langsam beginnt es mich zu stören, dass sie sich ständig absondern will, anstatt die Situation einfach mit Humor zu nehmen und sich nicht so sehr daran zu stören, dass sie mit Williams kleinem Mädchen eben nicht besonders viel anfangen kann. Natürlich ist es selbst für unsere Verhältnisse eine recht extreme Situation, aber eigentlich lernt man meiner Meinung nach gerade aus solchen Spielen besonders viel, selbst wenn man nicht direkt daran beteiligt ist. Anstatt sich zurückzuziehen, sollte Edda wenigstens versuchen, dieser Herausforderung mit etwas mehr Offenheit zu begegnen. Dass ich immer auf sie aufpasse und ihr nichts passieren kann, sollte sie doch inzwischen verinnerlicht haben.

„Was ich eigentlich sagen wollte“, setzt Henry erneut an, als William mit Kaori den Raum verlassen hat. „Edda, du hast doch als Dogsitterin bei uns angefangen, nicht wahr?“

Mein Mädchen hatte sich schutzsuchend an meiner Schulter verborgen, wagt sich nun aber wieder hervor und sagt zögerlich: „*Aye*, das stimmt.“

Schon an Henrys Grinsen erkenne ich, dass uns wahrscheinlich die nächste Herausforderung bevorsteht. Einerseits hoffe ich, dass er sich zurückhält, andererseits ärgere ich mich auch genau über diesen Gedanken. Denn schließlich haben wir die *Bonnie Bride* genau aus dem Grund geschaffen, all diese Dinge tun zu können, ohne uns Sorgen darüber machen zu müssen, von irgendjemandem schief angeguckt zu werden. Wir sind eben, was wir sind, und eigentlich erwarte ich von meiner Sub, dass sie damit zurechtkommt.

„Ich habe dir noch ein neues Hündchen mitgebracht, das du betreuen kannst“, lächelt Henry nun böse und registriert mit Genugtuung die Reaktionen, die seine Worte in der Runde auslösen: Edda rückt instinktiv noch etwas dichter an mich heran, ich massiere mir die Schläfen, weil ich plötzlich Kopfschmerzen bekomme, und Christian zupft nervös an seinem Seidenhalstuch. Wir liegen alle richtig mit unseren mehr oder weniger vagen Befürchtungen, wie sich zeigt, denn nun packt Henry seinen Befehlston aus und fährt unseren Assistenten grimmig an: „Ein Hündchen, sagte ich! Also runter mit dir auf den Boden, du räudige Töle! Leck deiner neuen Herrin die Füße!“

Edda erstarrt und auch Christian scheint wenig angetan zu sein. Wahrscheinlich meint Henry es nur gut. *Learning by doing* ist beim Spielen schon immer sein Motto gewesen. Anstatt Edda die *Bonnie Bride* wieder und wieder zu erklären, will er sie einfach einbeziehen.

„Oh wirklich, Henry?“, mault Christian, steht aber auf und begibt sich wenig begeistert vor uns auf alle Viere. „Die Hundenummer liegt mir so gar nicht!“

Henry streicht sich mit funkelnden Augen über den Bart, lehnt sich zurück und tritt spielerisch nach Christian, als wollte er einen Hund zum Spielen auffordern.

„Na los, Prinzessin“, fordert er Edda auf. „Gib Fiffi einen Befehl! Er kann sehr hübsch bellen und mit dem Schwanz wedeln! Den müssten wir dazu natürlich erst einmal herausholen.“

Als Edda nur völlig verlegen ins Leere starrt, fährt Henry seinen neuen Hund an: „Platz, du Dreckskröter!“

Christian verdreht die Augen, kauert sich aber folgsam auf den Boden und sieht mein Mädchen etwas genervt, aber auch erwartungsvoll von unten an. *Nun gut*, denke ich. *Einen Versuch ist es wert. Vielleicht klappt es ja.*

Um Edda den Einstieg zu erleichtern, beuge ich mich etwas vor, um Christian den Kopf zu tätscheln. Eigentlich ist Henrys Ansatz gar nicht so übel. Wenn man nämlich einmal die Grenze im Kopf überwunden hat und sich darauf einlassen kann, wie ein Kind zu spielen, dann wird plötzlich vieles ganz einfach. Zunächst einmal geht es hier ja nicht um etwas Sexuelles. Henry will Edda nur ein bisschen unterhalten und dadurch, dass ich mitspiele, hoffe ich, dass sie sich auch traut.

„So ein braver Hund“, grinse ich, aber als sich meine Hand Christian nähert, knurrt er überraschend und schnappt nach mir.

„Was sagt man dazu?“, sagt Henry mit gespielter Empörung und ich knurre: „Da gibt es wohl nur eins, Fiffi! Gut, dass englische Erziehung auch bei Hunden funktioniert!“

Als ich aufstehen will, um einen Rohrstock zu holen, hält Edda sich ängstlich an mir fest, aber ich mache mich los und lasse sie auf dem Sofa sitzen.

Dass sie sich an mir festklammern muss, ist nun wirklich übertrieben, denke ich. *Es tut ihr doch niemand etwas! Keiner verlangt, dass sie den Hund spielt!*

Während ich zum nächstgelegenen Schirmständer gehe, höre ich Henry sagen: „Weißt du, Edda, lieber als ein Fiffi ist unser Christian eigentlich eine *Sissy*! Nicht wahr, mein Junge? Erst wenn man dich in ein billiges, kleines Schwanzmädchen verwandelt, bist du wirklich glücklich! Natürlich ist es jedes Mal ein großes Drama und er schämt sich zu Tode, aber eigentlich ist es das höchste der Gefühle für ihn!“

Möglicherweise war es das Wort „Schwanzmädchen“, das Edda endgültig überfordert hat, oder vielleicht auch die Tatsache, dass ich einen Stock holen gegangen bin, um unseren Assistenten zu schlagen, den ich mit dem albernen Namen „Fiffi“ angesprochen habe.

Was genau es war, kann ich nicht sagen, aber fest steht, dass Edda nicht bereit ist, bei Henrys Spiel mitzuwirken. Denn ich höre noch ein Geräusch und als ich mich umdrehe, ist meine Liebste verschwunden und nur Henry und Fiffi schauen mich ratlos an.

Kapitel 71: Unsichtbare Wände

Edda

In meiner Panik darüber, dass Kyle mich allein gelassen hat, bin ich zu keinem klaren Gedanken mehr fähig. Natürlich war es albern, einfach wegzurennen, aber ist es nicht genauso unmöglich von den Jungs, mich so in Verlegenheit zu bringen? Mit Tränen in den Augen und vor Aufregung rasendem Herzen eile ich durch die Steinhalle. Kurz bevor ich jedoch die Treppe nach oben erreiche, packt mich eine starke Hand am Arm und hält mich fest.

„Was denkst du, wohin du gehst, Mädchen?“, stößt Kyle wütend hervor und dreht mich zu sich um. Mein erster Impuls ist, mich loszureißen, aber dem aufgebrachten Blick seiner grauen Augen habe ich nichts entgegenzusetzen. Bis auf den Moment unseres ersten Zusammentreffens gab es noch keine Situation, in der Kyle wirklich böse auf mich war, und nun plötzlich seinen Zorn zu spüren, macht mich noch sehr viel betroffener als die furchtbare Situation eben im Wohnzimmer.

„Ich… Es tut mir leid, Sir“, stammele ich. „Ich war nur so… Ich konnte einfach nicht mehr. Das ist alles so…“

Kyle atmet einmal tief durch. „Haben wir nicht oft genug darüber gesprochen?“, fragt er dann. „Habe ich dir das alles nicht oft genug erklärt? Was ist so schwer daran, dich manchmal ein klein wenig auch auf andere Menschen als mich und dich einzulassen? Niemand verlangt etwas Unmögliches von dir, Edda!“

Verstört und verletzt darüber, dass anscheinend all meine Bemühungen für ihn nicht zählen, runzele ich die Stirn und erwidere bockig: „Ich bin eben am liebsten allein!“

Es dauert einen Moment, bis Kyle antwortet, aber dann ist seine Stimme ruhig und kühl, als er sagt: „Ja, das merke ich schon. Dann weiß ich vielleicht, was du brauchst, mein Mädchen!“

Damit schiebt er seine Finger unter mein Halsband, wodurch es sehr viel enger wird und ich schlecht Luft bekomme, und zieht mich ohne ein weiteres Wort mit sich in den Flur, der zu den Spielzimmern führt. Meine Gefühle sind völlig in Aufruhr. Nicht nur dass meine alten Probleme, wie die Beklemmung und die unsichtbaren Wände, zurückgekehrt sind und mich von den anderen absondern, ich habe auch noch meinen Herrn verärgert! Und nun habe ich Angst, was er mit mir tun wird, obwohl ich mir doch eigentlich nichts so sehr wünsche, wie ihn stolz zu machen!

„Du willst allein sein, Edda?“, knurrt er nun und stößt die große Flügeltür zum Spiegelsaal auf. „Kannst du haben!“

Er schubst mich in den Raum, schließt die Tür hinter sich und zieht ein Feuerzeug aus der Tasche, mit dem er einige Kerzen auf einem schweren antiken Bodenleuchter anzündet. Das flackernde Licht erhellt nur einen kleinen Teil des riesigen Raums und überall scheinen sich bedrohliche Schatten zu bewegen, die von den Spiegeln zurückgeworfen werden. Echte Angst kriecht in mir hoch. Ich habe oft an diesen Raum gedacht und mich gefürchtet, wenn ich mir vorgestellt habe, dass Kyle eines Tages auf die Idee kommen könnte, hierher mit mir zurückzukehren.

Er wird es tun, schießt es mir durch den Kopf. *Er weiß nicht, was es für mich bedeutet!*

Mehrfach habe ich mit mir gehadert, ob ich Kyle von den unsichtbaren Wänden erzählen soll, ob ich ihm anvertrauen kann, woher sie stammen und wer sie zusammen mit der Beklemmung und meinen Ängsten in mein Herz gepflanzt hat. Ich wollte es so sehr, aber ich habe es nicht fertig gebracht.

Und nun ist es zu spät, denke ich verzweifelt, während mein Körper zu erstarren scheint. Es fühlt sich genauso an wie damals, wenn ich wusste, dass mein Onkel mich bestrafen würde und nach und nach diese schreckliche Lähmung sich in mir ausgebreitet hat.

Die Angst verhindert, dass du wegläufst. Die Angst verhindert, dass du dich wehrst. Und die Angst verhindert auch, dass du jemandem davon erzählen kannst. So kommt es, dass du zum Außenseiter wirst. Anders als die anderen. Die unsichtbaren Wände der Angst schließen deine Seele ein und halten dich vom Leben fern.

„Komm her, Edda“, befiehlt Kyle nun eisig. Er steht etwa fünf Meter von mir entfernt im Halbdunkel. Neben ihm erkenne ich einen niedrigen Schatten. Ich weiß genau, was es ist. Ein Gefängnis, das mich endgültig von der Welt dort draußen trennen wird, so dass die unsichtbaren Wände wieder real werden und meine stumme Verzweiflung alles sein wird, auf das sich mein Dasein reduziert.

„Bitte nicht“, flüstere ich und meine Stimme klingt genau wie damals, als ich noch ein Kind war. „Bitte, ich will nicht da hinein!“

Kyle verschränkt die Arme vor der Brust. „Komm her, Mädchen“, wiederholt er drohend. „Du machst es nur noch schlimmer, wenn ich dich holen muss. Du weißt, dass du eine Strafe verdient hast!“

Ich kann nur panisch den Kopf schütteln.

„Das ist keine gute Strafe“, flüstere ich. „Das ist nicht die Art Strafe, die ich brauche!“

Aber ich habe so leise gesprochen, dass Kyle es nicht gehört hat, und als er mich kurz darauf an den Haaren packt, klingt seine Stimme noch grimmiger, als er nun hervor presst: „Ich werde dir schon beibringen, was es heißt, sich allein zu fühlen, Edda! Vielleicht hast du ja mehr Lust auf etwas Gesellschaft, wenn du ein bisschen Zeit im *Käfig* verbracht hast!“

Kapitel 72: Rot

Kyle

Natürlich spüre ich, dass ich ihr zusetze. Aber bisher war Härte immer das richtige Mittel, um Edda durch eine schwierige Situation zu begleiten. Härte nimmt dir die Entscheidung ab und führt dich, wenn du selbst schwach bist. Deshalb lasse ich mich durch ihren Widerstand nicht beirren, sondern bugsiere sie mit festem Griff zu einem der Käfige im Spiegelsaal. Ich erinnere mich natürlich daran, dass sie Angst vor den Käfigen hatte. Genau deshalb bin ich jetzt mit ihr hierher zurückgekehrt. Wenn wir jetzt unseren ersten echten Konflikt als Dom und Sub zu bestehen haben, dann ist eine Strafe, die sie wirklich fürchtet, genau das richtige.

Der Käfig, den ich ausgesucht habe, erinnert in seiner Art ein bisschen an eine Truhe. Anstelle von einfachen Gitterstäben besteht er aus einem dichten, dicken Drahtgeflecht, durch das man zwar noch hinausschauen kann, das einen aber sehr viel mehr von der Außenwelt abschirmt, als es andere Modelle tun. Auch hat dieser Käfig keine Tür, sondern wird wie eine Truhe durch einen mit Scharnieren befestigten aufklappbaren Deckel geöffnet, der dann mit einem Vorhängeschloss gesichert wird. Natürlich ist es etwas fies von mir, Eddas soziale oder kommunikative Probleme, die im Umgang mit meinen Freunden zutage getreten sind, jetzt mit in unser Spiel hineinzunehmen, aber andererseits geht es bei der ganzen Angelegenheit ja vornehmlich darum, dass sie eben genau diesen Faktor des Spielerischen nicht zu begreifen scheint. Und dass uns unsere Rollenspiele sehr bei der Überwindung echter Ängste und Schwächen helfen, weiß ich aus Erfahrung. Ideal ist es, wenn sich nach einer Session alle Beteiligten bereichert, stärker und selbstbewusster fühlen und ich hoffe, dass genau dies bei Edda nachher der Fall sein wird.

Mit einem Fußtritt befördere ich die Kissen vom Käfig hinunter, die dort liegen, weil wir ihn auf Partys auch als Sitzmöglichkeit verwenden. Edda steht dabei wie erstarrt neben mir. Ich halte sie nach wie vor an den Haaren fest und ziehe sie etwas herunter, als ich mich vorbeuge, um mit meiner freien Hand den schweren Eisendeckel anzuheben. Im schwachen Licht der etwas entfernt stehenden Kerzen wirkt das Innere des Käfigs wie ein dunkler Schacht, dessen Tiefe nicht zu erkennen ist. *Oder wie ein Grab*, schießt es mir durch den Kopf und auch ich erschauere bei der Vorstellung, dort in diesem dunklen Loch eingeschlossen zu werden.

Ich kann spüren, wie Edda zurückzuweichen versucht. Es ist das erste Mal, dass sie sich mir ernsthaft widersetzt und gerade deshalb bin ich entschlossen, diesen Kampf zu gewinnen. Natürlich geht es mir dabei nicht darum, sie zu brechen. Im Gegenteil bin ich überzeugt davon, dass sie meine Härte und meine Führung braucht, um ihre Angst zu überwinden und daran zu wachsen.

„Rein da, Mädchen“, befehle ich. „Ich werde die Kerzen neben den Käfig stellen und immer in deiner Nähe bleiben. Denk an deinen Psalm und mach mich stolz!“

Anstatt Trost in meinen Worten zu finden, fängt Edda nun beinah panisch an, schnell und stoßweise zu atmen, als bekäme sie keine Luft mehr. Ich stehe auf und will sie in meine Arme ziehen, um sie zu beruhigen. Wenn etwas partout nicht funktioniert, erzwinge ich es natürlich nicht mit allen Mitteln. Irgendetwas scheint in ihr vorzugehen, das es mir nun doch besser erscheinen lässt, die Situation abzubrechen. Zwar hat Edda noch nicht das Safewort gesagt, aber plötzlich kommen mir Zweifel, ob sie dazu überhaupt noch in der Lage ist. Hilflosigkeit breitet sich in mir aus, weil ich nicht verstehe, was hier gerade passiert.

„Edda“, flüstere ich. „Es ist alles in Ordnung. Du musst…“

Ich wollte sagen: „Du musst es nicht tun, wenn es so schlimm ist.“

Aber sie scheint mich gar nicht zu hören, so heftig ist die Angst, die sie von einem Moment auf den anderen gepackt hat. Als ich versuche, sie an meine Brust zu drücken, stößt sie mich von sich und presst mit erstickter Stimme hervor: „Rot, Kyle, das ist rot!“

Erschrocken starre ich sie an und weiß im ersten Moment nicht, wie mir geschieht. Ist es möglich, dass ich mich so verschätzt habe? Als ich beruhigend die Hände hebe, um ihr zu signalisieren, dass ich ihr nichts tun will, schreit sie erschrocken auf, stolpert rückwärts und weicht vor mir zurück.

„Lass mich, lass mich“, wimmert sie mit einer Stimme, die ich noch nie von ihr gehört habe und als ich vorsichtig einen Schritt auf sie zutue, schreit sie erneut auf und stürzt zur Tür. In diesem Augenblick steckt jedoch William seinen Kopf in den Spiegelsaal und fragt: „Alles klar bei euch?“

Wahrscheinlich hat er uns von der Praxis aus gehört und wollte nach dem Rechten sehen, weil Eddas Schreie in der Tat nicht so klingen, wie eine Sub beim Spielen möglicherweise schreien kann. Als mein Mädchen ihn aber sieht, schaut sie sich panisch um, als wäre sie umzingelt worden und rennt ins Dunkel des Raumes hinein, wo durch die schwach hereinscheinende Außenbeleuchtung am Haus die großen Türen erkennbar sind, die in den *Walled Garden* führen.

„Edda“, rufe ich noch. „Bleib stehen! Wovor hast du Angst? Ich tue dir doch nichts!“

Aber da hat sie schon eine der Türen aufgerissen und rennt in die Nacht hinein vor mir davon.

„Verdammt, Kyle“, höre ich William besorgt sagen. „Was ist passiert?“

Ich kann nur den Kopf schütteln. Mein Herz rast und alles in mir ist in Aufruhr. Niemand verliert gern die Kontrolle, aber für einen Dom ist es ein besonders harter Schlag, vor allem wenn es die Frau ist, die er über alles liebt, die er unwillentlich verletzt hat.

„Ich weiß es nicht“, flüstere ich. „Ich…“

Will kommt eilig zu mir und sieht mich fragend an. Nun erscheint auch Kaori in der Tür und schaut sich irritiert um. Ich atme einmal tief durch, dann schildere ich William in knappen Worten, was passiert ist.

„Na, ein Lämmchen im Dunkeln in einen Käfig zu sperren, ist vielleicht nicht das, was man von einem Gentleman erwarten würde“, meint William trocken und verschränkt die Arme vor der Brust. Und als ich wieder auf den Käfig starre, als könnte er mir verraten, was ich so sehr falsch gemacht habe, dass Edda mich nicht einmal mehr zu erkennen schien, fährt er mich ungehalten an: „Na los, hinterher, du Idiot! Du willst sie doch nicht allein dort draußen durch die Dunkelheit laufen lassen, oder?!“

Kapitel 73: Flucht

Edda

Ohne etwas von meiner Umgebung wahrzunehmen, renne ich durch die Dunkelheit. Durch eine der Türen in der Mauer gelange ich aus dem *Walled Garden* in den Park und stürze ziellos zwischen den Büschen und Bäumen weiter, nur weg, weg vom Haus und von den Wänden, die plötzlich so real geworden sind wie damals. Ich bin nur wenige Meter den Weg hinunter gehastet, da höre ich aufgeregtes Bellen näherkommen und einige Momente später tummeln sich die Hunde um mich. In ihrer Freude darüber, mich zu dieser ungewohnten Stunde zu sehen, springen sie an mir hoch, drängen sich dicht an mich und stoßen mich mit ihren spitzen, langen Schnauzen an, um mich zum Spazierengehen zu drängen.

Immer noch zitternd vor Angst sinke ich auf die Knie und schlinge meine Arme um Mulls Hals, der sich schützend vor mich stellt und seinen Kopf an meiner Schulter reibt, als wollte er mich trösten. Die Nähe der Tiere vermittelt mir ein Gefühl von Sicherheit, so dass ich zumindest wieder mehr oder weniger realisiere, dass ich kein wehrloses, kleines Mädchen mehr bin. Trotzdem fühle ich mich immer noch, als wäre ich in einem Albtraum gefangen, der jede Sekunde mit verstörender Macht wieder über mich hereinbrechen kann.

„Ich muss hier weg“, flüstere ich panisch, rappele mich wieder hoch und laufe weiter in den dunklen Park hinein. Die Hunde folgen mir und mit ihnen an meiner Seite entferne ich mich immer weiter von der *Bonnie Bride*, die sich hell erleuchtet über mir am Hang erhebt. Eigentlich ist sie wunderschön, wie sie dort wie ein Juwel in der dunklen Nacht erstrahlt, aber plötzlich kommt sie mir wie eine Falle vor, die mich mit einer glänzenden Fassade anlockt, hinter der ein finsteres Verlies lauert.

Als ich vom Haus aus Rufe höre, renne ich noch schneller. Die Hunde schauen sich zwar um, weil sie Kyles Stimme erkennen, aber er ist so weit weg, dass sie lieber bei mir bleiben. In diesem Moment ist er es, vor dem ich am meisten Angst habe. Alles, was vorher ein positives Gegengewicht zu all dem Schlimmen gebildet hatte, das ich mit mir herumtrage, hat sich plötzlich ins Gegenteil umgekehrt. Seine Strafen, die Unterordnung, selbst meine eigene Lust daran kommen mir auf einmal wie eine furchtbare Bedrohung vor, die sich in das Gefühl der Enge und der Getriebenheit mischt. Panisch verlasse ich den Weg und laufe quer über den Rasen den Hang hinunter, stürze zwischendurch mehrmals und schlage mir die Hände auf, weil ich im Dunkeln Baumstümpfe oder Unebenheiten im Boden übersehe.

Ohne es wirklich zu merken, weil ich in meiner Panik eine Art Tunnelblick bekommen habe, erreiche ich das Wäldchen am Ufer des Lochs. Plötzlich wird es durch die dicht stehenden und inzwischen schon etwas belaubten Bäume noch sehr viel dunkler und vor mir taucht wie ein riesiger, schwarzer Abgrund das Wasser auf. Zum ersten Mal, seitdem ich Kyles Stimme nach mir rufen gehört habe, bleibe ich wieder stehen. Mein Herz rast.

Er darf mich nicht kriegen, ist der einzige Gedanke, der in meinem Kopf pulsiert. *Er darf mich nie wieder kriegen!* Kyles Bild mischt sich vor meinem inneren Auge mit dem meines Onkels. Seine große, athletische Gestalt verwandelt sich in den kleinen, aber kräftigen Körper, seine angenehme, tiefe Stimme nimmt den drohenden Klang an, den ich auch heute noch so oft in meinen Träumen höre: „Edda! Komm her! Oder muss ich dich etwa holen? Du machst es nicht besser, wenn du wegläufst!"

Tränen laufen mir über das Gesicht und ich zittere vor Kälte und Angst, während ich ziellos vorwärts stolpere. Weil es so dunkel ist, erkenne ich nicht, wohin ich laufe. Immer wieder schlagen mir Zweige ins Gesicht und ich bleibe an Gestrüpp und Ästen hängen. Die Hunde kann ich zwar manchmal noch hören, aber sie sind nicht mehr direkt bei mir, so dass sich meine Verlorenheit noch weiter steigert.

„Was mache ich nur? Was soll ich tun?", schluchze ich, während sich in meinem Inneren der Deckel des Gefängnisses immer wieder über mir zu schließen scheint und die Wände sich immer enger und enger um mich drängen. Die Panik zu ersticken, ergreift mich wieder, meine Kehle schnürt sich zu, so wie damals, wenn ich zusammengekauert im Dunkeln lag und kaum wagte zu atmen, weil ich fürchtete, dass die Luft knapp werden würde und ich sterben müsste.

„Edda“, höre ich Kyle irgendwo oben im Park rufen. „Komm zurück, Mädchen! Ich tue dir doch nichts!“

Erschrocken, weil er näher zu sein scheint, als ich gedacht hatte, mache ich kehrt und renne kopflos in die entgegengesetzte Richtung weiter. Mein Denken funktioniert in diesem Augenblick ebenso unkontrolliert wie mein Handeln und Fühlen. Alles passiert automatisch und ist von der tiefen, alten Angst gesteuert, die wie ein böses Monster aus den Albträumen meiner Kindheit in mir erwacht ist.

„Nein, niemals“, stoße ich hervor. „Niemals wieder lasse ich mich einsperren!“

In diesem Moment trete ich auf einen Stein oder eine Wurzel, stolpere und knicke um. Ich schreie leise auf, als ich auf den feuchten Waldboden aufschlage. Der Schmerz schießt mir durch den ganzen Körper. Wimmernd taste ich nach meinem Knöchel und als ich merke, dass ich unmöglich aufstehen kann, schlinge ich die Arme um meine Knie, verberge mein Gesicht und lasse meinen verzweifelten Tränen freien Lauf.

Kapitel 74: Größer als die Liebe

Kyle

Als ich in Richtung des Lochs komme, höre ich die Hunde bellen und während ich den kleinen Wald am Ufer des Lochs durchquere, kommen mir Mull und Alba entgegen. Ihre großen, schlanken Körper sind nur als Schatten in der Dunkelheit zu erkennen, aber ihre Anwesenheit beruhigt mich etwas, weil sie mir sagt, dass auch Edda hier irgendwo sein muss.

„Wo bist du, meine Liebste?“, flüstere ich. „Wie kannst du nur vor mir fliehen?“

Das Schlimmste an dieser ganzen Situation ist, dass sie mich so unvorbereitet getroffen hat. Zwar habe ich die Anspannung in Edda gespürt, aber ich hatte niemals damit gerechnet, dass es so eskalieren würde. *Die Strafe hat etwas in ihr ausgelöst*, denke ich. *Etwas, das mit den Dingen zusammenhängt, die sie mir noch nicht anvertrauen konnte.*

Seitdem sie weggelaufen ist, mache ich mir furchtbare Vorwürfe, dass ich es nicht habe kommen sehen. Schließlich war mir ihre Angst vor den Käfigen bewusst! Aber ich hatte nicht gedacht, dass es so schlimm sein würde. Schließlich hatte sie mir versprochen, es mir zu sagen, wenn sie sich vor etwas fürchtet. *Bei der Schandkappe konntest du dich mir auch anvertrauen*, denke ich verzweifelt. *Warum heute nicht?*

Was ist dir wiederfahren, dass du so gefangen darin bist, dass dir die Worte fehlen?

Als ich wieder ihren Namen rufe, höre ich ein Geräusch und bleibe stehen, um zu lauschen. Ich befinde mich jetzt fast am Wasser, ganz in der Nähe des alten Baumstumpfes, auf dem ich gesessen habe, als ich Edda das erste Mal übers Knie gelegt habe. Ein leises Wimmern dringt an meine Ohren und kurz darauf bellt in geringer Entfernung einer der anderen Hunde. Eilig stürze in die Richtung, aus der es zu kommen schien, und zucke erschrocken zusammen, als Nevis mich plötzlich anspringt und mir freudig das Gesicht ablecken will. Und dann erkenne ich auf dem Boden eine zusammengekauerte, kleine Gestalt.

„Edda, bist du verletzt?“, stoße ich hervor, als ich vor ihr in die Hocke gehe. Obwohl sie offensichtlich Schmerzen hat, versucht sie, rückwärts davon zu krabbeln und flüstert panisch: „Geh weg, geh weg! Ich will nicht in die Truhe!“

Als Mull nun mit den Vorderpfoten auf Eddas Oberkörper springt, weil er mit ihr spielen will, ziehe ich ihn unsanft zurück und befehle den Hunden barsch, sich hinzulegen. Dann lege ich Edda trotz ihres Widerstandes den Arm um die Schultern und ziehe sie an mich. Sie zittert vor Angst und wahrscheinlich auch vor Kälte, denn sie trägt nichts als ihr dünnes Blusenkleid und auch wenn es tagsüber mittlerweile schon angenehm warm ist, kühlt es nach Einbruch der Dunkelheit stark ab.

„Edda, fürchte dich nicht“, sage ich. „Es tut mir leid, was passiert ist! Ich sperre dich nicht ein!“

Sie scheint mich kaum zu hören, so tief ist sie in ihrer Erstarrung gefangen. Aber immerhin hört sie auf, sich gegen mich zu wehren, als ich sie nun fest in meine Arme ziehe und wie ein kleines Kind sanft hin und her wiege.

„Hast du den Psalm vergessen, Liebste?“, flüstere ich dicht an ihrem Ohr. „Auch wenn ich gehe im finsteren Tal, ich fürchte kein Unheil; denn du bist bei mir... Erinnere dich daran, ich bitte dich!“

Nun schluchzt sie hilflos und ich habe das Gefühl, zum ersten Mal seit der Szene im Spiegelsaal wieder ein wenig zu ihr vorzudringen.

„Ich fürchte kein Unheil, denn du bist bei mir“, wiederhole ich. „Dein Stock und dein Stab, sie trösten mich … Edda, verzeih mir, bitte! Ich wollte dir keine solche Angst machen!“

Als sie mit ihrer kleinen, vor Kälte ganz steifen Hand nach meiner tastet, ergreife ich sie, ziehe sie an meine Lippen und küsse sie.

„Ich liebe dich“, fahre ich leise fort. „Niemals würde ich absichtlich etwas tun, das du nicht willst. Es war mein Fehler, heute Abend den Weg in den Spiegelsaal einzuschlagen. Ich hätte das nicht tun dürfen, es war dumm von mir.“

Edda reagiert nicht auf meine Worte, sondern schüttelt den Kopf und murmelt, als spräche sie mit sich selbst: „Die Wände gibt es doch nicht mehr! Sie sind in der Vergangenheit geblieben. Ich bin die Dumme von uns beiden, Sir“, wendet sie sich dann zum ersten Mal wieder mit stockender Stimme an mich. „Meine Angst war größer als meine Liebe. Das werde ich mir nie verzeihen!“

Sie will noch etwas sagen, aber die Tränen sind stärker und scheinen all ihre Bemühungen um Worte einfach fortzuschwemmen, als ein wahrer Weinkrampf sie nun schüttelt. Ich ziehe sie noch dichter an mich, küsse ihre Stirn und ihre Augen und antworte ihr leise: „Nichts ist größer als die Liebe, Edda. Dass du das einen Augenblick nicht sehen konntest, ist nicht deine Schuld. Denk jetzt nicht mehr daran! Kannst du aufstehen? Bist du verletzt?“

Mit dem Ärmel wischt sie sich die Tränen vom Gesicht. „Ich bin umgeknickt, Sir“, flüstert sie nun. „Mein Knöchel tut so weh! Ich… Ich… Ich hätte nicht fortlaufen sollen, aber ich hatte…“

Dann verstummt sie und fängt von Neuem an zu weinen. „Schon gut, mein Mädchen“, beruhige ich sie und weil es in Krisensituationen immer am vernünftigsten ist, mit etwas Konkretem anzufangen, löse ich mich etwas von ihr und taste ihr linkes Fußgelenk ab, das allem Anschein nach das verletzte ist. Bei meiner Berührung schreit sie schmerzverzerrt auf, weshalb ich mich darauf beschränke, ihr so vorsichtig wie möglich ihren Schuh auszuziehen. Dann stehe ich auf und ziehe sie hoch.

Der Graben zwischen uns, der sich so unversehens und tief aufgetan hatte, scheint überwunden zu sein, denn nun schlingt sie ihre Arme um mich und schluchzt eng an mich geschmiegt an meiner Brust. Eine Zeitlang halte ich sie schweigend fest, lege mein Kinn auf ihrem Kopf ab und genieße die unglaubliche Erleichterung, sie wieder bei mir zu wissen.

„Ich bringe dich jetzt zurück ins Haus", kündige ich irgendwann an. „Hier draußen ist es zu kalt für dich."

Kapitel 75: Über die Schwelle

Edda

Ohne es auch nur in Erwägung zu ziehen, dass ich auf ihn gestützt zum Haus humpeln könnte, hat Kyle mich hoch gehoben und trägt mich nun auf seinen Armen zurück. Der Weg vom Loch hinauf zur *Bonnie Bride* ist weit und führt bergauf. Zwar geht Kyle nicht auf den verschlungenen Pfaden, auf denen wir sonst stundenlang spazieren gehen, sondern kürzt die Strecke über die Rasenflächen ab, aber dennoch bleibt es eine enorme Anstrengung. Denn schließlich bin ich nun nicht gerade ein besonderes Leichtgewicht, auch wenn ich ziemlich klein bin und Kyle zweifelsohne ein kräftiger Kerl ist. Als ich jedoch protestiere, brummt er nur: „Merk dir zehn für diesen Widerspruch, Mädchen!"

Zum ersten Mal seit langem erscheint wieder ein Lächeln auf meinen Lippen, denn dass Kyle trotz allem, was heute passiert ist, unsere Beziehung als Dom und Sub nicht in Frage zu stellen scheint, macht mich unerwartet so glücklich, dass das Gefühl mich sogar von innen zu wärmen scheint und mich für einen Moment vergessen lässt, wie durchgefroren ich bin.

„Ich bin also immer noch dein Mädchen?", flüstere ich und verstecke mein Gesicht an Kyles Hals, um den ich meine Arme geschlungen habe.

„Verdammt, Edda", stößt er hervor, schon etwas außer Atem. „Wie viele Schläge muss ich dir androhen, damit du es begreifst? Du wirst immer mein Mädchen sein! Ganz egal, was passiert."

Nun schweige ich, aber ich küsse Kyles Haut, wo immer ich sie erwische, vergrabe meine Finger in seinen Haaren und drücke mich so fest an ihn, wie ich nur kann. Der schreckliche Moment zwischen uns ist überwunden. Auch wenn die Angst und meine Panik noch in mir nachklingen, bin ich wieder bei mir. Und bei Kyle, dem ich so furchtbares Unrecht getan habe.

„Es tut mir so leid, Sir", sage ich leise. „Ich weiß, dass du mir nichts Böses tun wolltest. Eigentlich weiß ich es… Ich hätte das mit meiner Angst vor Käfigen schon vorher sagen müssen und das mit dem Safewort war auch…"

Kyle schnaubt böse. „Ruhe jetzt", befiehlt er unwirsch. „Du brauchst dich nicht zu entschuldigen! Jeder Moment hat seine Richtigkeit und man kann etwas daraus lernen. Wichtig an Problemen ist nur, dass man sie überwindet."

Ich nicke nachdenklich. *„Aye"*, stimme ich zu, schließe die Augen und atme Kyles vertrauten Duft ein. „Trotzdem tut es mir leid, Sir."

Nun lacht er leise. „Na schön, dann merk dir zwanzig dafür", sagt er.

„Zwanzig?", frage ich entsetzt, weil es das erste Mal ist, dass ich mir eine so hohe Anzahl an Schlägen merken muss.

„Fünfundzwanzig", korrigiert Kyle schwer atmend. „Für die Nachfrage!"

Also halte ich lieber meinen Mund und freue mich stattdessen darüber, was für einen wundervollen Mann ich doch an meiner Seite habe, der mich auf Händen durch die Nacht trägt, um mir danach den Hintern zu versohlen.

„Das sind dann ja schon fünfunddreißig“, stelle ich dann doch fest, nachdem wir eine Zeit lang geschwiegen haben. „Bekomme ich die heute noch?“

Kyle dreht seinen Kopf ein wenig, küsst meine Wange und knurrt mir ins Ohr: „Allerdings! Nackt auf meinen Knien liegend! Ich kann es kaum erwarten. Das allein ist der Grund, warum ich dich trage, Edda. Weil ich es eilig habe!“

Ich lache verliebt. Zum ersten Mal nach der schrecklichen Angst, die ich ausgestanden habe, lache ich wieder und im ersten Moment fühlt es sich an, als würde ich dadurch aus einem bösen Traum erwachen. Die *Bonnie Bride* rückt langsam näher und die Beklemmung und das Gefühl der Fremdheit in mir weichen langsam unserer Vertrautheit und der Vorfreude darauf, gleich mit Kyle ins Bett zu dürfen.

„Eigentlich hätte ich aber auch laufen können, Sir“, bemerke ich noch einmal, woraufhin Kyle mir in den Hintern kneift und trocken feststellt: „Womit wir nun bei vierzig wären!“

Als wir endlich unten an der Treppe stehen, ist Kyle deutlich geschafft, aber er lacht zufrieden. „Weißt du, Edda“, lächelt er mich an und küsst mich. „Ich würde dich auch auf den Ben Nevis tragen, wenn es sein müsste! Und wieder hinunter, wenn du dich an der schönen Aussicht auf die Highlands sattgesehen hättest!"

Anstatt mich nun endlich herunterzulassen, atmet er einmal tief durch und trägt mich dann auch noch die vielen Stufen bis zum Eingang hinauf.

„Ich habe doch gesagt, dass du meine *Bonnie Bride* bist", sagt er, als wir oben angekommen sind und er auf den Messingklingelknopf neben der Tür drückt. „Und jetzt werde ich dich über unsere Schwelle tragen!"

Vor Freude über seine Worte bin ich ganz aufgeregt und vergesse nun endgültig, dass dieses Haus mir vorhin noch wie eine böse Bedrohung vorkam. Aber es war nur ein kurzer Moment, in dem die bösen Erinnerungen an früher die Kontrolle über mich an sich gerissen hatten. Jetzt ist das Herrenhaus wieder der Ort, an dem ich glücklich bin. Und während Molly uns nun erstaunt hereinlässt und Kyle mich wie eine Braut über die Schwelle trägt, nehme ich mir fest vor, den Mut zu finden, mit ihm über damals zu sprechen, damit diese Ängste nie wieder zwischen uns treten können.

„Was ist passiert?", fragt Molly erschrocken. „Hast du dich verletzt, Schätzchen?"

Kyle trägt mich durch die Steinhalle und setzt mich auf einem der großen Sessel am Kamin ab. „Sie ist umgeknickt", antwortet er dann und wischt sich den Schweiß von der Stirn. „Hol den bösen Doktor, Molly!"

Kapitel 76: So wie ich dir gehöre

Kyle

William ist kein Arzt, aber seine Vorliebe für Doktorspiele kommt nicht von ungefähr. Schon als wir klein waren, war er derjenige, der immer wusste, was zu tun war, wenn jemand sich verletzt hatte, von einer Wespe gestochen wurde oder ähnliches. Die Welt der Ärzte und Kliniken hat ihn schon immer angezogen und auch wenn er beruflich letztlich einen anderen Weg eingeschlagen hat, nimmt man ihm diese Rolle sofort ab. Auch jetzt vermittelt er zugleich Autorität und Vertrauen, als er neben Eddas Sessel kniet und ihren Knöchel abtastet.

„Ich denke nicht, dass wir ins Krankenhaus fahren müssen", meint er, während er ihren Fuß vorsichtig auf seinem Oberschenkel abstellt. „Der Knöchel ist zwar geschwollen, aber sie kann den Fuß bewegen und hat nirgendwo punktuell starke Schmerzen. Wenn etwas gerissen wäre, würde es viel mehr weh tun. Es reicht, wenn ihr morgen nach Fort William zum Arzt fahrt. Eine schwellungslindernde Salbe und Kühlung sollten für heute Nacht genügen."

Molly, die zusammen mit Christian, Henry, Kaori und mir hinter dem Sessel steht und der Untersuchung beiwohnt, nickt und schlägt vor: „Wir können morgen alle zusammen nach Fort William fahren, wenn die Herren gestatten. Während Sir Kyle mit Edda beim Arzt ist, gehe ich mit der kleinen Nervensäge einkaufen, die übrigen Herrschaften vertreiben sich die Zeit im Pub und später könnten wir in diesem schönen Restaurant essen, von wo aus man auf Loch Linnhe schaut."

Während wir anderen zustimmen, lacht Henry, legt Molly von hinten die Arme um die Schultern und zieht sie an sich, um ihr wie ein Raubtier in den Nacken zu beißen, was er seit jeher gern bei Frauen getan hat. „Du willst doch bloß nicht kochen, du faules Biest", grinst er und schüttelt sie.

Während die beiden herumalbern und Will wieder aufsteht, um sein nach dem Besuch in der Praxis etwas eingeschüchtert wirkendes kleines Mädchen ins Bett zu bringen, helfe ich Edda beim Aufstehen. Sie hat sich wieder gefangen und anscheinend hat die kleine Eskalation zu einer Art Entspannung geführt, denn anders als vorher wirkt sie nun in Gegenwart der anderen wieder viel gelassener. Dass sie wegen ihrer Verletzung im Mittelpunkt des Interesses stand, schien ihr nicht unangenehm zu sein und auch als Kaori ihr wie ein kleines Kind mitfühlend die Hand gestreichelt und eine japanische Version von „Heile, heile, Segen" gesungen hat, war ihr keinerlei Verunsicherung mehr anzumerken. Sie hat Wills Spielpartnerin sogar schüchtern die Wange getätschelt, was wir alle mehr oder weniger erstaunt zur Kenntnis genommen haben. *Es ist der Anfang eines Spiels*, habe ich glücklich gedacht. *Sie kann es also doch! Sie akzeptiert das Miteinander in der Bonnie Bride!*

Als ich Edda wenig später auf unserem Bett absetze und sie mich anlächelt, habe ich das Gefühl, dass sich ohne viele Worte viel zwischen uns geklärt hat. Ich kenne die Gründe nicht genau, aber vielleicht hat sich einfach die Anspannung entladen, die sich in den letzten Tagen aufgebaut hatte und durch den Schreck, den die Situation im Spiegelsaal uns beiden eingejagt hat, sind wir uns am Ende noch näher gekommen.

„Kyle, ich muss dir etwas sagen“, beginnt Edda nun. „Ich muss dir erklären, was da vorhin mit mir passiert ist. Es… Es ist sehr schwer für mich. Ich habe noch niemals darüber gesprochen.“

Ich betrachte sie nachdenklich, mache mir die Manschetten auf und krempele mir langsam die Ärmel meines Hemdes hoch. An Eddas Augen erkenne ich die erregende Beunruhigung, die meine Geste in ihr auslöst. Mein Mädchen weiß, was ich jetzt tun werde.

„Du musst mir gar nichts erklären“, erwidere ich. „Aber ich wäre glücklich, wenn du es tust. Allerdings hat es keine Eile. Entscheide du, wann der richtige Moment für dich gekommen ist.“

Sie nickt und schluckt. „Okay, Sir“, flüstert sie.

„Jetzt wirst du dich zunächst einmal ausziehen“, befehle ich kühl und spüre, wie mein Blut zu kochen beginnt, als eine leichte Röte Eddas Wangen überzieht, ihre Augen zu leuchten beginnen und sie sich nervös auf die Unterlippe beißt. „Da sind vierzig Schläge offen und ich glaube, du brauchst jeden einzelnen davon.“

Wieder nickt Edda und beginnt eilig, ihr Kleid aufzuknöpfen. „Oh ja, Sir, das stimmt“, lächelt sie schüchtern. Und ich streiche mir über den Bart, während ich sie beim Ausziehen beobachte und leise hinzufüge: „Und auch ich brauche jeden einzelnen davon! Genauso wie ich deine Stimme brauche, wenn du schreist, weil ich dir weh tue, und das Gefühl deiner immer röter und heißer werdenden Haut und deiner mit dem Schmerz wachsenden Erregung. Ich brauche es zu spüren, dass du mich brauchst und dass du mir gehörst! So wie ich dir gehöre, Edda…“

Kapitel 77: Ein Teil der Welt

Edda

Mein Po brennt wie Feuer und mein Geschlecht fühlt sich ebenso wund an wie meine Lippen, die Kyle mir förmlich blutig geküsst hat, während wir uns nach der Bestrafung so leidenschaftlich wie nie zuvor geliebt haben. Ich fühle mich so sehr mit mir im Reinen wie vielleicht noch nie zuvor. Es ist, als hätte mein Panikanfall uns noch näher zueinander gebracht und alle Unstimmigkeiten der letzten Tage mit einem Schlag bereinigt, weil wir gespürt haben, wie groß unsere Liebe im Angesicht der Not ist. Und genau das gibt mir nun die Kraft und den Mut, über jene dunkle Zeit damals zu sprechen, als die Wände noch Wirklichkeit waren.

„Mein Onkel…“, beginne ich und verstumme zunächst, weil sich in mir alles zusammenkrampft. Noch niemals habe ich jemandem von den Strafen erzählt, denen mein Onkel mich als Kind und Jugendliche unterzogen hat, weil es mir unmöglich vorkam, meine Angst und meine Scham zu überwinden. Aber durch Kyle habe ich erfahren, welche Macht Liebe und Vertrauen haben können. Strafe, Scham und Angst sind wichtige Bestandteile unseres Spiels und unserer Zärtlichkeit, aber anstatt mich einzuengen und zu bedrohen, wie es früher der Fall war, befreien und stärken sie mich nun.

Kyle lag eben noch entspannt neben mir und hat meinen Rücken gestreichelt. Nun kann ich spüren, wie ein Ruck durch seinen Körper geht, als wüsste er, dass meine Panik vorhin mit meinem Onkel zu tun hat. Ob er es geahnt hat? Möglich wäre es, denn Kyle MacLean sieht schließlich mehr als andere. Auf jeden Fall aber ist ihm klar, dass ich ihm etwas Wichtiges erzählen möchte, denn er richtet sich ein wenig auf und zieht mich fest an sich. *Nur Mut*, denke ich. *Es ist der richtige Weg! Manchmal muss Liebe weh tun, aber danach geht es einem besser!*

Also hole ich tief Luft und vollende den Satz, den ich angefangen hatte: „Mein Onkel hat früher kaum mit mir gesprochen."

Kyle schweigt. Er hält mich fest und hört mir zu. Und weil ich ihm so dankbar dafür bin, fällt es mir nun sogar schon leichter den nächsten Satz zu sagen: „Meistens hat er mich ignoriert, so dass ich oft gar nicht mehr wusste, ob ich wirklich da bin oder ob es mich vielleicht gar nicht gibt."

An Kyles Atem kann ich seine Anspannung hören, aber seine Nähe macht mir Mut und ich erzähle ihm, dass ich nach dem Tod meiner Eltern völlig verstört und verunsichert war und durch die fehlende Ansprache meines Onkels immer stummer und schüchterner wurde.

„In der Schule habe ich kaum ein Wort herausbekommen, wenn jemand etwas zu mir gesagt hat", flüstere ich. „Es kam mir vor, als wenn die anderen Kinder in einer ganz anderen Welt lebten als ich. Ich war immer getrennt von ihnen, weil ich eigentlich unsichtbar war. Niemand hatte mich lieb. Meine Eltern waren fort und das einzige, wofür mein Onkel sich interessierte, waren meine Schulnoten und dass ich alle Aufgaben korrekt erfüllte, die er mir gab."

Als Kyle mich nun mit heiserer Stimme fragt, was das für Aufgaben waren, berichte ich, dass ich mich um den Haushalt kümmern musste. Ich musste kochen, putzen, aufräumen, die Betten machen, einkaufen, das Essen und seinen Tee zubereiten, seine Pantoffeln hinstellen, die Zeitung und die Post aus dem Briefkasten holen und verschiedene andere Dinge.

„Es gab viele Möglichkeiten, Fehler zu machen", sage ich leise und spüre, wie die alte Beklemmung wieder nach mir greift. „Er war sehr genau und hatte ganz genaue Vorstellungen davon, wie alles sein musste."

Kyle atmet schwer und seine Finger drücken sich in meine Haut, so fest presst er mich an sich. „Was geschah, wenn du einen Fehler gemacht hast?", fragt er nun und ich kann förmlich hören, dass er meinem Onkel jetzt schon am liebsten den Hals umdrehen möchte. Jetzt schon, obwohl ich von den schlimmen Dingen noch nichts erzählt habe.

„Er hat…", beginne ich und vermag es kaum über die Lippen zu bringen, weil dieses Wort mit Kyle eigentlich eine neue und gute Bedeutung für mich bekommen hat. Doch dann atme ich einmal tief durch und flüstere: „Er hat mich bestraft. Wenn ich ihm zu viele Fehler gemacht habe oder meine Noten nicht gut genug waren, dann… dann…“

Vor meinen Augen tauchen sie auf, die Wände aus dem dicken, unnachgiebigen Holz, das ich mehr als alles andere auf der Welt gefürchtet habe. Englische Eiche. Qualitätsarbeit aus alten Zeiten. Auch jetzt durchflutet mich wieder die gleiche Panik wie damals und das alte Gefühl, ersticken zu müssen, ergreift Besitz von mir.

„Was hat er getan, Liebste?“, flüstert Kyle.

Ich schließe die Augen. Wie oft habe ich es jemandem sagen wollen, aber es nicht gekonnt? Wie oft wollte ich schreien, aber kein Laut ist aus meiner Kehle gekommen? *Das ist jetzt vorbei*, denke ich. *Jetzt bin ich in Sicherheit und es gibt keine Wände mehr, die mich von den anderen trennen!*

„Er hat mich in eine Truhe gesperrt“, antworte ich.

Es ist das allererste Mal, dass ich es ausspreche, und für einige Sekunden schweben meine Worte im Raum und kommen mir selbst so unwahrscheinlich vor, dass ich sie kaum glauben kann. Aber es ist die Wahrheit.

Ich kann förmlich spüren, wie sich Kyle der Zusammenhang zu meiner Angst vor dem Käfig im Spiegelsaal erschließt, der in seiner Form meinem alten Gefängnis sehr ähnlich war. Die gleiche Dunkelheit hat darin auf mich gewartet. Aber er sagt nichts, weshalb ich fortfahre: „Es war eine antike Eichenholztruhe mit einem schweren Deckel, den man abschließen konnte. Immer wenn er das Deckchen und die Bücher herunternahm, die dort normalerweise lagen, wusste ich, dass es wieder soweit war. Ich musste in die Truhe steigen und mich hinein kauern. Wehren konnte ich mich nicht. Vor Angst war ich wie gelähmt, auch später noch, als ich größer war und es in der Truhe immer enger wurde. Wenn ich manchmal versuchte, wegzulaufen oder mich zu verstecken, hat er mich geholt und zur Strafe dafür noch länger eingeschlossen."

Kyle schweigt auch weiterhin und wartet, ob ich noch etwas sagen will. Und auf einmal kommen die Worte einfach aus meinem Mund, all diese Worte, die ich niemals sagen konnte. Ich berichte ihm von meiner Angst und Verstörung, von der Dunkelheit und der Einsamkeit und von diesen Wänden, die meinen Abstand zu den anderen immer größer und größer werden ließen.

„Ich wusste, dass ich anders bin", flüstere ich. „Meine Welt war nicht wie die der anderen Kinder. Bei mir zu Hause war ich unsichtbar und wurde in eine Truhe gesperrt, während die anderen miteinander spielten und von ihren Eltern umsorgt und geliebt wurden."

Nun zieht Kyle mich an sich, gibt mir einen Kuss und murmelt: „Verzeih mir, Edda, aber ich brauche jetzt einen Whisky!"

Dann steht er auf, macht eine der Nachttischlampen an, geht zu dem kleinen Tisch in der Nähe des Kamins, auf dem Whisky und Gläser stehen, schenkt sich etwas ein und trinkt es in einem Zug aus. Erst als er mich jetzt ansieht, wird mir klar, wie wütend er ist.

„Wenn du es mir erlauben würdest, dann würde ich heute Nacht noch nach London fahren und diesem Kerl einen Besuch abstatten, um ihn selbst in seine Kiste zu zwingen“, presst er nun hervor und schenkt sich schnaubend nach. Ungläubig realisiere ich, was hier gerade geschehen ist: Ich habe es geschafft! Das Schweigen ist gebrochen und das dunkle Geheimnis, das mich wie mein Gefängnis so viele Jahre von den anderen getrennt hat, ist zerstört. Kyle weiß es jetzt. Seine Reaktion ist echt. Er liebt mich und er glaubt mir.

Als er zum Bett zurückkommt und mir auch ein Glas Whisky in die Hand drückt, lächle ich ihn an. Plötzlich bin ich überraschend ruhig. Meine Aufregung hat sich gelegt. Jetzt bin ich wirklich endgültig angekommen.

„Ich möchte nicht, dass du nach London fährst, mein Liebster“, sage ich leise. „Weil jede Sekunde mit diesem Menschen vergeudet wäre. Ich will ihn niemals wiedersehen und das alles endlich hinter mir lassen.“

Kyle setzt sich wieder zu mir ins Bett, trinkt noch einen Schluck und stellt dann sein Glas weg, um mich wieder in seine Arme zu nehmen.

„Ich fühle mich nur so hilflos“, erwidert er jetzt und lehnt seinen Hinterkopf ans Kopfende des Bettes. Ich kuschele mich an ihn und nippe nachdenklich an meinem Whisky. „Das bist du nicht, Sir“, flüstere ich und küsse seine Hand, die meine Wange liebkost. „Du bist doch mein Hirte!“

Nun lächelt Kyle und ich füge ernst hinzu: „Du bist der erste Mensch, der mir geholfen und der mich verstanden hat, Kyle. Durch dich habe ich erkannt, dass ich ein Teil der Welt sein kann.“

Eine Weile schweigen wir, dann macht Kyle das Licht wieder aus und nimmt mich fest in die Arme.

„Ich danke dir für dein Vertrauen, Edda“, flüstert er mir ins Ohr. „Und ich verspreche dir, dass du immer der wichtigste Teil meiner Welt sein wirst!“

Kapitel 78: Die Essenz der Dinge

Kyle

Nachdem Edda mir erzählt hat, was ihr von ihrem Onkel angetan wurde, fühle ich mich wie paralysiert. Beim Frühstück und während wir danach in Fort William beim Arzt sind, gelingt es mir zwar, nach außen hin normal zu wirken, aber eigentlich fühle ich mich wie unter einer Glocke, die alles in mir lähmt und mich handlungsunfähig macht. Der Schrecken, den Eddas Geschichte in mir ausgelöst hat, bestärkt mich noch ein weiteres Mal in dem Entschluss, den ich gefasst habe: Die Phase der Oberflächlichkeit in meinem Leben ist vorbei und es ist an der Zeit, bestimmte Dinge zu ändern.

Der Arzt untersucht Edda sehr gründlich und bestätigt am Ende Williams Diagnose: Es ist eine Stauchung und Überdehnung, bei der jedoch keine Bänder gerissen oder andere schwere Verletzungen aufgetreten sind. Ein paar Tage Ruhe und Schonung sollten genügen, um die Schwellung zurückgehen zu lassen.

Beim Lunch in dem Restaurant, das Molly vorgeschlagen hatte und das lokale Küche anbietet, legt Edda ihren Fuß auf einem Stuhl hoch. Trotz der Verletzung und der ganzen Aufregung gestern, geht es ihr blendend. *Sie ist kaum wiederzuerkennen*, denke ich beim Essen und betrachte sie dabei, wie sie Kaori lachend mit frittierten Champignons füttert, weil die

Nervensäge sich weigert, allein zu essen. Zwar ist mein Mädchen immer noch zurückhaltend und hört eher zu, als sich in einer großen Runde viel am Gespräch zu beteiligen, aber sie wirkt glücklich und entspannt und scheint sich wohl zu fühlen. Ihre Aura der Verschlossenheit und Verstocktheit, die sie in den letzten Tagen immer umgeben hatte, ist verschwunden und man hat den Eindruck, dass sie nicht nur mit mir, sondern mit uns allen eine Einheit bildet.

Das Wetter ist zwar heute ein wenig schwül, aber auf der schönen Panoramaterrasse des Restaurants, von der aus man über Loch Linnhe schaut, weht ein angenehmer, seichter Wind, der etwas nach Salz schmeckt und mich daran erinnert, dass Loch Linnhe eine ins Landesinnere reichende Meeresbucht ist, an deren Mündung die Isle of Mull liegt. *Irgendwann in diesem Sommer werde ich mit Edda dorthin fahren*, denke ich und fühle Aufregung und Stolz bei dem Gedanken, ihr die Insel meiner Herkunft zu zeigen und sie vielleicht sogar schon meinen Eltern vorzustellen. Aber vorher muss ich noch viele andere Dinge klären.

Während wir nach dem Dessert Kaffee trinken, hält Kaori es nicht mehr am Tisch aus, weshalb Angus, der uns ebenfalls begleitet hat, mit ihr auf dem zum Wasser abfallenden Grundstück Fangen spielt. Es ist ein wundervolles Bild, wie der tätowierte Gigant im Kilt mit der kleinwüchsigen, japanischen Frau in der rosa Latzhose zwischen den Rhododendren herumrennt und ich mache ein paar Fotos davon. Seitdem ich mit Edda zusammen bin, habe ich es mir wieder zur Gewohnheit gemacht, immer eine Kamera dabei zu haben.

Edda, Molly und Christian setzen sich mit ihren Tassen auf die bequemen Deckchairs am Rande der Terrasse, um den Ausblick besser genießen zu können. William, Henry und ich bleiben allein am Tisch zurück. Die drei großen, bösen Wölfe sind unter sich.

„Ich muss etwas mit euch besprechen", sage ich. Ich hatte dieses Gespräch eigentlich in einem ruhigen Moment in der *Bonnie Bride* führen wollen, aber möglicherweise ist genau jetzt der richtige Augenblick, um es zu beginnen.

„Sprich, Bruderherz", erwidert William und Henry legt sein Smartphone, auf dem er gerade den Twitter-Account der Agentur gecheckt hat, zur Seite und sieht mich ebenfalls an. Ich atme einmal tief durch und dann sage ich ihnen also den Grund dafür, warum ich sie hier in Schottland haben wollte: „Ich möchte mich von der internationalen Expansion zurückziehen", beginne ich. „Für mich ist ein Punkt erreicht, an dem ich mich zwischen mir und dem Geschäft entscheiden muss."

Die anderen beiden schweigen und hören mir zu, während ich erkläre, dass ich mich in den letzten Jahren immer weiter davon entfernt habe, was ich eigentlich machen will. Durch die Eröffnung oder Übernahme großer Agenturen im Ausland und durch die Anpassung unserer Konzepte an die dortigen Märkte und Kunden hat sich unsere Arbeit sehr ins Konzeptuelle verschoben und ist weniger konkret und weniger kreativ geworden.

Wir waren so sehr damit beschäftigt, anderen Leuten unsere Arbeitsweisen näherzubringen, dass wir selbst kaum noch etwas damit zu tun hatten.

„Ich will wieder selbst an Kampagnen arbeiten", sage ich. „Und auch selbst fotografieren. Durch Edda habe ich erkannt, was mir im Leben fehlt: meine Heimat und die Essenz der Dinge, die mir wichtig sind. Haben wir nicht die *Bonnie Bride* erschaffen, um genau das zu haben? Ich will hier leben, in den Highlands, wo ich hingehöre."

Henry nickt nachdenklich und William streicht sich mit gerunzelter Stirn über den Bart.

„Na ja, möglich wäre das natürlich schon", meint er. „Du könntest dich in London wieder verstärkt einklinken. Unser Mutterschiff ist eh nach wie vor unser wichtigster Standort. Wenn du hin und wieder runterfliegst, reicht das völlig."

Einen Moment herrscht Schweigen, dann sage ich: „Ich würde mich freuen, wenn auch ihr ein Teil davon werden könntet. Wir sehen uns viel zu wenig. Für mich hat durch die Beziehung mit Edda ein neuer Abschnitt begonnen, aber die *Bonnie Bride* gehört uns allen und *Big Bad Wolf Advertising* hat immer am besten gearbeitet, wenn wir alle zusammen waren."

Während Henrys Augen sofort gierig leuchten, wirkt William skeptisch, weil das Finanzmanagement der Firma sich nur schwer aus der Einsamkeit unseres Anwesens heraus lenken lassen würde und er das Herumreisen zwischen den Metropolen der Welt liebt.

Aber sie sagen beide, dass sie darüber nachdenken und wir in den nächsten Tagen weiter darüber sprechen werden.

Als ich später mit Edda in meinem Wagen sitze und hinter Angus und Molly herfahre, die im Jeep die Einkäufe mitnehmen, während Chris, Will und Kaori bei Henry im Bentley mitfahren, leuchtet die Sonne über den Highlands, während wir von Fort William am Loch Eil vorbei in Richtung Glenfinnan unterwegs sind. Edda singt leise die Musik im Radio mit, wo gerade eins meiner ewigen Lieblingslieder gespielt wird: *„You'll take the high road and I'll take the low road... and I'll be in Scotland afore you..."*

Ich werfe ihr einen kurzen Blick zu und fange ihr Lächeln wie einen Schnappschuss in meinem Herzen ein. *Das Leben ist wundervoll*, denke ich. *Das Leben ist wundervoll, weil wir uns lieben und gemeinsam alle Hindernisse überwinden können. Und die Highlands in ihrer rauen Schönheit sind der Spiegel unserer Liebe.*

Und dann sagt Edda: „Ich liebe dich, Kyle!"

Ich nehme ihre Hand, lege sie auf meinen Oberschenkel und drücke sie.

„Und ich liebe dich, mein Mädchen", erwidere ich.

Epilog

Edda

Kyle hat mich mit nach London genommen, um mir zu beweisen, dass ich keine Angst vor der Welt außerhalb der *Bonnie Bride* zu haben brauche. Und er hatte recht: Auch wenn ich in neuen Umgebungen oder in der Gesellschaft fremder Leute immer noch schüchtern und unsicher bin, ist das Gefühl, dass ich nirgendwo dazugehöre, ebenso verschwunden wie die unsichtbaren Wände. Wir sind auch nach Inverness gefahren und ich habe zum ersten Mal seit dem Tod meiner Eltern die Orte meiner Kindheit wiedergesehen. Es war ein sehr aufwühlendes und emotionales Erlebnis, bei dem Kyle mir so wundervoll zur Seite stand, dass ich sehr viel weniger weinen musste, als ich zuvor befürchtet hatte. Ganz im Gegenteil war es unglaublich schön und bewegend, ihm zu erzählen, welche Erinnerungen ich mit den Straßen und Plätzen meiner Geburtsstadt verbinde. Wir haben zwei so intime und zärtliche Tage miteinander dort verbracht, dass wir beide überrascht waren, als danach Paparazzi-Fotos von uns in der Presse auftauchten. Wir waren so sehr auf einander konzentriert gewesen, dass wir es überhaupt nicht gemerkt hatten, fotografiert worden zu sein.

„Kyle MacLeans neue Liebe!“, haben die Klatschblätter Großbritanniens begeistert getitelt. „Wer ist die hübsche Unbekannte an seiner Seite?“

Nun ist es also kein Geheimnis mehr und wenn man Kyles Namen in eine Suchmaschine eingibt, erscheinen auch Bilder von uns beiden, worauf ich insgeheim ziemlich stolz bin. Dass die Fotos von Nicky und seinen anderen Affären ebenfalls noch im Internet zu finden sind, stört mich nicht, denn es sind nur Relikte einer vergangenen Zeit. Mittlerweile bin ich überzeugt davon, dass Kyles Herz nur mir gehört.

„Weißt du, was heute für ein Tag ist, mein Mädchen?“, fragt Kyle mich eines späten Nachmittags, als wir nach dem High Tea noch eine Runde mit den Hunden durch den Park gehen wollen.

„Mittwoch, Sir“, antworte ich und überlege fieberhaft, ob ich einen Feiertag oder etwas in der Art vergessen habe.

Kyle schmunzelt, greift nach meinem Halsband und lässt den Karabinerhaken einer schweren Leine in dem Ring einrasten. Sofort breitet sich dieses angenehme Kribbeln in mir aus, das mich dabei immer erfüllt. Denn inzwischen gehört es zu unseren zärtlichen Gewohnheiten, nicht nur im Rosengarten sondern auch im Park oder im Haus mit Leine herumzulaufen, wenn Kyle der Sinn danach steht.

„Merk dir fünfzehn“, sagt er streng. „Weil du es vergessen hast!“

Als ich ihn erschrocken anschaue, weil ich befürchte, ihn irgendwomit enttäuscht zu haben, zieht er mich an der Leine dicht zu sich heran und küsst mich.

„Es ist jetzt einen Monat her, dass ich dich entjungfert habe, Edda“, flüstert er mir mit rauer Stimme ins Ohr. „Unser erstes Jubiläum, wenn man so will.“

Vor Rührung, dass er sich das Datum so genau gemerkt hat, treten mir Tränen in die Augen.

„Trägst du deshalb deinen Kilt, Sir?“, flüstere ich, denn tatsächlich läuft mein Liebster heute schon den ganzen Tag damit herum, wollte mir aber bisher den Grund nicht verraten. Nun lacht er leise und nickt.

„Deshalb und weil es sich so gut anfühlt, dir im Kilt am Ufer des Lochs den Hintern zu versohlen“, erwidert er. „Und genau das werde ich gleich tun!“

Und während ich ihm mit klopfendem Herzen an der Leine in den in einem Blütenmeer versinkenden Park folge, die Hunde um uns herumspringen und die langsam sinkende Sonne die *Bonnie Bride* in ein wunderschönes, goldenes Licht taucht, beginnt Angus auf der Terrasse auf seiner *Bagpipe* zu spielen. Der durchdringende, melancholische Klang ist bis weithin über Loch Shiel zu hören und scheint in diesem Moment nicht nur alle Täler der Highlands sondern die ganze Welt zu erfüllen.

Es gibt keine unsichtbaren Wände, denke ich glücklich. *Ich bin frei und gehöre genau hierher.*

ENDE

Anhang: Sir Kyles Lektionen

Lektion eins: Lass Kyle MacLean niemals warten!
Lektion zwei: Stehe zu deinen Fehlern.
Lektion drei: Immer die richtige Anrede verwenden!
Lektion vier: Wenn ich ‚Mund auf' sage, dann meine ich es so, dass auch etwas hineinpasst!
Lektion fünf: Unterbrich deinen Herrn niemals!
Lektion sechs: Hab niemals Angst vor mir! Höchstens ein bisschen wohldosierte Furcht, die schadet nie.
Lektion sieben: Du wirst bestraft, wann immer es dein Herr für nötig erachtet!
Lektion acht: Versteck dich niemals vor deinem Herrn! Er hat zu jedem Zeitpunkt Zugriffsrecht auf alles, was du hast und bist!
Lektion neun: Meine Sub soll Befehle stets rasch und unprätentiös ausführen.
Lektion zehn: Schläge werden immer mitgezählt!
Lektion elf: Wenn dein Herr dich begehrt, hast du dich ihm dankbar darzubieten und so lange stillzuhalten,
bis er dir erlaubt, dich zu bewegen oder einen Laut von dir zu geben!
Lektion zwölf: Im Bett deines Herrn hast du immer nackt zu sein.
Lektion dreizehn: Es gibt nur einen Mann auf der Welt, den du Sir nennst, und das bin ich!

Danksagungen

Ich danke wie immer zuerst meinen Leser/innen, die sich für meine Romane entscheiden!
Für euch schreibe ich und es macht mir unglaublich großen Spaß!
In der *Bonnie Bride* geht es bald schon mit dem nächsten Band weiter, denn da sind ja noch zwei weitere große, böse Wölfe, deren Geschichten es zu erzählen gilt. Ich freue mich schon sehr darauf!

Und dann sind da einige, denen ich persönlich danken möchte:

Anne, meiner persönlichen Schottland-Expertin, die mir beim Setting eine große Hilfe war.
Lisa, Korrektorin, Magd, Hand, Spiegel, slutty friend… what's next?!
Melly, die immer für mich da ist und mir hilft, wenn ich zu lange schlafe.
Meinem **Rudel**, wo ich die ersten Kapitel dieses Romans vorab veröffentlicht habe und dessen Enthusiasmus und Unterstützung mir sehr viel bedeuten!

Mehr über mich und meine Bücher erfährst du auf meiner Webseite:
www.angelinaconti.com

Oder in meiner Facebook-Gruppe:
„DAS RUDEL - Angelina Conti & Friends".

ANGELINA CONTI
BE A PRINCESS
BE A LION
BE A NERD
BE WHATEVER YOU LIKE
BUT ALWAYS BE YOU
BE **WHAT YOU NEED**

Printed in Poland
by Amazon Fulfillment
Poland Sp. z o.o., Wrocław

63236702R00263